الحياة والمصير

الجزء الثالث

فاسيلي سيميونوفيتش غروسمان

الحياة والمصير

رواية

الجزء الثالث

ترجمة:

د. ثائر زين الدين   د. فريد حاتم الشحف

دار سؤال ؟
DAR SOUAL

العنوان الأصلي للكتاب

Жизнь и судьба

Васи́лий Семёнович Гро́ссман

الطبعة الأولى، 2021

عدد الصفحات: 464

القياس: 14.5 × 21.5

جميع حقوق النشر والترجمة محفوظة

دار سؤال للنشر

لبنان - بيروت

بيروت - النويري - شارع سيدي حسن - بناية غلاييني - الطابق السادس

ص.ب: 58-360-11

هاتف: 00961 81 883687

www.darsoual.com

@darsouall2014

dar_souaal@outlook.com

Dar Soual

ISBN: 978-614-8020-83-4

إن دار سؤال للنشر والمترجَمين غير مسؤولين عن آراء المؤلّف وأفكاره، وتعبّر الآراء الواردة في هذا الكتاب عن آراء مؤلّفه، ولا تعبّر بالضرورة عن آراء الدار والمترجَمين.

الجزء الثالث

1

وصل كريموف قبل أيام قليلة من بدء هجوم ستالينغراد إلى موقع قيادة الجيش الرابع والستين. كان معاون أبراموف عضو المجلس العسكري، جالساً خلف مكتب، يتناولُ حساءَ دجاجٍ، مع فطيرة.

وضعَ المعاونُ الملعقة، ومن خلال تنهّده كانَ يُفهَم أن الحساءَ لذيذٌ. وغدت عينا كريموف مبللتينِ، من جرّاءِ اشتهاء مضغ فطيرة الملفوف فجأةً.

عمّ الهدوء خلف الحاجز الفاصِلِ بعد تقرير المعاون، ثم سُمِعَ صوتٌ أجشٌّ، مألوفٌ لكريموف، لكن هذه المرة قيلت الكلمات بهدوء، فلم يتمكن كريموف من فهمها.

عادَ المعاونُ وقال:

- لا يستطيع عضو المجلس العسكري أن يستقبلك.

أجابَ كريموف متفاجئاً:

- أنا لم أطلب موعداً. الرفيق أبراموف هو من استدعاني.

صمت المعاون، ونظر إلى الحساء.

قال كريموف:

- إذاً، أُلغيَ الموعدُ؟ لا أفهم شيئاً.

صعد كريموف في الوادي إلى الأعلى؛ إلى ضفة نهر الفولغا؛ حيث تمركزت هناكَ رئاسةُ تحريرِ إحدى الصحف العسكرية.

سار، منزعجاً من الاستدعاء الذي لا معنى له، والولع المفاجئ بفطيرة شخص آخر، واستمعَ إلى إطلاق نار المدافعِ العشوائي والبطيء، القادم من جانب وهد كوبوروسنايا.

مرّت فتاة في اتجاه قسمِ العمليات، ترتدي معطفاً وقبعة. نظر كريموف إليها وفكَّر: «كم هي جميلة!».

انقبض قلبه بفعلِ الشوق المعتاد، وفكَّر في جينيا. ومن فوره صاحَ في نفسه، كما هو معتاد،: «الحقها، الحقها!»، وأخذ يتذكَّرُ الشابةَ القوزاقيّة في أثناء مبيته في المحطة.

ثم فكر في سبيريدونوف: «رجلٌ صالحٌ، ولكنّه بالتأكيد، ليس سبينوزا[1]».

إنّ هذه الأفكار كلها؛ إطلاق النار البطيء، والانزعاج من أبراموف، وسماء الخريف، تذكرها بكل وضوح، لفترة طويلة.

ناداه ضابطٌ من المقر، تتوضَّعُ على معطفه كتافيّات ملازم.

نظر كريموف إليه حائِراً.

قال الملازم بهدوء:

- إلى هنا، تفضّل إلى هنا، مشيراً بيده إلى باب الكوخ.

مرّ كريموف بجانب الحارس نحو الباب.

دخلا الغرفةَ حيثُ كانت هناك طاولة مكتب، وعلى الحائط الخشبي عُلِّقت صورة ستالين مخيطةً بأزرار.

---

(1) باروخ سبينوزا: فيلسوف هولندي من أهم فلاسفة القرن 17. (المترجمان).

توقع كريموف أن يقول له كلاماً من هذا القبيل: «عفواً، أيّها الرفيق مفوّض الكتيبة، هل توافق على نقل تقريرنا، إلى الضفة اليسرى للرفيق توشيف؟».

لكن الملازم لم يقل ذلك.

قال:

- سلّم سلاحك ووثائقك الشخصية.

ونطَقَ كريموف بحيرةٍ كلماتٍ ليس لها معنى:

- بأي حق؟ أرني وثائقك، قبل أن تطلب وثائقي.

وبعد ذلك، مُتأكّداً من أنَّ ما يفعله كان غير معقول وبلا معنى، لم يكن ثمَّةَ شك في أنَّ ما يقوله الآن من كلماتٍ قالها مُتلعثِماً الآلاف من الناس قبله:

- هناك خطأ، أنا لا أفهم شيئاً على الإطلاق، سوء فهم.

لكنَّ تلك لم تعد كلمات شخص حرّ.

2

- أنت تؤدي دور الأحمق. أجبْ، من الذي جنّدك أثناء وجودكَ في المحيط؟

استُجوب على الضفة اليسرى من نهر الفولغا، في أحد الأقسام الخاصّة للجبهة.

ساد هدوءٌ ساذجٌ، على الأرضية المطلية، وعلى أواني الزهور على النافذة، وعلى ساعة الحائط. بدا ارتعاشُ الزجاج والهدير القادم من جهة ستالينغراد مألوفاً ولطيفاً - كانت القاذفات، على ما يبدو، تقصف الضفة اليمنى.

لم تتطابق صورةُ مقدَّمِ الجيش، الذي كان يجلس إلى طاولة المطبخ الخشبية، مع صورةِ المحقق ذي الشفتين الشاحبتين كما يرى نفسه. . .

اقترب المقدَّمُ الذي تعلو كتفه آثارُ طباشيرٍ سَبَّبها الموقدُ الملطّخ، من خبير الحركةِ العماليّةِ في بلدان الشرق الكولونياليّة، الشخص الذي يرتدي زياً عسكرياً ونجمةَ مفوض على كمّه، الشخص المولود من أم لطيفة وطيّبة، وسدَّدَ إليهِ ضربةً قويّةً بقبضته على وجهه.

مرّر نيقولاي غريغوريفيتش يده على شفتيه وأنفه، ونظر إلى كفه

فرأى دماً مختلطاً باللعاب. ثم مضغ شيئاً ما. اللسان تحجَّر والشفتانِ تخدّرتا. نظرَ إلى الأرضيّة المطليّة المغسولةِ مؤخراً وابتلع الدم.

ليلاً شعرَ بالكراهية نحوَ رجل الأمن. لكن في الدقائق الأولى لم يكن ثمّةَ كراهية أو ألمُ جسدي. ضربة على الوجه تعني كارثة روحيّة ولا يمكن أن تسبب أي شيء سوى الذهول، والانشداه.

تلفَّتَ كريموف حوله، خجل من الحارس. رأى جنديُّ الجيشِ الأحمرِ، كيفَ ضربوا الشيوعيَّ! لقد ضربوا الشيوعي كريموف، ضربوه بحضور الشاب الذي قامت الثورة العظمى من أجله، تلك التي شارك فيها كريموف.

نظر المقدّم إلى ساعته. كان ذلك وقت العشاء في مطعم رؤساء الأقسام.

حينما كانوا يقتاودن كريموف عبرَ الفناء فوقَ ندفِ الثلج المتربة في اتجاه السجن الخشبي، كان صوت القصف الجوي القادم من ستالينغراد مسموعاً بوضوح.

الفكرة الأولى، التي صدمته بعد ذهوله، هي أن قنبلة ألمانية يمكن أن تدمر هذا السجن... وكانت هذه الفكرة بسيطة ومثيرة للاشمئزاز.

سيطرَ عليه في الحجرةِ الخانقةِ ذات الجدران الخشبيّة، اليأسُ والغضبُ - وفقد نفسه. إنّه هو، هو نفسه من صرخ ذات يومٍ بصوت خشن، وهرع إلى الطائرة، وقابل صديقه غيورغي ديميتروف، وهو من حمل نعش كلارا تسيتكين، وكان هو أيضاً من استرق نظرة: هل يضربُه ضابطُ المخابرات مرة أخرى أم لا؟ إنّهُ هو من أخرجَ الناسَ

من الحصار، وسمّوه «الرفيق المفوض». وهو الذي نظر إليه حامل الرشاش الكولخوزي بقرف، إليه هو الشيوعي الذي تعرّض للضرب أثناء الاستجواب على يد شيوعي. . .

لم يستطع حتى الآن إدراك المعنى الضخم للكلمات: «يُحرم من الحرية». لقد أصبح مخلوقاً آخر، كل شيء فيه يجب أن يتغيّر: فقد حُرم من حريته.

اسودّت الدنيا في عينيه. سيذهب إلى شيرباكوف، إلى اللجنة المركزية، لديه الفرصة للتوجه إلى مولوتوف، لن يهدأ حتى يُطلقوا النار على المقدّم النذل. نعم، هيّا ارفعوا سمّاعة الهاتف! اتصلوا ببرياخين. . . لقد سمعَ بي ستالينُ نفسه، إنّه يعرف اسمي. سأل الرفيق ستالين ذات مرة الرفيق جدانوف: «هل هذا كريموف، الذي عمل في الكومنترن؟»

ثم شعر نيقولاي غريغوريفيتش بمستنقع تحت قدميه، على وشك أن يُجْذَبَ إليه، غراء قاتم، صمغي، سميك بلا قعر. . . شيء لا يقاوم، بدا، أشدّ من قوة الفرق الألمانيّة المدرَّعة، انصبَّت عليه. لقد فقد حرّيته.

جينيا! جينيا! هل ترينني جينيا؟ انظري إلي، أنا في مصيبة كبرى! إنّني وحيد تماماً، مهجور، وأنت هجرتني وتخلّيت عنّي.

ضربه مهووس. تشوّش وعيه، وتشنَّجت أصابعه، أرادَ أن ينقضّ على عنصر الأمن. . .

لم يشعر بمثل هذه الكراهية، سواء نحو رجال الدرك أو المناشفة أو ضابط الغيستابو الذي استجوبه.

لم يتعرف كريموف في الرجل الذي سحقه، على شخص غريب، بل تعرّف إلى نفسه، كريموف، ذلكَ الذي بكى وهو صبيٌّ من السعادة من جرَّاء الكلمات الرائعة للبيان الشيوعي – «يا عمال العالم، اتحدوا!». لقد كان ذلكَ الشعورُ الحميميُّ رهيباً بحق...

3

خيّمَ الظلامُ. دويٌّ قعقعة معركة ستالينغراد ملأ أحياناً جوّ السجن الصغير السيئ. ربما يقصف الألمانُ باتيوك، وروديمتسيف، المدافعين عن قضية عادلة.

كانت ثمّةَ حركة في بعضِ الأحيانِ في الممر. وفُتحت أبوابُ الغرفةِ المشتركةِ، حيث كان يجلس الفارّون والخونة واللصوص والمغتصبون. كانوا يطلبون الذهاب إلى الحمام، ويجادِلونَ الحارس لفترة طويلة قبل فتح الباب.

عندما أحضروا كريموف من ضفّة ستالينغراد، وُضع لفترة قصيرة في زنزانة مشتركة. لم يهتم أحد بالمفوض ذي النجمةِ الحمراء الموضوعة على الكم، ولم يسألوهُ إلا عن ورقٍ يلفّون به التبغ. أراد هؤلاء الأشخاص شيئاً واحداً فقط: تناول الطعام، والتدخين، وقضاء حاجاتهم الطبيعية.

من، من هو الذي بدأ القضية؟ يا له من شعور يمزّق: تعرف براءتك وتبرد في الوقت نفسه من الشعور بالذنب الميؤوس منه. إنّ أنبوب روديمتسيف، وأنقاض المبنى «ستة على واحد»، والمستنقعات البيلاروسيّة، وشتاء فورونج، والمعابر النهرية - كل ما كان سعيداً وسهلاً، قد ضاع.

أرادَ الخروج فحسب والمشي ورفع رأسه والنظر إلى السماء. الذهاب إلى الجريدة. إلى الحلاقة. أرادَ كتابة رسالة إلى أخيه. شربَ الشاي. يحتاج إلى أن يعيدَ الكتاب الذي استعاره حتّى المساء. النظر إلى الساعة، والذهاب إلى الحمام. أخذ منديلٍ من الحقيبة. لم يستطع فعل أي شيء. لقد فقد حريته.

سرعان ما نُقِلَ كريموف من الزنزانة المشتركة إلى الممر، وبدأ القائد بتأنيب الحارس:

- أخبرتك بالروسيّة، بحق أي شيطان، وضعتَه في الزنزانة المشتركة؟ حسناً، هل تريد نقلك إلى الخط الأمامي، هاه؟

أخذ الحارس يشتكي إلى كريموف بعد مغادرة مدير السجن:

- هذهِ هي الحال دائماً. المنفردة مشغولة. وهو نفسه أمر بالاحتفاظ بالمنفردة، لمن سيُعدَم رمياً بالرصاص. إذا أخذتك إلى هناك، فإلى أين آخذهُ هو؟

بعد فترة وجيزة، رأى نيقولاي غريغوريفيتش كيف أخرج حاملو البنادق الرشاشة، الشخصَ الوحيدَ المحكومَ بالإعدام. التصق الشعر الأشقر بالقعرِ الضيّق لمقفى الرأس. ربما كان عمره عشرين عاماً، أو ربما خمسة وثلاثين عاماً.

نقلوا كريموف إلى المنفردة التي أُخليت. ميّز في الظلام، قبعةً مستديرة على الطاولة وتلمّس إلى جانبها أرنباً مصنوعاً من فتات الخبز. أفلته المحكوم بالموتِ من يده للتوّ على ما يبدو - كان الخبز لا يزالُ طريّاً، جفّت أُذُنا الأرنب فقط.

عمّ الهدوء... جلس كريموف على سرير مرتفع، فمه نصف

مفتوح، لم يستطع النوم- كان عليه أن يفكر كثيراً. لكن الرأسَ المذهولَ لم يستطع التفكير، ضغطٌ على الصدغين. كان ثمّةَ تموّجٌ ميتٌ في الجمجمة - كل شيء كان يدور، يتمايل، يتناثر، لم يكن في إمكانهِ الإمساك بشيء، لبدء سحبِ الفكرة.

في الليل، سُمعَ ضجيجٌ من جديد في الممر. نادى الحراسُ قائدَ الحرس. قرعتِ الأحذيةُ الأرض. قال مدير السجن، الذي عرفه كريموف من صوته:

- أخرج مفوض الكتيبة هذا إلى الجحيم، دعه يجلس في غرفة الحراسة - وأضاف: - هذه حالة طوارئ يعني حالة طوارئ، وتُطبّق على القائد أيضاً.

فُتح الباب، وصاح حامل البندقية الرشاشة:

- اخرج!

خرج كريموف. وقف في الممرّ شخص حافي القدمين في الملابس الداخلية.

رأى كريموف كثيراً من الأشياء السيئة في الحياة، لكنه، ما إن التفت، حتى أدركَ أنّه لم ير وجهاً أكثر سوءاً، من هذا الوجه. كان وجهاً صغيراً، ذا اصفرارٍ قذرٍ. لقد بكى فيه كل شيء، يأساً: التجاعيد، والخدان المُرتجفان، والشفتان. العينان فقط، لم تبكيا، وسيكون من الأفضلِ عدمُ رؤية هاتين العينين الفظيعتين، هكذا كان تعبيرهما.

حثّ حامل البندقية كريموف قائلاً:

- هيّا، هيّا.

أخبره الحارس في غرفة الحراسة، عن حالة الطوارئ التي حصلت، قائلاً:

- يخيفونني بالخط الأمامي، الوضع هنا أسوأ من الخط الأمامي، هنا تفقد أعصابك كلّها على الأغلب... اقتادوا الذي أطلق النار على نفسه، إلى الإعدام، كانَ قد أطلق النار على يده اليسرى من خلال رغيف خبز. أطلقوا النار عليه، ونثروا التراب، لكنْ ليلاً، عادت إليهِ الحياة، ورجع إلينا.

حدَّثَ كريموف، محاولاً ألّا يخاطبه بـ«أنت» أو «أنتم».

- إنهم يغشّون إلى درجة أنّك تفقد آخر أعصابك. الماشية فقط يقطّعونَها بعناية. يغشّون في كل شيء. الأرض متجمدة، يحفرونَ الحشائش، ويرشونها كيفما اتفق ويذهبون. حسناً، لقد خرج! لو دُفِنَ وفقاً للتعليمات، لما كان قد خرجَ زاحفاً على الإطلاق.

وكريموف، الذي كان يجيب دائماً عن الأسئلة، ويصحّحُ أدمغةَ الناس، ويوضّح الأمور، سأل حاملَ البندقية مُشوَّشاً:

- ولكن لماذا عادَ مرة أخرى؟

ابتسم الحارس.

- وهنا أيضاً المسؤول الذي أوصله إلى السهب، يقول: - يجب إعطاؤه الخبز والشاي، حتى يوثّقوه من جديد، ومسؤول التموين غاضبٌ، وسبّبَ مشكلةً، قائلاً: - كيف يمكنني أن أسقيه الشاي، إذا كان قد أُدرجَ في قائمةِ النفقات؟ وفي رأيي، كلامه صحيح. كيف على هذا المسؤول أن يغشّ، وتتحمّلُ جهةُ التموين المسؤوليّةَ عن ذلك؟

سأل كريموف فجأة:

– ماذا كنت تعمل في وقت السلم؟

– كنت في الحياة المدنية مسؤولاً عن النحل في مزرعة حكومية.

قال كريموف:

– واضح – لأن كل شيء من حوله وفيه أصبحَ مظلماً ومجنوناً.

عند الفجر نُقل كريموف مرة أخرى إلى السجن الانفرادي. بجانب القبّعة كان الأرنبُ المشغول من الفتات؛ ولكنّه أصبح قاسياً وخشناً الآن. سُمع صوت تملّق من الغرفة المشتركة:

– أيّها الحارس، كن رَجُلاً، واصطحبني لاستعادة حيويّتي، هاه؟

ارتفعت، في ذلك الوقت، أشعةُ الشمس الحمراء البنية فوقَ السهب، وتطاولت نحو السماء نبتةُ شوندر متجمدة وقذرة مُلطّخة بكتل من التراب والطين.

وخلالَ فترةٍ قصيرة أجلَسوا كريموف في مؤخرة شاحنة صغيرة، وجلس بجانبه ملازمٌ لطيفٌ كمرافق، سلّمه مسؤول الحراس حقيبةَ كريموف، وانطلقت الشاحنة تصرّ وتقفز فوق طين أكتوبنسك الذي لفّه الصقيع، مضت إلى لينينسك، إلى المطار.

استنشقَ برداً رطباً، وكان قلبُه ممتلئاً بالإيمان والنور – يبدو أن كابوساً رهيباً قد انتهى.

4

تَرَجَّلَ نيقولاي غريغوريفيتش من السيارة ونظر إلى وادي لوبيانكا[1] الرمادي. وما زال في رأسه ضجيجُ الساعات الكثيرةِ من هدير محركات الطائرة، ومن التماعِ الحقول المضغوطة وغير المضغوطة، والجداول والغابات، ومن وميض اليأس والثقة وانعدام الثقة.

فُتح الباب، ودخل مملكة الأشعة السينية للهواء الخانق، وضوئها الهائج – دخل الحياة التي تمضي خارج الحرب، وإلى جانب الحرب، وفوق الحرب.

أمروه بخلع ثيابه كاملة، في غرفة خانقة وتحت ضوء كشّاف ساطع، وبينما تلمّس الشخصُ في البرنس، جسدَه بأصابعه، فكّر كريموف وهو يرتعش، أن الحركة المنهجية للأصابع التي لا تعرف الخجل، لا يمكنها أن تعوق دويّ الحرب وحديدها. . .

كُتب في ورقة موضوعة في كمّامة غاز جندي الجيش الأحمر الميّت: «قُتل من أجل حياةٍ سوفييتيّةٍ سعيدةٍ – تركَ في البيت زوجة،

---

(1) لوبيانكا، يقع عليها المقرّ الرئيسي للجنة أمن الدولة (كي. جي. بي.) سابقاً، ووزارة الأمن الروسيّة حالياً. (المترجمان).

وستة أطفال»، كانت خُصل شعرِ جندي الدبابات المحترق والمتفحّم ملتصقةً بالرأس الشاب، والجيش الشعبي المؤلف من عدّة ملايين، يتقدم في المستنقعات والغابات، ويطلق النار من المدافع، والرشاشات. . .

أمّا الأصابع فقد أدّت عملها بثقة وهدوء، وتحت النيران صاح المفوض كريموف: «ما بك، أيها الرفيق جنرالوف، لا تريد الدفاع عن وطنك السوفييتي!».

- استدرْ، انحنِ، دع رجلك.

ثم، صُوّر بعد أن ارتدى ثيابه، وياقة سترته مفتوحة، ووجهه حيّ وميّت، صورةً فوتوغرافيّةً لوجهه، ولجسمه بالكامل.

ثم، ضغط بجهد كبير باصِماً بأصابعهِ على ورقة. وبعدها نزعَ العامل المزعج الأزرارَ عن سرواله وأخذ حزام خصره.

ثم صعدَ في مصعدٍ مضاءٍ على نحوٍ ساطع، ومشى في ممرٍ طويلٍ فارغٍ مفروشٍ بالسجاد بمحاذاةِ أبوابٍ لها عيونٌ ساحرة مستديرة. غرف لعيادة جراحيّة ولجراحة السرطان. كان الهواءُ دافئاً ومَخزوناً ومضاءً بواسطة مصباحٍ كهربائي ساطع. معهد الأشعة السينية للتشخيصات. . .

«من الذي أودعني السجن؟».

كان من الصعب التفكير في هذا الهواء الأعمى والخانق. اختلط الحلم، والواقع، والهذيان، والماضي، والمستقبل. فقد الإحساسَ بذاته. . . هل كانَ عندي أمٌّ؟ ربما لم تكن لي أمّ. أصبح غير مبالٍ بجينيا. النجوم بين قمم الصنوبر، معبر الدون، الصاروخ الألماني

الأخضر، يا عمّال العالم اتحدوا، وناس وراء كل باب، سوف أموت شيوعيّاً، أين هو ميخائيل سيدوروفيتش موستوفسكي، الآن، رأسي صاخب، هل من الممكن أن يكونَ غريكوف قد أطلق النار عليّ، غريغوري إيفسيفيتش ذو الشعر الأجعد، رئيس الكومنترن، سار في هذا الممر، يا له من هواء ضيق صعب، ويا له من ضوء كاشف لعين. . . أطلق غريكوف النار عليّ، وضربني الضابط على أسناني، والألمان أطلقوا النار عليّ، ما الذي يحضِّره لي يوم غد، وأقسم إنني لست مذنباً بأي شيء، يجب التمييز، كبار السن اللطفاء غنوا في ذكرى أكتوبر عند سبيريدونوف، تشيكا، تشيكا، تشيكا[1]، كان دزيرجينسكي هو مسؤول هذا المبنى، غينريخ ياغودا وأيضاً مينجينسكي، ثم البروليتاري الصغير ذو العينين الخضراوين من سان بطرسبرغ نيقولاي إيفانوفيتش، واليوم الحنون والذكي لافرينتي بافلوفيتش، كيف استقبلنا القوقازيون؟ «استيقظ، أيّها البروليتاري، من أجل قضيتك»، أنا لست مذنباً بأي شيء، سيكون من الضروري الإدلاء بذلك، هل سيطلقون النار عليّ حقاً. . .

كم هو غريب أن تسير بممرّ مستقيم كخط سير السهم، والحياة بمثل هذه الفوضى، الدروب، والوديان، والمستنقعات، والجداول، وغبار السهوب، وسنابل القمح، تشقُّ طريقك مُختَرِقاً، أو تلتف، أما المصيرُ فمستقيم، تسير باستقامة، ممرَّات وممرات وفي الممرات أبواب. . .

(1) اختصار لاسم جهاز الأمن: اللجنة الطارئة لعموم روسيا، التي تحوّلت بعد كانون الثاني (يناير) 1917، إلى لجنة أمن الدولة (كي. جي. بي). (المترجمان).

مشى كريموف باعتدال، لا سريعاً ولا بطيئاً، كالحارس الذي لم يسر خلفه، بل أمامه.

منذ الدقائق الأولى في مبنى لوبيانكا جَدَّ ما هو جديد.

«المكانُ الهندسيُّ للنقاط» - فكر وهو يضغط إصبعه ليطبَعَ بصمَتَه، ولم يفهم لماذا فكر في ذلك، مع أن هذه الفكرة تُعبّرُ عن هذا الجديد الذي جاءَهُ.

حدثَ الشعورُ الجديدُ لأنَّهُ فقدَ نفسه. إذا طلب الماء، فسوف يحصل على شراب، وإذا سقطَ فجأة في أزمة قلبية، فسوف يعطيه الطبيب الحقنة الصحيحة؛ لكنّه لم يعد كريموف، لقد شعر بذلك، على الرغم من أنه لم يفهمه تماماً. لم يعد الرفيق كريموف كما كان يشعرُ بنفسه وهو يرتدي ملابسه ويتناول الغداء، ويشتري تذكرة إلى فيلم، ويفكر، ويذهب إلى الفراش. تميَّزَ الرفيقُ كريموف من جميع الناس من حوله بروحه وعقله وتجربته الحزبيّة قبل الثورة، والمقالات التي نشرها في مجلة «الأممية الشيوعية»، والعادات المختلفة والتقاليد، وتعبيرات الصوت في أحاديثه مع أعضاء الكومسومول أو أمناء لجان أحياء موسكو، والعمال، والأصدقاء الحزبيين القدامى، وملتمسي الانتساب. جسده كان الآن مثل الجسم الإنساني، وحركاته وأفكاره كانت مثل الحركات والأفكار البشرية، ولكن جوهرَ الرفيق كريموف - الإنسان، وكرامته، وحريّته قد ولّتْ.

اقتادوه إلى زنزانة مستطيلة أرضيّتها خشبيّة مصقولة، فيها أربعة أسرّة، مفروشة ببطانيات ضيقة مجعّدة. أحسَّ من فوره: أنّ الأشخاص الثلاثة ينظرون إلى الشخص الرابع باهتمام إنسانيّ.

كانوا أناساً؛ سيئين أم صالحين هو لا يعرف، كانوا معادين أو

- لا أريد أن آكل، والألمان لن يستطيعوا الاستيلاء على ستالينغراد. أصبح ذلك واضحاً تماماً.

قال المارد:

- كنت دائماً على يقين من ذلك، المعقِلُ صمد وسيصمد.

أغلق الرجل العجوز الكتاب بصوت عال، وسأل كريموف:

- أنت على ما يبدو، عضو في الحزب الشيوعي؟

- نعم شيوعي.

قال اللطيف قصير النظر:

- صمت، صمت، تحدثوا همساً فقط.

قال المارد:

- حتى عن الانتماء إلى الحزب.

بدا وجهه لكريموف مألوفاً، وقد تذكره: هذا هو مُقدّم الحفلات الفنيّة الشهير في موسكو. كان كريموف ذات مرّة مع جينيا في حفل موسيقي في قاعة الأعمدة ورآه على المسرح. وها نحن التقينا.

انفتح الباب في هذه الأثناء، نظر الحارس وسأل:

- من على «الكاف»؟

أجاب المارد:

- أنا على «الكاف»، كاتسينيلينبوغين.

نهض، مشّط شعره الأشعث براحة كفّه وسارَ متمهّلاً نحو الباب.

همس الجار اللطيف قائلاً:

- إلى الاستجواب.

- ولماذا «على الكاف»؟

- هـذه قـاعـدة. اسـتـدعـاه الـحـارس أمس وقـال: مـن هـو كاتسينيلينبوغين على حرف «الكاف»؟ مضحك جداً. وغريب الأطوار.

وقال العجوز:

- وحينها ضحكنا.

فكّر كريموف: «وأنت، لماذا أحضروك إلى هنا، أيّها المحاسب العجوز؟ وأنا على «الكاف»».

أخذ المعتقلون يحضرون للنوم، واستمر الضوءُ الكاشف في الإضاءة، وشعر كريموف ببشرته، أن لا أحد يراقب من خلال ثقب الباب فأخذ ينزع ربطات رجليه، ويسحب ملابسه الداخلية، ويحكّ صدره. كانت هذه الإضاءة خاصّة، فهي لم توضَع لخدمةِ الأشخاص في الزنزانة، بل للتمكّن من رؤيتهم على نحوٍ أفضل. ولو كان إبقاؤهم في العتمة أكثر ملاءمة للمراقبة، لأبقوهم في العتمة.

استلقى المحاسب العجوز، وأدار وجهه نحو الجدار. تحدث كريموف وجاره الأحول همساً، ولم ينظر أحدهما إلى الآخر، وغطيا فاهيهما بيديهما حتى لا يرى الحارس حركةَ شفتيهما.

وكانا يلقيان نظرة على السرير الفارغ من وقت إلى آخر - لقد أصبح مقدّم الحفلات الآن بارعاً إلى حد ما عند الاستجواب.

قال الجارُ هامساً:

- أصبحنا جميعاً في الزنزانةِ أرانبَ. يبدو الأمر وكأنه في حكاية خرافية: لقد لمس الساحرُ الناس، وتحولوا إلى أشخاص ذوي آذانٍ طويلة.

أخذَ يحدّث عن الجيران.

26

كان الرجل العجوز إمّا اشتراكيّاً ثوريّاً وإمّا ثوريّاً اشتراكيّاً وإمّا منشفيّاً، وكان اسمه الأخير: دريلينغ - نيقولاي غريغوريفيتش؛ سمعَ ذات مرة في مكان ما اسم هذه العائلة. قضى دريلينغ أكثر من عشرين عاماً في السجون والمنفردات السياسية ومعسكرات الاعتقال، واقترب عدد السنوات التي قضاها في السجن من عدد سنوات الشليسبرغيين[1]، موروزوف، ونوفوروسكي، وفرولينكو، وفينغر. وأحضروه الآن إلى موسكو فيما يتعلق بقضية جديدة رُفعت ضده - لقد فكر في إلقاء محاضرات حول المسألة الزراعية للكولاك في معسكر الاعتقال.

يتمتع مقدِّمُ الحفلات بخبرة طويلة في لوبيانكا كتلكَ التي عاشها دريلينغ؛ قبل أكثر من عشرين عاماً، بدأ العمل في لجنة الطوارئ في أثناء إدارة دزيرجينسكي لها، ثم عمل أثناء إدارة ياغودا في الإدارة السياسية الحكومية الموحّدة، وأثناء إدارة يجوف في مفوضية الشعب للشؤون الخارجية، وأثناء إدارة بيريا في مفوضية الشعب لأمن الدولة. كان يعمل في المكتب المركزي، ثم أدار بناء معسكر ضخم.

كان كريموف مخطئاً أيضاً فيما يتعلق بمحاوره بوغولييف. تبيّن أن الموظف السوفييتي، مؤرّخ فنّي وخبير في صندوق المتحف وكاتب قصائد لم تنشر أبداً - كتاباته لا تناسب العصر.

قال بوغولييف مرة أخرى هامساً:

- والآن، كما ترى، كل شيء، كل شيء قد اختفى، وتحوّلت إلى الأخ: الأرنب.

---

(1) نسبة إلى مدينة شليسبرغ الواقعة في مقاطعة لينينغراد. (المترجمان).

إنه لأمر غريب ومخيف، كأنْ لا شيءَ في العالم ما عدا تدفّق نهر بوغ، والدنيبر، ومحيط بيرياتينسك، ومستنقعات أفروتش، ورابية مامايف وأحواض كوبوروسنايا، ومبنى «ستة على واحد»، والتقارير السياسيّة، وفقدان الذخيرة، والمسؤولين السياسيين الجرحى، والاعتداءات الليلية، والأعمال السياسية في المعركة وفي المسيرة، وقياسات إطلاق النار، وغارات الدبابات، ومدافع الهاون، وهيئة الأركان العامة، وحاملات الرشاشات . . .

وفي العالم نفسه، وفي الوقت نفسه، لم يكن هناك سوى التحقيقاتِ الليليّة، والإيقاظ، والتحقق، والذهاب تحت الحراسة إلى الحمام، وجداول السجائر الممنوحة، وعمليات التفتيش، والمواجهات الشخصيّة، والمحققين، وقرارات الاجتماع الخاص .

ولكن كان هذا وذاك على حد سواء .

ولكن لماذا بدا له طبيعيّاً؛ وأنّهُ أمرٌ لا بدّ منه، أن جيرانه، المحرومين من حريتهم، كانوا في زنزانة السجن الداخلي؟ ولماذا كان أمراً غريباً، وسخيفاً لا يمكن تصوّره، أنه انتهى به المطاف، هو كريموف، في هذه الزنزانة، وعلى هذا السرير؟

لم يُطق كريموف صبراً، أراد أن يتحدث . لم يستطع المقاومة، فقال :

- تركتني زوجتي، ولا أنتظر طرداً تموينيّاً من أحد . أمّا سريرُ رجلِ الأمنِ الضخمِ فبقيَ فارغاً حتى الصباح .

28

5

مرَّ كريموف ذات مرة، قبل الحرب، من لوبيانكا ليلاً وتساءل عما كان وراء نوافذ المبنى الذي لا ينام. مكث المعتقلون في السجن الداخلي ثمانيةَ أشهر، وسنة ونصف، وكان التحقيق جارياً. ثم تلقّى أقارب المعتقلين رسائل من معسكرات الاعتقال، وظهرت كلمات - كومي، سالخارد، نوريلسك، كوتلاس، ماغادان، فوركوتا، كوليما، كوزنيتسك، كراسنويارسك، كاراغاندا، خليج ناغايفو. . .

لكن عديداً من الآلاف، الذين وصلوا إلى السجن الداخلي، اختفوا إلى الأبد. وأبلغ مكتبُ المدعي العام الأقاربَ أن هؤلاء الأشخاص حُكم عليهم بالسجن مدةَ عشر سنوات من دون حق المراسلة، لكن لم يكن هناك سجناء صدرت بحقّهم أحكام في المعسكرات تقضي بعشر سنوات من دون حق المراسلات، على ما يبدو، كان ذلكَ يعني: أُعدم رمياً بالرصاص.

كتب شخص في رسالة من معسكر الاعتقال، أنه في حالة جيّدة، ويعيش في دفء، وطلب، إن أمكن، إرسال ثوم وبصلٍ. وأوضح الأقارب أن الثوم والبصل ضروريان لعلاج مرض الاسقربوط[1]. لم

(1) نقص فيتامين س. (م)

يكتبْ أحدُ البتّة في الرسائل عن الوقت الذي يقضيه في سجن التحقيق.

كان أمراً فظيعاً أن تسير في لوبيانكا وزقاق كومسومولسكي في ليالي الصيف عام 1937.

كانت الشوارعُ الليليّةُ الخانقة مهجورةً. ووقفت المباني مظلمة، ونوافذها مفتوحة، وفي الوقت نفسه مقفرة وممتلئة بالناس. لم يكن ثمةَ هدوء في هدوئها. تراءت الظلالُ في النوافذ المضاءة، خلف ستائرها المغلقة البيضاء، واصطفقت أبواب السيارات عند المدخل، وومضت مصابيحها الأمامية. وبدا أن المدينة الضخمة بأكملها كانت موجّهةً نحو المنظر الزجاجي للوبيانكا. حضرَ في الذاكرةِ ناسٌ معروفون. المسافة إليهم لا تُقاسُ بالأبعادِ المعروفةِ، كانوا في فضاءٍ آخر. ما من قوة على الأرض أو في السماء يمكنها تجاوز هذه الهاوية السحيقةِ المعادلةِ لهاوية الموت. ولكنَّهُ ليس في التراب، وليس تحت غطاء التابوت المقوى، بل هنا، في مكان قريب، إنّه حيّ، يتنفس، ويفكر، ويبكي، إنّه ليس ميتاً.

أمّا السيارات فكانت تُواصل نقل المعتقلين الجدد، بالمئات، والآلاف، وعشرات الآلاف من الأشخاص الذين يختفونَ خلف أبواب السجن الداخلي، وخلف أبواب سجن بوتيرسكايا، ليفورتوفو.

وحلّ مكان المعتقلين موظفون من لجان المقاطعات، والمفوضات الشعبيّة، والإدارات العسكريّة، ومكتب المدعي العام، والائتمانات، والمستوصفات، ومديريات المصانع، واللجان المحليّة، ولجان المصانع، وإدارات الأراضي، والمختبرات

البكتريولوجيّة، ومديريّة المسارح الأكاديميّة، ومكاتب تصميم الطائرات، ومن معاهد عمالقة الهندسة في الكيمياء والمعادن.

وحدث أن تبيّن، بعد فترة قصيرة، أن أولئك الذين جاؤوا ليحلّوا محل أعداء الشعب المعتقلين، أصبحوا هم أنفسهم إرهابيين ومخربين، وأعداء، وعملاء مزدوجين، واعتُقِلوا. وحدث في بعض الأحيان، أن أشخاص الاستدعاء الثالث، أصبحوا أعداء أيضاً، واعتُقِلوا بدورهم.

همس أحد الرفاق، وهو من لينينغراد، لكريموف أن ثلاثة أمناء إحدى لجان مقاطعة لينينغراد كانوا جالسين معه في زنزانة واحدة؛ وقد فضحَ كلُّ سكرتير معيّن حديثاً سلفه؛ بأنّه عدوّ وإرهابي. وكانوا في الزنزانة يجلسون أحدُهم بجانب الآخر، وليس لديهم أيّ حقدٍ واستياء بعضهم تجاه بعض.

دخل في إحدى الليالي، ميتيا شابوشنيكوف، شقيق يفغينيا نيقولايفنا، هذا المبنى، مع حزمة بيضاء تحت ذراعه، جمعتها زوجته له: منشفة، وصابون، وزوجان من الثياب الداخلية، وفرشاة أسنان، وجوارب، وثلاثة مناديل. ودخل من خلال هذه الأبواب، وحفظَ في ذاكرته عدداً مكوناً من خمسة أرقام لبطاقته الحزبية، حفظَ مكتبه في الملحقية التجارية في باريس، والعربة الدولية حيث قام في طريقه إلى شبه جزيرة القرم بتوضيح علاقته مع زوجته، وشرب زجاجة مياه معدنية وقلّبَ مُتثائباً أوراق «الحمار الذهبي»[1].

(1) الحمار الذهبي، رواية كوميدية للوكيوس أبوليوس، وتُعَدُّ أول رواية في تاريخ الإنسانية وصلت كاملة. (المترجمان).

بالتأكيد، لم يكن ميتيا مذنباً بأي شيء. ومع ذلك، سُجنَ ميتيا، ولم يُسجن كريموف.

سار ذاتَ يوم أبارشوك، زوج لودميلا شابوشنيكوفا الأوّل، في هذا الممر المضاء بألوان زاهية، والمتجه من الحرية إلى اللاحرية. ذهب أبارشوك إلى التحقيق، في عجلة من أمرهِ لتبديد سوء تفاهم سخيفٍ. . . وبعد مرور خمسة، سبعة، ثمانية أشهر، كتب أبارشوك: «لقد لقّنني فكرة قتل الرفيق ستالين لأوّل مرّة أحد عملاء المخابرات العسكرية الألمانية، وقد ربطني به أحد قادة العمل السرّي. . . جرى الحديث بعد مظاهرة الأوّل من أيّار في شارع ياوزسكي، وعدتُ بإعطاء إجابة نهائية خلال خمسة أيام، واتفقنا على عقد اجتماع جديد. . .».

لقد جرى عمل مذهل خلف هذه النوافذ، حقيقةً عمل مذهل. لم يُزحْ أبارتشوك نظره، عندما أطلقَ عليه ضابط الكولتشاكوف[1] النار.

بالتأكيد، أجبروه على توقيع إفاداتٍ زائفة عن نفسه. وبالتأكيد، أبارتشوك شيوعي حقيقي، وقويّ وذو صلابة لينينيّة، وليس مذنباً بشيء. لكنهم اعتقلوه، وأدلى بإفاداته. . . لكن كريموف لم يُسجن، ولم يُقبض عليه، ولم يُجبر على تقديم أدلة.

سمع كريموف، كيف نشأت مثل هذه الحالات؛ جاءت بعض المعلومات من أولئك الذين همسوا له: «لكن تذكر، إذا أخبرت شخصاً واحداً على الأقل - الزوجة أو الأم - عن ذلك، فسأموت أنا».

---

(1) نسبة إلى وزير الدفاع، الذي نُقلت إليه السلطة، بعد أحداث مدينة أومسك تاريخ 18 تشرين الثاني (نوفمبر) عام 1918. (المترجمان).

وقالَ أولئك الذين أثار الكحولُ غضبهم وانزعجوا من غباء المحادث الواثق بنفسه شيئاً ما، ونطقوا فجأة بكلماتٍ غير حذرة، ثم التزموا الصمت، وفي اليوم التالي، قالوا وهم يتثاءبون وكما لو أنَّ الأمر بالمصادفة: «نعم، بالمناسبة، يبدو أنني قلتُ بالأمس كلاماً فارغاً، ألا تتذكر؟ حسناً، هذا أفضل».

وحدَّثتهُ زوجات الأصدقاء اللواتي ذهبن إلى معسكرات الاعتقال لمقابلةِ أزواجهنّ بأمورٍ معيّنة.

ولكن كل ذلك شائعات، وثرثرة. ولكريموف لم يحدث شيء مماثل.

وها هم قد وضعوه الآن في السجن. حدثٌ لا يُصدَّق، وسخيف، ومجنون. عندما سجنوا المناشفة، والثوريين الاشتراكيين، والحرس الأبيض، والقساوسة، والمحرضين الكولاك، لم يفكر أبداً، حتى ولو لدقيقة واحدة، في شعور هؤلاء الأشخاص، وفقدانهم لحريتهم، في انتظار الحكم. لم يفكر في زوجاتهم وأمهاتهم وأطفالهم.

بالتأكيد، عندما بدأت القذائف تنفجر أقرب فأقرب، لم يعد لامبالياً بالتشويه الذي يطالُ جماعته وليس الأعداء - لم يسجنوا الأعداء، بل المواطنين السوفييت، وأعضاء الحزب.

عندما سُجن كثيرٌ من الأشخاص، ولا سيّما المقربين منه، وأشخاص من جيله، ممن عَدَّهم بلاشفة لينينيّين، صُدم ولم ينم ليلاً، وأخذ يفكر فيما إذا كان ستالين يملك الحق في حرمان الناس من الحرية، وفي تعذيبهم وإطلاق النار عليهم. فكر في المعاناة التي يتعرضون لها، ومعاناة زوجاتهم، وأمهاتهم. إنّ هؤلاء لم يكونوا

كولاك، وليسوا من الحرس الأبيض، بل أناس - بلشفيون - لينينيون!

ومع ذلك، طمأن نفسه: لم يسجنوا كريموف بأي حالٍ من الأحوال، وما نفوه، وما وقّع اعترافات على نفسه، ولم يعترف باتهامات كاذبة.

لكنَّهم سجنوا الآن كريموف، البلشفي اللينيني. ولم تعد ثمَّةَ طمأنة، ولا تفسيرات، ولا توضيحات. لقد حدث ذلك.

أدركَ الآنَ أمراً مُعيَّناً. أصبحتِ الأسنانُ، الأذنان، الخياشيم، فخذُ الرجلِ العاري موضوعاً للبحث. ثم إنَّ الرجلَ سار على طول الممر بائساً ومضحكاً، يُثبِّتُ سرواله المنزلق ذا الأزرار المنزوعة، وسرواله الداخلي. وسُحبت النظارات من قصيري النظر، فحدّقوا بعيونٍ نصف مفتوحةٍ، قلقين، وفركوا عيونهم. دخل الرجل الغرفة وأصبح فأراً مخبريّاً، وأكسبوهُ حركات لاإرادية جديدة، وتحدث همساً، ونهضَ عن السرير، واستلقى على السرير، وأرسل احتياجاته الطبيعية، وكان ينام ويرى الأحلام تحت المراقبة المستمرَّة. وبدا كلّ شيءٍ قاسياً جداً، وسخيفاً، لاإنسانياً. فهم أولاً بوضوح كيف تجري الأمور الفظيعة في لوبيانكا. لقد عذّبوا البلشفيَّ، اللينينيَّ، الرفيق كريموف.

6

مرّت الأيام، ولكن لم يُستدعَ كريموف.

صار يعرف متى وماذا يُطعمون، عرف ساعات الفسحة ومدة الاستحمام، عرف دخان تبغ السجن، ووقت التحقيق، ومُحتويات المكتبةِ تقريبيّاً، كان يعرف وجوه الحراس، قَلقَ في انتظار عودة جيرانهِ في الزنزانة. أكثرهم استدعاءً للتحقيق كان كاتسينيلينبوغين. واستدعوا بوغولييف دائماً خلال النهار.

الحياةُ بلا حرية! كانت مرضاً. فقدانُ الحرية يشبه فقدان الصحة. كان المصباحُ مُناراً، والماءُ يتدفق من الصنبور، وكان هناك حساء في الوعاء، لكن ثمَّة خصوصيّة كانت للضوء والماء والخبز، وقُدّمت، وخُصّصت. وعندما تطلّبت مصالح التحقيق شيئاً ما، كان يُحرم السجناء مؤقتاً من الضوء والغذاء والنوم. فحصولهم على كل هذا ليسَ لأنفسهم، تلكَ كانت منهجيّة العمل معهم.

استُدعي العجوز العظمي إلى التحقيق ذات مرّة، وقال بتعجرف عندما عاد:

- لقد تأكد المواطن المحقق بعد ثلاث ساعات من الصمت، من أن اسم عائلتي بالفعل، هو دريلينغ.

كان بوغولييف ودوداً دائماً، وتحدَّثَ إلى الموجودين في الزنزانة باحترام، وسأل جيرانه في الصباح عن صحتهم، وعن نومهم.

أخذ يقرأ ذات مرّة أشعاراً لكريموف، ثم قطع القراءة قائلاً:

- المعذرة، ليسَ الأمر ممتِعاً لكم؟

أجاب كريموف مبتسماً:

- بصراحة، لم أفهم شيئاً. وقد قرأت هيجل ذات مرّة وفهمت.

كان بوغولييف يخافُ التحقيقَ كثيراً، وارتبك عندما سأل الحارسُ المناوب: «من هو بحرف «ب»؟» وبدا عند عودته من لقائهِ مع المحقق نحيفاً وصغيراً وعجوزاً.

تحدّث عابساً على نحوٍ متقطّع وملتوٍ حول استجوابه. كان من المستحيل فَهم ما اتُهم به؛ هل هي محاولة اغتيال ستالين، أو هي حقيقة أنه لم يعجب بالأعمال المكتوبة بروح الواقعية الاشتراكية.

قال العملاقُ لبوغولييف ذات مرة:

- أنت ساعد الشاب في صياغة التهمة. أنصحكَ أن تقول شيئاً من هذا القبيل: «أشعر بكراهية وحشية لكل ما هو جديد، وأنا أمجّد الأعمال الفنيّة التي مُنحت جائزة ستالين». ستحصل على علامة عشرة من عشرة. وقلّل من فضح أصدقائك، فلن تنجو بهذا، بل على العكس من ذلك، سيحيكون لك مشاركة في تنظيم، وسوف ينتهي بك الأمر في معسكر اعتقال مشدّد.

قال بوغولييف:

- ماذا تقول؟ كيف يمكنني مساعدتهم، إنهم يعرفون كل شيء.

غالباً ما كان يهمس مُتَفَلسِفاً في موضوعه المفضل: نحن جميعاً

شخصيات خرافية - قوّاد فرق رهيبون، ومظليّون، أتباع ماتيس[1] وبيساريف[2]، أعضاء في الحزب، جيولوجيون، رجال أمن، بناة خطط خمسيّة، طيارون، مؤسسون عمالقة للصناعات المعدنية. . . وها نحن مغرورون، وواثقون بأنفسنا، عبرنا عتبة بيت عجيب، وحوّلتنا العصا السحرية إلى عصافير، وخنازير، وسناجب. وما الذي نحتاج إليه الآن - ذبابة، وبيضة نمل.

كان لديه عقل أصيل وغريب وعميق على ما يبدو، لكنه كان صغيراً فيما يتعلّق بالشؤون اليوميّة - كان دائماً يشعر بالقلق من أنه حصل على أقل من سواه، وأسوأ من الآخرين، وأنّهم قلّصوا له الفسحة، وأنّ أحداً ما أكل خبزَهُ المجفّف أثناء الفسحة.

كانت الحياةُ ممتلئةً بالأحداث، لكنها كانت فارغة، ووهميّة. الناسُ في الزنزانة موجودون في قاعِ قناةٍ جافةٍ. درسَ المحقق هذه القناة، والحصى، والشقوق، وعدم تساوي مستوى الضفة. ولكن المياه التي حفرت هذه القناة لم تعد موجودة.

نادراً ما شاركَ دريلينغ في حديث، وإذا ما تحدّث فمعظم حديثه مع بوغولييف، لأنه على ما يبدو كان غيرَ حزبيٍّ.

لكنه وهو يتحدَّثُ إلى بوغولييف، انزعجَ في معظم الأحيان.

قال ذات مرة:

- أنت شخصٌ غريب، أولاً، أنت محترم وودود مع الأشخاص

---

(1) هنري ماتيس (1869-1954 م) رسّام فرنسي، يعدُّ من أبرز الفنانين التشكيليين في القرن العشرين. (المترجمان). .

(2) أديب وشاعر روسي (1780-1848). (المترجمان).

الذين تحتقرهم، وثانياً، كل يوم تسألني عن صحتي، على الرغم من أنه لا يهمّك ما إذا كنت سأموت أم سأبقى حيّاً.

فقال بوغولييف رافعاً عينيه إلى سقف الزنزانة، وناشراً ذراعيه:

- اسمع، وقرأ مُتَرَنِّماً:

«- مما تكوَّنَ درعُكِ، أيّتها السلحفاة؟

سألت وحصلت على إجابة:

- إنه من خوفي الذي راكمته-

لا شيءَ أقوى منهُ في العالم!».

سأل دريلينغ:

- هذا شِعرك؟

نشر بوغولييف يديه مرة أخرى، ولم يُجب.

قال كاتسينيلينبوغين:

- العجوز خائف، لقد راكم الخوف.

بعد الإفطار، أظهر دريلينغ لبوغولييف غلافَ كتاب وسأل:

- هل يعجبك؟

قال بوغولييف:

- بصراحة، لا.

هزّ دريلينغ رأسه قائلاً:

- أنا لست من محبي هذا العمل. وقال غيورغي فالنتينوفيتش: «إن صورة الأم التي أنشأها غوركي هي أيقونة، والطبقة العاملة، لا تحتاج إلى أيقونات».

قال كريموف:

- أجيالٌ قرأت «الأم»، فما علاقة الأيقونة هنا؟

قال دريلينغ بصوت مربيةٍ في رياض الأطفال:

- الأيقونات يحتاج إليها كل أولئك الذين يريدون استعباد الطبقة العاملة. هناك أيقونة لينين في قضيتك الشيوعية، وهناك أيقونة للقديس ستالين. ولم يكن نيكراسوف في حاجة إلى الأيقونات.

بدا أنْ ليسَ جبهته وجمجمتَه ويديه وأنفَه قد نُحتت من العظم الأبيض - بل كلماته أيضاً وهي تطرُقُ كأنَّها من عظم.

فكّر كريموف: «آخ، أيّها الوغد».

لم يسبق لكريموف أن رأى هذا الشخصَ الوديعَ والودودَ والمكتئبَ دائماً، متوتراً إلى هذه الدرجة، أجابَ بوغولييف غاضباً:

- أنت وفي تصوّراتك حول الشعر لم تذهب أبعد من نيكراسوف. منذ ذلك الوقت، ظهر بلوك وماندلشتام وخليبنيكوف.

قال دريلينغ:

- لا أعرف ماندلشتام، وخليبنيكوف هو السفالة والانحلال.

قال بوغولييف بحدّة، للمرة الأولى، وبصوت عال:

- دعنا منك، لقد سئمتُ حتى الغثيان من وصفات بليخانوف. أنتم هنا في غرفتنا ماركسيون بمختلف مذاهب الماركسيّة، لكنّكم متشابهون من حيث إنكم عميان في مجالِ الشعر، ولا تفهمون شيئاً على الإطلاق.

قصة غريبة. أزعجت كريموف على نحوٍ خاص فكرةُ أنَّهُ بالنسبةِ إلى الحراس، الليليين والنهاريين، وهو البلشفي والمفوض العسكري، لا يختلف عن العجوز السيئ دريلينغ.

والآن، هو الذي لم يستطع تحمل الرمزية، والانحطاطية، وقد أحبّ طوال حياته نيكراسوف، كان على استعداد لدعم بوغولييف في النزاع.

فإذا قال العجوزُ العظميُّ كلمةً سيئةً عن يجوف، فإنّه بالتأكيد سيبرر له: إعدام بوخارين، ونفي الزوجات لعدم الإبلاغ عن أزواجهن، والأحكام، والاستجوابات الرهيبة.

لكن الرجل العظمي صمت.

جاء الحارس في هذه الأثناء، واقتاد دريلينغ إلى الحمام.

أخبر كاتسينيلينبوغين كريموفَ:

- جلسنا نحو خمسة أيّام في الزنزانة نحن الاثنين. كان صامتاً، مثل سمكة على الجليد. قلت له: «هذا للدجاج من أجل الضحك: يهوديان، كلاهما متقدمٌ في السنّ، قضيا أمسية معاً في مزرعة بالقرب من لوبيانكا وظلّا صامتين». ما الذي يدفَعُ إلى الصمت! لماذا هذا الاحتقار؟ لماذا لا يريد التحدُّث إلي؟ هل هو الانتقامُ الرهيبُ، أم قتلُ الكاهن ليلاً بالقرب من لاكويبيلي؟ ما هذا؟ أيّها التلميذ القديم.

قال كريموف:

- إنّه عدو!

ليسَ مُزاحاً أنَّ دريلينغ شغلَ عنصرَ الأمن على ما يبدو.

قال كاتسينيلينبوغين:

- يجلس للعمل، أتفهم! شيءٌ خيالي! خلفه معسكر الاعتقال، أمامَه سترة البحّارة، وهو مثل الحديد. أنا أحسده! يستدعونه للاستجواب - من اسمه بحرف «د»؟ يصمت، مثل جذعِ شجرة، لا

يستجيب. حصل أنّهم كانوا ينادونه بالاسم. وتدخل الإدارة الزنزانة
- اقتله، لن ينهض.

عندما عاد دريلينغ من الحمام، قال كريموف لكاتسينيلينبوغين:

- أمام محكمة التاريخ، كل شيء تافه. نجلس هنا، وأنا وأنتَ لا نزالُ نكرهُ أعداء الشيوعية.

نظر دريلينغ إلى كريموف بسخرية فضوليّة وقالَ دون أن يلتفتَ إلى أحد:

- أيُّ محكمةٍ هذه، إنَّهُ عقابُ التاريخ!

عبثاً حسدَ كاتسينيلينبوغين الرجلَ العظميَّ على قوّته. لم تعد قوته قوة بشرية. لقد رفع التعصُّبُ اللاإنساني والأعمى، بحرارته الكيميائية، قلبَهُ الفارغَ وغير المبالي.

قليلاً ما مسّته الحربُ التي عصفت بروسيا، وكل الأحداث المرتبطة بها،- ولم يكن يسألُ عن شؤونِ الجبهة، وعن ستالينغراد. لم يكن يعرف عن المدن الجديدة، وعن الصناعة الضخمة. لم يكن يعيش حياة إنسانية، لكنه كان يلعب لعبة لانهائية من الصور التجريدية، تخصّه وحده في لعبة ضامة السجن[1].

كان كاتسينيلينبوغين مهتماً جداً بكريموف. شعر كريموف بذلك،

(1) لعبة الضامة (أو داما أو دامة) لعبة شعبية ووسيلة تسلية وتنافس بسيطة. . هي لعبة استراتيجية تُلعب بين شخصين فقط على لوحة تحمل مربعات وباستعمال قطع على شكل أقراص غالباً، وتحركات القطع موحدة وإلزامية. وهي لعبة عربية دخلت إلى أوروبا عن طريق الأندلس هي والشطرنج. (المترجمان).

ورأى أنه ذكي. ومزح، وتكدر، وهرّج، وكانت عيناه ذكيتين، كسولتين، ومتعبتين. مثل هذه العيون توجد عند ناسٍ يعرفون كلّ شيء، وتعبوا من العيش وليسوا خائفين من الموت.

تحدّث ذات مرة، عن بناء سكة حديد على طول ساحل المحيط المتجمد الشمالي، وقال لكريموف:

- إنه مشروع جميل على نحوٍ لافت للنظر - وأضاف:- صحيح أن تنفيذه كلفنا حياة آلاف البشر.

قال كريموف:

- إنه أمر مخيف.

هزَّ كاتسينيلينبوغين كتفيه قائلاً:

- لو رأيت، كيف مضت طوابيرُ المحكوم عليهم إلى العمل. في صمت مميت. فوق رؤوسهم الشفقُ القطبيُّ الأخضرُ والأزرقُ، والجليد والثلج في كل مكان، والمحيط الأسود يهدر. هناك كانت القوّةُ مرئيّةً.

ثمَّ قالَ ناصحاً كريموفَ:

- عليك مساعدة المحقق، إنه كادر جديد، من الصعب عليه أن يتعامل مع القضية.. وإذا ساعدته، أخبره، وبهذا تساعد نفسك، وسوف تتجنب السفر مئة ساعة في الناقلات. والنتيجة هي واحدة - اجتماع خاص سيحسم الأمر.

حاول كريموف أن يُجادِلَهُ، فأجاب كاتسينيلينبوغين:

- البراءةُ الشخصيّةُ من بقايا العصورِ الوسطى؛ الكيمياء. أعلن تولستوي أن لا وجود لمذنبين في العالم. لكننا طرحنا، نحن رجال

الأمن، أطروحةً أعلى - لا وجودَ لأبرياء في العالم، ولا يوجدُ خارجون عن اختصاص القضاء. مذنبٌ من تصدُرُ مذكرةٌ بحقه، ويمكنك كتابةُ مذكِّرة لأيِّ شخص. ولكل شخص الحقُّ في الحصول على مذكِّرة. حتى الشخص الذي كان يكتب هذه المذكِّرات للآخرين طوال حياته؛ «قام المغربي بعمله، والمغربي يمكن أن يغادر»[1].

كان يعرفُ الكثير من أصدقاء كريموف، وكان بعضهم يعرفهم كأشخاص قيد التحقيق في عام 1937. تحدث عن الأشخاص الذين أدار شؤونهم، بطريقة غريبة إلى حد ما - بدون خبث، وبدون إثارة: «كان هناك شخص مثير للاهتمام»، «غريب الأطوار»، «وسيم».

كان يتذكر في كثير من الأحيان أناتول فرانس، ودوما أوباناس، كان يحب اقتباس بينيا كريك لبابل، وسمّى مغنّيي الباليه في مسرح البولشوي بالاسم واسم الأب. جمع مكتبةً من الكتب النادرة، وتحدث عن مُجلّدِ راديشيف الثمين، الذي حصل عليه قبل وقت قصير من اعتقاله.

قال:

- من الجيّد أن تُقَدَّم مجموعتي إلى مكتبة لينين، وإلّا سوف يأخذ الحمقى الكتب، دون أن يفهموا قيمتها.

كان متزوجاً من راقصة باليه. إنّ مصير كتب راديشيف أقلق كاتسينيلينبوغين، على ما يبدو أكثر من مصير زوجته، وعندما قال كريموف لهُ ذلك، أجاب رجل الأمن:

---

(1) هذه الجملة مقتبسة من دراما شيللر «مؤامرة فيسكو في جنوة» (1783). (المترجمان).

- زوجتي أنغيلينا امرأة ذكية، لن تضيع.

بدا أنه يفهم كل شيء، لكنه لم يشعر بأي شيء. المفاهيم بسيطة - الفراق، المعاناة، الحرية، الحب، الإخلاص النسائي، الحزن - كانت غير مفهومة له. ظهرتِ الإثارة في صوته عندما تحدّث عن السنوات الأولى من عمله في لجنة الطوارئ. قال: «يا له من زمن، وأي نوع من الناس». أمَّا ما شكَّلَ حياةَ كريموف فبدا له من فئةِ مواد الدعاية.

قال عن ستالين:

- أنحني أمامه أكثر من لينين. وهو الشخص الوحيد الذي أحبّه حقاً.

ولكن لماذا هذا الشخص الذي شارك في التحضير لعملية محاكمة قادة المعارضة، والذي ترأس موقع البناء الضخم خلف القطب بأيدي الكولاك، تحت قيادة بيريا، تعامل بهدوء شديد، مع مسألةِ المضي إلى الاستجواب الليلي في بيته الأصلي، مثبّتاً سرواله ذا الأزرار المقطوعة على بطنه؟ ولماذا تعامل بقلق وألم مع المنشفي دريلينغ، الذي أظهر له الصمت؟

أحياناً بدأ كريموف نفسه يشك. لماذا هو غاضب جداً، ويحترق وهو يكتب رسائل إلى ستالين، ويبرد، ويتعرّق؟ قام مافر بعمله. لقد حصل كل هذا في السنة السابعة والثلاثين مع عشرات الآلاف من أعضاء الحزب، مثله، أو أفضل منه. قام المغاربة بعملهم. لماذا تثير كلمة وشاية اشمئزازه الآن؟ فقط لأنه سُجن بناء على وشاية شخص ما؟ كم تلقّى بنفسه تقارير وشايات سياسية من المخبرين السياسيين في الوحدات العسكرية. إنّه عمل معتاد. وشايات معتادة. يرتدي

جندي الجيش الأحمر ريابوشتان صليباً صدريّاً، ويسمي الشيوعيين بالملحدين - هل عاش ريابوشتان طويلاً بعد أن أُرسل إلى السريّة التأديبية؟ وقال جندي الجيش الأحمر غورديف إنه لا يؤمن بقوة الأسلحة السوفييتيّة، وإن انتصار هتلر حتميّ - هل عاش غورديف طويلاً في السريّة التأديبية؟ أعلن جندي الجيش الأحمر ماركوفيتش: «كل الشيوعيين لصوص، سيأتي الوقت، وسنرفعهم على الحراب وسيصبح الناس أحراراً»، حكمت المحكمة على ماركوفيتش بالإعدام. وهو نفسه واشٍ، فقد أبلغ الإدارة السياسية للجبهة عن غريكوف، لو لم تقتل القنبلةُ الألمانيّةُ غريكوف، لكان القادةُ قد أطلقوا النار عليه. ما الذي شعر به أولئكَ الأشخاص، الذين أُرسلوا إلى السريّات التأديبية، وحوكموا في المحاكم الميدانيّة، وحُقِّقَ معهم في الأقسام الخاصّة؟

وقبل الحرب، كم مرّة كان عليه أن يشارك في مثل هذه الأمور، وكم تعامل بهدوء مع كلمات أصدقائه: «أخبرتُ لجنة الحزب عن حديثي مع بيتر»؛ «أخبَرَ الاجتماعَ الحزبيَّ بأمانةٍ عن محتويات رسائل إيفان»؛ «لقد استُدعي، وكان عليهِ كشيوعي، بالتأكيد، أن يتحدث عن كل شيء - سواء عن مزاج الشباب أو عن رسائل فولودكا».

لقد حصل، حصل، لقد حصل كلّ هذا.

آه، ماذا هناك. . . كل تلكَ التفسيرات التي كتبها وقدّمها شفهيّاً، لم تساعد أي شخص على الخروج من السجن. كان معناها الداخلي واحداً: أن لا يقع هو نفسه في المستنقع، وأن ينسحب.

على نحوٍ سيئ، سيئ، دافع كريموف عن أصدقائه، مع أنَّهُ ما أحبَّ ذلك، لقد خاف، وتجنب بأيٍّ طريقة كل هذه الأمور. لماذا

يتحرَّق ويتبرّد؟ ماذا يريد؟ أن يعلم الضابط المناوب في لوبيانكا بوحدته، أن يتنهّد المحققون لكون امرأته الحبيبة تركته، وأن يأخذوا في الاعتبار في تقاريرهم أنّه كان يناديها في الليل، ويعضّ يده، وأنّ أمّه كانت تناديه نيقولينكا؟

استيقظ كريموف في الليل، وفتح عينيه فرأى دريلينغ على سرير كاتسينيلينبوغين. أضاءت الكهرباء الهائجة ظهر سجين معسكر الاعتقال القديم. وجلس بوغولييف الذي استيقظ على السرير، وغطى ساقيه ببطانية.

هرع دريلينغ إلى الباب وطرقه بقبضةٍ عظميّةٍ، وصاح بصوت عظمي:

- هيه، أيّها المناوب، طبيب بسرعة، سجين أصيبَ بنوبة قلبية!

ركض المناوب إلى العين الساحرة قائلاً:

- اهدؤوا، توقفوا!

صرخ كريموف:

- كيف نهدأ، الرجل يموت! - ثم قفز من السرير، وركض إلى الباب، وبدأ يطرقه مع دريلينغ بقبضته. لاحظ أن بوغولييف استلقى على سريره، وغطى نفسه ببطانية،- كان يخشى، على ما يبدو، أن يشارك في حالة طوارئ ليلية.

فُتحَ الباب بعد فترة قصيرة، ودخل عدّة أشخاص.

كان كاتسينيلينبوغين فاقداً الوعي. لم يستطيعوا لفترة طويلة، وضع جسده الضخم على النقالة.

في الصباح، سأل دريلينغ فجأة كريموف:

- أخبرني، كم مرة تعين عليك، وأنت المفوض الشيوعي، التعامل مع ظهور الاستياء في الجبهة؟

سأل كريموف:

- أيّ عدم رضا، رضا عن ماذا؟

- أقصد عدم الرضا عن سياسات البلاشفة بشأن الكولخوزات، وعن القيادة العامة للحرب، بكلمة واحدة، مظهر من مظاهر السخط السياسي؟

قال كريموف:

- أبداً. لم أواجه مثل هذه الأمزجة قط.

قال دريلينغ، وأومأ برأسه راضياً عن الجواب:

- حسناً، حسناً، هكذا اعتقدت.

7

تُعَدُّ فكرةُ تطويق الألمان في ستالينغراد رائعة.

لقد تكرّر في تركيز الكتلِ العسكرية السرّي على أجنحة جيش باولوس المبدأُ الذي وُلد يومَ زحف الرجال حُفاةُ الأقدام، من ذوي الجباه الضيِّقةِ، والفكوك الضخمة على طول الشجيرات، محيطينَ بالكهوف التي استولى عليها غرباء الغابات. فما الذي يُدهِشُ: الفرق بين الهراوة والمدفعية بعيدة المدى، أم المبدأُ الثابت ذو الألف عام للأسلحة القديمة والجديدة؟

ولكن لا ينبغي أن يستدعيَ اليأسَ أو المفاجأةَ إدراكُ أن دوامة الحركة البشرية، التي تتوسع باستمرار في حركتها اللولبية إلى الأعلى، لها محور ثابت.

على الرغم من أن مبدأ التطويق الذي شكّلَ جوهر عملية ستالينغراد، ليس جديداً، فإن الفضلَ لمنظمي هجوم ستالينغراد، الذين اختاروا المنطقة على نحوٍ صحيح لتطبيق هذا المبدأ القديم، وهو أمر لا جدال فيه. اختاروا على نحوٍ صحيح وقت العملية، ومَلَكوا قواتٍ مدربةً بمهارة، وحشدوا تلكَ القوات؛ إنّ فضل منظمي الهجوم هو الترتيب الماهر لتفاعل ثلاث جبهات - الجنوبية الغربية

والدون وستالينغراد؛ كانت الصعوبةُ الكبيرةُ تتجلّى في التركيز السرّي للقوات على أرض السهوب الخالية من الحماية الطبيعية. كانت القوات في الشمال والجنوب تستعد، انزلقت على طول الكتف اليُمنى واليُسرى للألمان، التقت في كالاتش، وانقضَّت على العدو، وكسرت عظامه، وسحقت قلبَ جيشٍ باولوس ورئتيه. لقد أُنفِقَ كثيرٌ من العمل على تطوير تفاصيل العملية، واستطلاع الأسلحة النارية، والقوى العاملة، ومُؤخِّرة العدو واتصالاته.

ولكن على الرغم من ذلك، فإن أساس هذا العمل، الذي شارك فيه القائدُ الأعلى للقوات المسلحة المارشال جوزيف ستالين والجنرالات جوكوف وفاسيليفسكي وفورونوف وإريمينكو وروكوسوفوفسكي وعديدٌ من ضباطِ الأركانِ العامة الموهوبين، قد وضع مبدأً تطويقِ الأجنحةِ الذي أدخله رجلٌ بدائيٌّ كثيفُ الشعر في الممارسة العسكرية[1].

يمكن أن يُعزى تحديد العبقرية إلى الأشخاص الذين يُدخلون أفكاراً جديدة إلى الحياة، أولئك الذين ينتمون إلى القلب، وليس إلى القشرة، إلى المحور، وليس إلى اللفائف حول المحور. إنّ التطورات الاستراتيجيّة والتكتيكيّة منذ زمن الإسكندر المقدوني لا

(1) يُلاحظُ القارئ في هذا الموضع، وفي مواضع غير قليلة مررنا بها، أن الروائي سعى دوماً إلى التقليل من شأن ستالين، وإلى حرمانهِ من عبقريتهِ في المجال العسكري التي شهد له فيها أعداؤه أنفسهم وخصومهُ في المعسكر الغربي يومذاك؛ بل رأيناه للأسف يساوي بينه وبين هتلر في مُجافاةٍ لحقائقِ التاريخ؛ وكل ذلك من وجهة نظرنا أساءَ إلى هذا العمل الروائي. (المترجمان).

علاقة لها بهذا النوع من الأعمال الإلهية. يميل الوعي الإنساني، المكبوت من جراءِ عظمة الأحداث العسكرية، إلى مساواة عظمة المقاييس بعظمة إنجازات القائد العقلية.

يُظهرُ تاريخ المعارك أن القادة لا يقدمون مبادئ جديدة في عمليات اختراق الدفاعات والمتابعة والتطويق والانسحاب - فهم يطبّقون ويستخدمون مبادئ معروفة منذ حقبة الإنسان البدائي، ومعروفة بالمناسبة، من قبل الذئاب التي تحيطُ بالقطيع، والقطيع الذي يدافع عن نفسه ضدَّ الذئاب.

يضمَنُ المدير النشطُ والعارف بشؤونِ المصنعِ الشراءَ الناجحَ للمواد الخام والوقود، والعلاقة المتبادلة بين ورش العمل وعشرات الظروف الصغيرة والكبيرة الأخرى اللازمة لتشغيل المصنع.

ولكن عندما يذكر المؤرخون أن أنشطة المدير حددت مبادئ علم المعادن، والهندسة الكهربائية، وتحليل الأشعة السينية للمعادن، فإن الوعي الدارس لتاريخ المصنع يبدأ بالاحتجاج: ليس مديرنا من اكتشف الأشعة السينية، ولكن بواسطة أشعة إكس... كانت الأفران العالية موجودة قبل مجيء مديرنا.

إنّ الاكتشافات العلميّة الحقيقيّة العظيمة تجعل الإنسان أكثر حكمة من الطبيعة. وتدرِكُ الطبيعةُ نفسَها في هذه الاكتشافات، ومن خلال هذه الاكتشافات. ويمكن أن ننسب إلى المآثر البشريّة ما أنجزه غاليليو ونيوتن وآينشتاين في فهم طبيعة المكان والزمان والمادة والقوّة. لقد خلق الإنسان بهذه الاكتشافات، عمقاً أبعدَ غوراً وارتفاعاً أطولَ مما هو موجود على نحوٍ طبيعي، وبالتالي ساهم في معرفة الطبيعة للطبيعة بنفسها، وفي إغناء الطبيعة.

إنّ الاكتشافات الأدنى، ومن الدرجة الثانية، الموجودة، والمرئية، والملموسة، والمبادئ التي شكلتها الطبيعة، هي تلك التي يعيد إنتاجها الإنسان.

طيران الطيور، وحركة الأسماك، وحركة حشائش الحقول المتموِّجة، والجلاميد الكرويّة، وقوة الريح التي تجعل الأشجار تتأرجح وتلوّح بأغصانها، والحركات التفاعلية لنباتات البحر - كلها تعبيرات عن هذا المبدأ الصريح والملموس وذاك. الإنسان يستخلص مبدأه من الظاهرة، وينقله إلى مجاله ويطوّره وفقاً لقدراته واحتياجاته.

إنّ الطائرات والتوربينات والمحركات النفاثة والصواريخ، لها أهميّة كبيرة جداً في الحياة، ومع ذلك، فإن الإنسانيّة مدينة باختراعها لموهبتها، ولكن ليس لعبقريتها.

وتُنسبُ إلى اكتشافاتِ الدرجةِ الثانية نفسها، تلك التي تستخدم المبدأ الذي اكتُشف، وبلْوَره الناسُ، وليس الطبيعة، على سبيل المثال، مبدأ نظرية المجال الكهرومغناطيسي، الذي وجد تطبيقه وتطويره في الراديو والتلفزيون والرادار. وتشمل اكتشافات الدرجة الثانية تحريرَ الطاقة الذريّة. لا ينبغي لمبدع أول غلاية يورانيوم فيرمي، أن يطالب بلقب عبقري البشرية، على الرغم من أن اكتشافه كان بداية حقبة جديدة في تاريخ العالم.

وفي الاكتشافات الأدنى، من الدرجة الثالثة، يجسّد الإنسان، الشيء الموجود بالفعل في مجال نشاطه، في ظروفٍ جديدة، على سبيل المثال، يُثبِّتُ محركاً جديداً على متن طائرة، ويستبدل محرك البخار بمحرك كهربائي على متن سفينة.

ويمكن أن ننسب إلى هذا الحقلِ بالذات نشاطَ الإنسان في مجال

الفن العسكري، حيث تتفاعل الظروف الفنيَّة الجديدة مع المبادئ القديمة. ومن السخف إنكار نشاط الجنرال الذي يقود المعركة، من حيث أهمية الأعمال الحربيّة. ومع ذلك، فإنَّ من الخطأ إعلان الجنرال عبقريّاً. إنَّ مثل ذلك فيما يتعلق بالمهندس المُنتج القدير، هو غباء محض؛ أمّا فيما يتعلق بالجنرال، فإنّ ذلك ليس غباءً فحسب، بل أمرٌ ضارّ وخطير أيضاً.

8

انتظرتِ الإشارةَ اثنتان من المطارق، شماليَّة وجنوبيّة؛ كل منهما بملايين الأطنان من المعدن والدم البشري الحي.

أوّلُ من شنَّ الهجومَ القواتُ الواقعةُ شمال غرب ستالينغراد؛ يوم 19 تشرين الثاني (نوفمبر) عام 1942، تمامَ الساعة 7,30 صباحاً، على طول الخطين الجنوبي الغربي وجبهات الدون، وبدأ ذلك بالتمهيد المدفعي القوي الذي استمر 80 دقيقة. وانهالت موجاتُ النارِ على المواقع القتالية التي تحتلها وحدات من الجيش الروماني الثالث.

في الساعة 8 و50 دقيقة انتقل المشاة والدبابات إلى الهجوم. وكانت معنويات القوات السوفييتيّة عالية على نحوٍ غير عادي. وهاجمتِ الفرقة 76 على وقْعِ أنغامِ المارش الذي تؤدِّيه الفرقةُ النحاسيَّة.

كُسر في فترة ما بعد الظهر العمقُ التكتيكيُّ لدفاعاتِ العدو. وبدأت المعركة على أراضٍ شاسعة.

هُزم فيلقُ الجيش الروماني الرابع. وقُطِعت فرقةُ الفرسانِ الرومانيّة الأولى وعُزلت عن بقيةِ الجيشِ الثالث في منطقة كراينايا.

بدأ جيش الدبابات الخامس بالهجوم من الأعلى على بعد ثلاثين كيلومتراً جنوب غرب سيرافيموفيتش، واخترق مواقعَ فيلقِ الجيش الروماني الثاني، وانتقل سريعاً جنوباً، وبحلول منتصف النهار، استولى على مرتفعات شمال بيريلازوفسكايا. ووصلت الدبابات وسلاح الفرسان السوفييتي، بعد تحولهما إلى الجنوب الشرقي، إلى جوسينكا وكالميكوف مساءً، قاطعينِ مسافةَ ستين كيلومتراً إلى مؤخرة الجيش الروماني الثالث.

شنّت القوات المتمركزة في سهوب كالميكيا، إلى الجنوب من ستالينغراد هجوماً، بعد أربعٍ وعشرينَ ساعة، فجر 20 تشرين الثاني (نوفمبر).

9

استيقظ نوفيكوف قبل الفجر بفترة طويلة. كان توتّره كبيراً إلى درجة أنه لم يشعر به.

سألَ فيرشكوف رسميّاً وبهدوء:

- هل تشرب الشاي، أيّها الرفيق القائد؟

قال نوفيكوف:

- نعم، وأخبر الطاهي، أن يقلي البيض.

- بأيّ طريقة، أيها الرفيق العقيد؟

صمتَ نوفيكوف، وفكّر، واعتقد فيرشكوف أن قائد الفيلق شرد في التفكير، ولم يسمع السؤال.

قال نوفيكوف، ونظر إلى ساعته:

- عيون، اذهب إلى غيتمانوف، وانظر ما إذا كان قد استيقظ، علينا أن نذهب بعد نصف ساعة.

لم يفكِّر، كما بدا لهُ، أنّ الاستعداد المدفعي سيبدأ بعد ساعة ونصف، وأنّ السماء ستهدر بمئات محرّكات الطائرات الهجومية القاذفة، وأنّ فرق الألغام ستزحف لقطع الأسلاك، ونزع حقول

الألغام، وأنّ جنديَّ المشاة سيجرّ الرشاش، ويعدو إلى التلال الضبابية، التي طالما نظر إليها من خلال المنظار المزدوج. ولا يبدو أنّه شعر في هذه الساعة بالعلاقة مع بيلوف، وماكاروف، وكاربوف. لا يبدو أنه اعتقد بأنّ الدبابات السوفييتيّة ستدخل قبيل ذلك من الشمال الغربي من ستالينغراد، الجبهةَ الألمانيةَ التي مزّقتها المدفعية والمشاة، وتتحرك من دون توقف نحو كالاش، وأنّه بعد بضع ساعات، ستنطلق دباباته من الجنوب للقاء القادمين من الشمال وتطويق جيش باولوس.

لم يفكر في قائد الجبهة، وأنَّ ستالينَ ربما سيطرح اسم نوفيكوف غداً في مرسومه. لم يفكر في يفغينيا نيقولايفنا، ولم يتذكر الفجر فوق بريست، عندما ركضَ إلى المطار وأضاءت السماءَ أوّلُ نيران الحرب التي أشعلها الألمان.

لكن كل ما لم يفكر فيه، كان موجوداً فيه.

فكَّر: ما إذا كان سينتعلُ الحذاءَ الجديد مع الهديَّة الترويجيّة الناعمة أم يذهب منتعلاً الحذاء المستعمل، وأن عليهِ ألّا ينسى محفظةَ السجائر؛ فكَّرَ: مرة أخرى، يقدم لي ابن العاهرة الشايَ بارداً؛ أكلَ البيضَ المقلي وقطعة خبز، وأخرج بعناية الزبدة المذابة من المقلاة.

أبلغه فيرشكوف:

- لقد نُفّذ طلبك،- وتابعَ بإدانة وسرّية - سألتُ رامي البندقية الآليّة: «هلْ أنت في مكانك؟» فأجابني الرامي: «وأين سأكون، نائماً مع امرأة؟!».

رامي البندقية لفظَ كلمة أخشن من «امرأة»، ولكن فيرشكوف، اعتبر أنَّ من غير اللائق قولها في الحديث مع قائد الفيلق.

صمت نوفيكوف، وضغط الوسادة بإصبعه، وجمع الفتات عن الطاولة. وسرعان ما دخل غيتمانوف.

فسأله نوفيكوف:

– هل تريد شرب الشاي؟

قال غيتمانوف بصوت متقطع:

– حان الوقت لننطلق، بيوتر بافلوفيتش، لا وقت للشاي والسكر، يجب أن نحارب الألماني.

فكّر فيرشكوف: «يا لهُ من قويّ».

مرّ نوفيكوف بمقرّ منتصف المبنى، وتحدث مع نيودوبنوف حول الاتصالات، وإيصال الأوامر، ونظر إلى الخريطة.

ذكّر نوفيكوفَ هدوءُ الضبابِ المخادع المُخيِّمُ، بطفولته في الدونباس. هكذا بدا جميع النائمين قبل دقائق من امتلاء الهواء بالصفارات وصفارات الإنذار، وانطلاق الناس نحو بوابات المناجم والمصانع. لكن بيتكا نوفيكوف، الذي استيقظ قبل صوت الصفير، عرفَ أن مئات الأيدي ستتلمس طريقها لإيجاد ربطات الأرجل، والأحذية، وستضرب أرجلُ النساء حافية الأقدامِ على الأرض، وستتعثر بالأواني ومواقد الحديد.

قال نوفيكوف:

– فيرشكوف، قد دبابتي إلى نقطة المراقبة، سأحتاج إليها اليوم.

أجابَ فيرشكوف:

- سمعاً وطاعةً، سأضع فيها حاجياتك كلها، وحاجيّات المفوض.

قال غيتمانوف:

- لا تنس أن تضع الكاكاو.

خرج نيودوبنوف إلى الشرفة، بالمعطف والقبعة.

- اتصل الجنرال - ملازم تولبوخين لتوّه، وسأل عمّا إذا كان قائد الفيلق سيذهب إلى نقطة المراقبة.

أومأ نوفيكوف برأسه، ولمسَ كتفَ السائق وقال:

- انطلق، خاريتونوف.

غادرتِ الطريقُ القريةَ، واندفعت من آخر منزل مُبتعدةً، تعرّجت، وتَلوَّت واتجهت بدقة نحو الغرب، وسارت بين البقع البيض من الثلوج، والأعشاب الجافة.

مرّوا بجانب وهدٍ، تمركزت فيهِ دبابات اللواء الأوّل.

فجأة قال نوفيكوف لخاريتونوف: «قف»، - وقفز من سيارة «الفيلّيس»، وسار نحو الآليات الحربيّة في شبهِ الظلمة.

سار، دون أن يتحدّث إلى أحد، ينظر في وجوه الناس.

تذكّرَ الشبانَ ذوي الشعورِ الطويلة الذين وصلوا لملءِ الفراغ، ورآهم منذ أيام في ساحة القرية. حقّاً، إنهم أطفال، وفي العالم كلّ شيء موجّهٌ إلى أن يسيروا تحت القصف، هذه هي تعليمات هيئة الأركان العامة، وأمر قائد الجبهة، والأمر الذي سيوجِّهه هو نفسه

بعد ساعة إلى قادة الألوية، وتلك هي الكلمات التي قالها لهم الموظفون السياسيون، وتلك الكلمات التي يكتبها الكتَّابُ في مقالات الصحف وفي القصائد: إلى المعركة، إلى المعركة! وثمَّةَ في الغرب المظلم من انتظرَ شيئاً واحداً فقط - أن يضربهم ويمزقهم ويسحقهم بالجنازير.

«سوف يكون حفل زفاف!» نعم، سيكون، من دون نبيذ حلو، ومن دون أكورديون. سوف يَصرخ نوفيكوف «مُرّة»[1]، ولن يلتفت العرسانُ البالغونَ من العمر تسعةَ عشرَ عاماً، وسيقبّلُ كلٌّ منهم عروسه بصدق.

بدا لنوفيكوف أنه يسير بين إخوته وأبناء إخوته وأبناء الجيران، وتنظر إليهم آلاف النساء غير المرئيات، والفتيات والعجائز المُسنّات.

ترفُضُ الأمهاتُ حق بعضهم في إرسالِ أبنائهنَ إلى الموت في أثناء الحرب. وفي أثناء الحرب ثمَّةَ من يشاركُ في العمل السرّي الأمومي. يقول هؤلاء: «اجلس، اجلس، إلى أين أنت ذاهب، تسمع كيف يقصفون. وهناك ينتظرون تقريري، والأفضل أن تغلي إبريق الشاي». هؤلاء الأشخاص يبلِّغون المدير على الهاتف: «سمعاً وطاعةً، سوف أحرّك مدفع الهاون» - ويقولون بعد وضع السماعة: «لمَ يضعه هناك من دون جدوى، سيضحّونَ بالشاب الجيّد».

---

(1) كلمة يصرخُ بها المدعوون في حفل الزفافِ في روسيا وكثير من دول الاتحاد السوفييتي السابق، وهي دعوة ليقبِّلَ العريسُ عروسه. (المترجمان).

مضى نوفيكوف نحو سيارته. أصبح وجهه عابساً وقاسياً، كما لو
أنَّه امتص إلى داخله ظلمةَ فجرِ تشرين الثاني (نوفمبر) الرطبة. عندما
تحرّكت السيارة، نظر إليه غيتمانوف بتفهّم وقال:

- أتعرف، بيوتر بافلوفيتش، أريد أن أقولَ لك اليوم بالذات: أنا
أحبّك، أتفهم، وأثق بك.

10

خيّم الهدوءُ بكثافةٍ، مُستَمرّاً، وبدا أنّه لا سهوبَ في العالم ولا ضباب ولا نهر فولغا، الهدوء فحسب كان موجوداً. تموُّجٌ سريعٌ وساطعٌ ومضَ فوق السحب الداكنة، ثم أصبح الضبابُ الرماديُّ أرجوانيّاً، ثم استولى الرعد فجأة على السماء والأرض. . .

ووحَّدت المدافعُ القريبةُ والبعيدةُ أصواتها، وعمّقَ الصدى تلكَ الصلة، واتسع تشابكُ الأصواتِ متعددُ الأشكال وقد ملأت المكعب العملاق بأكمله من مساحة القتال.

ارتجفت المنازلُ المبنيَّة من طوب اللبن، وسقطت كتل الطين عن الجدران بصمتٍ على الأرض، وبدأت أبواب المنازل في قرى السهوب تنفتِحُ وتنغلق من تلقاء نفسها، وظهرت الشقوق على المرآة الشابة لجليد البحيرة.

ركض الثعلب وهو يلوح بذيله الثقيل ذي الشعر الحريري الكثيف، وهرع الأرنب ليس مبتعداً عنه، بل خلفه. ارتفعت الطيور في الهواء ترفرف بأجنحتها الثقيلة، وتوحّد ربما لأوّل مرّة مفترسو النهار ومفترسو الليل. . . قفزت سناجب الأرضِ، نصف نائمة، من

أوكارها، وعدت كما يعدو الرجالُ كبار السنّ الناعسون المنكوبون من الأكواخ المحترقة.

ربما أصبح هواء الصباح الرطب في مواقع إطلاق النار أكثر دفئاً بدرجة من جراءِ ملامستهِ آلاف سبطانات المدفعية الساخنة.

كانت تُرى بوضوح، من مركز المراقبة الأمامي، انفجاراتُ القذائف السوفييتيّة، وتناوب الدخان الأسود والأصفر الزيتي، مع تناثر الأرض والثلج القذر، وبياض النار الحديديَّة اللبني.

صمتت المدفعية. واختلطت سحابةُ الدخان ببطء بخصلها الجافةِ الساخنة مع الرطوبةِ الباردة لضبابِ السهوب.

وامتلأت السماءُ مباشرة بصوتٍ جديدٍ، هادرٍ، رفيعٍ، وواسعٍ، فقد طارت الطائرات السوفييتيّة باتجاهِ الغرب. جعلَ طنينُها، ورنينُها، وهديرها، الارتفاعَ متعددَ الطبقاتِ في السماء العمياء الغائمة واضحاً، وملموساً - وطارت الطائرات الهجومية والمقاتلةُ في سُحبٍ منخفضةٍ قريبة من الأرض، وفي الغيوم وفوق الغيوم هدرت بصوت جهير قاذفات القنابل غير المرئية.

الألمانُ في السماء فوق بريست، والسماء الروسية فوق سهول الفولغا.

لم يفكر نوفيكوف في ذلك، لم يتذكر، ولم يُقارن. ما واجهه كان أكثر أهمية من التذكر والمقارنة والأفكار.

حلّ الهدوء. والناس الذين كانوا ينتظرون الصمت لإعطاء إشارة الهجوم، والأشخاص الذين كانوا على استعداد للاندفاع نحو المواقع الرومانيّة بإشارة، اختنقوا في الصمت للحظة.

في صمت، يشبهُ ما كان لبحر الأركايا[1] الصامت والعكر، في هذه الثواني تحدّدت نقطة انعطاف منحنى الإنسانية.

كم هو جيد، ويا لها من سعادة أن تشاركَ في المعركة الحاسمة من أجل الوطن! كم هو مؤلم ورهيب أن ترتفع أمام الموت إلى الأعلى، ولا تختبئُ منه، بل تركض نحوه! كم هو فظيعٌ أن تموت شاباً! أريد أن أعيش، أن أعيش، لا توجد رغبة في العالم أقوى من الرغبة في الحفاظِ على الحياة الفتيّة التي عاشت قليلاً. هذه الرغبة ليست في الأفكار، إنها أقوى من التفكير، إنها في التنفس، في الأنوف، في العيون، في العضلات، في هيموغلوبين الدم، تلتهم الأكسجين بشغف. إنها هائلة إلى درجة تجعلها لا تُقارنُ بأي شيء، ولا يمكن قياسها. إنّها حالة مخيفة. مخيفة قبل الهجوم. تنهّد غيتمانوف بصوت عال وعميق، ونظر إلى نوفيكوف، إلى الهاتف الميداني، إلى جهاز الإرسال اللاسلكي.

أدهش غيتمانوفَ وجهُ نوفيكوف - لم يكن كما عرفه غيتمانوف طوال هذه الأشهر، وكان قد عرفه في حالاتٍ مختلفة: في الغضب، والاهتمام، والتكبّر، والبهجة والتجهّم.

عادت إلى الحياة البطاريات الرومانية غير المدمّرة، الواحدة تلو الأخرى، وكانت تضربُ بنيرانٍ خاطفةٍ من الأعماقِ في اتجاه

(1) الأركايا أو الدهر السحيق أو الدهر العتيق، وهو ثاني الدهور الجيولوجية لما قبل الكامبري. امتد من 4000 إلى 2500 مليون سنة مضت، وخلال الدهر السحيق، بردت القشرة الأرضية بما يكفي للسماح بتكون القارات وبداية تشكل الحياة. (المترجمان).

الأطراف الأمامية. فتحت المدافع القوية المضادة للطائرات النار على أهدافٍ أرضية.

قال غيتمانوف، وهو قلق جدّاً:

- بيوتر بافلوفيتش، الوقت! حيثُ يشربون، هناك يسكبون أيضاً[1].

كانت الحاجة إلى التضحية بالناس من أجل العمل تبدو له دائماً طبيعيةً ولا يمكن إنكارُها، ليس أثناء الحرب فحسب.

لكن نوفيكوف تمهّل، وأمر بوصلِهِ بقائد فوج المدفعية الثقيلة لوباتين، الذي ظهرت كفاءةُ رمايتهِ للتوّ على المحور المقصود لحركة دبّاباتِ نوفيكوف.

أشار غيتمانوف إلى ساعته، قائلاً:

- انظر، بيوتر بافلوفيتش، تولبوخين سيأكلك.

لم يرغب نوفيكوف في الاعتراف بالشعور المخجل، والمضحك أمام نفسه، وليس أمام غيتمانوف فحسب. فقال:

- سنفقد الكثير من الآليّات، أنا آسف على الآليات: أربعٌ وثلاثونَ دبّابة جميلة، والمسألة انتظار بضع دقائق، نحن سندمّر البطاريات المضادة للطائرات والبطاريات المضادة للدبابات - فهي واضحة مثل كفّ اليد.

كان السهبُ يدخّن أمامه، نظر إليه الناس، الواقفين بجانبه في الخندق دون أن يحيدوا بنظرهم عنه؛ وانتظر قادة ألوية الدبابات أمره اللاسلكي.

---

(1) مثل روسي. (المترجمان).

تملّكه شغفه الحرفي الجنرالي للحرب، وارتعشت عزّة نفسه الغليظة من جراء التوتر، حثّه غيتمانوف، خوفَ غضبِ القيادة.

وكان يعلم جيداً أن الكلمات التي قالها له لوباتين لن تدرّس في القسم التاريخي لهيئة الأركان العامة، ولن تستدعي مدح ستالين وجوكوف، ولن تقرِّبَ حصوله على وسام سوفوروف الذي يطمح إليه.

ثمَّةَ حق أكبرُ من الحق في إرسال الناسِ إلى الموت من دون تفكير – إنَّهُ الحق في التفكير بعمقٍ وأنت ترسلهم إلى الموت.

تحمَّلَ نوفيكوف هذه المسؤولية.

11

انتظر ستالين في الكرملين، تقرير قائد جبهة ستالينغراد.

نظر إلى ساعته: لقد انتهى إعداد المدفعية للتو، وانطلق المشاة، وكانت القطع المتحركة تستعد لدخول الاختراق الذي أحدثته المدفعية. وقصفت طائرات سلاح الجو المؤخرة والطرق والمطارات.

لقد تحدث مع فاتوتين، قبل عشر دقائق - تجاوز تقدم الدبابات ووحدات سلاح الفرسان في الجبهة الجنوبية الغربية الافتراضات المخطط لها.

أخذ قلم رصاص بيده، ونظر إلى الهاتف الصامت. أراد أن يشير إلى بداية حركة المخلب الجنوبي على الخريطة. لكن شعوراً بالفأل أجبره على وضع قلم الرصاص. لقد شعر بوضوح أن هتلر كان يفكر فيه في تلك اللحظة، ويعرف أنّه هو كان يفكر في هتلر.

لقد وثق به تشرشل وروزفلت، لكنه فهم أنّ ثقتهما لم تكن كاملة. أزعجه أنهما استشاراه بسهولة، لكن قبل التشاور معه، اتفقا فيما بينهما.

كانا يعلمان - الحرب تأتي وتذهب، لكن السياسة باقية. لقد

أعجبا بمنطقه ومعرفته ووضوح أفكاره، وأغضبَهُ أنَّهما رأيا فيه مع ذلك حاكماً آسيويّاً وليس زعيماً أوروبيّاً.

وفجأة، تذكّر عيني تروتسكي الذكيتين اللتين لا ترحمان، والضيّقتين المحتقرتين الجارحتين، وللمرة الأولى شعرَ بالأسف، لأنه لم يكن على قيد الحياة: لكان قد عرف بما يحدث اليوم.

كان يشعر بالسعادة، وبأنّه قوي جسدياً، وما من طعم رصاصٍ مقيتٍ في فمه، وقلبُه لا يؤلمه. امتزجَ عنده شعور الحياة بشعور القوة. أحسَّ ستالين منذ الأيام الأولى للحرب بالحزنِ الجسدي. الذي لم يتركه حتى عندما احتشدَ المارشالات أمامه، وحيّاه الآلاف من الناس، واقفين في مسرح البولشوي، ورَؤوا غضبه وخوفه. وبدا له طوال الوقت، أن الناس من حوله يضحكون سرّاً، متذكِّرين ارتباكه في صيف عام 1941.

أمسك برأسه ذات مرّة بوجود مولوتوف، وتمتم قائلاً: «ما العمل... ما العمل». وانقطع صوته في اجتماع لجنة الدولة للدفاع، ما دفع الجميع لخفض رؤوسهم. أعطى أوامرَ لا معنى لها عدّة مرات، ورأى أن هذا اللامعنى كان واضحاً للجميع... وعندما بدأ خطابه في 3 تمّوز (يوليو)، على الراديو، كان قلقاً، وشرب المياه المعدنية، ونقلوا عبر الأثير قلقه... وعارضه جوكوف بوقاحة في نهاية تمّوز (يوليو)، وكان محرجاً للحظة، قال: «افعل ما تعرفه». كان يريد التخلي عن المسؤولية في بعض الأحيان لأولئك الذين أطاح بهم في السنة السابعة والثلاثين، ريكوف، كامينيف، بوخارين، فليقودوا هم الجيشَ والبلدَ.

ظهر لديه شعورٌ رهيب، في بعض الأحيان: الذينَ انتصروا في

ساحات المعارك، ليسوا أعداء اليوم فقط. بدا له أنّ خلف دبابات هتلر في الغبار والدخان، يسيرُ كلّ من عاقبهم إلى الأبد، وهدّأهم، وأسكتهم. لقد زحفوا من التندرا، فجروا التربةَ الجليدية التي أغلقت عليهم، ومزقوا الأسلاك الشائكة. وجاءت القوافل المحمّلة بالذين عادوا إلى الحياة من جديد، من كوليما، من جمهورية كومي. خرجت نساء القرية، والأطفال من الأرض بوجوه فظيعة، حزينة، هزيلة، تمشي، وتمشي، بحثا عنه بعيون شريرة وحزينة. لقد عرف، كما لا يعرف أحد غيره، أن ليس التاريخ فقط من يحكم على المهزومين.

كان بيريا لا يُطاق لدقائق بالنسبة إليه، لأنّ بيريا فهم أفكاره على ما يبدو.

لم يدم كل هذا السوء، والضعف طويلاً، هي عدّة أيام، وكل هذا سالَ بعيداً في دقائق.

لكن الشعور بالاكتئاب لم يتركه، وأقلقته الحُرقَةُ، وآلمه الجزء الخلفي من رأسه، وأحياناً أُصيبَ بدوارٍ مخيف.

نظر إلى الهاتف مرة أخرى - حان الوقت ليبلِغَهُ يريمينكو عن حركةِ الدبابات.

لقد جاءت ساعةُ قوّته. يتحدّدُ في هذه الدقائق مصيرُ الدولةِ التي أسسها لينين، وحصلت القوة المنطقيّة المركزية للحزب، على فرصة إيجاد نفسها في بناء المصانع الضخمة، وفي إنشاء محطات الطاقة النوويّة، ومعامل توليد الطاقة بالاندماج النووي، والطائرات النفاثة، والحربية التوربينية، والصواريخ الفضائية العابرة للقارات، والمباني

الشاهقة، وقصور العلوم، والقنوات الجديدة، التي تصلُ بالبحار، وإنشاء الطرق السريعة والمدن القطبية.

وتحدّد مصير فرنسا وبلجيكا وإيطاليا والدول الاسكندنافية والبلقانية التي احتلها هتلر، وصدر حكم بالإعدام على معسكرات الموت، أوشفيتز وبوخنفالد وسجن موابيت، وكانت أبواب تسعمئة من معسكرات الاعتقال والعمل النازية تستعدُّ لتُفتَح.

وتقرّر مصير أسرى الحرب الألمان الذين سيذهبونَ إلى سيبيريا. وحُدد مصير أسرى الحرب السوفييت في معسكرات هتلر، والذين حدّدت إرادة ستالين تقسيمَهم بعد تحرير مصير الأسرى الألمان في سيبيريا.

تقرر مصير الكالميك، وتتار القرم، والبلكار، والشيشان الذين نُقلوا بإرادة ستالين إلى سيبيريا وكازاخستان، والذين فقدوا حقهم في تذكّر تاريخهم، لتعليم أطفالهم بلغتهم الأم. وتقرّر مصير ميخوئيل وصديقه الممثل زوسكين والكتّاب بيرغلسون وماركيش وفيفر وكفيتكو ونوسينوف، الذينَ كان من المفترض أن يسبق إعدامهم المحاكمة الشريرة لطائفة من الأطباء اليهود بقيادة البروفيسور فوفسي. وتقرّر مصير اليهود الذين أنقذهم الجيش السوفييتي، ورفع ستالين عنهم في الذكرى العاشرة للانتصار الشعبي في ستالينغراد، سيفَ هتلر الفتّاك وقد انتزعه منه.

وتحدّد مصير بولندا والمجر وتشيكوسلوفاكيا ورومانيا.

وتقرّر مصير الفلاحين والعمال الروس، وحرية الفكر الروسي، والأدب والعلوم الروسيّة.

كان ستالين قلقاً؛ فقد اندمجت هذه الساعة، القوة المستقبلية للدولة بإرادته.

لم تكن عظمته، عبقريته مُتجلِّية في نفسه، بغض النظر عن عظمة الدولة والقوات المسلحة. إنّ الكتب التي كتَبَها وأعماله العلمية وفلسفته أصبحت موضوع الدراسة والإعجاب لملايين الناس عندما انتصرت الدولةُ فقط.

وصلوه بالهاتف مع يريمينكو.

سأله ستالين دون أن يحيّيه:

- حسناً، ماذا لديك هناك؟ هل تحرّكت الدبابات؟

عندما سمع يريمينكو صوت ستالين القلق، أطفأ سيجارته.

- لا، رفيق ستالين، تولبوخين يكمل إعداد المدفعية. والمشاة طهّروا الحافة الأمامية. والدبابات لم تدخل بعد الاختراق.

شتم ستالين بوضوح بكلمات فاحشة ووضع السمّاعة.

أشعل يريمينكو سيجارة مرة أخرى واتصل بقائد الجيش الحادي والخمسين.

سأله:

- لماذا لم تقتحم الدبابات بعد؟

أمسك تولبوخين سمّاعة الهاتف بيد، ومسح بالثانية العرق الذي ظهر على صدره بمنديل كبير. كانت سترته مفتوحة، وطيات الدهون الثقيلة عند قاعدة العنق بارزة من الياقة المفتوحة للقميص الأبيض الثلجي.

أجاب متجاوزاً ضيقَ التنفس، بتمهّل الرجل السمين جداً الذي

يُدرِكُ، ليس فقط بعقله، ولكن بجسده كله، أنه لا ينبغي أن يكون قلقاً:

- أبلغني الآن قائدُ سلاح الدبابات أنَّ بطاريات مدفعيّة غير مدمرة للعدو بقيت على طول المحور المقصود لحركة الدبابات. وطلب بضع دقائق لسحق البطاريات المتبقية بنيران المدفعية.

قال يريمينكو بحدّة:

- إلغاء! دع الدبابات تتحرّك فوراً! بعد ثلاث دقائق، أبلغني.

قال تولبوخين:

- سمعاً وطاعة.

أراد يريمينكو أن يعنّف تولبوخين، لكنه سأل فجأة:

- لماذا تتنفس بصعوبة، هل أنت مريض؟

- لا، أنا بصحة جيدة، أندريه إيفانوفيتش، وتناولت طعام الإفطار.

قال يريمينكو:

- تصرّف - وضع السمّاعة، وقال:- تناولَ الإفطار، ولا يستطيع التنفس- ولعنه طويلاً، وشخصيّاً.

عندما بدأ الهاتف يرن في موقع قيادة سلاح الدبابات، وكان من الصعب سماعه بسبب إعادة تشغيل المدفعية، أدرك نوفيكوف أن قائد الجيش سيطالب الآن بدخول الدبابات من فورها مُخترقةً العدو.

فكّر، بعد الاستماع إلى تولبوخين: «كما لو أنني نظرتُ في الماء»، وأجاب:

- سمعاً وطاعةً، أيّها الرفيق الجنرال، سيُنفّذ الأمر.

بعد ذلك، ابتسم ابتسامة عريضة تجاه غيتمانوف.

- لا يزال في حاجة إلى القصف المدفعي، أربع دقائق.

بعد ثلاث دقائق، اتصل تولبوخين مرة أخرى، وهذه المرة لم يتنفّس بصعوبة.

- هل تمزح يا عقيد؟ لماذا أسمع نيران المدفعية؟ نفّذ الأوامر!

أمر نوفيكوف مشغلةَ الهاتف بإيصاله مع قائد فوج المدفعية لوباتين. سمع صوتَ لوباتين، لكنّه صمت، نظر إلى حركة عقرب الثواني في ساعة يده، بانتظار المهلة المحدّدة.

قال غيتمانوف بإعجاب صادق:

- آخ، إنّ والدنا قويّ!

وضع نوفيكوف، بعد دقيقة واحدة، عندما توقف إطلاق نيران المدفعية، سماعاتِ اللاسلكي واستدعى قائد لواء الدبابات الأوّل الذي يجب أن يقتحم.

قال:

- بيلوف!

- أسمعك، رفيق قائد الفيلق.

صاح نوفيكوف لاوياً فمه، بصوتِ سكران غاضب:

- بيلوف، اصلِهمْ!

أصبحَ الضبابُ أكثر كثافةً من الدخانِ الأزرق، وامتلأ الهواءُ بدويٍّ هدير المحركات، واقتحم الفيلق.

12

أصبحت أهداف الهجوم الروسي واضحة لقيادة مجموعة الجيوش «ب» الألمانية، عندما دوّت المدفعية في سهول كالميكيا فجر 20 تشرين الثاني (نوفمبر)، وانتقلت القطعات الضاربة التابعة لجبهة ستالينغراد، الواقعة جنوبها، إلى الهجوم على جيش باولوس الروماني الرابع، الذي كان يتمركز على الجهة اليمنى.

دخلت المعركةَ فرقةُ الدبابات، التي تعمل على الجناح الأيسر للمجموعات السوفييتيّة الضاربة، مقتحمة بين بحيرتي تساتس وبرمانتساك، مُسرعةً إلى الشمال الغربي، في اتجاه كلاتش، للقاء فيالق دبابات وسلاح الفرسان في جبهة الدون، والجبهة الجنوبية الغربية.

غادرت بعد ظهر يوم 20 تشرين الثاني (نوفمبر)، المجموعة التي هاجمت من سيرافيموفيتش إلى شمال سوروفيكينو، ما شكَّل تهديداً لاتصالات جيش باولوس.

لكن الجيش السادس لم يشعر بعد بأنَّهُ مهدَّدٌ بالحصار. وأبلغ في الساعة السادسة مساءً مقرَ قيادة باولوس العقيد بارون فون ويتشز، قائدَ مجموعة جيوش «ب»، أنه من المقرر أن تستمر عمليات الاستطلاع في ستالينغراد في 20 تشرين الثاني (نوفمبر).

تلقى باولوس مساءً أمراً من فون فييخس بوقف جميع العمليات الهجومية في ستالينغراد، وتخصيص تشكيلات كبيرة من الدبابات والمشاة والأسلحة المضادة للدبابات، لتركيزها قوافلَ خلف جناحه الأيسر للضرب في اتجاه الشمال الغربي.

يمثل هذا الأمر الذي تلقاه باولوس في الساعة العاشرة مساءً نهايةَ الهجوم الألماني على ستالينغراد.

السير المتسارع للأحداث أفقد هذا الأمر أهميّته.

واستدارت في 21 تشرين الثاني (نوفمبر)، المجموعات السوفييتيّة الضاربة، التي اقتحمت من جهةِ كليتسكايا وسيرافيموفيتش، 90 درجةً عن اتجاهها السابق، وتحرّكت مجتمعة إلى نهر الدون في منطقة كالاش وإلى الشمال منها، مباشرة إلى الجزء الخلفي من جبهة ستالينغراد الألمانيّة.

ظهرت 40 دبابة سوفييتية على الضفة الغربية العليا للدون في هذا اليوم، على بعد بضعة كيلومترات من غولوبينسكايا، حيث يوجد مقر قيادة جيش باولوس. واستولت مجموعةٌ أخرى من الدبابات بصورةٍ سريعة على الجسر عبر الدون، واعتقدَ حراسُ الجسر أنَّ وحدة الدبابات السوفييتيّة هي مفرزة تدريب مزودة بالدبابات المُغْتَنَمة، التي كانت تستخدمُ هذا الجسر في كثير من الأحيان. دخلت الدبابات السوفييتيّة كالاتش. وخُطّطَ لتطويق جيوش ستالينغراد الألمانيّة؛ باولوس 6، بانزر غوت 4. وتولّت الدفاعَ عن ستالينغراد من الخلف واحدةٌ من أفضل الوحدات القتالية عند باولوس: فرقة المشاة 384، وحوّلت الجبهةَ إلى الشمال الغربي.

ودمَّرَ في الوقتِ نفسِهِ جيشُ يريمينكو القادمُ من الجنوب، الفرقةَ

الميكانيكيَّةَ الألمانيَّةَ التاسعة والعشرين، وهزمَ فيلقَ الجيش الروماني السادس، وانتقلَ بين نهري تشيرفلينايا وتساريتسا دون إلى سكة حديد كالاش- ستالينغراد.

واقتربت دباباتُ نوفيكوف عندَ الغسق من عقدة المقاومة الرومانية شديدة التحصين.

لكن نوفيكوف لم يتردد هذه المرة، ولم يستخدم ظلامَ الليل في الخفاء سرّاً لتركيز الدبابات قبل الهجوم.

أشعلت وبأمر من نوفيكوف، جميعُ الآليات، وليس الدبابات فحسب، بل المدافعُ ذاتيّةُ الدفعِ، وناقلاتُ الجنود المدرَّعة، وشاحناتُ المشاة الآلية، أنوارَها بالكامل فجأة.

كسرت الظلمةَ المئاتُ من المصابيح الأمامية الساطعة المبهرة. وانطلقت مسرعةً كتلةٌ ضخمةٌ من الآليات من الظلمة السهبيّة، وصمّ الآذانَ دويُّ نيران المدافع، ورشقات الرشاشات النارية، التي أبهرت الدفاع الروماني بضوئها الخنجري، وشلّتهُ، ما تسبب بحالةٍ من الذعر في صفوفه.

واصلت الدباباتُ التقدّمَ، بعد معركة قصيرة.

وفي 22 تشرين الثاني (نوفمبر) صباحاً اقتحمت بوزينوفكا الدباباتُ السوفييتيّة القادمة من سهوب كالميكيا. واجتمعت مساءً وحداتُ الدبابات السوفييتيّة المتقدمة، القادمة من الجنوب والشمال في كالاتش الشرقية، في مؤخرة الجيشين الألمانيين: باولوس وغوت، وبحلول 23 تشرين الثاني (نوفمبر)، تقدمت تشكيلاتُ المشاة، إلى نهري تشير وأكساي، وأمّنت جيّداً الأجنحةَ الخارجيَّة للمجموعات المهاجمة.

أُنجزتِ المهمةُ الموكلةُ للجيوش السوفييتيّة، من قبل القيادة العليا للجيش الأحمر- وحُصِرت مجموعة ستالينغراد الألمانيّة في غضون مئة ساعة.

ما هو مسارُ الأحداث اللاحق؟ وما الذي حدّده؟ وأيُّ إرادة إنسانية تلكَ التي قطعت مصيرَ التاريخ؟

أرسل باولوس في 22 تشرين الثاني (نوفمبر) تمامَ الساعة السادسة مساءً، باللاسلكي إلى مقر قيادةِ مجموعة الجيوش «ب»:

«الجيش محاصر. وادي نهر تساريتسا بأكمله، والسكة الحديدية من سوفيتسكايا إلى كالاتش، والجسر فوق نهر الدون في هذه المنطقة، والمرتفعات على الضفة الغربية للنهر، على الرغم من المقاومة البطولية، انتقلت إلى أيدي الروس... الوضعُ بالنسبةِ للذخيرة بالغُ الصعوبة. هناك ما يكفي من الطعام ستةَ أيامٍ. أرجو منكم منحي حرية التصرف في حال فشلت في إنشاء دفاع دائري. يمكن أن يجبرنا الوضع على الانسحاب من ستالينغراد والقطاع الشمالي من الجبهة والمغادرة...».

تلقى باولوس، في ليلة 22 تشرين الثاني (نوفمبر)، أمرَ هتلر بتسمية المنطقة التي يحتلها جيشُه - «قلعة ستالينغراد».

كان الأمرُ السابق: «يتوجّه قائدُ الجيش ومقرُّهُ إلى ستالينغراد، فيتولى الجيش السادس الدفاع الدائري، بانتظار التعليمات اللاحقة».

أرسل قائد مجموعة جيوش «ب» بارون فييخس إلى القيادة العليا، بعد اجتماعِ باولوس بقادة الفيالق الرسالة الآتية:

«على الرغم من صعوبة المسؤولية التي أشعر بها، عند اتخاذ هذا

القرار، فإنَّ عليَّ إبلاغكم أنني أرى أنه من الضروري دعم اقتراح الجنرال باولوس بسحب الجيش السادس...».

أعلنَ رئيس هيئةِ الأركانِ العامة للقوات البرية، العقيد تسيتسيلير، وهو على اتصال دائم بفييخس، موافقته التامة على وجهة نظر باولوس وفييخس بضرورة مغادرة منطقة ستالينغراد، ورأى أنْ لا معنى لتزويد كتل القوات المحاصرة الضخمة، بالمؤنِ من الجو.

أرسل تسيتسيلير برقية هاتفية لفييخس، في الساعة 2 من فجرِ 24 تشرين الثاني (نوفمبر)، يقول فيها، إنَّهُ نجحَ أخيراً في إقناع هتلر بتسليم ستالينغراد. وقال إن هتلر سيصدرُ أمراً للجيش السادس بمغادرة المنطقة المحاصرة صباح يوم 24 تشرين الثاني (نوفمبر).

قُطِعَ بعد الساعةِ العاشرة بوقت قصير، الخطُّ الهاتفيُّ الوحيدُ بين مجموعة الجيوش «ب» والجيش السادس.

كان من المتوقع أن يصدرَ أمرُ هتلر بالانسحاب من الحصار في أي لحظة، ولأنّه اضطر إلى التصرف بسرعة، قرّر البارون فييخس إصدار أمر الانسحاب على مسؤوليته.

سمعَ رئيسُ قسم الاتصالات، في تلك اللحظة، عندما كان رجال الإشارة على وشك إرسال برقية فييخس لاسلكيّاً، بأنَّ برقية لاسلكية من مقر هتلر تُرسَلُ إلى الجنرال باولوس:

«الجيشُ السادسُ حاصرَه الروس مؤقتاً. قرّرت أن أركّز الجيش في الضواحي الشماليّة لمدينة ستالينغراد، كوتلوبان، الارتفاع 137، والارتفاع 135، ومارينوفكا، تسيبنكو، وفي الضواحي الجنوبية لستالينغراد. يستطيع الجيش أن يصدقني أنني سأفعل كل ما بوسعي

لإمداده وسحبه في الوقت المناسب. أنا أعرف الجيش السادس الشجاع وقائدَه، وأنا متأكد من أنه سيؤدي واجبه. أدولف هتلر».

أصبحتْ إرادةُ هتلر، التي تعبّرُ الآنَ عن مصير هلاك الإمبراطورية الثالثة، هي مصير جيش باولوس الستالينغرادي. لقد كتب هتلر صفحةً جديدةً في التاريخ العسكريِّ للألمان بيد باولوس وفييخس وتسيتسيلير، وأيدي قادة الفيالق والأفواج الألمانية، وأيدي الجنود، كل أولئك الذين لا يريدون تحقيق إرادته، ولكنهم نفّذوها حتى النهاية.

13

بعد معركة استمرت مئة ساعة، اتَّحدت أجزاء الجبهة الثلاثة - الجنوبي الغربي والدون وستالينغراد.

والتقت قطعات الدباباتِ السوفييتيّة الأمامية على أطراف كالاتش، فوق الثلج المبعثر، تحت سماء الشتاء المظلمة. وقُطّعت مساحة السهوب الثلجيَّة بالمئات من الجنازير المحترقة بفعل انفجار القذائف. واندفعت الآليات الثقيلة بسرعة عبر غيوم الثلج، وانتشرت في الهواء قطعٌ صغيرةٌ بِيضٌ، حين كانت الدبابات تنعطفُ بحدَّةٍ عند المنعطفات رافعةً في الهواءِ نُثارَ الطين المتجمِّد في الهواء مع الثلج.

مرّت الطائرات السوفييتيّة المقاتلة والهجومية مسرعةً وهي تصفِرُ، على علوّ منخفضٍ من الأرض بجانب نهر الفولغا، لمساندة قطع الدبابات التي دخلت الاقتحام. وقعقعت المدفعيَّةُ من العيار الثقيل في الشمال الشرقي، وأضاءَ السماءَ الدخانيّة المعتمة برقٌ غامضٌ.

توقفت دبّابتا T-34 بالقرب من منزل خشبي صغير، تُقابِلُ إحداهُما الأخرى. واستنشق رجُلا الدبابتين، المتسخين والمُستثارين بالنصرِ العسكريِّ وبتماسهما المباشر مع الموت، هواءَ الصقيعِ باستمتاعٍ وبصوتٍ عالٍ، وبَدَوَا مبتهجين على نحوٍ خاص، بعد ارتفاعِ رائحة احتراق الزيت داخل الدبابة. نزعَ رجُلا الدبابات الخوذتينِ

الجلديتينِ السوداوين عن جبهتيهما، ودخلا الكوخ، وهناك أخرج قائد الدبابة القادمة من بحيرة تساتسا نصف لتر من الفودكا من جيب لباسِه الميداني الخاص (الكومبينيزون) الذي يرتديه... ووضعت امرأةٌ ترتدي سترةً مبطّنةً وتنتعلُ حذاءً لبّاديّاً كبيراً كؤوساً على الطاولة، ويداها ترتجفان، وبكت وقالت:

- أوه، لم نفكر في أننا سنبقى أحياءً، كيف أخذ جنودنا يضربونَ العدو!، كيف ضربوا، أمضيتُ ليلتين ويوماً في القبو.

دخل في تلك اللحظةِ سائقا دبابة صغيرا البنية إلى الغرفة، عريضا الكتفين يشبهانِ دمىً قطنية.

- انظر، فاليرا، يا لها من ضيافة، يبدو أن لدينا أيضاً وجبة خفيفة هناك - قال قائد الدبابة التي قَدِمت من جبهة الدون، وفي الحال دَسَّ الشخصُ الذي أطلق عليه اسم فاليرا يدَه عميقاً في جيب لباسِه الميداني الخاص (الكومبينيزون)، وأخرج قطعةً من المارتديلا المدخَّنة، ملفوفةً في ورقة دهنيَّة، وبدأ يُقسِّمُها، ويحشوها بلطف بقطعِ شحم الخنزير الأبيض التي سقطت عند التقطيع، بأصابعه البنيّة.

شرب أعضاء طواقم الدبابات، وغمرتهم حالةٌ من السعادة. قال أحد جنود الدبابات وهو يبتسم وفمه ممتلئ بالمارتديلا:

- انظر ماذا تعني كلمةُ: اتحدنا - الفودكا من عندكم، والوجبة الخفيفة من عندنا.

أعجبت الجميعَ هذه الفكرة، وكرّرها جنود الدبابات، وهم يضحكون، ويمضغون المارتديلا، مغمورين بالود بعضهم تجاه بعض.

14

أبلغَ قائدُ الدبابة التي أتت من الجنوب، عبر اللاسلكي، قائدَ السريّة عن الاندماج الذي حصل في ضواحي كالاتش. وأضاف بضع كلمات؛ أن الجنود من الجبهة الجنوبية الغربية كانوا مجيدين وقد شربوا معهم مئة غرام لكلٍّ منهم.

انتقل التقرير بسرعة إلى الأعلى، وبعد بضع دقائق أبلغ قائد اللواء كاربوف القائدَ عن الاندماج الذي حصل.

شعرَ نوفيكوف بأجواءِ الإعجابِ الحميميِّ التي نشأت حوله في مقر الفيلق.

تحرك الفيلق من دون خسائر تقريباً، ونفّذَ المهمَّةَ الموكلةَ إليهِ في الوقتِ المقرّرِ.

صافح نيودوبنوف، بعد إرسال التقرير إلى قائد الجبهة، نوفيكوفَ لفترة طويلة؛ عينا رئيس الأركان اللتان تكونان عادةً صفراوين وغاضبتين أصبحتا أخف وأكثر ليونة؛ وقال:

– أترونَ أيّ معجزاتٍ يستطيع شعبنا أن يُحَقِّقَ، عندما لا يكون هناك أعداء داخليون ومخربون.

عانق غيتمانوفُ نوفيكوفَ، ونظر حوله إلى القادة الذين يقفون في

مكان قريب، وإلى السائقين، والمراسلين، ومشغلي اللاسلكي، ومشفِّرات البرقيات، وتنهّد بصوت عال، كي يسمعه الجميع، وقال:

- شكراً، بيوتر بافلوفيتش، الروسي، السوفييتي شكراً. شكراً لك من الشيوعي غيتمانوف، أنحني بقوّة أمامك، وأحييك.

وعانقَ نوفيكوف المتأثّر جداً مرة أخرى، وقبّله.

وقال غيتمانوف:

- لقد أعددتَ لكل شيء، ودرستَ الناسَ في أعماقهم، لقد توقعت كل أمر، والآن جنيتَ ثمار العمل الهائل.

قال نوفيكوف، الذي كان مسروراً على نحوٍ لا يُعقل، ومُحرجاً بالاستماع إلى غيتمانوف:

- أين هو التوقّعُ؟ - ولوح بحزمة من التقارير القتالية:- هذه هي توقعاتي. لقد اعتمدت على ماكاروف أكثر من أيّ قائد آخر، ولكنَّ مكاروف فقد وتيرة تحرّكه، ثم انحرف عن محور الحركة المقصود، وانخرط في عملية خاصة لا لزوم لها على الجناح وخسر ساعة ونصف. وبيلوف، كنت متأكداً من أنه وبدون توفير الأجنحة، سيتقدم، وبيلوف في اليوم الثاني، وبدلاً من الالتفاف حول عقدة الدفاع، والانطلاق إلى الشمال الغربي، من دون التلفّتِ حوله، تمهّل في حركةِ المدفعية والمشاة، حتى إنّه انتقل إلى الدفاع، وأضاع على هذا الهراء إحدى عشرة ساعة. أمّا كاربوف فكان أوّل من تمكّن من الوصول إلى كالاتش، وسار من دون الالتفات حوله، كالزوبعة، ولم يهتم بما كان يحدث على جناحيه، وكان أول من قطع الاتصال الرئيسي للألمان. ها هي ذي دراستي الناس، وتوقعي كل شيء

مقدَّماً! اعتقدتُ أنني سأحثُّ كاربوف بالعصا، وأنه سوف يلتفت فحسب إلى الاتجاهات من حوله ويضمن لنفسه الأجنحة.

أجابَ غيتمانوف مبتسماً:

- حسناً، حسناً، التواضعُ يزيّن الإنسان، ونحن نعرف ذلك. ستالين العظيم يعلمنا التواضع...

كان نوفيكوف في هذا اليوم سعيداً. يجب أن يكون قد أحبَّ يفغينيا نيقولايفنا بالفعل، فقد فكر كثيراً فيها في هذا اليوم، ونظر حوله طوال الوقت، وهُيّئ له أنّه على وشك رؤيتها.

قال غيتمانوف وهو يخفض صوته لدرجة الهمس:

- ما لن أنساه أبداً في حياتي، بيوتر بافلوفيتش، هو كيف أرجأت الهجوم مدة ثماني دقائق. يضغطُ القادة. ويطالبُ قائدُ الجبهةِ بإدخال الدبابات فوراً في الاقتحام. ستالين، قالوا لي، اتصل بيريمينكو وسأل: لماذا لم تنطلق الدبابات؟ جعلت ستالين ينتظر! وقد اقتحمتِ الدباباتُ، من دون خسارة أيّ دبّابة، أو جنديٍّ. هذا لن أنساه أبداً.

وفي الليل، عندما توجّه نوفيكوف بالدبابة إلى منطقة كالاتش، مضى غيتمانوف إلى رئيس الأركان وقال:

- لقد كتبت، أيّها الرفيق الجنرال، رسالةً رويتُ فيها كيفَ أجّلَ قائدُ الفيلق من تلقاء نفسه بدء عملية حاسمة ذات أهمية قصوى مدة ثماني دقائق، وهي عملية تحدد مصير الحرب الوطنية العظمى. أرجو الاطلاع على هذه الرسالة.

15

في اللحظة التي أبلغ فيها فاسيليفسكي ستالينَ عبر جهاز الخط العسكري عن حصار مجموعة ستالينغراد الألمانية، وقف مساعدُهُ بوسكريبشيف بالقرب منه. جلس ستالين، دون أن ينظر إلى بوسكريبشيف، وعيناه نصف مغمضتين عدّة لحظاتٍ، كما لو كان نائماً. حاول بوسكريبشيف ألّا يتحرّك، وكتم أنفاسه.

كانت ساعةُ نصرِهِ ليس على العدو الحي فحسب. كانت ساعة انتصاره على الماضي. سيصبحُ العشبُ أكثرَ سُمكاً على قبور القرى عام الثلاثين. والجليد والتلال الثلجية في القطب الشمالي ستبقى هادئة خرساء.

كان يعرف أفضل من الجميعِ في العالم: المنتصرون لا يُحاكمون.

رغب ستالين أن يكون أولادُه وحفيدتُه؛ ابنة ياكوف التعيس الصغيرة، بجواره. لكان قد نظر إلى رأس حفيدته، هادئاً ومرتاحاً، ولم يكن لينظر إلى العالم الذي تمدّد عند عتبة كوخه. الابنة الحلوة الهادئة، والحفيدة مُعتَلّة الصحَّة، وذكريات الطفولة، وبرودة الحديقة، وخريرُ النهرِ البعيدُ. ولا شيء آخر يعنيه. فقوّته العظمى لا تتعلّقُ بالفرق العسكرية الكبيرة وقوة الدولة.

قال ببطء، دون أن يفتح عينيه، بنبرة خاصّة ناعمة ومبحوحة:

– آخ، لقد وقع الطير، قف، لن تخرج من الشباك، ولن ننفصلَ عنكَ مقابل أي شيء في العالم.

شعر بوسكريبشيف، وهو ينظر إلى رأس ستالين ذي الشعر الرمادي، وإلى وجهه ذي الندوب، وإلى العينين المغمضتين، أن أصابعه بَرَدت فجأة.

16

ألغى الهجوم الناجِح في منطقة ستالينغراد كثيراً من الفجوات في خط الدفاع السوفييتي. هذا الإلغاءُ للفجوات لم يحدث على نطاق الجبهات الضخمة فحسب - ستالينغراد والدون، وليس فقط بين جيش تشويكوف والفرق السوفييتيّة في الشمال، وليس فقط بين السريّات والفصائل المقطوعة عن الداخل وبين الفصائل ومجموعات القتال التي استقرت في المنازل. الشعورُ بالانفصال، ونصف التطويق، والتطويق، أمورٌ اختفت أيضاً من وعي الناس، واستعيض عنها بشعور التكامل والوحدة والتعدديّة. وهذا الوعيُ باندماجِ شخص واحد مع الكتلة العسكرية هو ما يسمى روحُ القواتِ المنتصرُ.

وبالطبع، ظهرت في عقول وأرواح الجنود الألمان، الذين وقعوا في حصار ستالينغراد، أفكارٌ معاكسة. انفصلت قطعة حيّة ضخمة، مؤلفة من مئات الآلاف من الخلايا المُفكِّرة والحسّاسة، عن القوات المسلحة الألمانية. وأكدت الطبيعة الخادعة لموجات الراديو والمزيد من التأكيدات المخادعة للدعاية حول العلاقة الأبدية مع ألمانيا، أن فِرَق باولوس العسكرية الستالينغراديّة مُحاصرة.

إنّ الفكرة التي عبّر عنها تولستوي في حينه، والتي مفادها أنه من

المستحيل تطويق الجيش بالكامل، أُكِّدت من خلال التجربة العسكرية الحديثة.

وأثبتت حرب 1941-1945 أن الجيش يمكن أن يُحاصَرَ، وأن يُقيَّدَ إلى الأرض بالسلاسل، مُثبّتاً بحلقة حديدية. وأصبح الحصار خلال حرب 1941-1945 حقيقة قاسية لعديدٍ من الجيوش السوفييتيّة والألمانيّة.

كانت الفكرة الذي عبّر عنها تولستوي صحيحة بلا شك بالنسبة إلى زمنه. وهي مثل معظم الأفكار حول السياسة أو الحرب التي عبّر عنها أناس عظماء، لم يكن لها حياة أبدية.

أصبحَ الحصارُ في حرب 1941-1945 حقيقة واقعة بفضل التنقّل غير العادي للقوات والكتلة الضخمة الخرقاء في الداخل، التي تستند إليها الحركة.

تستفيد الوحدات التي تقوم بالحِصار استفادة تامة من التنقل. في حين تفقدُ الوحداتُ المُحَاصَرةُ قدرتها على الحركة تماماً، نظراً إلى أنَّ من المستحيل في الحصار تنظيم الخلفية متعددة الجوانبِ الضخمة التي تشبه المصنع للجيش الحديث. ويُصاب المحاصَرون بالشلل. بينما يستخدم المُحاصِرونَ المحركاتِ والأجنحةَ.

لا يفقد الجيشُ المُحَاصَرُ، الذي خسر القدرة على التنقل، مزاياه التقنيةَ العسكريّةَ فحسب. إن الجنود والضباط في الجيوش المحاصرة، يبدونَ وكأنّهم يخرجون من عالم الحضارة الحديثة إلى العالم الماضي. جنود وضباط الجيوش المحاصرة لا يعيدون تقييم قُدرات القوات المقاتلة فحسب، بل آفاق الحرب، وسياسة الدولة

أيضاً، وسحر قادة الأحزاب، والمدونات، والدستور، والطابع القومي، ومستقبل الناس وماضيهم.

وهم أيضاً عرضة لبعض عمليات إعادة التقييم المذكورة أعلاه، لكن، بالتأكيد، بإشارة معاكسة، لأولئك الذين، مثل النسر، يشعرون بلذّة بقوة أجنحتهم، وهم يرتفعون فوق الضحية المقيدة والعاجزة.

حدد حصارُ ستالينغراد لجيش باولوس نقطةَ التحوِّل في مسار الحرب.

حدد انتصار ستالينغراد نتائجَ الحرب، لكن الجدل الصامت بين الشعب المنتصر والدولة المنتصرة استمر. وتوقف على هذا الجدل، مصير الإنسان وحرّيته.

17

كانت السماء تمطر على حدود شرق بروسيا وليتوانيا، وكان ثمّةَ رجل متوسط الطول، يمشي بعباءة رمادية في غابة غيرليتس الخريفية، في الطريق بين الأشجار الطويلة. عندما رأى الحراسُ هتلر، مسكوا أنفاسهم، وتجمَّدوا ساكنين، وزحفت قطرات المطر ببطء على وجوههم.

أراد أن يتنفس هواءً نقيّاً، ويكون وحده. بدا الهواء الرطب لطيفاً جداً. كان المطر البارد الجميل يقطر. يا لها من أشجار صامتة جميلة. كم هو لطيف أن تخطوا على أوراق الشجر الناعمة المتساقطة.

لقد أزعجه الناس على نحوٍ لا يطاق في المقر الميداني طوال اليوم... لم يثر ستالينُ فيه أي احترام البتّة. كل ما فعله، حتى قبل الحرب، بدا له غبيّاً وأخرقَ. كان مكرُهُ، وغدره من مُنطلقِ الرجولةٍ تافهاً، وحالته سخيفة. سوف يفهم تشرشل يوماً ما الدورَ المأساويَّ لألمانيا الجديدة - لقد حمت أوروبا بجسدها من البلشفية الستالينيّة الآسيويّة. وتخيّل أولئك الذين أصروا على انسحاب الجيش السادس من ستالينغراد: سيكونون راسخين على نحوٍ خاص ومحترمين.

89

وانزعج من أولئك الذين وثقوا به بتهور: فسوف يعبّرون بكلمات كثيرة عن ولائهم له. لقد أراد طوال الوقت أن يفكر بازدراء في كل ما يتعلّق بستالين، لإذلاله، وشعر أن هذه الرغبة إنما سببها فقدان شعوره بالتفوق... قاسٍ وانتقامي صاحب الدكان القوقازي. نجاحه اليوم لم يغير شيئاً... ألم تكن ثمَّةَ سخرية سريّة في عينَي تسيتسلير العجوز المخصي؟ أزعَجتهُ فكرة: أن غيبيلز سيبلغه بمراوغات رئيس الوزراء الإنجليزي بخصوصِ هديَّتِه العسكرية. سيضحك غيبيلز وسيقول: «أوافق، إنه ذكي» - وسيظهر في أعماق عينيه الجميلتين والذكيتين للحظة انتصارُ الحاسد، الذي غرق إلى الأبد فيما يبدو.

ليست هزيمة الجيش السادس هي التي شَغلتهُ عما سواها، ومنعته من أن يكون هو ذاتُه. وليسَ في خسارة ستالينغراد وفي الفرق المحاصرة كانت المحنة الرئيسية لما حصل؛ ولا لأن ستالين تغلب عليه.

سيصوّب كل شيء.

كانت الأفكارُ العاديَّةُ، ونقاط الضعف اللطيفة دائماً متأصلة فيه. ولكن عندما كان عظيماً وقويّاً، كلّ ذلك لاقى إعجاب الناس واستحسانهم؛ لقد عبّر عن الحماس الوطني الألماني. لكن ما إن أخذتْ قوَّةُ ألمانيا الجديدة وقواتها المسلحة تهتزّ، حتّى تلاشت حكمتُه، وفقد عبقريَّتَه.

لم يحسد نابليون. لم يتحمَّل أولئك الذين لم تتصاغر عظمتهم في الوحدة، والعجز، والفقر، أولئكَ الذين احتفظوا بالقوة في قبو مظلم، وفي العليّة.

لم يستطع في هذه النزهةِ الوحدانيّةِ بين الأشجار، أن يدفع الحياة

اليومية بعيداً ويجدَ في أعماقِه حلّاً أعلى وأصدقَ، يتعذر إيجادهُ على الحرفيين من هيئة الأركان العامة والحرفيين من قيادة الحزب. نشأ تعبٌ لا يطاق من شعورٍ عاد إليه مرة أخرى بالمساواة مع الناس.

لم يكن الرجلُ صالحاً أن يصبح خالقَ ألمانيا الجديدة، وأن يشعل الحرب وأفران أوشفيتز، ويُنشئَ الغيستابو. كان على خالق ألمانيا الجديدة وقائدها مغادرة الإنسانية. كان يمكن لمشاعره وأفكاره وحياتِه اليومية أن توجدَ فقط فوق الناس، وخارج الناس.

لقد أعادته الدباباتُ الروسيَّةُ إلى المكانِ الذي غادر منه. لم تكن أفكاره وقراراته وحسده موجَّهةً اليوم إلى اللّه، إلى مصير العالم. أدارته الدباباتُ الروسيّة نحوَ الناس.

بدا الشعور بالوحدة في الغابة الذي هدَّأهُ في البداية، فظيعاً بالنسبة إليه. وهُيئَ لهُ وهو بمفرده، وبدون حراس شخصيين، وبدون مساعدين عاديين، أنّه ذلك الولد الذي دخل الغابة القاتمة المسحورة في تلك القصة الخياليّة.

وهكذا مشى الصبي عقلة الإصبع(1)، وهكذا تاه الجديُ الصغير في الغابة؛ سارَ لا يعلَمُ أنَّ الذئبَ غالباً ما يتسلل إليه في الظلام. ونهضَ من غسق الدبال(2) الذي مرّت عليه عقود، خوفُهُ الطفولي، وذكرياتٌ عن صورة من كتاب: جديٌ صغير يقف في فسحة مشمسة من غابة، وبين الجذوعِ المظلمةِ الرطبةِ عينانِ حمراوان وأسنان بِيضٌ لذئبٍ مُتَحَفِّز.

---

(1) بطل حكاية شعبية خرافية. (المترجمان).

(2) الدبال: مادة عضوية تنتج عن تحلل الفرش الحرجي، ومعظم مكوناته هي بقايا حيوانية ونباتية متحللة في التربة. (المترجمان).

أراد، كما هي الحال في الطفولة، أن يصرخ، أن ينادي أمّه، أن يغمض عينيه، ويهرب.

وكان في الغابةِ، بين الأشجار، فوجٌ من حرسه الشخصي، وثمَّةَ الآلاف من الرجال الأقوياء المدربين جيداً، على رد الفعل العسكري السريع. وكان الهدف من حياتهم أن لا تُحرِّك أنفاسُ الغرباءِ شعرة على رأسه، ولا تَمسه. بصعوبةٍ كانَ يُسمع رنين الهواتف، التي تُرسِل إلى القطاعات والمناطق تقاريرها حول كل حركة من حركات الفوهرر، الذي قرّر أن يمشي وحيداً في الغابة.

عاد إلى الخلف، كابحاً جماح رغبته في الركض، ومشى نحو المباني الخضراء الداكنة في مقره الميداني.

رأى الحراسُ أن الفوهرر كان في عجلة من أمره، وأن الأمور العاجلة قد تطلَّبت وجوده في المقر؛ هل يمكن أن يظنوا أنه في دقائق الشفق الأول للغابة، تذكر زعيم ألمانيا الذئبَ في قصة خياليّة للأطفال.

أضاءت الأنوار من وراء الأشجار في نوافذ مباني المقر. ولأول مرة، أثارت فكرة نيران أفران المعسكر رعباً إنسانيّاً فيه.

18

اجتاح شعورٌ غريبٌ على غير العادة الناسَ في المخابئ وفي موقع قيادة الجيش 62. أرادوا أن يتلمّسوا وجوههم، ويتلمّسوا ملابسهم، أن يُحَرِّكوا أصابع أرجلهم في الأحذية. ما عاد الألمان يُطلقونَ النار... خيّم الهدوء.

أثارَ السكونُ دواراً. بدا للناس أنهم كانوا فارغين، وأن قلوبهم كانت تموت، وأذرعهم وأرجلهم تتحرك على نحوٍ مختلف. كان الأمرُ غريباً، لم يكن من المتصور أن تأكل العصيدة في سكون، وبسكونٍ تكتب رسالة، وأن تستيقظ في الليل في سكون. هدأ السكونُ بطريقتِهِ الخاصة، بطريقة هادئة؛ وأظهَرَ كثيراً من الأصوات التي بدت جديدةً وغريبةً: صليل السكّين، وحفيف صفحةِ الكتاب، صرير الأرضيّة، طبطبة الأقدام العارية، حفيف الريشة، صلصلة مسمار الأمان في المسدس، تكتكة الساعة على جدار المخبأ.

دخلَ رئيس أركان الجيش كريلوف إلى مكمنِ القائد، وكان تشويكوف يجلس على السرير، وغوروف جالساً إلى طاولة مقابله. أراد كريلوف أن يروي على عجل آخر الأخبار - فقد انتقلت جبهة ستالينغراد إلى الهجوم، وسَتُحدَّدُ مسألة حصار باولوس في الساعات

القادمة. نظر من حوله إلى تشويكوف وغوروف وجلس بصمت على السرير. لا بد أن كريلوف رأى شيئاً يجب أن يكون مهماً جداً على وجوه رفاقه، وعليهِ أن يشاركهم الخبر؛ والخبر كان جدّياً.

الأشخاص الثلاثة صمتوا. أدى الصمت إلى ظهور أصوات جديدة محشورة في ستالينغراد. كان الصمتُ يستعدُّ لتوليد أفكار جديدة، وعواطف، وقلق غير ضروري في أيام القتال.

لكن في هذه اللحظات لم يعرفوا أفكاراً جديدة بعد؛ واضطرابات، وطموحاً، واستياءً، وحسداً؛ لم يولد بعد من شدة تكسر عظام ستالينغراد. لم يفكروا أن أسماءَهم مرتبطة من الآن وإلى الأبد بالصفحة الرائعة لتاريخ روسيا العسكري.

كانت لحظات الصمت هذه هي الأفضل في حياتهم. إنَّها لحظاتُ سيطرةِ المشاعر الإنسانية وحدها عليهم، ولم يستطع أي منهم بعد ذلك أن يجيب نفسه: لماذا كانوا ممتلئين بالسعادة والحزن والحب والتواضع؟

هل ثمَّةَ حاجة إلى متابعة الحديث عن جنرالات ستالينغراد بعد انتهاء الدفاع؟ هل من حاجة إلى التحدث عن المشاعر البائسة التي استحوذت على بعض قادة دفاع ستالينغراد؟ عن كيفية شربهم باستمرار ولعنهم باستمرار للقسمةِ غير العادلة للمجد. وعن اندفاع تشويكوف في حالة سكر إلى روديمتسيف مُحاولاً خنقه، فقط لأنّ نيكيتا خروتشوف احتضن روديمتسيف في التجمع الحاشد بمناسبة انتصار ستالينغراد، وعانقَهُ ولم ينظر إلى تشويكوف الذي كان يقف في مكان قريب.

هل ثمَّةَ حاجة إلى أن نتحدث عن أن الرحلة الأولى من أرض

ستالينغراد الصغيرة المقدَّسة إلى الأرض الكبيرة، التي قام بها تشويكوف ومقرُّه للاحتفال بالذكرى السنويّة العشرين لهيئة أمن الدولة التابعة للإدارة السياسية الحكومية الموحَّدة. وكيف غرقَ تشويكوف ورفاقه جميعهم تقريباً في صباح اليوم التالي لهذا المهرجان، وقد تعتَعهم السكر في بقع الجليد الذائبة على نهر الفولغا، وسَحبَهم المقاتلونَ من الماء. وهل ثمّةَ حاجة إلى الحديث عن الشتائم واللوم والشكوك والحسد.

الحقيقةُ واحدة. لا توجد حقيقتان. من الصعب العيش بدون حقيقة أو بشظايا منها، وبجزيئاتٍ منها، بحقيقة مقطوعة ومُقلّصة. جزءٌ من الحقيقة - ليسَ الحقيقةَ. فلتتجلّى في هذهِ الليلة الهادئة الرائعة الحقيقةُ كُلُّها في الروح؛ من دون تَستّرٍ. ما الذي يلزمُ الناسَ في هذهِ الليلة من طيبهم وأيامهم العظيمة. . .

خرج تشويكوف من المخبأ وتسلق ببطء قمةَ منحدر الفولغا، وصَرَّت الدرجاتُ الخشبيَّةُ بوضوحٍ تحت قدميه. كان ظلام. وصمتَ الغرب والشرق. اندمجت صور ظلال مباني المصانع وأنقاضُ بيوت المدينة والخنادق والمخابئ في ظلمةِ الأرضِ والسماء والفولغا، الهادئةِ والصامتةِ.

هكذا عبّر الانتصار الشعبي عن نفسه. ليس في المسيرة الاحتفالية للقوات، تحت رعد الأوركسترا الموحَّدة، وليس في الألعاب النارية وتحية المدفعية، ولكن في الحياة الليليّة الرطبة والريفيّة التي اجتاحت الأرضَ والمدينة ونهر الفولغا. . .

كان تشويكوف قلقاً، اصطَفقَ بوضوحٍ في صدره قلبُه العسكريُّ المُتعَب. أنصَتَ: لم يكن هناك صمت. جاء الغناءُ من وادي بان

و«أكتوبر الأحمر». من الأسفل، من الفولغا، سُمعت أصواتٌ هادئة، وأنغامُ غيتار.

عاد تشويكوف إلى المخبأ. قال غوروف، الذي كان ينتظره على العشاء:

– فاسيلي إيفانوفيتش، كدنا نجنّ: كن هادئاً.

نشقَ تشويكوف، ولم يجب.

وعندما جلسوا بعد ذلك، إلى الطاولة، قال غوروف:

– آخ، يا رفيق، من الواضح أنك رأيت مصائب، لذلك أبكَتكَ أغنيةٌ مرحةٌ.

نظر إليه تشويكوف بحيوية ودهشة.

96

19

في مخبأ مفتوح على منحدر وادي ستالينغراد، جلسَ عددٌ من جنود الجيش الأحمر، حول طاولة مصنوعةٍ يدوياً بالقرب من مصباح مصنوع يدوياً أيضاً.

سكب الجنديُّ الأقدم بينهم الفودكا في أكواب، وراقبوا بعنايةٍ كيفَ كان السائلُ الغالي يرتفعُ حتى يبلغَ ظفر إصبع الجندي الموضوع على حافة الكأس الزجاجيةِ متعددةِ الوجوه.

شرب الجميعُ ومدّوا أياديهم إلى الخبز. قال أحدهم وهو يمضغ الخبز:

– نعم، لقد ضَرَبَنا بقوَّة؛ لكننا قهرناهُ مع ذلك.

– استكانَ الألمانيُّ، لن يستعر بعد ذلك.

– كَفَّ عن الإزعاج.

– انتهت ملحمةُ ستالينغراد.

– ومع ذلك، تمكن من اقترافِ كثيرٍ من المصائب. أحرقَ نصف روسيا.

مضغوا فترةً طويلةً، من دون استعجال، شاعرين بسعادةِ التريّثِ،

97

بالشعور الفَرِحِ والهادئ للناس الذين يرتاحون ويشربون ويتناولون الطعام بعد عمل شاق.

امتلأتْ رؤوسُهُم بالضباب، لكنَّه كان ضباباً مميزاً إلى حد ما، لم يبعثْ في نفوسِهم الغم. إنّ طعمَ الخبز، وقضمَ البصل، والأسلحة المصفوفة تحت جدار الطين في المخبأ، والأفكار حول المنزل، والفولغا، والانتصار على العدو القوي، الذي حقَّقته الأيدي القوية التي داعبتْ شعرَ الأطفالِ، وطبطبتْ على النساء، وكسَّرت الخبزَ اليابس ولفّت التبغَ بالجريدة - كل ذلك أصبحوا يشعرونَ به الآن، بأقصى درجات الوضوح.

20

كان سكان موسكو الذين تم إجلاؤهم، والذين يستعدون لرحلة العودة، فرحين بالتخلص من العيشِ في أماكنِ الإجلاء، ربّما أكثر من فرحتهم بلقاء موسكو. إنّ شوارع سفيردلوفسك، وأومسك، وكازان، وطشقند، وكراسنويارسك، وبيوتها، والنجوم في السماء الخريفيّة، وطعم الخبز – كلّها أصبحت بغيضة.

إذا قرؤوا ملخَّصاً جيداً لمكتب الإعلام السوفييتي، قالوا:

– حسناً، سنسافرُ جميعُنا قريباً الآن.

وإذا قرؤوا الملخَّص المقلق، قالوا:

– أوف، سيتوقفون عن استدعاء أفراد الأسرة.

انتشرتْ قصصٌ كثيرةٌ عن الأشخاص الذين تمكنوا من الوصول إلى موسكو من دون تصريح؛ لقد تحولوا من القطارات الطويلة إلى القطارات العماليّة، ثم إلى القطارات الكهربائية، ولم يكن هناك أي حواجز.

نسيَ الناسُ أنَّه في تشرين الأوّل (أكتوبر) 1941، بدا كل يومٍ يُعاش في موسكو تعذيباً للمرء، مع ما ظهرَ من حسدٍ، عندما نظرَ

كثيرٌ إلى سكان موسكو، الذين بدلوا السماء الأصلية الشريرة بهدوء تتارستان، وأوزبكستان. . .

ونسيَ الناسُ أنَّ بعضاً من الذين لم يتمكّنوا من الصعود إلى القطارات خلال الأيام المشؤومة من شهر تشرين الأوّل (أكتوبر) عام 1941 ألقوا حقائبَهم وصُرَرهم، وذهبوا سيراً على الأقدام إلى مدينة زاغورسك هرباً من موسكو. الآن أصبحَ الناسُ على استعدادٍ للتخلي عن أشيائهم، وعملهم، وحياتهم المستقرّة، والمضيّ إلى موسكو سيراً على الأقدام، لمجرد الهرب من الإجلاء.

كان الجوهرُ الرئيسي لحالتين متعارضتين - شغف عاطفي للخروجِ من موسكو وشغفٌ عاطفيٌّ للعودةِ إلى موسكو - هو أن عام الحرب الماضية قد أعاد تكوين وعي الناس، وأن الخوف المرضي من الألمان تحوّل إلى ثقةٍ بتفوّق القوة الروسيّة السوفييتيّة.

الطائراتُ الألمانيّة المخيفةُ، لم تَعُد تبدو مخيفةً.

أذاع المكتبُ الإعلاميُّ السوفييتيُّ في النصف الثاني من تشرين الثاني (نوفمبر)، خبرَ الهجومِ على مجموعةٍ من القوات النازيّة في منطقة فلاديكافكاز (أوردزونيكيدز)، ثم خبرَ الهجوم الناجح في منطقة ستالينغراد. على مدار أسبوعين، أعلن المذيع تسع مرات: «في الساعة الأخيرة. . . يستمر هجوم قواتنا. . . هجوم جديد على العدو. . . ، تغلَّبتْ قواتنا بالقرب من ستالينغراد على مقاومة العدو، اخترقتْ خطَّ دفاعه الجديد على الساحل الشرقي للدون. . . قواتنا واصلت الهجوم، واجتازت 10-20 كيلومتراً. . . شنت قواتنا الواقعة في المناطق الوسطى من الدون، منذ أيّام قليلة، هجوماً ضد القوات الألمانيَّة الفاشيّة. ويستمر هجوم قواتنا في منطقة الدون

الوسطى. . . وهجوم قواتنا في شمال القوقاز. . . ضربة جديدة تشنُّها قواتنا جنوب غرب ستالينغراد. . . وهجوم قواتنا جنوب ستالينغراد. . .».

نشر المركز الإعلامي السوفييتي قُبيلَ رأس السنة 1943: «نتائج هجوم قواتنا الذي استمر ستة أسابيع على مقربة من ستالينغراد»- تقرير عن كيفية حصار الجيوش الألمانيّة بالقرب من ستالينغراد.

حدث في السرّ، ما لا يقلُّ عمّا حدثَ في الإعداد لهجوم ستالينغراد، استَعَدَّ وعي الناسِ للانتقال إلى تكوينِ نظرةٍ جديدةٍ تماماً إلى أحداثِ الحياةِ. هذا التبلور الذي حدثَ في العقل الباطن لأول مرة أصبح واضحاً، وأعلن نفسه بعد هجوم ستالينغراد.

ما حدثَ في الوعي الإنساني كانَ مختلفاً عما حدث في أيام نصر موسكو، على الرغم من أنه ظاهريّاً لم تكن ثمَّةَ اختلافات.

تجسَّدَ الفرقُ في أن نصرَ موسكو ساعدَ على نحوٍ أساسيٍّ في تغيير المواقف تجاه الألمان. انتهى الموقف الغامضُ المرضي تجاه الجيش الألماني في كانون الأوّل (ديسمبر) 1941.

وساهمت ستالينغراد، وهجوم ستالينغراد في ظهورِ الوعي الذاتي الجديد للجيش والسكان. بدأ الشعب السوفييتي عموماً، والروسي بخاصة يفهمُ نفسَه بطريقة جديدة، وبدأ يتعاملُ بطريقة جديدة مع الناس من جنسيات مختلفة. وأخذَ ينظرُ إلى تاريخ روسيا على أنه تاريخ المجد الروسي، وليس بصفته تاريخَ معاناةِ وإهانةِ الفلاحين والعمال الروس. وانتقلت الوطنيَّة من عنصر الشكل إلى عنصر المضمون، أصبحت أساساً جديداً لفهم العالم.

في أيام نصر موسكو كانت لا تزال تعمل أشكالُ التفكيرِ القديمةُ التي ما قبل الحرب، وتصوّراتُ ما قبل الحرب.

في أثناء إعادة النظر في أحداث الحرب، والوعي بقوة الأسلحة الروسيّة، عُدَّت الدولةُ جزءاً من عملية واسعة وطويلة.

هذه العملية بدأت قبل فترة طويلة من الحرب، ومع ذلك، فقد وقعت أساساً ليس في وعي الناس، بل في لاوعيهم.

ثلاثةُ أحداثٍ ضخمةٍ، شكّلتْ حجرَ الزاوية في إعادة التفكير الجديدة في الحياة والعلاقات الإنسانية: عملية تجميعِ القرى (الكَلْخَزَة)، والتصنيع، وعام 1937.

أنشأت أحداثٌ - مثلُ ثورة أكتوبر 1917 - تحولاتِ وتبدّلاتِ فئاتٍ ضخمةٍ من السكان؛ هذه التحولات كانت مصحوبة بإبادة الناس الجسدية، وليس أقل من الإبادة في وقت تصفية الطبقات البرجوازية الصناعية والتجارية.

وكانت الأحداثُ، التي قادها ستالينُ، انتصاراً اقتصاديّاً وسياسيّاً لبناة الدولة الاشتراكية السوفييتيّة الجديدة، الاشتراكية في بلد واحد. كانت هذه الأحداث النتيجة المنطقية لثورة أكتوبر.

ومع ذلك، فإن نمط الحياة الجديد، الذي انتصر في عصر التجميع والتصنيع والاستبدال شبه الكامل للقيادة، لا يريد التخلي عن الصيغ والأفكار الأيديولوجية القديمة، على الرغم من أنها فقدت محتواها الحي. فاستخدمَ النمطُ الجديدُ الأفكارَ والعباراتِ القديمة، التي نشأت قبل تشكّل الجناح البلشفي في الحزب الاشتراكي الديمقراطي الروسي ما قبل الثورة. وكان أساس الهيكل الجديد هو طابع الدولة الوطني.

أدَّتِ الحربُ إلى تسريع عملية إعادة التفكير في الواقع، التي كانت مختبئة بالفعل في حقبة ما قبل الحرب، وسرّعت في تجسيد الوعي الوطني؛ واستعادت كلمةُ «روسيّ» محتواها الحيّ.

ارتبطت هذه الكلمة في البداية، زمنَ التراجع، في الغالب بالتعريفات السلبية: التخلف الروسي، والارتباك الروسي، والعجز الروسي، و. . . ولكن ظهور الوعي الوطني انتظر يوم الاحتفال بالنصر العسكري.

واتجهت الدولةُ أيضاً نحو وعيٍ ذاتيٍّ في تصنيفات جديدة.

يتجلى الوعيُ الوطنيُّ كقوةٍ جبّارةٍ ورائعة في أيام الكوارث الشعبية. ويكون وعيُ الناسِ الشعبي الوطني رائعاً في هذا الوقت، لأنّه إنسانيٌّ وليسَ وطنيّاً فحسب. هذهِ هيَ الكرامةُ الإنسانيَّةُ، والولاء الإنساني للحرية، والإيمان الإنساني بالخير، الذي يتجلى في شكل وعي وطني.

لكن الوعي الوطني الذي استيقظ خلال سنوات الكوارث يمكن أن يتطور في عدّة اتجاهات.

ليس هناك شك في أن رئيس قسم شؤون الموظفين، الذي يحمي موظفي المؤسسة من الكوزموبوليتانيين والقوميين البرجوازيين، والجيش الأحمر، الذي يدافع عن ستالينغراد، يعبّران عن وعيهما الوطني بطرق مختلفة.

لقد عزت حياةُ القوة السوفييتيّة استيقاظَ الوعيِ القوميِّ إلى المهام التي واجهتها الدولةُ في حياتها بعد الحرب - كفاحها من أجلِ فكرةِ السيادةِ الوطنيَّة، وفي تثبيت السوفييتي والروسي في جميع مجالات الحياة.

لم تنشأ كل هذه المهام فجأةً في زمن الحرب وما بعد الحرب، بل قبل الحرب، عندما كانت الأحداثُ في الريفِ، وفي فترة إنشاء صناعة ثقيلة وطنيّة، ووصول كوادر جديدة، وهذا ما يمثّل انتصارَ الهيكل الذي حدده ستالين على أنه الاشتراكية في بلد واحد.

أُزيلت «وحماتُ» الديمقراطيّة الاجتماعية الروسيّة، واستؤصلت.

لقد بدأتْ عمليةُ إعادة التفكير هذه صراحةً، فترة انعطافة ستالينغراد بالتحديد، في الوقت الذي كانت فيه شعلةُ هذهِ المدينة هي الإشارة الوحيدة للحرية في مملكة الظلمة.

أدى منطقُ التطوّر إلى حقيقة أن الحرب الشعبيّة – وبعد أن وصلت إلى أعلى درجاتها خلال الدفاع عن ستالينغراد، وفي فترتها على وجه التحديد – مكّنت ستالين من أن يعلن صراحةً أيديولوجيّة قومية الدولة.

21

ظهرت مقالةٌ في الجريدة الجدارية المعلّقة في بهو معهد الفيزياء، تحت عنوان: «دائماً مع الشعب».

تحدّثتِ المقالةُ عن أنّ ستالين العظيم، وعلى الرغم من عاصفة الحرب، يولي العلم في الاتحاد السوفييتي أهميّةً كبيرةً، وأنّ الحزب والحكومة أحاطا العلماءَ بالاحترام والتقدير، أكثر مما حدثَ في أيّ مكان آخر في العالم، وحتى في ظروف الحرب القاسية، فإنّ الدولة السوفييتيّة تخلق كل الظروف، لعمل العلماءِ الطبيعي والمثمر.

وبعدَ ذلك تحدثتِ المقالةُ عن المهام الهائلة التي يواجهها المعهد، وعن البناء الجديد، وعن توسّع المختبرات القديمة، وعن العلاقة بين النظرية والتطبيق، وعن أهمية عمل العلماء في الصناعة الدفاعية.

وتحدثتِ المقالةُ عن الحماسِ الوطني، الذي اجتاح فريقاً من العلماء، الذين يسعون إلى تسويغ اهتمام الحزب وثقته والرفيق ستالين شخصياً، وتلك الآمال التي يعلّقها الناس على الفصيل المتقدم المجيد من المثقفين السوفييت - العاملين العلميين.

وخُصّصَ الجزءُ الأخير من المقالة لحقيقة مفادُها أنَّ ثمّة أفراداً

في الفريق الصحي الودود - للأسف - لا يشعرون بالمسؤولية تجاه الشعب والحزب، أشخاصاً منفصلين عن الأسرة السوفييتيّة الودّية. يضع هؤلاء الناس أنفسهم في مواجهة الفريق، ويرفعونَ مصالحهم الخاصة فوق تلك المهام التي وضعها الحزب أمام العلماء، ويميلون إلى المبالغة في تقدير خدماتهم العلمية الحقيقية والمستعارة. وأصبح بعضهم طوعاً أو لاإراديّاً ناطقاً رسميّاً عن الآراء والحالات المزاجيّة غير السوفييتيّة، يبشرون بأفكار معادية سياسيّاً. هؤلاء الناس عادة ما يحتاجون إلى مقاربة موضوعيّة للرؤى المثاليّة وروح ردّة الفعل ووجهات النظر الظلاميّة للعلماء المثاليين الأجانب، فهم يفخرون بعلاقاتهم مع هؤلاء العلماء، مما يسيء إلى الشعور بالفخر السوفييتي القومي للعلماء الروس، ويقلل من إنجازات العلوم السوفييتيّة.

يتصرفون في بعض الأحيان كمدافعين عن العدالة المزعومة المفترضة، في محاولة لاكتساب شعبيّة رخيصة بين الناس البسطاء وقصيري النظر والمهملين - وهم في الواقع يزرعون بذور الخلاف، وعدم الثقة بقوى العلم الروسي، وعدم احترامهم لماضيه المجيد وأسمائه العظيمة. ودعت المقالة إلى نبذ كل عفن، وغريب وعدائي، يعرقل إنجاز المهام التي حددها الحزب والناس أمام العلماء خلال الحرب الوطنيّة العظمى. انتهى المقالُ بعبارة «إلى الأمام إلى قممٍ جديدة في العلوم، في الطريق المجيد الذي أنارهُ ضوءُ الفلسفةِ الماركسيّة، الطريق الذي يقودنا إليه الحزبُ العظيم، حزب لينين وستالين».

على الرغم من أنَّ المقالةَ لم تذكر أسماءً، إلا أن الأشخاصَ في المختبر جميعاً فهموا أنَّ المعنيَّ هو شتروم.

أخبر سافوستيانوف شترومَ عن المقالة. لم يذهب شتروم لقراءتها، كان يقفُ في تلك اللحظة بالقرب من الموظفين الذين يستكملون تثبيت محطّة التجارب. ضمّ شتروم نوزدرين من كتفيه، وقال:

- بغض النظر عما سيحدث، فإن هذا العملاق سيؤدي وظيفته.

شتم نوزدرين على نحوٍ غير متوقع بصيغة الجمع، ولم يفهم فيكتور بافلوفيتش من فوره سبب هذه اللهجة.

اقترب سوكولوف في نهاية يوم العمل، من شتروم، وقال:

- أنا معجبٌ بك، فيكتور بافلوفيتش. لقد عملتَ طوال اليوم، وكأن شيئاً لم يحدث. قوة سقراط رائعة فيك.

أجابَ شتروم:

- إذا كان الشخصُ أشقرَ على نحوٍ طبيعي، فلن يصبح أسمرَ بسبب كتابة في صحيفة حائط.

أصبحَ الشعورُ بالاستياء تجاه سوكولوف مألوفاً، ولأن شتروم كان قد اعتادَ عليهِ، فقد بدا أنّ ذلك الشعور قد انتهى. لم يعد يوبخُ سوكولوفَ بسببِ السرّية والجبن. كان يقول لنفسه في بعض الأحيان: «ثمَّةَ كثيرٌ من الخير فيه، والأشياء السيئة موجودة حتماً لدى الجميع».

قال سوكولوف:

- نعم، مقال عن مقال يختلف. قرأتهُ آنا ستيبانوفنا، فأُصيبت بأزمة قلبية. أرسلوها إلى المنزل من مركز الإسعافات الأولية.

فكر شتروم: «ما الأمرُ الرهيبُ المكتوبُ هناك؟» لكنه لم يسأل

سوكولوف، ولم يتحدَّث إليه أحدٌ عن محتويات المقال. هكذا، على الأرجح، يتوقفون عن التحدث إلى المرضى حول مرضهم السرطاني غير القابل للشفاء.

مساءً، كان شتروم آخر من غادر المختبر. قال الحارس العجوز أليكسي ميخائيلوفيتش، الذي نُقل إلى مكان تعليق الثياب، وهو من يعطي شتروم المعطف:

- هذه هي الحال، فيكتور بافلوفيتش، لا سلامَ للناس الطيبين في هذا العالم.

صعد شتروم من جديد الدرجَ، بعد أن ارتدى معطفه، وتوقف أمام اللوح الذي عُلِّقت عليه الصحيفة.

تلفَّتَ بعد قراءة المقال، حوله حائراً: بدا للحظة أنهم سيلقون القبض عليه، ولكن الردهة كانت مهجورة وهادئة.

شعرَ من وجهة نظر الواقع المادي، بالعلاقة المتبادلة بين ثقل الجسم البشري الهش والدولة الهائلة، بدا له أن الدولةَ تُحدِّقُ باهتمام في وجهه وبعيون ساطعة ضخمة، وها هي على وشك أن تسقط عليه، فيصرخُ ويترققُ ويتجفف ويختفي.

كان الشارعُ مزدحماً، وبدا لشتروم أنَّ شريطاً من الأرض الحرام يقع بينه وبين المارة.

قال رجلٌ يعتَمِرُ قبعةً شتويّةً عسكريّة بصوت متحمس لرفيقه، في الباص الكهربائي:

- هل سمعت موجز الأخبار في الساعة الأخيرة؟

قال أحدهم من المقاعد الأمامية:

- ستالينغراد! اختنق الألمان.

نظرت امرأة عجوز إلى شتروم، وكأنّها توبخه على صمته.

فكر بدماثة في سوكولوف: الناسُ جميعاً ممتلئونَ بالعيوب - هو وأنا.

ولكن نظراً إلى أن فكرة مساواته مع الأشخاص الذين يعانون من مواطن الضعف والقصور ليست صادقة حتى النهاية، فقد فكر من فوره: «تعتمد وجهات نظره على ما إذا كانت الدولَةُ تُحبُّهُ، وما إذا كانت حياته ناجحة. ستنتقل إلى الربيع، إلى النصر، ولن يقول كلمةً نقديّةً. لكن هذا ليس من طبعي أنا - هل هو أمر سيّئ بالنسبة إلى الدولة، تضربني أم تُدلّلني، علاقاتي بها لن تتغير».

سيخبر لودميلا نيقولايفنا في البيت، عن المقال. لقد أخذوه على ما يبدو، على محمل الجد. سيقول لها:

- ها هي، جائزة ستالين، لوداشكا. يكتبون مثل هذه المقالات عندما يريدون سجن الشخص.

فكّر: «لدينا مصير واحد، فإذا ما دعوني إلى جامعة السوربون لتدريس مادة محترمة، فستذهبين معي؛ وإن أرسلوني إلى معسكر الاعتقال في كوليما، فستتبعينني».

ستقول لودميلا نيقولايفنا: «أنت نفسك من جلبَ هذا الرعب».

وسيردُّ بحدة: «لست في حاجة إلى النقد، بل إلى التفاهم الودي. لدي ما يكفي من النقد في المعهد».

فتحت له الباب ناديا.

عانقته في عتمة الممر، وضغطت خدها على صدره.

سألها :

- باردٌ، مبلّلٌ، دعيني أنزعُ المعطف، ماذا حصل؟

- ألم تسمع؟ ستالينغراد! انتصار كبير. الألمان محاصرون. دعنا نذهب، دعنا نذهب بسرعة.

ساعدته على خلعِ معطفه وسحبته من يده إلى الغرفة.

- إلى هنا، هنا، أمي في غرفة توليا.

فتحت الباب. كانت لودميلا نيقولايفنا جالسة على طاولة توليا. أدارت رأسها ببطء، وابتسمت له بجدّية وحزن.

لم يخبر شتروم، في ذلك المساء، لودميلا بما حدث في المعهد.

جلسوا إلى طاولة توليا، ورسمت لودميلا نيقولايفنا على ورقةٍ مُخطَّطاً لحصارِ الألمانِ في ستالينغراد، وشرحت لناديا خطَّتها للعمليات العسكرية.

فكر شتروم في غرفته ليلاً: «يا إلهي، لو أكتب رسالة توبة، الجميع يكتب في مثل هذه الحالات».

22

مرّت عدّة أيام منذ ظهور المقالةِ في جريدة الجدار. استمر العمل في المختبر كما كان من قبل. سيطر على شتروم اليأسُ أحياناً، وأحياناً كان حيويّاً، وعمليّاً، وجال في المختبر، وترنَّمَ بأغنياته المفضلة وهو ينقُرُ بأصابع سريعة على عتبات النوافذ وعلى أغلفة المعدن الجلدية.

قال مازحاً إنَّ وباءَ قصرِ النظرِ تفشّى في المعهد، على ما يبدو، فقد اصطدم به معارفه، أنفاً بأنف، ومرّوا شاردين، دون أن يلقوا التحية؛ لاحظَ غوريفيتش شتروم من بعيد، وأبدى مظهراً شارداً أيضاً، وعبر إلى الجانب الآخر من الشارع، وتوقف عند الملصق. نظر شتروم، وهو يراقب تطوراتِ الأمر، والتفت وفي تلك اللحظة نفسها التفت غوريفيتش، فالتقت عيونهما. قدم غوريفيتش تحية فرحة، ومندهشة، وانحنى. ولم يكن الأمرُ مرحاً إلى تلك الدرجة.

سلّم سفيتشين، عندما قابل شتروم، وهزَّ رجلَه بدقّة، لكن وجهه أصبح في الوقت نفسه كما لو أنَّهُ التقى سفيرَ دولة عدوّة.

أجرى فيكتور بافلوفيتش حساباً: من استدار عنه، ومن هزّ رأسه، ومن صافحه بيده.

عند عودته إلى المنزل، سأل زوجَتَه أولاً:

- هل اتصل أحد؟

وأجابت لودميلا كالعادة:

- لا أحد، باستثناء ماريا إيفانوفنا.

وأضافت مُتَنَبِّئَةً بسؤاله المعتاد بعد هذه الكلمات:

- لا رسائلَ من مادياروف حتى الآن.

قال:

- تعلمين، أولئكَ الذين اتصلوا كل يوم بدؤوا يتّصلونَ أحياناً، وأولئك الذين اتصلوا أحياناً، توقفوا عن الاتصالِ مُطلقاً.

بدا له أنهم في المنزل أخذوا يتعاملون معه بطريقة مختلفة. مرّت ناديا ذات مرّة بجانبهِ تشرب الشاي، ولم تقل مرحباً.

صرخ بها شتروم بغلظة قائلاً:

- لماذا لا تقولين مرحباً؟ أتعتقدين أنني مادّة جامدة؟

كان وجهه على ما بدا بائساً جداً، فأدركت ناديا حالته، وبدلاً من أن تجيبه بغلظَةٍ، قالت:

- أبي، عزيزي، سامحني.

وسألها في اليوم نفسه:

- اسمعي يا ناديا، أما زلت تقابلين صديقك القائد؟

هزّت كتفيها بصمت.

قال:

- أريدُ أن أحذّرك. لا تُفكّري في التحدُّثِ إليهِ في الموضوعات السياسيّة. لا ضرورةَ أن يصلوا إليّ من هذا الجانب أيضاً.

وبدل أن تجيبه ناديا بقسوة، قالت:

- يمكنك أن تكون مطمئناً يا أبي.

أخذ شتروم، عند اقترابه من المعهد صباحاً، يتلفَّتُ حوله، ثم باطَأ خطَوه، ثم سارَعَه. بعد التأكد من أن الممر كان فارغاً، انطلقَ مُسرعاً حانياً رأسه، فإذا ما فُتِحَ الباب في مكان ما، تجمّد قلب فيكتور بافلوفيتش.

تنفّس بعمق، بعد أن دخل المختبر أخيراً، مثلما يفعلُ جندي يركض إلى خندقه عبر حقل رماية.

دخل ذات مرّة سافوستيانوف على شتروم في الغرفة، وقال:

- فيكتور بافلوفيتش، أرجوك، كلنا نطلب إليكَ أن تكتبَ رسالةَ توبة، أؤكد لك أنّ هذا سيساعد. فكّر؛ في الوقت الذي ينتظرك عملٌ هائلٌ تفعله، ولماذا التواضع، بل عملٌ عظيمٌ، وتنظر إليكَ قوى علومنا الحيَّةُ، هكذا، فجأةً تعرقِلُ كلَّ شيء. اكتب رسالة، اعترف بأخطائك.

قال شتروم:

- عمَّ يجب أن أتوب، وبما أخطأت؟

- آه، لا يهم، كلُّهم يفعلونَ ذلك - في الأدب، في العلوم، والقادة الحزبيون، وفي مجال الموسيقا الذي تُحبُّه ها هو ذا شوستاكوفيتش يعترفُ بالأخطاء، ويكتب رسائل توبة، ويواصل العمل بعد التوبة مثل الإوزة في الماء.

- لكن عمَّ أتوب، ولمن؟

- اكتب إلى الإدارة، اكتب إلى اللجنة المركزية. لا يهم إلى أي

مكان! الشيء المهم هو أن تتوب. شيء من هذا القبيل: «أعترف بذنبي، لقد شوَّهتُ، وأعدكم بالتصحيح، بعد أن أدركت» - شيء من هذا القبيل، كما تعلم، هناك صيغة معتمدة. والأهم أنّ ذلك يساعد، يساعد دائماً!

عادةً ما تكون عينا سافوستيانوف فرحتين وضاحكتين، لكنّهما الآن بدتا جدّيتين. حتّى إنَّ لونهما قد تغير.

قال شتروم:

- شكراً، شكراً لك يا عزيزي. صداقتك تثير مشاعري.

وبعدَ ساعة قال له سوكولوف:

- فيكتور بافلوفيتش، الأسبوع المقبل سيُعقَدُ مجلسٌ علميٌّ موسّعٌ، وأعتقد أنَّ عليك التحدُّثَ فيه.

سأل شتروم:

- حول أيّ موضوعٍ سيكونُ الاجتماع؟

- يبدو لي أنَّ عليك تقديم تفسيرٍ في الاجتماع، باختصار، التوبة عن الخطأ.

مشى شتروم في الغرفة، وتوقف فجأة عند النافذة وقال، وهو ينظر إلى الفناء:

- بيوتر لافرينتييفيتش، ربّما الأفضل أن أكتب رسالة؟ هذا أسهل من أبصق على وجهي أمام الجمهور.

- لا، أعتقد أنَّ عليكَ أن تتحدَّث. البارحة تحدثتُ إلى سفيتشين، وأوضح لي أنهم هناك - وأشار على نحوٍ غامض نحو الأعلى - يريدون منك أن تتحدث، لا أن تكتب رسالة.

استدار شتروم نحوه بسرعة، وهو يقول:

- لن أتحدَّثَ ولن أكتب رسائل.

قال سوكولوف، كطبيب نفساني يتوجَّهُ إلى مريض، متغاضياً عمّا قاله:

- فيكتور بافلوفيتش، الصمت في وضعك يعني الانتحار عن وعي، التُّهم السياسيّة تحوِّمُ فوقك.

سأل شتروم:

- هل تدري ما الذي يُعذبني على نحوٍ خاصّ؟ لماذا في أيام الفرح العام، النصر، يحدث لي كل هذا؟ وفي إمكان ابن عاهرة ما إن يقولَ إنّي وقفتُ صراحةً ضد أسسِ اللينينيّة، مُعتقداً أن النظامَ السوفييتي قد انتهى. وكما يقال: موريتز يحبُّ ضرب الضعفاء.

قال سوكولوف.

- لقد سمعت هذا الرأي.

قال شتروم:

- لا، لا، ليذهبوا إلى الجحيم! لن أتوب!

ليلاً، بدأ بكتابة رسالةٍ بعد أن أغلق على نفسه في غرفته. تملّكه الخجل، مزّق الرسالة وبدأ من فوره بكتابة نص كلمته في المجلس الأكاديمي. ضرب الطاولة بكفه بعد قراءتهِ، ومزّق الورقة.

وقال بصوت مسموع:

- هذا كل شيء، انتهى الأمر! فليكن، ما يكون. دعهم يسجنونني.

جلس لفترة من الوقت بلا حراك، وهو يعاني من جرّاء قراره

النهائي. ثم خَطَرَ في ذهنه أن يكتب النصَّ التقريبيَّ للرسالة، التي كان من الممكن أن يقدِّمها لو قرر التوبة - بكل بساطة، لأنه قرر أخيراً ألّا يتوب؛ وليسَ في ذلكَ ما هو مهين له. لا أحد سيرى هذه الرسالة، ولا حتى شخص واحد.

كان وحيداً، والباب مغلقاً، والجميع نياماً، وثمَّةَ صمت خارج النافذة - لا زمر، ولا ضجيج سيارات.

لكن قوة غير مرئية لذعته. شعرَ بمفعولها المنوّم، وجعلته يفكر بالطريقة التي تريدُها، وأن يكتب تحت إملائها. كانت في داخلهِ هو نفسه، وأجبرت قلبه على التجمّد، وأذابت إرادَتَه، وتدخلت في علاقته بزوجته وابنته، في ماضيه، وأفكارِهِ عن شبابه. بدأ يُحسُّ أنَّه غبي، وممل، ومُتعب للآخرين بكثرة كلامه المملّ. حتى أعماله بدا أنها تلاشت، وغُطّيت بنوع من الرماد والغبار، وتوقفت عن ملئه بالنور والفرح.

يمكن لأولئك الناس فحسب الذين لم يجرِّبوا تأثير تلك القوة على أنفسهم أن يندهشوا ممن يخضع لها. أمَّا الأشخاص الذين جرَّبوا هذه القوة على أنفسهم فتُدهشهم أمورٌ أخرى؛ كالقدرة على التوهج ولو للحظة واحدة، ولو لكلمة غضب واحدة تندفعُ، ولإشارة احتجاجٍ خجولة وسريعة.

كتب شتروم رسالة توبة لنفسه، رسالة سيخفيها ولن يعرضها على أحد، ولكن في الوقت نفسه، فهم سراً أن الرسالة قد يحتاج إليها، فلتكن موجودة.

شرب الشاي في الصباح، ونظرَ إلى ساعته؛ حانَ الوقتُ للذهابِ إلى المختبر. اجتاحَه شعورٌ صقيعيٌّ بالوحدة. بدا له أنَّ أحداً لن يأتي

إليهِ حتى نهاية حياته؛ وإنّهم، لا يتصلون به بالهاتف، ليس خوفاً فحسب؛ إنهم لا يتصلون لأنه ممل، وغير مثير للاهتمام، وغير موهوب.

قال للودميلا نيقولايفنا مرتّلاً:

- بالطبع، ولم يسأل عنّي أحد بالأمس؟ أنا وحدي عند النافذة، أنا لا أنتظر ضيفاً أو صديقاً[1]...

- نسيتُ أن أخبرك، وصلَ تشيبيجين، اتصلَ هاتفيّاً، يريد أن يراك.

قال شتروم:

- أوه، أوه، واستطعتِ ألّا تخبريني بهذا؟ - وبدأ ينغِّم على الطاولةِ موسيقا احتفاليّة.

اقتربت لودميلا نيقولايفنا من النافذة. سار شتروم في مشية ممتعة، طويلَ القامة، انحنى مُلوِّحاً بحقيبتهِ من وقت إلى آخر، وكانت تعلم بماذا يفكر في لقائه مع تشيبيجين؛ سيُرحّب به، ويتحدّث إليه.

شعرت بالأسف على زوجها، في هذه الأيام، قلقت بشأنه، لكن في الوقت نفسه فكرت في نواقصه وأهمها: الأنانية.

ها هو ينغّم: «أنا وحدي عند النافذة، لا أنتظر صديقاً»، وذهب إلى المختبر، حيث يحيط به أشخاص، وحيث العمل؛ وفي المساء، سيذهبُ إلى تشيبيجين، ومن المحتمل ألا يعودَ قبل الثانية عشرة،

---

(1) كلمات من قصيدة الشاعر الروسي سرغي يسينين «الإنسان الأسود». (المترجمان).

ولا يفكّر أنها ستكون وحدها طوال اليوم وأنها كانت تقف بجانب النافذة في الشقة الفارغة وأن أحداً لم يكن قربها، وأنها لا تنتظر ضيفاً ولا صديقاً.

مضت لودميلا نيقولايفنا إلى المطبخ لغسل الأطباق. كان صباح هذا اليوم ثقيلاً على روحها. لن تتصل ماريا إيفانوفنا اليوم، ستذهب إلى أختها الكبرى في شابلوفكا.

كم كانت قلقة على ناديا، فهي صامتة، وبالتأكيد، على الرغم من الحظر، تواصل لهوها المسائي. وفيكتور منغمسٌ تماماً في شؤونه، ولا يريد التفكير في ناديا.

رنَّ جرسُ الباب، يجب أن يكون النجّار، الذي اتفقت معه في اليوم السابق؛ كان عليه أن يصلح تركيب الباب في غرفة توليا. وكانت لودميلا نيقولايفنا سعيدة؛ إنّه إنسان حيّ. فتحت الباب – في ظلمةِ الممر وقفت امرأة في قبعة الحمل الصغير الرمادية، وحقيبةٌ في يدها.

– جينيا! – صاحت لودميلا بصوتٍ عالٍ وشاكٍ، حتّى إنها ذُهلت بصوتها، وقبّلت أختها، وهي تُمسّد كتفيها قائلة:– توليا غير موجود، توليا لم يعد موجوداً.

118

23

كان الماءُ الساخنُ في الحمَّام يتدفقُ في تيارٍ رقيق ضعيف، وتكفي مُحاولة زيادة شدَّتهِ قليلاً، حتى يصبح الماء بارداً. امتلأ حوض الاستحمام ببطء، وتراءى للأختين أنَّهما منذ اللحظة التي التقيتا فيها ما قالتا كلمتين.

ثم، حينما ذهبت جينيا للاستحمام، واصلت لودميلا نيقولايفنا الاقتراب من باب الحمام وهي تسأل:

- كيف حالك هناك، ألا تحتاجين إلى فرك ظهرك؟ انتبهي للغاز، وإلا فسوف ينطفئ ...

بعد بضع دقائق طرقت لودميلا الباب بقبضتها وسألت بغضب:

- ما بك هناك، تغفين؟

خرجت جينيا من الحمام في برنس أختها الأشعث.

قالت لودميلا نيقولايفنا.

- أوه، أنت ساحرة.

وتذكرت يفغينيا نيقولايفنا كيف وصفتها صوفيا أوسيبوفنا بالساحرة أثناء رحلة نوفيكوف الليلية إلى ستالينغراد.

المائدة كانت موضّبة.

119

قالت يفغينيا نيقولايفنا:

- إنه شعور غريب، بعد رحلة استغرقت يومين في عربة من دون مقاعد مرقَّمة، اغتسلتُ في حوض الاستحمام، ويبدو أنني عدتُ إلى وقت النعيم الهادئ، أمّا في الروح...

سألت لودميلا نيقولايفنا:

- ما الذي أتى بك فجأة إلى موسكو؟ هل ما هو سيّئ؟

- فيما بعد، أقول لك فيما بعد.

وهشَّتْ بيدها.

تحدثت لودميلا عن شؤون فيكتور بافلوفيتش، وعن قصة غرام ناديا غير المتوقعة والمضحكة، تحدثت عن الأصدقاء الذين ما عادوا يتصلونَ هاتفيّاً، أو يتعرَّفون إلى شتروم في أثناء اللقاءات.

وتحدثت يفغينيا نيقولايفنا عن وصول سبيريدونوف إلى كويبيشيف. وقد أصبح ذلك المجيد والبائس. لم يعيِّنوه من جديد حتى تأخذ اللجنة قراراً في قضيته. فيرا مع الطفل في لينينسك، يتحدث ستيبان فيدوروفيتش عن حفيده ويبكي. ثم أخبرت لودميلا عن نفي جينيا غينريخوفنا، وعن مقدار لُطفِ العجوز شاروغورودسكي، وكيف ساعدها ليمونوف في الحصول على تصريح إقامة.

في رأسِ جينيا خيَّمَ ضباب التبغ، وطَرْقُ العجلاتِ، وأحاديثُ العربة، وكان من الغريب حقاً النظر إلى وجه الأخت، والإحساس بلمسة الرداء الناعم على الجسدِ المغسول، والجلوس في غرفةٍ حيث البيانو والسجاد.

وفي الحديث المتبادلِ بينَ الأختين، عن الأحداث الحزينة والمبهجة والمضحكة والمؤثرة ليومهما الحالي، ظلَّ أولئكَ الذين غادروا حاضرين بعنادٍ، والأقارب والأصدقاء مرتبطين بهم إلى الأبد. وبغض النظر عما قالاهُ عن فيكتور بافلوفيتش، فقد بقي ظل آنا سيميونوفنا وراءه، وظهر على أثر سيريوجا، والدُه ووالدته في معسكر الاعتقال، وظلَّت أصواتُ خطوات الشاب عريض الكتفين وسميك الشفتين إلى جانب لودميلا نيقولايفنا ترنُّ ليلاً ونهاراً. لكنهما لم تتحدثا عنه.

قالت جينيا:

- لم أسمع شيئاً عن صوفيا أوسيبوفنا، وكأنّها غارت في الأرض.

- ليفينتونخا؟

- نعم، نعم عنها.

قالت لودميلا نيقولايفنا:

- لم أحبها - وسألت: هل ترسمين؟

- في كويبيشيف ما رسمت. رسمتُ في ستالينغراد.

- يمكنك أن تَفخَري، حملَ فيتيا اثنتين من لوحاتك عندما جَلَونا.

ابتسمت جينيا:

- هذا يسعدني.

قالت لودميلا نيقولايفنا:

- ما بك، أيتها الجنرالة، أنت لا تتحدثين عن الأمر الرئيسي؟ هل أنت راضية؟ هل تحبينه؟

قالت جينيا وهي ترفع البرنس على صدرها:

- نعم، نعم، أنا مرتاحة، أنا سعيدة، أنا أحب، وأنا محبوبة... - وألقت نظرة سريعة على لودميلا، وأضافت:- هل تعرفين لماذا أتيت إلى موسكو؟ ألقوا القبض على نيقولاي غريغوريفيتش، وهو سجين في لوبيانكا.

- يا رب، لأي سبب؟ إنّه مستقيم مئة في المئة!

- وصديقنا ميتيا؟ وصديقك أبارتشوك؟ أعتقد أنّهما كانا مستقيمين مئتين في المئة.

قالت لودميلا نيقولايفنا:

- لكن كم كان قاسياً،- نيقولاي! لم يأسف على الفلاحين خلال عملية التجميع المكثّفة. أتذكَّرُ أني سألته: ما الذي يحصل؟ فأجاب: إلى الجحيم، هؤلاء الكولاكيّون... وأثّر على نحوٍ كبير في فيكتور.

قالت جينيا مؤنّبة:

- آه، لودا، تتذكرين دائماً الأمورَ السيّئة عن الأشخاص وتقولينها بصوت عال، في اللحظات التي لا لزوم فيها لقول ذلك.

قالت لودميلا نيقولايفنا:

- ماذا أفعل، أنا مستقيمة مثل عمود العربة.

قالت جينيا:

- حسناً، حسناً، لكن لا تفاخري بفضيلتك العموديّة هذه.

قالت هامسةً:

- لودا، لقد استدعوني.

أخذت وشاح أختها عن الأريكة وغطت به الهاتف، وقالت:

- يقولون إن في إمكانهم التنصّت. أخذوا منّي تعهّداً خطيّاً.

- أعتقدُ أنّ زواجك من نيقولاي لم يكن مُسجّلاً.

- لا، لم يكن زواجنا مسجّلاً، لكن ما يغيّر هذا؟ استجوبوني كزوجة. سأخبرك. أرسلوا مذكرة استدعاء، لأحضرَ مصطحبة جواز السفر. فنّدتُ كل شيء وتذكرتُ الجميع - ميتيا، وإيدا، وحتى أبارتشوك صديقك، وجميع المعارف الذين كانوا مُعتقلين، تذكرت، لكن نيقولاي لم يخطر في بالي مطلقاً. استدعوني على الساعة الخامسة. كانت غرفةُ مكتب عادية. على الحائط عُلِّقت صورتان ضخمتان - لستالين وبيريا. وجلسَ كائنٌ شاب ذو سحنة عادية، نظر إليَّ نظرة ثاقبة توحي بمعرفة كلّ شيء، وقال ومن فوره: «هل تعرفين عن نشاط نيقولاي غريغوريفيتش كريموف المضاد للثورة؟» وبدأ... جلست معه مدة ساعتين ونصف. بدا لي عدة مرات أنني لن أخرج من هناك. تخيّلي، ألمح إلى أن نوفيكوف، حسناً، باختصار، إنّه قرف رهيب - كما لو أنّني تقرَّبتُ من نوفيكوف من أجل جمع معلومات منه قد يثرثر بها، كي أوصلها لنيقولاي غريغوريفيتش... تجمّدتُ تماماً في داخلي. قلت له: «أنت تعرف، كريموف إلى أي درجة هو شيوعي متعصّب، أنا معه، وكأنني في لجنة المقاطعة الحزبية». فقال لي: «آه، هذا يعني أنك لم تجدي رجلاً سوفييتياً في نوفيكوف؟» قلت له: «غريب عملكم، الناس تحارب الفاشيين على الجبهة، وأنت أيّها الشاب، تجلس في الداخل، وتُلطّخ هؤلاء الناس بالقذارة » ظننت أنه بعد ذلك سيصفعني على وجهي، ولكنَّهُ ارتبك،

واحمرّ خجلاً. عموماً، ألقي القبض على نيقولاي. بتهم جنونيّة - بالتروتسكية والعلاقات مع الغيستابو.

قالت لودميلا نيقولايفنا:

- يا للفظاعة - وفكرت أن توليا كان من الممكن أن يقع في حصار، وأن يشكّوا فيه أيضاً.

وقالت:

- أتخيّل كيف سيتقبّل فيتيا هذ الخبر. هو عصبي على نحوٍ رهيب الآن، ويعتقد أنّهم سيسجنونه. في كل مرة يتذكر: أين، ومع من تحدث. ولا سيما في كازان تلكَ المشؤومة.

نظرت يفغينيا نيقولايفنا بتمعّن إلى أختها فترة قصيرة وقالت أخيراً:

- أقول لك أينَ يكمن الخوف الرئيسي؟ سألني هذا المحقق: «كيف لا تعرفين تروتسكيّة زوجك، وقد أخبرك بكلمات تروتسكي المتحمِّسة حول مقالته: «إنها من المرمر؟»». وعندما عُدتُ إلى المنزل، تذكرت أن نيقولاي قال لي حقاً: «أنت وحدك تعرفين هذه الكلمات» وفجأة في الليل، صُدمت: عندما كان نوفيكوف في كويبيشيف في الخريف، قلت له تلك العبارة. بدا لي أنني أفقد عقلي، تملّكني رعب مخيف...

قالت لودميلا نيقولايفنا:

- أنت تعيسة. ومقدّر لك أن تعاني مثل هذه الأمور.

سألت يفغينيا نيقولايفنا:

- لماذا لي بالذات؟ كان يمكن أن يحدث لك أمر مماثل.

- لا . أنتِ انفصلت عن واحد، وارتبطتِ بآخر. وأخبرت أحدهما عن الآخر.

- لكنك أيضاً كنت على خلاف مع والد توليا. ربما أخبرت فيكتور بافلوفيتش كثيراً عنه.

قالت لودميلا نيقولايفنا مقتنعة:

- لا ، أنت لست على حق، لا وجه للمقارنة.

سألت جينيا ، وقد شعرت بالتوتر وهي تنظر إلى أختها الأكبر:

- ولماذا؟ صدقيني، ما تقولينه هو مجرد غباء.

قالت لودميلا نيقولايفنا بهدوء:

- لا أدري، ربما هو غباء.

سألت يفغينيا نيقولايفنا:

- هل لديك ساعة؟ عليَّ الذهاب من دون تأخّر إلى شارع كوزنيتسكي 24 - ولم تستطع كبحَ جماحِ غضبها، فقالت:- طبعك صعب يا لودا. لا عجب أنك تعيشين في شقة من أربع غرف، وأمي تفضِّل التسكع بلا مأوى في كازان.

أسفت جينيا بعد أن قالت تلكَ الكلمات القاسية. وأرادت أن تعرب للودميلا عن أنَّ علاقتهما الموثوقة، أقوى من المشاجرات العرضية، وتابعت:

- أريد أن أصدِّق نوفيكوف. ولكن مع ذلك مع ذلك. . . كيف، ولماذا أصبحت تلكَ الكلمات معروفة عند «الأمن»؟ من أين يأتي هذا الضباب الرهيب؟

رغبت كثيراً أن تكون والدتُها قريبةً. لكانت جينيا قد وضعت رأسها على كتفها وقالت: «يا غاليتي، لكم أنا متعبة».

قالت لودميلا نيقولايفنا:

- أتعلمين كيف حدثَ ذلك: لعلَّ جنرالك أخبرَ شخصاً ما بالحديث الذي دار بينكما، وذلك الشخصُ كتب تقريراً بما سمع.

- نعم، نعم،- قالت جينيا - غريب، لم تخطر في بالي هذه الفكرة البسيطة.

شعرت في هدوءِ وراحةِ بيتِ لودميلا، باضطرابٍ روحيٍّ عاصفٍ يسيطر عليها...

إنّ كل ما لم تشعر بهِ على نحوٍ كامل، وما لم تفكر فيه بصورةٍ كاملة، وهي تهجرُ كريموف، عذّبها وأقلقها سراً، خلال فترة الانفصال عنه - الشوقُ إليهِ الذي لم يختفِ، والقلقُ عليه، والأُلفة - وازداد قوّة واشتعل في الأسابيع الأخيرة.

فكرَّت فيه في العمل، في الترامواي، وهي تقف في طابور المواد الغذائية. كانت في كل ليلةٍ تقريباً رأته في المنام، تئنّ، وتصرخ، وتستيقظ.

كانت الأحلامُ مُعذِّبَة، دائماً مصحوبةً بالحرائقِ والحرب، والخطر الذي يهدد نيقولاي غريغوريفيتش، وكان من المستحيل دائماً إبعاد هذا الخطر عنه.

وفي الصباح، وهي تُسرِعُ بارتداء ملابسها، وهي تغتسل، خائفةً من التأُخّر عن العمل، كانت تفكّر فيه.

بدا لها أنها لا تحبه. ولكن هل من الممكن أن تفكر دوماً في شخصٍ لا تُحِبُّه، وتتعذّبَ على نحوٍ مؤلم أسفاً على مصيره؟ لماذا،

في كل مرة يسخَرُ فيها ليمونوف وشاروجورودسكي، مُعتَبِرين الشعراء والفنانين الذين يحبّهم نيقولاي بلا موهبة، ترغب في أن تمسّد شعَره، وتضمّه، وتعطف عليه؟

نسيت الآن تعصُّبَه، ولامبالاته بمصير المعتقلين السياسيين، والحقد الذي تحدث به عن الكولاكيين خلال فترة التجميع العامّة.

تذكرت الآن الجيّدَ والرومانسيَّ والمؤثرَ والحزين فحسب. كانت قوة تأثيره عليها الآن في ضعفه. كانت عيناه صبيانيّتين، وابتسامته حائرة، وحركاته غريبة.

رأته مع رُتَبِهِ التي جُرّد منها، بلحيته نصف الرمادية، رأته مستلقياً على سريره ليلاً، ورأت ظهره وهو يمشي في فناء السجن فترةَ الاستراحة... ربما تصوّر أنها تنبأت غريزياً بمصيره، وأن ذلكَ هو سبب انفصالهما. كان يرقد في سرير السجن ويفكر فيها... الجنرالة...

هي لم تعرف ما هذا - هل هي شفقة، أم حبّ، أم ضمير، أم واجب؟

أرسل لها نوفيكوف تصريحاً، واتفق بالخط العسكري مع صديق من سلاح الجو، على إحضار جينيا بطائرة «دوغلاس» إلى مقر الجبهة. أعطتها السلطات إذناً مدة ثلاثة أسابيع للسفر إلى الجبهة.

طمأنت نفسها، وكررت قائلةً: «إنّه سيفهم، سيفهم بالتأكيد، لا يمكنني أن أفعل غير ذلك».

تعلمُ أنها تصرّفت بصورة فظيعةٍ مع نوفيكوف: كان ينتظر، لقد كان ينتظرها.

كتبت له بصراحة قاسية عن كل هذا. واعتقدت جينيا بعد إرسال

الرسالة، أن الرقابة العسكرية ستقرأ الرسالة. وهذا كلّه يمكن أن يضرّ نوفيكوف على نحوٍ غير عادي.

ثم أكدت:

«لا، لا، سوف يفهم».

لكن المسألة تكمُنُ في أن نوفيكوف سيفهمها، أمّا بعد أن يفهمها، فسوف ينفصل عنها إلى الأبد.

هل كانت تحبّه، هل كانت تحبُّ حُبَّهُ لها فقط؟ اجتاحها شعور بالخوف والكآبة والرعب أمام الوحدة عندما فكرت في حتمية الانفصال النهائي عنه.

فكرة أنها دمّرت سعادتها من تلقاء نفسها، بدت لها لا تطاق أبداً.

لكن عندما فكَّرت أنها الآن لن تكون قادرة على تغيير أي شيء، لتصحيح هذا، وأن الانفصال التام والنهائي غير مرتبط بها، بل بنوفيكوف، رأت الفكرةَ صعبةً جدّاً.

عندما أصبحَ التفكيرُ في نوفيكوف مؤلماً على نحوٍ لا يطاق، بدأت تتخيَّله - ها هم يستدعونها لمواجهة شفهية... مرحباً يا مسكيني.

أمّا نوفيكوف فهو ضخم، عريض المنكبين، قويّ، ويتمتع بسلطة قديرة. لا يحتاج إلى مساعدة، سوف يعالج الأمرَ بنفسه. لقد سمّته «الفارسَ ذا الدرع الفولاذيّة». لن تنسى أبداً وجهَه الجميلَ، وستشتاق إليه دائماً، وإلى سعادتها التي دمرتها بنفسها. وليكن، وليكن، فهي لا تأسف على نفسها. إنها ليست خائفة من معاناتها.

لكنها تعرفُ أن نوفيكوف لم يكن قوياً إلى تلك الدرجة. كان يظهرُ على وجهه، في بعض الأحيان، تعبيرٌ خجولٌ عاجزٌ تقريباً . . .

وهي ليست قاسية على نفسها إلى تلك الدرجة، وليست غير مبالية بمعاناتها.

سألت لودميلا، كما لو كانت تُشاركُ أختَها أفكارها:

- ماذا سيحدث لك مع جنرالك؟

- أخشى التفكير في الأمر.

- أوه، لن يجلدك أحد.

قالت يفغينيا نيقولايفنا:

- لم أستطع أن أتصرَّفَ بطريقةٍ أخرى!

- أنا لا أحب تردّدك. ذهبت يعني ذهبت. أتيت يعني أتيت. لا حاجة إلى الازدواجية ونشر الهلام.

- إذاً، إذاً، حِدْ عَنِ الشَّرِّ وَافْعَلِ الْخَيْرَ[1]؟ أنا لا أستطيعُ العيش بهذه القاعدة.

- أنا أتحدث عن شيء آخر. أنا أحترم كريموف، على الرغم من أنني لا أحبه، ولم أر جنرالَكِ البتّة. ما دُمتِ قد قرّرتِ أن تصبحي زوجته، فتحمّلي المسؤوليّة عنه. ولكنكِ غير مسؤولة. يشغلُ الرجل موقعاً كبيراً، يحارب، وزوجته في هذا الوقت تنقل طروداً إلى معتقل. هل تعرفين كيف يمكن أن ينتهي هذا بالنسبة إليه؟

- أعلم.

- هل تحبينَ في حقيقةِ الأمر؟

(1) من سفر المزامير 37: 27. (المترجمان).

- دعك من هذا، من أجل اللّه -، قالت جينيا بصوتٍ باكٍ، وفكرت «من هو الذي أحبه؟».

- لا، أجيبيني.

- لم أستطع أن أتصرّف بطريقة أخرى، فالناس لا تواظب على زيارة لوبيانكا من أجل المتعة.

- يجب أن نفكر ليس في أنفسنا فقط.

- وها أنا لا أفكر في نفسي.

- فيكتور يعتقدُ ذلك أيضاً. وفي الجوهر إنّها الأنانية فحسب.

- منطقك غير معقول، تدهشينني منذ الطفولة. تسمّين هذا أنانية؟

- لكن بماذا يمكنك المساعدة؟ لن تُغيّري الحكم.

- ها هو الأمر، الرب أعلم، عندما يضعونكِ في السجن، تكتشفين بماذا يمكن أن يساعدك الأقرباء.

سألت لودميلا نيقولايفنا، مبدلةً الحديث:

- قولي لي، يا «عروساً بلا مكان[1]»، هل لديك صور لماروسا[2]؟

(1) تعود جذور هذا المثل إلى البيئة الكنسية في روسيا في القرن الثامن عشر. في ذلك الوقت، كانت ممارسة النقل الوراثي للوظائف الكنسية قائمة في الكنيسة الأرثوذكسية، وكان كهنة الرعية، على عكس الكاثوليك، ليس لهم الحق فحسب، بل مجبرون على الزواج، وكان يحدث ألّا ينجب رجال دين سوى بنات، فمن سيرث المنصب الديني في هذه الحالة. في الكنيسة الأرثوذكسية، لا يُفترض أن تكون النساء كهنة... وعندها، كان ثمَّةَ طريقة واحدة فقط وهي نقل الرعية إلى صهر البنت الأكبر. وهي ما كانوا يطلقون عليها تسمية «عروس بلا مكان». (المترجمان).

(2) تصغير لاسم ماريا. (المترجمان).

- صورة واحدة فقط. تذكرين، عندما التَقطنا صوراً في سوكولنيكي.

وضعت رأسها على كتف لودميلا، وقالت شاكية:

- لا تتخيّلي، كم أنا متعبة.

قالت لودميلا نيقولايفنا:

- ارتاحي، ونامي، ولا تذهبي إلى أي مكان اليوم. سأوضّب لك السرير.

هزّت جينيا رأسها، نصف مغلقة العينين، وقالت:

- لا، لا، لا حاجة. تعبت من العيش.

أحضرت لودميلا نيقولايفنا ظرفاً كبيراً وأفرغت حزمةً من الصور في حضن أختها.

مضت جينيا تُقلّب الصور، وصاحت قائلة: «يا إلهي، يا إلهي... هذه أذكرها، التُقطت في البيت الريفي... يا لناديا كم هي مضحكة... وهذه التقطها والدي بعد المنفى... هنا ميتيا تلميذ، وسيريوجا يشبهه على نحوٍ مدهش، وبخاصّة النصف الأعلى من الوجه... وهذه أمّي وماروسيا بين ذراعيها، أنا لم أكن في هذا العالم بعد...».

لاحظت أن لا صورة واحدة لتوليا بين الصور، لكنها لم تسأل أختها أين صوره.

قالت لودميلا:

- حسناً، أيتها السيدة، يجب أن نقدِّم لك طعام الغداء.

قالت جينيا:

- لدي شهيّة جيّدة، كما في الطفولة، لا تنعكس الاضطرابات عليها .

قالت لودميلا نيقولايفنا، وهي تُقبِّلُ أختَها :

- حسناً، الحمد للّه .

24

نزلت جينيا من الباص الكهربائي عند خطوط التمويه المرقّشة لمسرح البولشوي، وبدأت تصعد جسرَ كوزنتسك بجوار مبنى معرض الفنون، حيث عرض الفنانون لوحاتِهم قبل الحرب، وقد عرضت لوحاتها هي أيضاً في مكان ما، ولم تعد تتذكره.

اجتاحها شعورٌ غريب. حياتُها مثل مجموعة من أوراق التنجيم، التي يخلطها الغجر. فجأة سقطت موسكو عليها.

رأت من بعيد جدار الغرانيت الرمادي الداكن للمبنى الضخم في لوبيانكا.

«مرحباً، كوليا[1]»، فكرت. ربما اضطربَ نيقولاي غريغوريفيتش مستشعراً قربها، دونَ أن يفهمَ السبب.

أصبح المصيرُ القديمُ مصيرَها الجديد. ما بدا لها أنَّهُ صارَ من الماضي إلى الأبد، أصبحَ مستقبَلها.

أُغلِقتْ صالةُ الاستقبالِ الواسعةُ الجديدة، التي تطل على الشارع بنوافذَ مرايا، واستُقبِلَ الزوارُ في صالةِ الاستقبال القديمة.

(1) تصغير لاسم نيقولاي (نيكولاي). (المترجمان).

دخلت فناءً وسِخاً، ومشت بجوار حائط متصدّع، إلى باب نصف مفتوح. بدا كل شيء في صالة الاستقبال عاديّاً على نحوٍ مدهش؛ طاولات عليها بقعُ حبرٍ، وأقواسٌ خشبيّةٌ على الجدران، ونوافذ لها عتبات خشبية، حيث كانوا يُعطون التصاريح.

بدا أنْ لا صلة بين المبنى الحجري متعدد الطوابق، الذي تقابل جدرانُه ساحةَ لوبيانكا، وشوارع سرينتكا، وفوركاسوفسكايا، ومالايا لوبيانكا وغرفة مكتب المحافظة هذه.

عددٌ كبيرٌ من الناس في صالة الانتظار، معظمهم من النساء، يقفون في طوابير أمام النوافذ، وجلس بعضهم على المقاعد، ورجلٌ عجوز يضَعُ نظّارات ذات عدساتٍ سميكة، يملأ ورقةً ما على الطاولة. فكَّرت جينيا، عند النظر إلى وجوه كبار السنّ والشباب، من الذكور والإناث، أن لديهم كثيراً من العوامل المشتركة في تعبير أعينهم، وفي تجعّد أفواههم، ويمكنها، إذا قابلت مثل هذا الشخص في الترامواي، وفي الشارع، أن تُخمّن أنه يسير على جسر كوزنتسك.

توجّهت إلى حارس شاب يرتدي زيّ الجيش الأحمر، ولسبب ما لا يشبه جندي الجيش الأحمر، سألها:

- لأول مرّة؟ - وأشار إلى نافذة في الجدار.

وقفت جينيا في طابور، ممسكةً بجواز سفر في يدها، وأصبحت أصابعُها وراحة كفّها رطبةً من الاضطراب. قالت امرأةٌ تعتمرُ قُبّعةً، تقف أمامها، بصوت منخفض:

- إن لم يكن في الداخل، فعليكِ الذهاب إلى سجن مارتوفسكايا

تيشينا، ثم إلى بوتيرسكي، ولكن هناك يستقبلون في أيام معينة، وحسب الأحرف، ثم إلى سجن ليفورتوفا العسكري، ثم مرة أخرى إلى هنا. بحثت عن ابني شهراً ونصف. هل كنت في مكتب المدعي العام العسكري؟

تحرّك الطابور بسرعة، واعتقدت جينيا أنّ ذلك لم يكن جيداً – ربما كانت الإجابات شكلية، وأحادية. ولكن عندما وصلت امرأة عجوز أنيقة إلى النافذة، حدثَ استبدالٌ للموظف – همسَ أحدهم للآخر: إن المناوب ذهب شخصيّاً لتوضيح ظروف القضية، لم تكن المكالمة الهاتفية كافية. كانت المرأة تقف مستديرةً نصفَ استدارة نحو الناس، ويبدو أن تعبير عينيها الضيقتين يشير إلى أنها لا تشعر بالمساواة مع الحشد البائس لأقارب المعتقلين السياسيين.

وسرعان ما أخذ الطابور في التحرك مرة أخرى، وقالت شابة، وهي تبتعد عن النافذة، بهدوء:

- إجابة واحدة: إيصال الطرود غير مسموح به.

أوضحت إحدى الجارات ليفغينيا نيقولايفنا: «هذا يعني، أنّ التحقيق لم ينتهِ».

سألت جينيا:

- والمقابلات؟

ابتسمت المرأة لبساطة جينيا قائلة:

- بالتأكيد، لا.

لم تعتقد جينيا نيقولايفنا أبداً، أن ظهر الإنسان يمكن أن يكون معبراً، وينقل الحالة الداخلية بدقة إلى هذه الدرجة. كان الأشخاص

الذين يقتربون من النافذة، يمدُّون أعناقهم، بطريقة خاصّة، فتبدو ظهورهم، وأكتافهم المرتفعة، وأياديهم المتوترة، وكأنها تصرخ وتبكي.

عندما كان يفصلُ جينيا عن النافذة ستة أشخاص، أُغلِقتْ النافذة، وأُعلن عن استراحةٍ لعشرين دقيقة. جلس الواقفون في الطابور على الأرائك والكراسي.

كان ثمَّةَ زوجات، وأمهات، ورجل مسن - مهندس، يجلس معه مترجم من جمعية العلاقات الثقافية مع الدول الأجنبية؛ وكانت هنا تلميذة في الصف التاسع قُبضَ على والدتها، وتلقّى والدها عقوبةَ عشر سنوات عام 1937 دون أن يكون له الحق في المراسلات؛ وكانت هنا امرأة عجوز عمياء أحضرتها جارتها في الشقّة؛ وهي تبحث عن ابنها؛ وثمّةَ امرأة أجنبية لا تتحدث اللغة الروسية جيّداً وهي زوجة شيوعيّ ألماني، ترتدي معطفاً أجنبيّاً ذا مربّعات، وتمسك بحقيبة قماشية في يدها، وكانت عيناها مثل عيونِ النساء المسنّات الروس.

كان هنا روس وأرمن وأوكرانيون ويهود، وكانت هناك كولخوزيّة من ضواحي موسكو. واتَّضحَ أن الرجل العجوز، الذي كان يملأ استبياناً على الطاولة، إنما هو مُدرّس في أكاديميَّة تيميريازيف؛ أُلقيَ القبضُ على حفيدِهِ الطالب بسبب حديث في حفلة.

سمعت جينيا وتعلمت الكثير في هذه العشرين دقيقة.

مناوب جيّد اليوم. . . لا يستقبلون المُعلّبات في سجن بوتيرسكي، من الضروري إرسال الثوم والبصل؛ إنهما يساعدان في علاج داء الاسقربوط. . . كان ثمّةَ رجل استلمَ وثائق الأربعاء

الماضي، احتُجِزَ في سجن بوتيرسكي ثلاثَ سنوات، ولم يُستَجوب ثمَّ أطلقوا سراحه... تستغرق عموماً الفترةُ منذ الاعتقال حتى النقل إلى معسكر الاعتقال نحو سنة... لا يجب إرسال حاجيّات جيّدة - يُسجنُ المُعتقلون السياسيون في معسكر كراسنوبريسنينسكي للمنفيين، مع المجرمين، والمجرمون يسلبونهم كلّ شيء... منذ فترة قصيرة جاءت امرأة، زوجها عجوز مهندس - مُصمّم، اعتقلوه، ذلكَ أنّه يوماً ما في شبابه، كان على علاقة لفترة قصيرة مع امرأة، دفعَ لها لقاءَ حضانة طفلٍ لم يره ولو لمرّة واحدة في حياته، وعندما كبر، انتقل في الجبهة إلى صفوف الألمان، حكموا على المهندس المذكورِ عشر سنوات سجن، بتهمة - والد خائن للوطن... يسجنون الكثيرين حسب المادة 58-10؛ الدعاية المضادة للثورة - ثرثروا، وتجاذبوا أطراف الحديث... اعتقلوا قبيل الأوّل من أيّار (مايو)، سجنوا الناس على نحوٍ خاصّ، قبيل الأعياد... كانت هنا امرأة - اتصل بها مُحقّق إلى المنزل، وسمعت فجأة صوت زوجها...

غريب، ولكن هنا، في غرفة انتظار المفوضيّة الشعبيّة للشؤون الداخلية، أصبحت الحالةُ في روح جينيا، أكثر هدوءاً وأسهل مما كانت عليه، بعد حمَّام لودميلا.

كم بدت النساءُ اللواتي استلموا منهنَّ الإرسالياتِ سعيداتٍ.

قال شخصٌ هامساً بصوت يكادُ لا يُسمع:

- هم يتحدثون عن الأشخاص الذين أُلقيَ القبضُ عليهم في السنة السابعة والثلاثين، تُمتصّ المعلومات من الإصبع. قيل لإحداهنّ: «إنّه على قيد الحياة ويعمل»، وجاءت مرة ثانية، وقدّم لها الضابطُ المناوبُ نفسه وثيقة - «توفي في السنة التاسعة والثلاثين».

وها هو ذا رجل خلف النافذة يرفع نظره إلى جينيا. كان وجهاً مُعتاداً لكاتبٍ عملَ بالأمس، ربما في قسم الإطفاء، وغداً، إذا ما طلب منه رؤساؤه، فإنه سيملأ الاستمارات في قسم الجائزة.

قالت جينيا:

- أريد أن أعرف عن المعتقل كريموف نيقولاي غريغوريفيتش - وبدا لها أنَّه حتى أولئك الذين لم يعرفوها من قبل لاحظوا أنها لا تتحدث بصوتها.

سأل المناوب:

- متى ألقي القبض عليه؟

أجابت:

- في تشرين الثاني (نوفمبر).

أعطاها استبياناً وقال:

- املئيه، وأعطني إيّاه من دون الانتظار في الدور، واحضري للحصول على إجابة يوم غد.

نظر إليها مرة أخرى، وهو يقدّم لها الورقة - لم تكن هذه النظرةُ الفوريَّةُ نظرةَ كاتبٍ عادي - إنّها نظرة رجل أمن ذكيّ، يتمتع بذاكرة ممتازة.

ملأت الورقة، وارتجفت أصابعها، مثلما كانت حال الرجل العجوز من أكاديمية تيميريازيف الذي جلسَ منذ فترة قصيرة على هذا الكرسي.

كتبت، إجابةً عن سؤال، حولَ صلة قرابتها بالمعتقل: «زوجة»، وأكدت الكلمة بخط غامق.

جلست بعد أن سلمت الورقة المملوءة، على الأريكة ووضعت جواز السفر في حقيبتها. نقلت جواز السفر عدّة مرات من جيب إلى آخر، وأدركت أنها لا تريد أن تترك الأشخاص الذين يقفون في الطابور.

أرادت فقط في هذه اللحظات - أن تدع كريموف يعرف أنها كانت هنا، وأنّها تركت كلّ شيء من أجله، وجاءت إليه.

لو يعلم أنها هنا، بجانبه.

مشت في الشارع، أصبحَ الوقتُ مساءً. عبرَ في هذه المدينة جزءٌ كبيرٌ من حياتها. لكن تلك الحياة، من خلال المعارض الفنية والمسارح والعشاءاتِ في المطاعم، والرحلات إلى الضواحي، والحفلات الموسيقية السيمفونيّة، ذهبت بعيداً، ويبدو أن هذه لم تكن حياتها. مضت ستالينغراد، وكويبيشيف، والوجه الجميل لنوفيكوف، الذي بدا لها جميلاً بصورةٍ إلهيّة لبضع دقائق. كل ما تبقى هو غرفة الانتظار، على جسر كوزنيتسكي 24، وتراءى لها أنها كانت تمشي في شوارع غير مألوفة لمدينة غير مألوفة.

25

نظر شتروم، وهو ينزعُ معطفهُ في بهو المدخل، ويسلّم على العجوز العاملة، إلى الباب نصف المفتوح لمكتب تشيبيجين.

قالت العجوز ناتاليا إيفانوفنا وهي تساعد شتروم على خلع معطفه:

- اذهب، اذهب، إنّه ينتظرك.

سأل شتروم:

- هل ناديجدا فيدوروفنا في البيت؟

- لا، ذهبت إلى البيت الريفي، أمس مع بنات أختها. أتعرف، فيكتور بافلوفيتش، هل ستنتهي الحرب قريباً؟

قال لها شتروم:

- يَرونَ أنّ بعض معارف سائق جوكوف[1] أقنعوه بأن يسأله متى ستنتهي الحرب. فإذا بجوكوف يدخل السيارة ويسأل السائق: «هل يمكن أن تخبرني متى ستنتهي هذه الحرب؟»

خرج تشيبيجين للقاء شتروم وقال:

----

(1) وزير دفاع الاتحاد السوفييتي، أثناء الحرب العالمية الثانية. (المترجمان).

- لا بأس، تقبضُ العجوزُ على ضيوفي. ادع أصدقاءك.

قادماً لزيارةِ تشيبيجين كان شتروم يشعر عادة بتحسّن مزاجه. والآن، على الرغم من أن قلبه كان كئيباً، إلّا أنَّهُ بطريقة خاصة شعر بخفة غير عادية.

كان شتروم يقولُ عادةً، وهو ينظر إلى رفوف الكتب، عندما يدخل مكتب تشيبيجين مازحاً عبارةً من «الحرب والسلام»: «نعم، لقد كتبوا - ولم يلهوا».

والآن قال: «نعم، لقد كتبوا - ولم يلهوا».

تبدو الفوضى على رفوف المكتبة، شبيهةً بالفوضى الكاذبة في ورش مصنع تشيليابينسك.

سأل شتروم:

- هل يراسِلُكَ ولداك؟

- تلقينا رسالة من الكبير، أمّا الصغير فهو في الشرق الأقصى.

أخذ تشيبيجين يد شتروم، وضغط عليها ضغطاً صامتاً، عبّر عمّا لا حاجةَ إلى التعبيرِ عنهُ بالكلمات. واقتربت العجوزُ ناتاليا إيفانوفنا من فيكتور بافلوفيتش، وقبلته على كتفه.

سأل تشيبيجين:

- ما الجديدُ عندك فيكتور بافلوفيتش؟

- كما الحال عند الجميع. ستالينغراد. الآن ليس ثمّةَ شك في: أنّ هتلر انتهى. وأنا شخصياً لدي القليل مما هو جيّد، بل على العكس، كل شيء سيّئ.

وأخذ شتروم يحدّث تشيبيجين عن مصائبه.

141

- هنا ينصحُ الأصدقاءُ والزوجةُ بالتوبة. توبة عن براءتي.

لقد تحدث كثيراً، وبشغف عن نفسه - إنّه مريض جداً، ليلاً ونهاراً مشغول بمرضه.

التوى وجهُ شتروم وزَمَّ كتفيه.

- أتذكَّرُ كل حديثنا معك عن الحموضةِ والقمامة جميعها التي تطفو على السطح... لم تظهر أبداً أي حثالة من حولي، إلى الدرجة التي تحدثُ بها الآن. ولسبب ما، تزامن كل ذلك مع أيام النصر، وهذا ما يُغضبني على نحوٍ خاص، وبغيضٌ بطريقة غير مسبوقة.

نظر إلى وجه تشيبيجين وسأل:

- أترى أنَّ الأمرَ ليسَ مصادفة؟

كان وجه تشيبيجين مدهشاً - بسيط، بل وغليظ، وعظمي، أنف أفطس، وفلّاحي، وفي الوقت نفسه ذكي جدّاً ورقيق، أين اللندنيون منه، وأين اللورد كلفن[1]؟!

أجاب تشيبيجين بتجهّم:

- ستنتهي الحرب، ثم سنفتح حديثاً حول ما هو مصادفة، وما هو ليس مصادفة.

- ربما يأكلني الخنزير حتى حلول ذلك الوقت. غداً في المجلس الأكاديمي، سوف يقرّرون. أي، حلّوا قضيتي بالفعل في المديرية؛

---

(1) اللورد كلفن (26 يونيو 1824- 17 ديسمبر 1907): فيزيائي ومهندس اسكتلندي ولد في إيرلندا الشمالية باسم وليام طومسون وهو مؤسس الفيزياء الحديثة. (المترجمان).

في لجنة الحزب، وسوف يصوغونَ القرار في المجلس الأكاديمي – صوت الشعب، ومَطلب الرأي العام.

غريبٌ ما شعر به فيكتور بافلوفيتش وهو يتحدَّثُ إلى تشيبيجين، كانَ الكلامُ عن الأحداث المؤلمة في حياة شتروم، فأصبحت حالُهُ النفسيّة أفضل بكثير.

قال تشيبيجين:

– وأنا اعتقدت أنّهم سيحملونك الآن على طبق من فضة، وربّما على طبق من ذهب.

– وكيفَ ذلك؟ ألم أجرَّ العلمَ إلى المستنقع التلمودي التجريدي، وفصلتُه من التطبيق!

قال تشيبيجين:

– نعم – نعم. هذا يثير الدهشة! أتعرف، رجل يحب امرأة. وهيَ معنى حياته، وهي سعادته، وعاطفته، وفرحه. لكن لسبب ما يجب أن يخفي ذلك، فهذا الشعور غير لائق لسبب ما، عليه أن يقول إنَّه ينام مع امرأة، لأنها ستطبخ له الغداء، وترتق جواربه، وتغسل ثيابه الداخلية.

رفع يديه أمامَ وجهه ونشر أصابعَه. كانت يداه مذهلتين – عماليتين، وكماشتين قويّتين، وفي الوقتِ نفسه أرستقراطيتين، إلى درجة كبيرة.

غضب تشيبيجين فجأة، وقال:

– أنا لا أخجل، لست في حاجة إلى حبّ من أجل طبخ الغداء! قيمة العلم في تلك السعادة التي يجلبها للناس. وزملاؤنا الأكاديميون المتميزون يقولون: العلم هو عامل عند الممارسة، إنه يعمل وفقاً

لقاعدة شيدرين[1]: «ماذا تريد؟»، نحن نتمسك به من أجل هذا، ونحن نتحمله! لا! الاكتشافات العلمية لها في حد ذاتها أعلى قيمة! إنّها تطوّر الإنسان، أكثر من تطوير المراجل البخارية والتوربينات والطيران وعلم المعادن جميعها من نوح إلى يومنا هذا. تُطوّر الروح، الروح!

- أنا أتفق معك، ديميتري بتروفيتش، لكن الرفيق ستالين لا يتفق معك.

- لكن عبثاً، عبثاً. هنا، ثمَّةَ جانبٌ ثانٍ لهذه المسألة. سيتحوّل تجريد ماكسويل[2] اليوم، إلى إشارةٍ عسكريَّةٍ راديويّة. قد تتحول نظرية آينشتاين لحقل الجاذبية، وميكانيكا شرودنغر[3] الكمّية، ونموذج بور[4] إلى الممارسة الأقوى غداً. هذا ينبغي أن يكون

---

(1) شيدرين روديون كونستانتينوفيتش، موسيقي سوفييتي مشهور. (المترجمان).

(2) جيمس كلارك ماكسويل (13 يونيو 1831- 5 نوفمبر 1879) عالم فيزياء اسكتلندي شهير أسهم في ابتكار معادلات مهمّة تُفسِّر ظهور الموجات الكهرومغناطيسية. (المترجمان).

(3) إرفين شرودنغر (بالألمانية: Erwin Schrödinger) ولد في 12 أغسطس من عام 1887 وتوفي في 4 يناير 1961م كان فيزيائياً نمساوياً معروفاً بإسهاماته في ميكانيكا الكم وخصوصاً في معادلة شرودنغر، التي حصلَ بسببها على جائزة نوبل في الفيزياء عام 1933م. (المترجمان).

(4) في الفيزياء الذرية، يصوّر **نموذج بور** (بالإنجليزية: Bohr model) الذرة كنواة صغيرة موجبة الشحنة محاطة بالإلكترونات الموجودة في مدارات - وذلك مثل النظام الشمسي. ونظراً لسهولة هذا النموذج فإنه لا يزال يستخدم كمقدمة لدارسي ميكانيكا الكم. سُمِّيَ هذا النموذج «نموذج بور» على اسم العالم الفيزيائي الكبير نيلس بور الذي اقترحه لتمثيل ذرة الهيدروجين بحيث يتطابق هذا النموذج مع خطوط الطيف المنبعثة من ذرات الهيدروجين ويفسرها. (المترجمان)..

مفهوماً. المسألةُ بسيطة جدّاً، بحيث تفهمها الإوزة.

قال شتروم:

- لكنكَ جرّبتَ الأمرَ على نفسك؛ إحجام الزعماء السياسيين عن الاعتراف بأن نظرية اليوم سوف تصبح تطبيقاً عملياً غداً.

قال تشيبيجين ببطء:

- لا، العكسُ هو الصحيح. أنا شخصيّاً لم أرغب في إدارة المعهد، وعلى وجه التحديد لأنني كنت أعرف: إنَّ نظرية اليوم ستتحول إلى ممارسة غداً. لكن الغريب والغريب، أنني كنتُ مقتنعاً بأن شيشكوف طُرحَ لإدارةِ ما يتعلق بتطوير قضية العمليات النووية. وفي هذه الأمور، اعتقدتُ أنهم لن يفعلوا ذلك من دونك... أو بالأحرى، ما زلتُ أعتقدُ بذلك.

قال شتروم:

- أنا لا أفهم الدوافع التي تركت عملك من أجلها. كلماتك ليست واضحة بالنسبة إليّ. وسلطاتنا لم تحدد للمعهد المهامَّ التي تقلقك. هذا واضح. ويحدث أن تكون الإدارة مخطئة في أشياء أكثر وضوحاً. لقد عمّق سيّدُ البيت علاقات الصداقة مع الألمان وفي الأيام الأخيرة التي سبقت الحرب، سحب هتلر المطاط والمواد الخام الاستراتيجية الأخرى، بأرتال القطارات السريعة. وفي أعمالنا... ليس ذنباً أن يُخطِئَ السياسيُّ العظيمُ.

أما في حياتي، فإنّ كلَّ شيء جاء مَعكوساً. كان عملي قبل الحرب على علاقة بالممارسة. لذلك ذهبتُ إلى تشيليابينسك؛ إلى المصنع، وساعدت في تثبيت المعدات الإلكترونية. وخلال الحرب...

ولوّح بيده بيأس مرح.

- مضيتُ إلى العُمق، إمّا أنّها كانت لحظات مخيفة وإمّا محرجة. واللّه. . . كنتُ أحاول بناء فيزياء التفاعلات النووية، وهنا انهارت الجاذبية، والكتلة، والوقت، وتضاعف الفضاء، الذي ليس لهُ وجود، وبقيَ المعنى الرياضي فحسب. يعمل عندي في المختبر شابٌّ موهوب، سافوستيانوف، وهكذا بدأنا بطريقة ما حديثاً عن عملي. سألني: هذا شيء آخر؟ قلت له: هذه ليست نظرية بعد، إنه برنامج وبعض الأفكار. الفضاءُ الثاني - ليسَ سوى مؤشر في المعادلة، وليسَ واقعاً. التماثل موجود فقط في المعادلة الرياضية، لا أعرفُ ما إذا كان تناظر الجسيمات يتوافق معها. الحلول الرياضية تخطّت الفيزياء، لا أعرف ما إذا كانت فيزياء الجسيمات تريد الضغط على معادلاتي. استمع سافوستيانوف، واستمع، ثم قال: «تذكرتُ طالباً هو زميلي، لقد شعر بالارتباك بطريقة ما في حل المعادلة وقال: أتعرف، هذا ليس علماً، بل تجمّعٌ للمكفوفين على نبات القرّاص. . .».

ضحك تشيبيجين:

- من الغريب حقاً ألا تتمكن أنت نفسك من إعطاء رياضياتك معنىً فيزيائياً. هذا يذكر بالقط من بلاد العجائب - أولاً ظهرت ابتسامة، ثم القط بنفسه.

قال شتروم:

- أوه، يا إلهي. أنا متأكد في صميم قلبي - هذا هو المحور الرئيسي للحياة البشرية، لقد توضَّعَ هنا بالتحديد. لن أغيّر وجهات نظري، ولن أتراجع. أنا لست مرتداً عن الإيمان.

قال تشيبيجين:

– أنا أفهم ماذا يعني بالنسبة إليك ترك المختبر، حيث تُوشكُ أن تظهر العلاقةُ بين رياضياتك والفيزياء. مؤلم ذلك، لكنني سعيد من أجلك، النزاهة لن تُمحى.

قال شتروم:

– المهم ألَّا يمحوني.

قدمت ناتاليا إيفانوفنا الشاي، وبدأت تُزيحُ الكتب، وتُخلي مساحةً على الطاولة.

قال شتروم:

– أوو، ليمون.

قالت ناتاليا إيفانوفنا:

– ضيفٌ عزيز.

قال شتروم:

– صفر بدون عصا.

قال تشيبيجين:

– لا– لا. لماذا هكذا.

– هذه الحقيقة، ديميتري بتروفيتش، غداً سيقرّرون وضعي. أنا أشعر بذلك. ماذا عليَّ أن أفعل بعد الغد؟

سحب كوب الشاي نحوه، ورَنَّت المعلقة على حافة الصحن عازفةً موسيقا يأسه، وقال شارداً:

– أووو، ليمون، وشعرَ بالحَرج لأنه نطق هذه الكلمة مرتين بالتجويد نفسِه.

147

صمتا بعضَ الوقت. وقال تشيبيجين:

- أريد أن تشاركني بعض الأفكار.

أجابَ شتروم شارداً:

- أنا مستعدّ دائماً.

- هكذا، مجرّد مانيولوفية[1]... أنت تعرف، أصبحت الآن فكرة لانهاية الكون حقيقة بديهية. سوف تتحول المجرة في يوم من الأيام إلى قطعة من السكر يتناولها أحد الأقزام المقتِّرين مع الشاي، أمّا الإلكترون أو النيوترون - في العالم الذي يسكنه الغوليفريون[2]، فهذا ما يعرفه التلاميذُ.

هزّ شتروم رأسه وفكّر: «بالفعل مانيلوفيّة. أمور الرجل العجوز اليوم ليست على ما يرام». لكنّه في هذا الوقت، تخيل شيشكوف في اجتماع الغد. «لا، لا، لن أذهب. الذهاب يعني التوبة أو الجدال حول القضايا السياسية، وهذا بمثابة انتحار...».

تثاءَب على نحوٍ عفوي وفكّرَ: «فشل قلبيّ، التثاؤب من القلب».

قال تشيبيجين:

- يبدو أن اللّه وحده هو الذي يمكن أن يحد من اللانهاية... في الواقع، يجب حتماً الاعتراف بالقوة الإلهية بما يتجاوز الحافة الكونيّة. أليس كذلك؟

قال شتروم:

---

(1) أوهام رومانسية عقيمة. (المترجمان).

(2) غوليفر: بطل رواية جون سويفت «رحلات غوليفر»، وهو عملاق. (المترجمان).

- تماماً - تماماً - وفكّر: «ديميتري بتروفيتش، ليس لدي وقت للفلسفة، لأنهم قد يسجنونني. على الأغلب! أنا تحدثت بصراحة في كازان مع عمٍّ اسمه مادياروف. وهو إمّا أن يكونَ مجرَّد كاتب تقارير، وإمّا سَيُزَجُّ في السجن ويُجبَرُ على التحدث. كل شيء من حولي سيّئ جدّاً».

نظر إلى تشيبيجين، وتشيبيجين تابع الكلام وهو يتأمَّلُ نظرَتَه المهتمّة الزائفة:

- يبدو لي أن هناك حافة تحدُّ من لانهاية الكون - الحياة. هذه الحافة ليست في انحناء آينشتاين، إنه يتعارض مع الحياة والمواد غير الحية. يبدو لي أنه يمكن تعريف الحياة بأنّها الحرية. الحياةُ هي الحرية. المبدأ الأساسي للحياة هو الحرية. هنا تكمن الحدود - الحرية والعبودية، المادة غير الحية والحياة.

ثم فكرت - الحريةُ، بمجرد أن نشأت، بدأت تطورها. وسارت بطريقتين. الرجل أغنى بالحرية كلما كانت أبسط. إن تطورَ العالم الحي كُلَّه هو حركة من درجة أقل من الحرية إلى درجة أعلى. هذا هو جوهر تطور الأشكال الحية. أعلى شكل هو الأكثر ثراءً بالحرية. هذا هو أول فرع للتطور.

نظر شتروم وهو يفكر إلى تشيبيجين. أومأ تشيبيجين، كما لو كان يوافق على اهتمام المستمع.

- وهناك فرع ثانٍ، كميّ، للتطور - فكرتُ أنا. الآن، إذا حسبت وزن الشخص بخمسين كيلوغراماً، فإن الإنسانية تزن مئة مليون طن. هذا أكثر بكثير مما كان عليه الأمر قبل ألف عام. سوف تزدادُ كتلةُ المادة الحية على حساب غير الحيّة. الكرةُ الأرضيَّة سوف

تدبّ فيها الحياة تدريجياً. الإنسانُ بعد أن استقرَّ في الصحراء، والقطبِ الشمالي، سيمضي تحتَ الأرض، ويعمق أُفق المدن السُّفلى والحقول. سيكون هناك غلبة للكتلة الحية على الأرض! ثم تدب الحياة في الكواكب. إذا كنت تتخيل تطور الحياة في ما لا نهاية من الزمن، فإن تحول المادة غير الحية إلى الحياة سوف يستمر على نطاق المجرة. المادة غير الحيّة تبدأ في التحول إلى الحيّة، إلى الحرية. ستدبّ الحياة في الكون، وسوف يصبح كل شيء في العالم حيّاً، وبالتالي فهو حرّ. الحرّية - الحياة ستهزم العبودية.

- نعم - نعم،- قال شتروم وابتسم - يمكنُ أن نأخذ استراحة.

قال تشيبيجين:

- إليك هذه المسألة. لقد عملتُ في مجال تطور النجوم، لكنني أدركت أنّه لا ينبغي المزاح مع حركة بقعة المخاط الحيّ الرمادية. فكّرْ في غصن التطور الأول - من السُّفليّ أو الأدنى إلى الأعلى. يأتي إنسان، وُهب كلَّ علامات اللّه: كلّي الوجود، كلّي القدرة، كلّي العلم. وفي القرون المقبلة يأتي حلُّ مسألة تحويل المادة إلى طاقة وخلق مادة حية. في موازاة ذلك، سيذهب التطوّرُ نحو التغلب على الفضاءاتِ والمسافات والوصول إلى أقصى السرعات. وسيسير التقدم في آلاف السنين البعيدة التالية، نحو امتلاك أعلى أنواع الطاقة - الطاقة النفسية.

وفجأة توقّف كل ما يقوله تشيبيجين عن أن يبدو ثرثرةً لشتروم. تبيَّن له أنه لا يتفق مع ما يقوله تشيبيجين.

- سيكون الإنسان قادراً على تجسيد المحتوى بالمادة بشهادات الأجهزة، وتجسيد إيقاع النشاط النفسي للكائنات العقلانيّة في

المجرّة بالكامل. ستكون حركة الطاقة النفسية، في الفضاء الذي ينتقلُ الضوء فيه خلال ملايين السنين، لحظيَّةً. وميّزة اللّه - الوجود في كل مكان - سوف تصبح ملكاً للعقل. لكن الإنسانَ لن يتوقفَ وقد حققَ المساواة مع اللّه. سيبدأ في حل المشاكل التي تبيّن أن اللّه غير قادر على حلِّها. سوف يتواصلُ مع الكائنات العاقلة في الطوابق العليا من الكون، من مكان آخر وزمن آخر، حيث يكون تاريخ البشرية كله بالنسبة إليهم مجرد لحظة، ووميض غير واضح. سوف يقيم علاقة واعية مع الحياة في الفضاء الميكروي، الذي يكون تطوره ليس سوى لحظة وجيزة بالنسبةِ إلى الإنسان. ستكون تلكَ حقبة التدمير الكامل للهاوية المكانيّة - الزمنيّة. وسوف ينظر الإنسان إلى اللّه، من الأعلى إلى الأسفل.

أومأ شتروم برأسه، وقال:

- ديميتري بتروفيتش، لقد استمعت إليك في البداية، وفكرت - لا تعنيني الفلسفة الآن، يمكنهم أن يسجنوني، فأيُّ فلسفةٍ الآن! وفجأة نسيتُ كوفتشينكو، وشيشكوف، والرفيق بيريا، ونسيت أنهم غداً سيمسكونني من رقبتي ويطردونني من مختبري، ويمكنهم سجني بعد غد. لكن، أتعرف، شعرتُ وأنا أصغي إليك، ليس بالفرح، بل باليأس. نحن هنا حكماء، ويبدو لنا هرقل كسيحاً. وفي الوقت نفسه الألمانُ يقتلون اليهود المسنّين والأطفال مثل الكلاب المذعورة، ومرّت علينا السنة السابعة والثلاثون وعملية التجميع الزراعي الكبيرة، وطرد الملايين من الفلاحين التعساء، مع الجوع، وأكل لحوم البشر... أتعرف، كان كل شيء بسيطاً وواضحاً لي من قبل. وبعد كل الخسائر الفظيعة والمتاعب، أصبح كل شيء معقداً

ومُتَداخِلاً. سوف ينظر الإنسانُ إلى اللّه من الأعلى إلى الأسفل، لكن هل سينظر إلى الشيطان من الأعلى إلى الأسفل أيضاً، ألا يعلو فوقه؟ أنت تقول إن الحياة هي الحرية. ولكن هل يعتقد الأشخاصُ في معسكرات الاعتقال بذلك؟ ألا تُحوّل الحياةُ قوّتَها، بعد أن انتشرت في الكون، إلى نظامٍ عبوديّ، أكثر فظاعة من عبوديّة المادة غير الحية، التي تحدثت عنها؟ أخبرني، هل سيتخطى إنسانُ المستقبل هذا المسيحَ في لطفه؟ والآن الأمر الرئيسي! أخبرني ما الذي ستمنحُ العالمَ قوةُ مخلوق كلي الوجود وكامل المعرفة إذا بقي هذا المخلوق حاملاً ثقتنا الحيوانيّة بأنفسنا وأنانيتنا الحالية - الطبقيّة والعنصريّة والحكوميّة وشخصيتنا نحن؟ ألا يحوّلُ هذا الإنسانُ العالمَ كُلَّه إلى معسكر اعتقال كوني؟ حسناً، أخبرني، هل تؤمن بتطوّر اللطفِ والأخلاق والرحمة، هل الإنسان قادرٌ على هذا التطور؟

جفل شتروم، وقال شاعراً بالذنب:

- اعذرني لطرح هذا السؤال بإصرار، إنّه يبدو أكثر تجريداً من المعادلات التي تحدثنا عنها.

قال تشيبيجين:

- هذا ليس مجرّداً إلى تلك الدرجة التي تعتقدها، لذلك انعكس على حياتي أيضاً. لقد قرّرتُ ألّا أشاركَ في العمل المتعلق بتقسيم الذرة. اللطف والعطف الحاليان لا يكفيان الإنسان كي يتمتع بحياة عقلانية، أنت نفسك قلت ذلك. ماذا سيحدث إذا سقطت قوى الطاقة الداخلية للذرة على يدي الإنسان؟ في الوقت الحاضر، الطاقة الروحيَّة في مستوى بائس. لكنني أؤمنُ بالمستقبل! أعتقد أن قوةَ الإنسان لن تتطور فحسب، بل وحبّه وروحه أيضاً.

صمتَ، متفاجِئاً بتعبير وجه شتروم.

– لقد فكرتُ، فكرتُ في ذلك – قال شتروم – وشعرت بالرعب ذات مرّة! وها أنتَ هنا يخيفك عدم اكتمال الإنسان. لكن من أيضاً، على سبيل المثال، في مختبري، يفكر في كل هذا؟ سوكولوف؟ موهبة عظيمة، لكنه خجول، ينحني أمام قوة الدولة، ويعتقد أن لا سلطةَ للّه. ماركوف؟ لا تعنيهِ على الإطلاق مسائلُ الخير، والشَّرِّ، والحبّ، والأخلاق؛ موهبة عمليّة فحسب. إنه يحل مشاكل العلم، باعتبارها مخطط لعبة شطرنج. سافوستيانوف، الذي أخبرتك عنه؟ فيزيائي، لطيف، وذكيّ، ورائع، لكنه ما يمكن أن يسمى صغيراً فارغاً بلا تفكير. لقد أحضر إلى كازان جبلاً من صور الفتيات اللواتي يعرفهنَّ في لباس السباحة، وهو يحب أن يكون أنيقاً في لباسه، ويحب أن يشرب، وهو راقص جيد. بالنسبة إليه، العلمُ رياضة: حل مشكلة ما، وفهم ظاهرة، والمسألةُ مثل تسجيل رقم رياضيٍّ قياسي. من المهم ألا تحاول إخضاعه! لكن اليوم لا أفكِّر بجدية في كل هذا. يجب أن يمارسَ العلمَ في عصرنا أناسٌ ذوو نفوسٍ عظيمة، أنبياء، قديسون! ولكنَّ العلمَ يصنَعُه أصحابُ مواهب عمليّة، لاعبو شطرنج، رياضيّون. إنهم لا يفقهونَ ماذا يفعلون. أنت! أما أنت – أنت. البرليني تشيبيجين ترفضُ العمل مع النيوترونات! ماذا حينها؟ وأنا، ومعي، ماذا يحصل لي؟ بدا لي كل شيء بسيطاً وواضحاً، والآن لا، لا ... أتعلم، عَدَّ تولستوي إبداعاته الرائعة لعبة فارغة. أمّا نحن، علماء الفيزياء، لا نُبدع بعبقرية، لكننا نبذل جهدنا، نبذل جهدنا.

وكانت أهدابُ شتروم ترمشُ مراراً.

- أين يمكنني الحصول على الإيمان، والقوة، والثبات؟- قال بسرعة، وبدت لكنَتُه اليهودية واضحة - حسناً، ماذا يمكنني أن أقول لك؟ أنت تعرف الحزن الذي أصابني، واليوم أشعر بالضيق لأنني...

لم ينه كلامه، نهض بسرعة، سقطت الملعقة على الأرض. كان يرتجف، وكانت يداه تهتزّان.

قال تشيبيجين:

- فيكتور بافلوفيتش، اهدأ، أرجوك. دعنا نتحدث عن أمرٍ آخر.

- لا، لا، أنا آسف. سأذهب، شيءٌ ما يحدثُ داخل رأسي، اسمح لي.

وودّعه.

- شكراً لك، شكراً لك - قال شتروم ذلك، دون أن ينظر في وجهِ تشيبيجين، شاعراً بأنه لا يستطيع السيطرة على قلقه.

نزل شتروم السُّلَّم، والدموعُ تسيلُ على خديه.

26

عاد شتروم إلى المنزل، عندما كان الجميعُ نائمين. بدا له أنه سيجلس إلى الطاولة حتى الصباح، ويعيد كتابة بيان التوبة وقراءَته، ويقرّر للمرة المئة ما إذا كان سيذهب إلى المعهد غداً.

لم يفكر خلال الرحلة الطويلة إلى المنزل، في أي أمر - لا في الدموع على السُّلَّم، ولا في الحديث مع تشيبيجين الذي قطعته نوبَةٌ عصبيَّةٌ مفاجئة، ولا في مستقبله الرهيب، ولا في رسالة والدته الموضوعة في الجيب الجانبي لسترته. لقد أخضَعَه صمتُ الشوارع الليلية، وأصبحَ كلُّ شيءٍ في رأسه فارغاً غافلاً ومُستَنفداً، مثل أزقّةَ موسكو الليلية الخالية. لم يكن قلقاً، ولم يخجل من دموعه الأخيرة، ولم يكن خائفاً من مصيره، ولم يكن يريد نتيجةً جيدة.

في الصباح مضى شتروم إلى الحمّام، لكن الباب كان مغلقاً من الداخل.

سأل:

- لودميلا، هذه أنت؟

تأوّه عندما سمع صوت جينيا.

- يا إلهي، كيف وجدت نفسك هنا جينيتشكا؟- وبسبب الارتباك سأل بغباء: - هل تعلم لودا أنك قد وصلت؟

خرجت من الحمام، وتبادلا القُبل.

قال شتروم:

- لا تبدينَ في حالٍ جيدة - وأضاف-: هذا ما يُطلق عليه مجاملة يهودية.

أخبرته من فورها في الممر عن اعتقال كريموف والغرض من وصولها.

أُصيب بالذهول. ولكن بعد هذا الخبر، أصبح قدوم جينيا عزيزاً عليه على نحوٍ خاص. ولو أنَّ جينيا كانت سعيدةً، مشغولة بأفكار حياتها الجديدة، لما بدت له لطيفة جداً، وقريبةً إليه.

تحدث إليها واستجوبها وظلّ ينظر إلى ساعته.

قال:

- يا لسخافة كل هذا، يا للجنون، تذكرين ولا شك أحاديثي مع نيقولاي، كانَ يُصحح ما يجري في دماغي دائماً. والآن! أنا ممتلئٌ بالهرطقة، وأتمشّى بحرية، وهو، الشيوعي الأمين، مُعتَقَل.

قالت لودميلا نيقولايفنا:

- فيتيا، ضع في اعتبارك أن الساعة في غرفة الطعام متأخرة عشر دقائق.

تمتم بكلامٍ ما وذهب إلى غرفته، وتمكن من النظر إلى ساعته مرتين وهو يمرّ عبر الممر.

كان من المقرر عقدُ اجتماع المجلس العلمي في الساعة 11 صباحاً. وبينَ الأشياء اليوميّة المعتادة والكتب، شعرَ بارتفاعِ توتره الواضح، واقترب من الهلوسة، عندما كانت الساعة تقتربُ من

الحادية عشرة. بدأ سوكولوف بخلع برنسه. وقال سافوستيانوف بصوت منخفض لماركوف: «نعم، على ما يبدو، قررَ رجُلُنا المجنون عدم المجيء». نظر غوريفيتش من النافذة، وهو يحكُّ مؤخرته السميكة، اقتربت سيّارة «زيس» من مبنى المعهد، وخرج شيشكوف بقبعة، ومعطف رعويٍّ طويل. وصلت بعدها سيارة الشاب بادين. سار كوفتشينكو في الممر. كانَ في قاعة المؤتمرات نحو خمسة عشر شخصاً يتصفّحون الجرائد؛ جاءوا باكِراً، فثمَّةَ كثيرٌ من الناس سيأتون، وعليهم إيجاد أفضل الأماكن. وقف سفيتشين وأمين لجنة حزب المعهد رامسكوف مع «ختم الأسرار على جبينه»، عند باب لجنة الحزب. وطاف الأكاديمي العجوز براسولوف، ذو الشعر الرمادي الأجعد، موجِّهاً نظرَتَه إلى الأعلى – إنّه يتحدث في مثل هذه الاجتماعات بحقارة. وسارَ حشدٌ من صغار الباحثين، بضجّة.

نظر شتروم إلى ساعته، وأخرج طلبه من درج الطاولة، ووضعه في جيبه، ونظر إلى ساعته مرة أخرى.

يمكنه الذهاب إلى المجلس العلمي من دون أن يتوب، يحضرُ هناكَ صامتاً... لا... إذا حضرت، فلن يكون في إمكاني الصمت، وإذا تحدثت، فيجب أن أعلن توبتي. لكن إذا لم أحضر – قطعتُ على نفسي الطرقَ كُلَّها...

سيقولون– «لم يجد الشجاعة في نفسه... وقد وضع نفسه استعراضياً بمواجهة فريق العمل... تحدٍّ سياسيّ... وبعد ذلك يجب التحدث إليهم بلغة مختلفة...». سحب الطلب من جيبه وفوراً، من دون قراءته، أعاد وضعه في جيبه من جديد. لقد قرأ هذه السطور عشرات المرات: «أعترف أنني أعربت عن عدم الثقة بقيادة

الحزب، ارتكبت فعلاً يتعارضُ مع قواعد سلوكِ الشعب السوفييتي، وبالتالي... في عملي، لقد ابتعدت، دون أن أُدرك ذلك، عن الطريق الرئيسي للعلم السوفييتي وعارضتُ نفسي لاإرادياً...».

أراد في كل وقت إعادة قراءة هذا البيان، ولكن بمجرد أن أخذ البيانَ بين يديه، بدا له كلُّ حرفٍ مألوفاً على نحوٍ لا يطاق... سُجن الشيوعي كريموف ودخل لوبيانكا. لكن شتروم، بشكوكه، ورعبه أمام قسوة ستالين، بحديثه عن الحرية والبيروقراطية، مع تاريخه الحالي الملوَّن سياسياً، كان يجب منذُ زمنٍ بعيدٍ أن يزجّوا بهِ في معسكر اعتقال كوليما...

تملّكه الرعبُ، في الأيام الأخيرة على نحو متزايد، وبدا له أنّهم سيعتقلونه. فقد جرتِ العادةُ ألّا تقتصرَ المسألةُ على الطرد من العمل؛ إنهم يدرسونه ويعالجونه أولاً، ثم يَطردونهُ من العمل، ثم يودعونه السجن.

نظر إلى ساعته مرة أخرى. القاعة ممتلئة بالفعل. الجالسون ينظرون إلى الباب، ويهمسون: «شتروم لم يأت...» يقول أحدهم: «الوقت يقترب من الظهر، لكن فيكتور لا يزال غير موجود». تولى شيشكوف الرئاسة، وطرح ملف الحالة على الطاولة. تقف السكرتيرةُ بالقرب من كوفتشينكو، أحضرت له أوراق عاجلة للتوقيع.

ضغط انتظارُ عشراتِ الأشخاصِ المتوترُ، الفاقدُ للصبر، الذين تجمّعوا في قاعة المؤتمرات على شتروم بشدّة. ربما، ينتظرون في لوبيانكا أيضاً، في تلك الغرفة حيث يجلس الشخصُ المهتم به على نحوٍ خاص - أيُعقل ألّا يأتي؟ لقد أحسّ الشخص المتجهّم من اللجنة المركزية ورأى: ألا يريد المجيء؟ رأى معارفه يقولون

لزوجاتهم: «إنّه مجنون». وتدينه لودميلا في قلبها،- ضحّى توليا بحياته من أجلِ الدولة التي بدأ فيكتور نزاعاً معها في أثناء الحرب.

عندما تذكَّر، كيف تعرّضَ كثيرٌ من بين أقاربه وأقارب لودميلا للقمع، ورُحِّلوا، هدَّأَ نفسه بالفكرة: «إذا ما سألوا هناك، فسأقول - ليس فقط من حولي، بل هذا كريموف مثلاً شخص مقرّب مني، وهو شيوعي معروف، وعضو قديم في الحزب، يمارس السياسة سرّاً».

هذا هو كريموف! سيبدؤون بسؤاله هناك، وسيتذكر كل أحاديث الهرطقة مع شتروم. ومع ذلك فإن كريموف ليس قريباً منه، لأن جينيا طلَّقته. لم تكن له معه أحاديث خطيرة، فقبل الحرب، لم تكن لدى شتروم شكوك حادة على نحوٍ خاص. أوه، لكن مادياروف هذا، إذا سألوه هناك!

اتحدت عشراتُ القوى، والضغوط، والصدمات، والضربات في قوّة مُحصِّلةٍ واحدة، ولَكأنَّها ثنت أضلاعه، وفصلت عظام الجمجمة.

لا معنى لكلماتِ الدكتور شتوكمان: «القوي هو ذلك الوحيد»... أيّ قويّ هو! أخذ فوروفسكي الذي كان يتلفَّتُ حوله، بحركات بائسة غير طبيعية، يربطُ ربطةَ عنقه بسرعة، ونقل الأوراق إلى جيوب سترته الرسمية الجديدة، منتعلاً حذاءً منخفضاً أصفرَ حديدياً.

نظرت لودميلا نيقولايفنا إلى الغرفة في تلك اللحظة، حينما كان واقفاً بالقرب من الطاولة، اقتربت منه بصمت، وقبّلته، وخرجتْ من الغرفة.

لا، لن يقرأ توبته الرسمية! سوف يقول الحقيقة، النابعة من

القلب: أيها الرفاق، أصدقائي، لقد استمعتُ إليكم بألم، وفكرت بألم كيف يمكن أن يحدث ذلك في الأيام السعيدة لنقطة التحوّل وتحرير ستالينغراد الذي تحققَ بالعذاب، أن أكون وحدي، وأستمع إلى اللوم الغاضب من رفاقي، وإخواني، وأصدقائي... أقسم لكم- بكامل عقلي، وبكل دمي، وقوتي... نعم، نعم، نعم، الآن عرف ما سيقوله... بدلاً من ذلك، سوف يتمكن من قول... أيّها الرفاق... الرفيق ستالين، عشت على نحوٍ خاطئ، كان عليَّ أن أذهب إلى حافة الهاوية، لأرى بعمق كامل أخطائي. ما سيقوله سيأتي من أعماق الروح! أيّها الرفاق، لقد استشهد ابني بالقرب من ستالينغراد...

توجّه إلى الباب.

قرّر نهائيّاً في هذه الدقيقة الأخيرة بالذات، وكان من الضروري فقط الوصول إلى المعهد بسرعة، وخلع المعطف في المشلح، والدخول إلى القاعة، وسماع همسات العشرات من الناس، والنظر إلى الوجوه المألوفة، ويقول: «أطلب كلمة، أريد أن أخبر رفاقي ما فكرت وشعرت به هذه الأيام...».

لكن في هذه اللحظات بالتحديد، خلع جاكيته بحركات بطيئة وعلّقه على ظهر الكرسي، وفكّ ربطة عنقه، ولفّها ووضعها على حافة الطاولة، جلسَ، وبدأ بفكّ سيور الحذاء.

اجتاحه شعورٌ بالخفة والنقاء. جلس في تأمّلٍ هادئ. هو لا يؤمن باللّه، لكن لسبب ما في تلك اللحظة بدا - أنَّ اللّه كان ينظر إليه. لم يحدث أبداً في حياته مثل هذا الشعور السعيد والمتواضع في الوقت نفسه. لم تعد ثمَّةَ قوَّةٍ قادرة على سرقة براءته.

أخذ يفكّر في والدته. ربّما كانت بجانبه عندما غيَّر رأيَهُ بثبات. فقبل دقيقة من ذلك، أراد بصدق أن يُقدِّمَ توبةً هستيريّةً. هو لم يفكر في اللّه، ولم يفكر في أمه عندما شعر بأنّهُ حَسمَ قراره النهائي. لكنهما كانا بجانبه، مع أنه لم يفكر فيهما.

فكّر: «كم أشعرُ أنني بحالة جيدة، أنا سعيد».

تخيّل مرة أخرى الاجتماع، ووجوه الناس، وأصوات المتكلمين.

فكَّرَ مُجدَّداً: «كم أنا بحالة جيدة، وضوحٌ».

ما كان من قبلُ - كما بدا لهُ الآن - جاداً في أفكاره عن الحياة، وعن الأحباء، وفي فهم نفسه، وفهم مصيره.

دخلت لودميلا وجينيا غرفته. تأوّهت لودميلا كالعجائز، وهي تراه من دون جاكيت، يرتدي جوربيه، وياقة قميصه مفتوحة، وقالت:

- يا إلهي، أنت لم تذهب! ما الذي سيحدث الآن؟

قال:

- لا أعرف.

قالت:

- ولكن ربما لم يفت الأوان - ثم نظرت إليه وأضافت: - لا أعرف، لا أعرف، أنت شخص بالغ. ولكن عندما تقرّر مثل هذه المسائل، عليك التفكير ليس فقط في مبادئك.

صمت، ثم تنهّد.

قالت جينيا:

- لودميلا!

قالت لودميلا:

- حسناً، لا شيء، لا شيء، وليحصل ما يحصل.

قال:

- نعم، لودوشكا، «الحزن سيستمرّ إلى الأبد».

غطّى عُنقه بيده وابتسم:

- عفواً، جينيفيا، أنا من دون ربطة عنق.

نظر إلى لودميلا نيقولايفنا وجينيا، وبدا له أنه الآن فقط أدرك حقاً، كم جديٌّ وصعبٌ العيشُ على الأرض، وكم مُهمّةٌ العلاقاتُ مع الأقارب.

لقد فهم أن الحياة ستستمر كالمعتاد، وسوف يتضايق من جديد ويقلق، ويغضب من زوجته وابنته، بسبب تفاهات.

قال:

- أتعرفان، توقفا عن الحديث عني. هيّا جينيا نلعب الشطرنج، تذكرين كيف حاصرتِ ملكي مرّتين على التوالي.

رتّبوا أحجار الشطرنج، وقام شتروم، الذي حصل على الأحجار البِيض، بالخطوة الأولى؛ بالبيدق الملكي، قالت جينيا:

- يبدأ نيقولاي دائماً بتحريك البيدق الأبيض أمام الملك. ماذا سأجيب اليوم في كوزنتسك؟

دفعت لودميلا نيقولايفنا الخفَّ إلى أسفل قدميه. حاول دون أن ينظر إليهِ أن يضعَ قدميه فيه، تنهّدت لودميلا نيقولايفنا على مضض، وركعت على الأرض، ووضعت قدميه في الخف. قبّل رأسها، وقال شارداً:

- شكراً لك لودوشكا، شكراً لك.

جينيا لم تقم بالحركةِ الأولى بعد، هزّت رأسها قائلة:

- لا، لا أستطيع أن أفهم. فالتروتسكيّة قديمة. ما الذي حدث الآن، ولكن ماذا، ماذا؟

قالت لودميلا نيقولايفنا، وهي تصححُ مواضع البيادق البيضاء:

- لم أنم طوال الليل تقريباً. هذا الشيوعي المخلص، الموالي.

قالت جينيا:

- أظن أنكِ نمتِ جيداً طوال الليل. استيقظت عدّة مرات وكنت تشخرين.

غضبت لودميلا نيقولايفنا، وقالت:

- ليس صحيحاً، لم يغمض لي جفن حرفيّاً.

قالت موجِّهةً الكلامَ إلى زوجها، رداً على الفكرة التي أزعجتها وبصوت عال:

- لا يهم، لا يهم، فقط لا يلقوا القبض عليك. حتى إذا حرموك من كل شيء، فأنا لا أخشى ذلك - سنبيع أشياءَنا، ونذهب إلى البيت الريفي، وأبيع الفراولة في السوق. وأدرّس الكيمياء في المدرسة.

قالت جينيا:

- سوف يأخذون البيت الريفي.

قال شتروم:

- ألا تفهمون حقّاً أن نيقولاي غير مذنب في أي شيء؟ الجيل الخطأ، يُفكر في نظام الإحداثيات الخاطئ.

جلسوا مُنحنينَ فوق رقعة الشطرنج، ونظروا إلى القطع، مُحدِّقينَ بالبيدق الوحيد الذي خطا الخطوة الوحيدة، وتحدثوا.

قال فيكتور بافلوفيتش:

- جينيا عزيزتي، لقد تصرفت بضمير. صدّقيني، هذا هو أفضل ما أُعطي للإنسان. لا أدري ما ستحملهُ لك الحياة، لكنني متأكد: أنّك تصرفت الآن بضمير؛ محنتنا الرئيسية هي أننا لا نعيش وفقَ الضمير. نحن لا نقول ما نفكر فيه. نُحسُّ بشيء ونفعل شيئاً آخر. تذكرين ما قاله تولستوي، فيما يتعلق بعقوبة الإعدام، قال: «لا يمكنني الصمت!» ونحن كنا صامتين عندما أُعدم الآلاف من الأبرياء في السنة السابعة والثلاثين. والأفضل بيننا هم الذين صمتوا! وكان هناك من وافقوا بصوت عالٍ. كنا صامتين خلال أهوال التجميع الزراعي المكثّف. وأعتقد - أننا نتحدث عن الاشتراكية في وقت مُبكر - إنّها ليست في الصناعات الثقيلة فحسب. بل هي بادئ ذي بدء، في حق الإنسان في الضمير. إن حرمان أي شخص من حق الضمير أمر فظيع. وإذا وجد الشخص القوة في نفسه للعمل وفقاً للضمير، فإنه يشعر بالتدفّق الكبير للسعادة. أنا سعيد من أجلك - لقد تصرفت بضمير.

قالت لودميلا نيقولايفنا:

- فيتيا، توقف عن الوعظ مثل بوذا، ولا تشوّش الحمقاء. ما شأن الضمير هنا؟ ستدمّر نفسها، إنَّ شخصاً جيّداً سيتعذَّب، وما الفائدة التي سيجنيها كريموف من هذا؟ ولا أعتقد أنها ستشعر بالسعادة عندما يطلقون سراحه. كان في حالة ممتازة عندما افترقا؛ وضميرها نظيف أمامه.

أخذت يفجينيا نيقولايفنا الملك عن رقعةِ الشطرنج في يدها، وقلبته في الهواء، ونظرت إلى القماش الملصق عليه ووضعته في مكانه.

قالت:

- لودا، أيُّ سعادة هناك. أنا لا أفكر في السعادة.

نظرَ شتروم إلى ساعته. بدت له اللوحة الرقمية هادئة، والعقارب نعسانة ومُسالمة.

- الآن يجري الجدلُ على قدم وساق. وهم يلعنونني بكل ما يرغبون من صفات، لكنني لستُ مستاءً منهم ولا أكنُّ الحقدَ لهم.

قالت لودميلا:

- أما أنا فأرغب في ضرب كل الوقحين على وجوههم، فقد سمّوكَ أحياناً أمل العلم، وأحياناً بصقوا عليك. جينيا، متى ستذهبين إلى جسر كوزنتسك؟

- موعدي الساعة الرابعة هناك.

- سوف أقدم لك الغداء، ثم تذهبين.

قال شتروم وابتسم:

- ما غداؤنا اليوم؟- وأضاف:- هل تعرفانِ ماذا سأطلب منكما أيتها السيدتان؟

قالت لودميلا نيقولايفنا:

- أنا أعلم، أنا أعلم، تريد أن تعمل؟

قالت جينيا:

- شخص غيرك، كان سيتسلّق الجدران في مثل هذا اليوم.

أجابَ شتروم:

- هذا هو ضعفي، وليس قوّتي. بالأمس، تحدث إليَّ تشيبيجين كثيراً عن العلم. لكن لدي وجهةَ نظرٍ مختلفة. تماماً كما كان الأمرُ لدى تولستوي: لقد شكَّكَ فيما إذا كان الناس في حاجة إلى الأدب وتعذّب، وفيما إذا كان الناس في حاجة إلى الكتب التي يكتبها.

قالت لودميلا:

- حسناً، أتعرف، الأفضل قبل ذلك، أن تكتب في فيزياء «الحرب والسلام».

ارتبكَ شتروم جداً.

تمتم ونظر بلَوْمٍ إلى زوجته:

- نعم، نعم، يا لودا، أنتِ على حق. يا ربّ، حتّى في مثل هذه اللحظات يُشارُ إلى كل كلمة خاطئة قُلتُها.

بقي وحده من جديد. أعادَ قراءة الملاحظات التي كتبها في اليوم السابق، وفكَّرَ في الوقت نفسه في اليوم الحالي. لماذا شعر بالرضا عندما غادرت لودميلا وجينيا الغرفة؟ لقد ظهر عندَهُ في وجودهما شعورٌ كاذب. في اقتراحه لعب الشطرنج، وفي رغبته في العمل كان ثمّة ما هو غير صادق. شعرت لودميلا على ما يبدو بهذا، واصفةً إياه بأنه بوذا. وأحسَّ، وهو يعبّر عن مدح الضمير، كيف بدا صوتُه مزيّفاً، خشبيّاً. فقد حاولَ - خشيَةَ الاشتباه في إعجابه بنفسه - إجراءَ أحاديث يومية، لكنَّهُ في هذه الحياة اليومية، كما في العظةِ على المنبر، كان ثمَّةَ ما هو زائفٌ أيضاً.

وتَرَهُ شعورٌ قلقٌ، غامضٌ مضطربٌ، لم يستطع أن يفهمَه: ما

الذي يفتقده. وقف عدّة مرات، واقتربَ من الباب، واستمع إلى صوتَي زوجته ويفغينيا نيقولايفنا.

لم يكن يريد أن يعرف ما قيل في الاجتماع، ومن تحدث بحقد ونزقٍ خاصّين، وما القرار الذي أعدّوه. سوف يكتُبُ رسالةً قصيرة إلى شيشكوف: مرضَ ولن يتمكن من الذهاب إلى المعهد في الأيام القادمة. وفي المستقبل لن تكون ثمَّةَ حاجة إلى هذا الأمر. إنه مستعد دائماً أن يكون مفيداً بقدر ما يستطيع. هذا، في الواقع، هو كل شيء.

لماذا كان خائفاً جداً من اعتقاله في الفترة الأخيرة؟ فهو لم يفعل ما يستدعي ذلك. ثرثر. نعم، لكن لم يثرثر، بشيء خطير. إنهم يعرفون هناك.

لكن الشعورَ بعدمِ الارتياح لم يمر؛ فقد نظرَ بفارغِ الصبرِ إلى الباب. ربما يريد أنْ يأكل؟ ربما سيكون عليهِ أن يقول وداعاً للمُخصّصات. وللمطعم الشهير أيضاً.

رنَّ جرسٌ هادئ في البهو عند الباب، وهرع شتروم بسرعة في الممر، وصاح في اتجاه المطبخ:

- أنا سأفتحُ، لودميلا.

فتحَ الباب، وفي ظلام بهو الممر، نظرت إليه عينا ماريا إيفانوفنا القلقتان.

قالت بصوت خفيض:

- آه، ها أنت. كنت أعرف أنّك لن تذهب.

ساعدها شتروم على خلع معطفها، وشعر بيديه بدفء عنقها

وقذالها، الذي نقله طوق المعطف، وفكر شتروم فجأة - إنّه كان ينتظرُها، قبل وصولها، أنصتَ، ونظر إلى الباب.

لقد فهم هذا من خلال شعور الخفَّة، والفرح الطبيعي، اللذينِ شعر بهما من فوره عندما رآها. اكتشفَ أنه أراد مقابلتها عندما كان يعودُ، بروحٍ مُثقَلة من المعهد، في الأمسيات، وكان ينظر بقلق إلى المارّة، وإلى وجوه النساء خارج نوافذ الترامواي والحافلات الكهربائية. وعندما كان يعود إلى المنزل، يسأل لودميلا نيقولايفنا: «لم يأت أحد؟»، أراد أن يعرف ما إذا كانت قد جاءت هي بالتحديد. كل هذا كان موجوداً منذ فترة طويلة... لقد أتت، وتحدثوا، ومزحوا، وغادرت، وبدا أنه نسيها. ظهرت في ذاكرته عندما كان يتحدث إلى سوكولوف، وعندما أوصلت لودميلا نيقولايفنا تحياتها إليه. بدت كما لو أنها لم تكن موجودة إلّا في الدقائق التي رآها أو تحدث فيها عن مدى جمالها. أحياناً، ورغبةً منه في مضايقة لودميلا، قال إن صديقتها لم تقرأ بوشكين وتورغنيف.

تنزَّهَ معها في حديقة نيسكوتشني، وكان مسروراً بالنظر إليها، أعجبَهُ أنّها فهمته بسهولة، ومن فورهما، ولم تُخطئ في ذلك، وقد تأثرَ بتعبيرِ الاهتمام الطفوليِّ الذي استمعت فيهِ إليه. ثم ودّع أحدهما الآخر، وكَفَّ عن التفكير فيها. ثم تذكرها، وهو يمشي في الشارع، ونسيها مرة أخرى.

وها هو الآن يشعرُ أنها لم تكُفَّ عن البقاءِ مَعَهُ، وبدا له أنها لم تكن موجودة فحسب. كانت معه حتى عندما لم يفكّر فيها. ولم يرَها، ولم يتذكرها، وظلت معه. دون أن يفكِّرَ فيها أحسَّ أنها ليست قريبة، ولم يفهم أنه كان دائماً يشعر بالقلق من جرَّاءِ غيابها من دون

التفكير فيها حتى. وفي هذا اليوم، عندما فَهِمَ بعمق نفسه، والأشخاص الذين عاشوا حياتهم إلى جانب حياته، أدرك وهو ينظر إلى وجهها، شعورَه نحوها. ابتهج برؤيتها وبأنّ الإحساس المستمر بغيابها توقف فجأة. ارتاح لأنّه معها، وكَفَّ عن الشعورِ غير الواعي بأنَّها ليستْ معه. كان يُحسُّ دائماً بالوحدة في الآونة الأخيرة. شعر بالوحدة، وهو يتحدث مع ابنته وأصدقائه، وزوجته، وتشيبيجين. لكن ما إن رأى ماريا إيفانوفنا، حتّى اختفى الشعورُ بالوحدة.

وهذا الاكتشاف لم يفاجئهُ - كان طبيعياً ولا جدال فيه. كيف كانت الحال منذ شهر، وقبل شهرين، حينما كان لا يزال يعيش في كازان، كيفَ لم يفهم ما هو بسيط ولا جدال فيه؟

وبطبيعة الحال، في اليوم الذي شعر فيه بغيابها خصوصاً، انفلتَ شعوره من الأعماق إلى السطح وأصبح في متناولِ أفكاره.

ولأنه كان من المستحيل إخفاء أي أمرٍ عنها، فقد قال في الحال في بهو الممر، عابساً وهو ينظر إليها:

- طوالَ الوقتِ فكَّرتُ أنني جائعٌ كذئب، ونظرت إلى الباب، هل سينادون قريباً لتناول الغداء، لكن اتضح أنني كنت أنتظرُ: هل ستأتي ماريا إيفانوفنا قريباً.

لم تنبس ببنت شفة، وبدا أنها لم تسمع، ودخلت الغرفة.

جلست على الأريكة بجانب جينيا، التي عرّفوها إليها، ونقل فيكتور بافلوفيتش نظره من وجه جينيا إلى وجه ماريا إيفانوفنا، ثم إلى لودميلا.

كم كانت الأختان جميلتين! بدا وجه لودميلا نيقولايفنا في هذا

اليوم جميلاً على نحوٍ خاص. فقد تراجعت القسوة التي أفسدته. عيناها الواسعتانِ المشرقتانِ نظرتا برقّةٍ، وحزن.

رتّبت جينيا شعرها، شاعرةً على ما يبدو بنظرة ماريا إيفانوفنا إليها، وقالت تلك:

- عفواً يفغينيا نيقولايفنا، ما تَخيَّلتُ أن امرأةً يمكن أن تكون جميلة إلى هذه الدرجة. أنا لم أر أبداً وجهاً مثل وجهك.

قالت ذلك، واحمرّت خجلاً.

- انظري ماشينكا، إلى يديها وأصابعها - قالت لودميلا نيقولايفنا - أمّا عنقها وشعرُها!

وأضافَ شتروم:

- وعرنينُها.

قالت جينيا:

- وهل أنا بالنسبة إليكم فرس قباردينيّة[1]؟. هل يَلزَمُني كل هذا؟

قال شتروم:

- الخيلُ ليست بالطعام[2]، ومع أنَّ معنى كلماته لم يكن واضحاً تماماً، فقد أثارت الضحك.

قالت لودميلا نيقولايفنا:

---

(1) من أشهر سلالات الخيل في آسيا، وهي سلالة معروفة أيضاً على المستوى العالمي بجمالها. (المترجمان).

(2) «الخيلُ ليست في الطعام»! «- يقولون ذلك من عصورٍ قديمةٍ عن الخيول التي، حتى مع التغذية الوفيرة، تظلُّ هزيلةً». (المترجمان).

- فيتيا، هل تريد أن تأكل؟

قال:

- نعم، نعم، لا، لا، ورأى ماريا إيفانوفنا تتورَّدُ من جديد. هذا يعني أنّها قد سمعت ما قاله في الممرّ.

جلست مثل عصفور صغير، رمادية، رقيقة، شعرُها مسرّح مثل المعلمات الشعبيّات، فوق جبهةٍ منخفضةٍ محدَّبة، ترتدي بلوزة محبوكة مُرتّقة على المرفقين، وبدا لشتروم أنَّ كل كلمة قالتها مملوءة بالذكاء والحساسية واللطف، وكل حركة عبّرت عن أناقة، ورشاقة.

لم تتحدث عن اجتماع المجلس العلمي، وسألت عن ناديا، وسألت لودميلا نيقولايفنا عن «الجبل السحري» مانا، وسألت جينيا عن فيرا وابنها الصغير، وحول ما كتبته ألكساندرا فلاديميروفنا من كازان.

لم يفهم شتروم من فوره، أن ماريا إيفانوفنا وجدت المسار الحقيقي الوحيد للحديث. يبدو أنها تؤكد أن لا قوّةَ قادرة على منع الناس من البقاء بشراً، وأن الدولة الأكثر قوّة تجد نفسها عاجزة عن غزو دائرة الآباء والأطفال والأخوات، وأنَّ إعجابها، في هذا اليوم المشؤوم، بالأشخاص الذين تجلس معهم يعبّر الآن عن أنَّ انتصارَهم يمنحُهم الحق في التحدث ليس عَمَّا يُفرضُ من الخارج، ولكن عَمَّا يوجد في دواخلهم.

وكما خمّنت على نحوٍ صحيح، عندما تحدثت النساء عن ناديا وطفل فيرا، جلسَ بصمت وشعر أن النورَ الذي أضاء فيه، اشتعلَ على نحوٍ متوازنٍ ودافئ، لا يتذبذَبُ ولا يتلاشى.

بدا له أن سحر ماريا إيفانوفنا أخضَعَ جينيا. مضت لودميلا نيقولايفنا إلى المطبخ، ولحقت بها ماريا إيفانوفنا كي تساعدها.

قال شتروم وهو يفكّر:

- يا لها من إنسانة رائعة!

نادته جينيا ساخرة:

- فيتكا، ما بك يا فيتكا؟

فاجأهُ النداء غير المتوقع - لم ينادوه فيتكا منذ عشرين عاماً.

وتابعت جينيا:

- السيّدةُ المالكة مُغرمةٌ بك، كالقطّة.

قال:

- ما هذا الهراء؟! ولماذا السيّدة المالكة؟ هي أبعد ما تكون عن المالكة. لم تصادق لودميلا أيّ امرأة. ولكنها تقيمُ صداقةً حقيقية مع ماريا إيفانوفنا.

سألت جينيا بسخرية:

- ومعك؟

أجابَ شتروم:

- أنا أتكلّم بجدّية.

نظرت إليهِ ضاحكةً وقد رأت أنه يغضب.

- جينيشكا، هل تعرفين ماذا؟ اذهبي إلى الجحيم.

في هذا الوقت جاءت ناديا. سألت بسرعة، وهي تقف في بهو الممرّ:

- هل ذهب أبي لإعلان التوبة؟

دخلت الغرفة. عانقها شتروم وقبّلها.

نظرت يفغينيا نيقولايفنا بعينينِ مبللتينِ إلى ابنة أختها، وقالت:

- لا يوجد ولو قطرة واحدة من دمائنا السلافيّة فيها – إنّها فتاة يهودية تماماً.

قالت ناديا:

- إنّها جينات أبي.

قالت يفغينيا نيقولايفنا:

- أنت نقطة ضعفي يا ناديا. هكذا كان سيريوجا بالنسبة إلى جدته، وهكذا أنت بالنسبة إليّ.

قالت ناديا:

- لا تقلق يا أبي، نحن سنطعمك.

سأل شتروم:

- من أنتم؟ أنتِ وملازمك؟ اغسلي يديك بعد المدرسة.

- مع من تتحدث أمّي هناك؟

- مع ماريا إيفانوفنا.

سألت يفغينيا نيقولايفنا:

- هل تحبين ماريا إيفانوفنا؟

قالت ناديا:

- في رأيي، إنّها أفضل إنسـان في العـالم. لو كنت رجلاً لتزوجتها.

سألت يفغينيا نيقولايفنا ساخرة:

- أهي ملاك، لطيف؟

- وأنت، يا خالة جينيا، ألم تعجبك؟

قالت يفغينيا نيقولايفنا:

- لا أحبّ القديسين، فالهستيريا مخبأة في قداستهم. أنا أفضل الحقيرات المنفتحات.

سأل شتروم:

- هستيريا؟

- أقسم فيكتور، هذا عموماً، أنا لا أتحدث عنها.

ذهبت ناديا إلى المطبخ، فقالت يفغينيا نيقولايفنا لشتروم:

- عشت في ستالينغراد، كان لدى فيرا صديق ملازم. والآن ظهر عند ناديا صديق ملازم. ظهر وسوف يختفي! هكذا يهلكون بسهولة، فيتيا، هذا أمر محزن.

سأل شتروم:

- جينيتشكا، جينيفيا، أحقا لم تعجبك ماريا إيفانوفنا؟

- لا أعرف، لا أعرف،- قالت على عجل - هناك مثل هذه الطبيعة الأنثوية - من المفترض أنّها طيّعة، ومُضحّية. لن تقول مثل هذه المرأة: «أنا أنام مع رجل لأني أريد هذا»، وستقول: «هذا واجبي، أشعر بالأسف من أجله، لقد ضحّيت بنفسي». هؤلاء النسوة يَنمنَ ويقتربنَ ويبتعدنَ لأنهن يرغبن في ذلك، لكنهن يَقُلنَ بطريقة مختلفة تماماً: «لقد كان ضرورياً، واجبي دفعني إلى ذلك، الضمير، ورفضت، وضحّيت». ولكنها لم تضحِّ بأي شيء، وفعلت ما أرادت، والأمر الأكثر خِسَّةً هو أن أولئك السيدات يؤمنَّ بإخلاص بتضحياتهن بأنفسهن. لذلك أنا لا أستطيع تحمّلهنّ! أتعرف لماذا؟ لأنني غالباً ما يبدو لي أنني من هذا الصنف.

قالت ماريا إيفانوفنا لجينيا على الغداء:

- يفغينيا نيقولايفنا، إذا سمحت لي، يمكنني أن أذهب معك. لدي تجربة حزينة مع هذه الأمور. نعم، والحالُ لاثنتين أسهل بطريقة ما.

أجاب جينيا محرجة:

- لا، لا، شكراً جزيلاً لك، يجب القيام بهذه الأعمال بانفراد. هنا لا يمكن مشاركة الحمل مع شخص آخر.

نظرت لودميلا نيقولايفنا إلى أختها بازورار، وكما لو كانت تشرح لها صراحة ماريا إيفانوفنا، قالت:

- سيدخلُ في رأس ماشينكا الآن أنّها لا تعجبك.

لم تُجب يفغينيا نيقولايفنا.

فقالت ماريا إيفانوفنا:

- نعم، نعم. أشعر بذلك. ولكن اعذريني على ما قلت. كان غباءً مني. ولماذا ستهتمين لشأني؟ عبثاً قالت لودميلا نيقولايفنا ما قالته. والآن سيبدو، كما لو كنت أطلب منك تغيير انطباعك عني. وأنا هكذا ببساطة. نعم وعموماً...

قالت يفغينيا نيقولايفنا بصدق، وعلى نحوٍ لم تتوقّعه من نفسها:

- لا عليك، يا عزيزتي، لا عليك. فأنا مضطربة المشاعر، سامحيني. أنت إنسانة جيّدة.

ثم وقفت بسرعة وقالت:

- حسناً، يا أولادي، وكما تقول أمّي: «حان وقت الذهاب!».

27

كان ثمَّةَ كثير من المارّة في الشارع.

سألها:

– هـل أنـت في عجلـة مـن أمـرك؟ ربـما نـذهب إلـى حـديقة نيسكوتشني مرة أخرى؟

– ما بك، الناس يعودون من العمل، عليّ أن أكون في البيت قبل وصول بيوتر لافرينتييفيتش.

اعتقدَ أنها ستدعوه للزيارة لسماع ما سيقوله سوكولوف حول اجتماع المجلس العلمي. لكنها صمتت، وشعر بالريبة، ألا تخشى أن يلتقي سوكولوف به.

أزعجه أنّها كانت تتعجَّل المضيّ إلى البيت، لكنّ ذلك كانَ طبيعيّاً تماماً.

سارا عبر الساحة، ليس بعيداً عن الشارع المؤدي إلى دير دونسكوي.

توقفت فجأة وقالت:

– دعنا نجلس دقيقةً، وبعد ذلك سأصعد إلى الحافلة.

جلسا بصمت، لكنّه شعر بقلقِها. أحنت رأسها قليلاً، ونظرت
إلى عيني شتروم.

استمرا في الصمت. كانت شفتاها مضمومتين، لكن بدا له أنَّه
يسمَعُ صوتها. كان كل شيء واضحاً، وواضح إلى درجة؛ كما لو
أنهما باحا بكل ما لديهما أحدهما إلى الآخر. ولكن ماذا يمكن أن
تفعل الكلمات هنا.

لقد فهم أن أمراً جدّياً وغير عاديٍّ يحدث، وأن بصمةً جديدةً
ستُطبَع على حياته، وستنتظرهُ اضطرابات صعبة. لم يكن يريد أن
يجلب المعاناة للناس، سيكون من الأفضل لو أنَّ أحداً لن يعرفَ عن
حبّهما في أي وقتٍ من الأوقات، وربّما لن يبوحَ كلٌّ منهما للآخر.
أو ربّما... ولكن الذي يحدُثُ الآن، من حزن وفرح، ليس في
استطاعتهما إخفاؤه أحدهما عن الآخر، وهذا سيتبعه تغييرات لا مفرّ
منها. كل ما يحصل مرتبط بهما، وفي الوقت نفسه بدا أنّ ما يحدث
مثل القدر، لم يعد في إمكانهما عصيانه. إنّ كلّ ما نشأ بينهما كانَ
صحيحاً وطبيعيّاً ومستقلاً عنهما، تماماً مثلما لا يعتمدُ ضوءُ النهار
على أي شخص، وفي الوقت نفسه، أدت هذه الحقيقة إلى أكاذيب
محتومة، وقسوة تجاه الأشخاص الأقرب إليهما. وبهما وحدهما
فحسب يرتبط تجنّب هذا الكذب والقسوة، يكفي التخلي عن الضوء
الطبيعي الواضح.

كان ثمَّةَ أمر واحد واضحاً له - لقد فقد في هذه الدقائق راحة
البال إلى الأبد. ولن تكون هناك طُمأنينة في روحه، مهما انتظرها في
المستقبل، سواء أخفى مشاعره تجاهَ المرأة التي تجلس بجانبه، أو إن
انفجرت وأصبحت مصيرَه الجديد، لنَ يعرف الطمأنينةَ بعد الآن.

وسيكونُ عذاب ضميرٍ، أكان في الشوق الدائم لها أو في القرب منها - لن يرتاح.

أمّا هي فبقيت تنظر إليه بتعبير لا يطاقُ من السعادة واليأس.

إنَّهُ لم يرضخ، وقاومَ قوةً ضخمةً وقاسيةً، ولكن ها هو الآنَ ضعيف، وعاجز على هذا المقعد.

قالت:

- فيكتور بافلوفيتش، عليَّ أن أذهب. بيوتر لافرينتييفيتش ينتظرني.

أخذت يده وقالت:

- لن نرى بعضنا بعضاً بعد الآن. لقد أعطيت عهداً لبيوتر لافرينتييفيتش ألّا ألتقيك.

شعر بالهيجان الذي يعاني منه الناس عند موتهم بأمراض القلب - توقف القلب، الذي لا تعتمد دقاته على إرادة الإنسان، وبدأ الكونُ في الاهتزاز والانقلاب، واختفتِ الأرض والهواء.

سأل:

- لماذا، ماريا إيفانوفنا؟

- أخذ بيوتر لافرينتييفيتش عليَّ عهداً، أن أتوقف عن مقابلتك. وأنا وعدته. قد يكون هذا أمراً فظيعاً، لكنّه في حالٍ سيّئة، إنّه مريض، وأخاف على حياته.

قال:

- ماشا.

كانَ في صوتها قوة لا تتزعزع، كما لو أنّها تلك القوّة التي يواجهها مؤخراً،

قال مرّة أخرى:

- ماشا.

- يا إلهي، أنت تدرك، وترى، أنا لا أُخفي شيئاً، لماذا أتحدَّث عن كل شيء. لا أستطيع، لا أستطيع. بيوتر لافرينتييفيتش عانى كثيراً. أنت تعرف كل شيء بنفسك. تذكر معاناة لودميلا نيقولايفنا. هذا مستحيل.

كرّرَ قائلاً:

- نعم، نعم، ليس لنا الحق.

قالت:

- عزيزي، تعيسي، نور عيني.

سقطت قبعته على الأرض، وربّما كان الناس ينظرون إليهما.

كرّر قائلاً:

- نعم، نعم، ليس لنا الحق.

قبّل يديها، وعندما أمسك أصابعها الصغيرة الباردة في يده، بدا له، أن القوة التي لا تتزعزع في قرارها بعدم رؤيته، تقترن بالضعف، والطاعة، والعجز...

نهضت عن المقعد، ومضت دون أن تنظر إلى الوراء، جلسَ وفكَّر أنّه للمرة الأولى نظرَ في عيني سعادته، في نورِ حياته، وكل هذا ابتعد عنه. بدا له أن هذه المرأة، التي قبّل أصابعها لتوّه، يمكنها أن تعوّضه عن كل ما يريده في الحياة، وما كان يحلم به - العلم، والشهرة، وفرحة الاعتراف الشعبي.

28

اتصل سافوستيانوف في اليوم التالي لاجتماع المجلس الأكاديمي، هاتفياً بشتروم، وسأله عن حاله، وما إذا كانت لودميلا نيقولايفنا بصحة جيدة.

سأله شتروم عن الاجتماع، وأجاب سافوستيانوف:

- فيكتور بافلوفيتش، لا أريد أن أزعجك، اتضح أنّ هناكَ من التافهين، أكثر مما كنت أتصوّر.

فكر شتروم «أيعقل أن يكون سوكولوف قد تحدّث؟»، وسأل:

- هل اتخذوا قراراً؟

- قراراً قاسياً. اعتبرك غير متوافقٍ، وطلب من الإدارة النظر في الخطوات اللاحقة...

قال شتروم:

- مفهوم - وعلى الرغم من أنه كان متأكداً من أن مثل هذا القرار سيصدر، إلا أنه ارتبك من جراء المفاجأة.

فكّر: «لستُ مذنباً، لكن بالطبع سيزجونني في السجن. كانوا يعلمون أن كريموف لم يكن مُذنباً، لكنهم زجّوهُ في السجن».

سأل شتروم:

- هل صوَّتَ أحدٌ ضد؟ - ونقل له سلك الهاتف صمتَ سافوستيانوف المُحرج.

قال سافوستيانوف:

- لا، فيكتور بافلوفيتش، يبدو بالإجماع. لقد أضررتَ بنفسك كثيراً بعدم حضورك.

كان صوت سافوستيانوف غير واضح، يبدو أنه يتصل من هاتف الشارع.

اتصلت في اليوم نفسه آنا ستيبانوفنا، وكانت قد فُصِلتْ من العمل، لم تذهب إلى المعهد، ولم تكن تعرف عن اجتماع المجلس الأكاديمي. قالت إنها مسافرة مدة شهرين إلى أختها في موروم، وأثّرت في شتروم قلبيّاً - دعته للمجيء.

قال شتروم:

- شكراً، شكراً لك. إذا كان لي أن أذهب إلى موروم، فلن أذهب للراحة، بل لتدريس الفيزياء في المعهد التقني.

قالت آنا ستيبانوفنا:

- يا إلهي، فيكتور بافلوفيتش. - لماذا تقول ذلك، أنا مُحبطة، كل ذلك بسببي. هل أستحق أنا ذلك.

ربما تقبّلت كلماته حول المعهد التقني، باعتبارها لوماً لها. كان صوتُها يُسمَعُ أيضاً على نحوٍ سيّئ، يبدو أنها لم تتصل من المنزل، بل من هاتفٍ في الشارع.

سأل شتروم نفسه: «أيعقل أن يكون سوكولوف قد تحدّث؟».

اتصل تشيبيجين في وقت متأخر مساء. كان شتروم في هذا

اليوم، كالمصاب بمرض عُضال، لا ينتعش إلا عندما يبدأ الناسُ يتحدثون عن مرضه. وقد شعر تشيبيجين بذلك على ما يبدو.

- هل تحدث سوكولوف، هل تكلم؟ - سأل شتروم لودميلا نيقولايفنا، لكنّها بالتأكيد، مثله، لا تعرف ما إذا كانت سوكولوف تحدث في الاجتماع.

ظهر نوع من شبكة العنكبوت بينه وبين الأشخاص المقربين منه.

واضح، أنّ سافوستيانوف كان خائفاً من الحديث عمّا يهم بافلوفيتش، ولم يكن يريد أن يكون مخبره. ربما فكّر: «سيلتقي شتروم زملائه في المعهد، ويقول: «أعرف كل شيء، لقد أخبرني سافوستيانوف بالتفاصيل الكاملة عن كل شيء»».

آنا ستيبانوفنا كانت وديّة جدّاً، ولكن في مثل هذه الحالة، كان عليها أن تأتي إلى منزل شتروم، ولا تكتفي بمحادثة الهاتف.

واعتقد فيكتور بافلوفيتش أنَّهُ كانَ على تشيبيجين أن يعرض عليهِ التعاون معه في معهد الفيزياء الفلكية، كان عليه الحديث في هذا الموضوع على الأقل.

وفكّر: «إنهم يغضبونني، وأنا أغضبهم - الأفضل لو أنهم لم يتصلوا».

لكنه كان أكثر غضباً على أولئك الذين لم يتصلوا به على الإطلاق.

كان ينتظر طوال اليوم مكالمة من غوريفيتش وماركوف وبيمنوف.

ثم غضب من الميكانيكيين والكهربائيين الذين عملوا على تثبيت الأجهزة.

وفكّر: «أولاد الكلبة، إنّهم عمال، ليس ثمّةَ ما يخشونه».

كان التفكير في سوكولوف لا يطاق. لقد أمر بيوتر لافرينتييفيتش ماريا إيفانوفنا بألّا تتصل بشتروم! يمكنك أن تسامح الجميع-المعارف القدامى، وحتى الأقارب والزملاء. لكن الصديق! أثارت الفكرة عن سوكولوف غضباً شديداً، وحقداً مؤلماً حتى إنَّ تنفّسه أصبحَ صعباً. وفي الوقت نفسه، كان ثمّةَ تفكيرٌ في خيانة صديقه، لم يلاحظه شتروم نفسه، لقد بحث عن أعذار لخيانته صديقه، دون أن يلاحظ ذلك بنفسه.

كتب لشيشكوف، بدافعِ العصبية رسالةً غير ضرورية أبداً، يوضّح فيها أنه يطلب إليه إبلاغه بقرار إدارة المعهد؛ وأنّه وبسبب المرض، لا يستطيع العمل في المختبر في الأيام المقبلة.

لم تكن هناك أيّة مكالمة هاتفية، طوال اليوم التالي.

فكر شتروم: «لا يهمّ، سيضعونني في السجن على أي حال».

وهذه الفكرة ما عادت تعذِّبه الآن، بل كما لو أنها بدأت تريحه. هكذا يهدِّئُ الأشخاصُ المرضى أنفسَهم: «حسناً، مرضتَ أم لم تمرض، سنموت جميعاً».

قال فيكتور بافلوفيتش للودميلا نيقولايفنا:

- الشخص الوحيد الذي يجلب لنا الأخبار هو جينيا. صحيح، الأخبار كلها من غرفة انتظار اللجنة الشعبية للأمن الداخلي.

قالت لودميلا نيقولايفنا:

- الآن أنا مقتنعة بأن سوكولوف تحدث في المجلس العلمي. خلاف ذلك، لا يمكن تفسير صمت ماريا إيفانوفنا. إنها تخجل من

الاتصال بعد ذلك. أستطيع الاتصال بها بنفسي خلال النهار، عندما يكون هو في العمل.

صاح شتروم:

- لا تتصلي بها على الإطلاق! هل تسمعين يا لودا، على الإطلاق!

أجابت لودميلا نيقولايفنا:

- لا تهمني علاقتك بسوكولوف. لي علاقاتي الخاصة بماشا.

لم يستطع أن يشرح للودميلا سبب رغبتِهِ في عدم الاتصال بماريا إيفانوفنا. لقد شعر بالخجل من فكرة أن لودميلا، ودون أن تدرك ذلك، ستصبح صلة وصل لاإرادية بين ماريا إيفانوفنا وبينه.

- لودا، الآن يمكن أن يكون اتصالنا بالناس من جانب واحد فقط. إذا سُجن رجل، فلا يمكن لزوجته أن تذهب إلّا إلى من يناديها. لا يحق لها أن تقول: أريد أن آتي إليكم. هذه إهانة لها ولزوجها. لقد دخلنا حقبةً جديدة أنا وأنتِ. لم يعد في إمكاننا كتابة رسائل إلى أي شخص، بل نجيب فقط. لم يعد في إمكاننا الاتصال بأي شخص هاتفياً، فنحن نرفع سمّاعة الهاتف فقط عندما يتصلون بنا. ليس لدينا الحق في أن نكون أول من يقول مرحباً للناسِ من معارِفنا، ربّما هم لا يريدون أن يُسلّموا علينا. وإذا ما حيّوني، فليس لي الحق في التحدث أولاً. ربما يرى الشخصُ أنه من الممكنِ أن يومئَ برأسِهِ إيماءةً، لكنه لا يريد التحدث إليّ. فليتكلّم، ثم أجيبُه. لقد دخلنا الطائفة العظيمة من المنبوذين.

صمت للحظة ثم قال:

- لكن لحسن حظّ المنبوذين، هناك استثناءات لهذا القانون. هناك شخص واحد أو اثنان - أنا لا أتحدث عن الأقارب - والدتك، وجينيا - اللتين تتمتعان بالثقة الروحية القوية من قبل المنبوذين. يمكنهما، من دون انتظار إشارة إذن، إجراء المكالمات، والكتابة. أنا أقصد تشيبيجين مثلاً!

قالت لودميلا نيقولايفنا:

- أنت على حق يا فيتيا، كل هذا صحيح - كلماتُها فاجأته. هي لم تعترف لفترة طويلة بأنه كان على صواب - لدي أيضاً صديق كهذا: ماريا إيفانوفنا!

قال:

- لودا! لودا! هل تعلمين أن ماريا إيفانوفنا وعدت سوكولوف بعدم رؤيتنا مرة أخرى؟ اذهبي اتصلي بها بعد ذلك! حسناً، اتصلي، هيّا اتصلي!

نزع السماعة عن الهاتف، ومدّها إلى لودميلا نيقولايفنا.

أمل في تلك اللحظة بطرفٍ ضئيل من مشاعره - أن تتصلَ لودميلا... وتسمع على الأقل صوتَ ماريا إيفانوفنا.

لكن لودميلا نيقولايفنا قالت:

- آه، هكذا هو الأمر إذاً - ووضعت سماعة الهاتف.

قال شتروم:

- لماذا، لم تأت جينيفيا بعد. المصيبةُ توحّدنا. لم أشعر أبداً نحوها بهذا الحنان كما هو الآن.

عندما وصلت ناديا، قال لها شتروم:

– ناديا، لقد تحدثت إلى والدتك، وسوف تخبرك بالتفصيل. لم يعد مسموحاً لك، بعد أن أصبحتُ فزّاعةً، الذهابُ إلى عائلة بوستوييف، وغوريفيتش وغيرهما. كل هؤلاء الناس يرون فيك أولاً وقبل كل شيء ابنتي، ابنتي. تعرفين من أنت: أحد أفراد عائلتي. أنا أطلب منك على نحوٍ قاطع...

كان يعلم مُقدماً، ماذا ستقول، وكيف ستحتج، وتغضب.

رفعت ناديا يدها، مقاطعة كلماته:

– نعم، فهمت كل هذا، عندما رأيتُ أنّك لم تذهب إلى مجلس الأشرار.

ارتبك، ونظر إلى ابنته، ثم قال بسخرية:

– آمل ألا تؤثّر هذه الأمور في الملازم.

– بالتأكيد لم تؤثّر.

– حسناً؟

هزّت كتفيها.

– حسناً، هذا كل شيء. أنت نفسك تفهم.

نظر شتروم إلى زوجته، وإلى ابنته، مدّ يديه إليهما وخرج من الغرفة.

وكان في إيماءَته كثيرٌ من اللبس، والشعور بالذنب، والضعف، والامتنان، والحب، بحيث وقفت الاثنتان فترةً طويلةً دون أن تقولا كلمةً، ودون أن تنظرَ إحداهما إلى الأخرى.

29

سلكَ دارينسكي لأوَّلِ مرة خلال الحرب، طريقَ الهجوم - استطاعَ اللحاق بوحدات الدبابات التي تسير غرباً.

وقفت هناك على الثلج، وفي الحقل وعلى طول الطرق، دباباتٌ ألمانيّةٌ محترقة ومدمّرة، ومدافع، وشاحنات إيطالية، وتناثرت مستلقيةً جثث القتلى من الألمان والرومانيين.

حافظ الموتُ والصقيعُ على لوحةِ هزيمةِ جيوش العدو. الفوضى والارتباك والمعاناة - كل ذلك كانَ مطبوعاً ومجمَّداً في الثلج، مُحافِظاً في سكونه الجليدي على اليأس الأخير، وارتجاف السيارات المسرعة والناس على الطرقات.

طُبعَ حتى النار والدخان الناجم عن انفجارات القذائف، وشعلة الحرائق العنيفة على الثلج بجليد داكن، أصفر وبني.

القواتُ السوفييتيّة سارت غرباً، وحشود الأسرى شرقاً.

مشى الرومانيّون في معاطف خُضْر، وقبعات عالية الجناحين. يبدو أنهم عانوا من الصقيع أقل مما عانى الألمان. لم يشعر دارينسكي عند النظر إليهم، أنهم جنود في جيش مدمّر - كانت تسير آلاف الحشود من الفلاحين الجائعين المتعبين الذين يرتدون قبعات

الأوبرا. ضحكوا على الرومانيين، لكنهم نظروا إليهم من دون خبث، وبازدراء شفقةٍ واضحٍ. ثم رأى أنهم تعاملوا مع الإيطاليين من دون حقد.

أثار الهنغاريون والفنلنديون، وبخاصّة الألمان شعوراً آخر.

أمّا الأسرى الألمان، فقد كانوا فظيعين.

مشوا ورؤوسهم وأكتافهم ملفوفة في قصاصات من البطانيات. ورُبطت على أحذيتهم، قطع من الخيش والخرق، بالأسلاك.

وكانت آذان الكثيرين منهم وأنوفهم وخدودهم، مغطاة ببقع سُودٍ من الغرغرينا الجليدية. وكان الرنين الهادئ للقصعات المعلقة على الأحزمة يُذكِّرُ بالأغلال.

نظر دارينسكي إلى الجثث، العاجزة والعارية من دون خجل، إلى بطونِهم المجوّفة وأعضائِهم التناسلية، ونظر إلى وجوه الحراس، المُحمرّة بسبب الرياح الجليدية.

لقد عاشَ شعوراً معقَّداً وغريباً، وهو ينظرُ إلى الدبابات والشاحنات الألمانية المشوَّهة بين السهوب الثلجيّة، وإلى الموتى المتجمّدين، وإلى الناس المتجهين شرقاً تحت الحراسة.

كان ذلك انتقاماً.

استذكر القصص، عن سُخريةِ الألمان من فقر الأكواخ الروسيّة، وكيفَ نظروا بمفاجأةٍ حذرةٍ مُزدَرية إلى مهادِ الأطفالِ، والأفرانِ، والأواني، والصور على الجدران، وأحواض المياه، والديكة المغطاة بالطين، عالم حلو ورائع وُلد فيه الأطفالُ الذين فروا من الدبابات الألمانية وترعرعوا...

قال سائق السيارة بفضول:

- انظر، أيّها الرفيق المقدم!

حملَ أربعةُ ألمانٍ رفيقاً لهم فوقَ معطفٍ. وكان واضحاً من وجوههم، ورقابهم المشدودة، أنهم سوف يسقطون قريباً. كانوا يتمايلون من جانب إلى آخر، وتشابكت الخِرقُ الملفوفة على أرجلهم عند أقدامهم، وضرب الثلج الجاف عيونهم المجنونة، تشبثت الأصابع المتجمّدة بأطراف المعطف.

قال السائق:

- هذه نتائج لعبتهم.

قال دارينسكي بفظاظة:

- لسنا نحن من استدعاهم.

ثم اجتاحته فجأة السعادة - تسير نحو الغرب، في الضباب الثلجي للسهوب البكر الدبابات السوفييتية - أربعٌ وثلاثون دبّابة، غاضبة، وسريعة، ومفتولة العضلات...

نظر جنود الدبابات، المرتفعين حتى صدورهم، من فتحات أسقفِ الأبراج، وهم يرتدون الخوذات السود، وسترات الفرو السود القصيرة. مسرعين عبر المحيط السهبي العظيم، في الضباب الثلجي، تاركين وراءهم رغوة ثلجية موحلة - وقد سيطر على تنفّسهم، الشعورُ بالفخر والسعادة...

روسيا، المقيّدةُ بالفولاذ، الرهيبةُ، والمتجهّمة، تسيرُ نحو الغرب.

تشكّل ازدحامٌ مروريٌّ عند مدخل القرية. خرج دارينسكي من السيارة، مرّ بجانب صفين من الشاحنات، وبجانب «الكاتيوشا» المغطاة بالقماش المشمع... وكانوا يقتادونَ مجموعة من الأسرى

عبرَ الطريق إلى الدرب الجانبي. نظر العقيدُ الذي نزل من سيارة صغيرة مُعتَمِراً قبّعة فضّية من صوف الحمل، يمكنُ الحصولُ عليها إذا كانَ الرجلُ قائد جيشٍ أو صديقَ مسؤولِ تموين الجبهة، إلى السجناء. صرخ الحراسُ بهم ولوّحوا ببنادقهم الآليّة:

- هيّا، هيّا، أسرع!

فصلَ جدارٌ غيرُ مرئيٍّ السجناءَ عن سائقي الشاحنات وجنود الجيش الأحمر، وعاقَ بردٌ أشدُّ من برد السهوب العيونَ من الالتقاءِ بالعيون.

قال صوت ضاحك:

- انظر، انظر، إلى صاحب الذيل.

زحف جنديٌّ ألمانيٌّ عبر الطريق على أربع. ساحباً قطعةً من بطانيَّةٍ، مع قطع من القطن الخارجةِ منها وراءَه. زحف الجنديُّ على عجل، نقّل يديه ورجليه كالكلبِ، دون أن يرفع رأسه، كما لو كان يستنشقُ أثراً. زحف مباشرةً نحو العقيد، فقال السائق الذي يقف في مكانٍ قريب:

- الرفيقُ العقيدُ، سيلدغُك، واللّه، إنّه يتوجّه نحوك.

تنحّى العقيدُ جانباً، وعندما حاذاهُ الألمانيُّ دفعَهُ بحذائه؛ دفعة خفيفة كانت كافية لكسر قوةِ العصفور التي يمتلكها الأسيرُ. زحفت يداهُ وساقاه جانباً.

نظرَ من الأسفل إلى الشخص الذي ضربه: لم يكن في عيني الألماني، كما في عيون الخراف على شفير الموت، عتابٌ، ولا حتى معاناة، كان هناك انصياعٌ تامٌّ فحسب.

قال العقيد:

- يتمَسَّحُ الغازي المقرفُ - ومسح نعلَ حذائه بالثلج.

سرت ضحكة خفيفة بين المشاهدين.

شعر دارينسكي برأسه قد أظلَمَ، وأنّه لم يعُد هو، بل شخصٌ آخر، يعرفه ولا يعرفه، شخص لم يتردد أبداً، بإدارة أفعاله.

قال:

- الروسُ لا يضربونَ شخصاً مرميّاً على الأرض، أيّها الرفيق العقيد.

سأله العقيد:

- ومن أنا، برأيك، لستُ روسيا؟

قال دارينسكي:

- أنت نذل.

وعندما رأى أن العقيد تقدم نحوه، صاح يُحذِّرُهُ من مغبَّةِ انفجار غضبهِ وتهديداته:

- اسم عائلتي هو دارينسكي! المقدّم دارينسكي، مفتش الإدارة العمليّة لمقر جبهة ستالينغراد. ما أخبرتك به، أنا مستعد لتأكيده أمام قائد الجبهة وأمام المحكمة العسكرية الميدانية.

أجابَ العقيدُ مُغتاظاً:

- حسناً، أيّها المقدّم دارينسكي، لن يمرّ هذا الأمر من دون عقاب، وتنحّى جانباً.

سحب عددٌ من الأسرى زميلهم المستلقي جانباً، والغريب أنه بغض النظر عن الجهة التي استدار إليها دارينسكي، فقد التقت عيناه عيونَ الأسرى المتزاحمين في الحشد، فانجذبوا إليه.

مشى ببطء نحو السيارة، سمع صوتاً ساخراً يقول:

- وُجدَ مدافعٌ عن الألمانيّ.

انطلق دارينسكي من جديد، بسيّارته بعد وقت قصير، ومرة أخرى عاقت حركةَ المرورِ، الحشودُ الألمانيّةُ ذاتُ اللون الرمادي، والرومانيّةُ الخضراء.

نظر السائقُ بطرف عينهِ، إلى أصابع دارينسكي المرتجفة، وهو يشعلُ سيجارة، وقال:

- ليس لدي أيّ شفقة عليهم. يمكنني إطلاق النار على أي جنديّ منهم.

قال دارينسكي:

- حسناً، حسناً، كانَ عليكَ أن تطلقَ النارَ عليهم سنةَ إحدى وأربعين، عندما هربت منهم، مثلي، من دون الالتفاتِ إلى الوراء.

صمت طوال الطريق.

لكن الحادثةَ مع الأسير لم تفتح قلبه على اللطف. كان كما لو أنّه قد استهلك تماماً كلَّ ما لديهِ من اللطف.

كم كانت الهاوية كبيرة بين سهول كالميكيا، التي سار فيها إلى ياشكول، وطريقه الحالي.

أهوَ الذي كان يقف في الضباب الرملي، تحت ضوء القمر الضخم، ينظر إلى جنود الجيش الأحمر الراكضين، وإلى أعناق الجمال الثعبانيّة، جامعاً برفق في نفسه جميع الضعفاء والفقراء الذين أحبّهم عندَ تلكَ الحافة الأخيرة من الأرض الروسيّة. . .

30

توضَّع مقر قيادةِ فرقة الدبابات على حدودِ قرية. وصل دارينسكي إلى البيت الريفي الذي أُقيمَ فيهِ المقرّ. كان الظلامُ قد خيّم. انتقل المقرّ إلى القرية، على ما يبدو، منذ فترة قصيرة - كان جنود الجيش الأحمر، يُنزلون الحقائبَ والفرش، في بعض الأماكن، وجنود الإشارة، يسحبون الأسلاك.

دخل الحارسُ حامل البندقية الآليّة على مضض إلى بهو المقرِّ، ونادى المعاون. خرج المعاون منزعجاً إلى الشرفة، وكما هي الحال مع جميع المساعدين، لم ينظر إلى الوجه، بل إلى كتف الوافد الجديد، وقال:

- الرفيق المقدّم، قائد الفيلق قدم لتوّه من اللواء: وهو يستريح. اذهب إلى فصيل التفريغ المنفصل.

قال الرجل باعتزاز:

- أخبر قائد الفيلق: المقدَّم دارينسكي. مفهوم؟

زفَرَ المعاون، ودخل إلى البيت الريفي.

وخرجَ بعد دقيقة صائحاً:

- تفضّل، أيّها الرفيق المقدم!

صعد دارينسكي إلى الشرفة، ومشى نوفيكوف نحوه. ضحكا عدّة لحظاتٍ، من جرّاء البهجة، وهما ينظران أحدهما إلى الآخر.

قال نوفيكوف:

– ها نحن قد التقينا.

وكان لقاء جيّداً.

انحنى رأسان ذكيّان، كما كان يحدث من قبل، فوقَ الخريطة.

قال نوفيكوف:

– إنني أتقدم بالسرعة نفسها التي اعتدناها حينها، وفي هذا المقطع زدتُ سرعة الالتفاف.

قال دارينسكي:

– إنّه الشتاءُ، الشتاءُ، فماذا سيُرينا الصيف؟

– ليس لدي أدنى شك.

– أنا أيضاً.

لقد كان عرضُ الخريطةِ على دارينسكي متعةً لنوفيكوف؛ فهمٌ مفعمٌ بالحيوية واهتمامٌ بتفاصيل، بدت ملحوظةً فقط لنوفيكوف، ومسائل أثارت قلقَهُ. . .

قال نوفيكوف، وهو يخفض صوته، كما لو كان يعترف بشيء شخصي حميم:

– إنّ استطلاع خطوط الدبابات في الهجوم، والاستخدام المنسق لجميع وسائل تعيين الأهداف، وخريطة التوجهات، وقدسية التفاعل – كل هذا صحيح، كل هذا طبيعي. ولكن في خط هجوم الدبابات،

194

يخضعُ قتال الأسلحة جميعها لإله واحد - للدبابة، أربعةٍ وثلاثين، دبابتنا الذكية!

لم يكن دارينسكي يعرفُ خريطةَ الأحداث التي وقعت على الجناح الجنوبي لجبهة ستالينغراد فحسب؛ ومن خلالهِ علم نوفيكوف تفاصيلَ العمليَّة القوقازيّة، ومحتوى المفاوضات التي تم اعتراضها بين هتلر وباولوس، وعلم بتفاصيل حركة مجموعة جنرال المدفعيَّة فريتر- بيكو، غير المعروفة له.

قال نوفيكوف:

- هذه أوكرانيا، يمكنك رؤيتها من النافذة.

وأشار إلى الخريطة:

- لكن يبدو أنني أقرب من الآخرين. فيلق رودين يدعم فقط.

ثم، دفع الخريطة جانباً، وقال:

- حسناً، حسناً، كفانا استراتيجيةً وتكتيكاً.

سأل دارينسكي:

- أما زالَ كلُّ شيءٍ على حالهِ السابقة في المجال الشخصي؟

- بل كل شيء أصبحَ جديداً.

- أيعقل أن تكون قد تزوّجت؟

- ها أنا أنتظر من يوم إلى يوم، يجب أن تأتي.

قال دارينسكي:

- آه منك، لقد ضاع القوزاقي، مبارك من أعماق قلبي. أمّا أنا فما زلت في مرحلة الخطوبة.

سأل نوفيكوف فجأة:

- حسناً، وبيكوف؟

- وما بِهِ بيكوف؟ عَتّالٌ عند فاتوتين، بنفس النوعيّة.

- قويٌّ، الكلب.

- قلعة.

قال نوفيكوف:

- حسناً، فليذهب إلى الجحيم - وصاح في اتجاه الغرفة المجاورة: «هيي فيرشكوف، قرّرتَ على ما يبدو تجويعنا حتى الموت. نادِ المفوَّض، لنتناولِ الطعام معاً».

لكنَّ مُناداة غيتمانوف لم تكن ضروريّة، فقد وصل بنفسه، وقال بصوت مُحبط، وهو يقف عند الباب:

- ما الذي يحدث، بيوتر بافلوفيتش، كأنّ رودين اندفع إلى الأمام. سترى كيفَ سيصلُ أوكرانيا قبلنا - وتوجّه إلى دارينسكي، وأضاف-: حلَّ وقتٌ، أيها المقدم. نخافُ فيه الجيران أكثر من العدو. ها أنت حارسٌ أم جار؟ لا، لا، واضح: صديق جبهةٍ قديم.

قال نوفيكوف:

- أرى أنَّكَ مرضت تماماً بالمسألة الأوكرانية.

سحب غيتمانوف علبةً من الأغذية المعلَّبة نحوه وقالَ يُهدِّدُ مازحاً:

- حسناً، ولكن ضع في اعتبارك، بيوتر بافلوفيتش، ستأتي صديقتك يفغينيا نيقولايفنا، وسأسجّل زواجكما فقط على الأراضي الأوكرانية. وسآخذ المقدمَ شاهداً.

رفع الكأس، وأشار به إلى نوفيكوف قائلاً:

- الرفيق المقدم، فلنشرب بصحّة قلبه الروسي.

وقال دارينسكي مُتأثّراً:

- لقد قلت كلمة طيبة.

قال نوفيكوف، متذكراً كُرهَ دارينسكي للمفوضين:

- نعم، الرفيق المقدم، لم نر بعضنا بعضاً منذُ فترةٍ طويلة.

قال غيتمانوف، وهو ينظر إلى المائدة:

- لا يوجدُ ما نطعمه للضيف، المعلبات فقط. لم يكن هناك وقت للطباخ كي يُحضِّرَ الموقد، وعلينا تغيير مقر القيادة. ليلاً ونهاراً في الحركة. لو أتيت إلينا قبل الهجوم. نحن نتوقَّفُ الآن ساعةً، ونسير أربعاً وعشرين ساعة. إنَّما نُسابِقُ أنفسنا.

قال نوفيكوف للمعاون:

- لو أحضرت شوكة واحدة أخرى.

أجاب المعاون قائلاً:

- لم تأمر بإنزال الأواني من الشاحنة.

بدأ غيتمانوف حديثاً عن جولته في الأراضي المحرّرة.

قال:

- الروس والكلميكيون، مثل النهار والليل. لقد عزف الكلميكيون على الناي الألمانيَّة. منحوهم نوعاً من البزَّات الخضراء. تجولوا في السهوب بحثاً عن جماعتنا الروس. وما الذي لم تُقدِّمهُ لهم الحكومة السوفييتية! لقد كانوا بلداً من البدو الرُحّل، بلدَ مرض الزهري، والأميَّة الكاملة. إنّهم مثل الذئب؛ أطعمه قدر ما شئت،

ويبقى ينظرُ إلى السهوب. وكانوا جميعهم تقريباً خلال الحرب الأهلية، إلى جانب البيض... كم نهبوا من الأموال خلال تلكَ العقود، باسم الصداقة بين الشعوب. وكانَ من الأفضلِ بناءُ مصنعِ دباباتٍ في سيبيريا بهذه الأموال. أخبرتني إحدى النساء، وهي شابّة من قوزاق الدون، عن المخاوف التي عانت منها. لا، لا، لقد خدع الكالميكيّون الثقة الروسيَّة السوفييتيَّة. سأكتب هذا في تقريري إلى المجلس العسكري.

وقال مُخاطِباً نوفيكوف:

- هل تذكر، كنتُ أشرت إلى ما يخصّ باسانغوف، الإحساسُ الحزبي لم يخذلني. لكن لا تغضب مني، يا بيوتر بافلوفيتش، أنا لا ألومك. تعتقد أنني ارتكبت القليل من الأخطاء في حياتي؟ تعرف أنّ الميّزة الوطنيّة، هذه مسألة كبيرة. ولها أهميّة حاسمة، وقد أظهرت ذلك ممارسة الحرب. بالنسبة إلى البلاشفة، هل تعرف من المعلم الرئيسي؟ إنّها الممارسة العمليَّة.

قال دارينسكي:

- أما بالنسبة إلى الكالميكيّين، فأنا أتفق معك، لقد كنتُ مؤخراً في سهوب كالميكيا، ماراً بكل أولئكَ الكيتشينيريين والشيبينيريين.

لماذا قال ذلك؟ سافر كثيراً في كالميكيا، ولم يكن لديه أبداً شعورٌ شريرٌ تجاه الكالميكيّين، كانَ لديه اهتمامٌ حيويٌّ بمعيشتهم وعاداتهم.

ولكن يبدو أن مفوض الفيلق يمتلك قوة مغناطيسية جذّابة. جعلت دارينسكي دائماً يوافقه الرأي.

نظر نوفيكوف إليه مُبتَسِماً، كان يعرف جيداً كيفَ شدَّته القوة الروحية الجذابة للمفوّض، كيف يوافق على كلامه.

قال غيتمانوف لدارينسكي ببساطة، وعلى نحوٍ غير متوقع:

- أنا أفهم أنك واحد من أولئك الذين ظُلموا في وقتٍ من الأوقات. لكن لا تغضب من البلاشفة، فهم يريدون الخير للشعب.

وقال دارينسكي، الذي اعتقد دائماً أنَّ موظفي الأقسام السياسية والمفوضين لم يُخلِّفوا سوى إثارة الفوضى في الجيش:

- ما الذي جعلك تعتقد ذلك، أيُعقل أنّي لا أفهم الأمر.

قال غيتمانوف:

- نعم، نعم، لقد كسَّرنا بعض الحطب أحياناً، لكن الشعب سوف يغفر لنا. سيسامحنا! نحن شباب جيّدون، ولسنا أشراراً في جوهرنا. أليس صحيحاً؟

قال نوفيكوف، وهو ينظر بحنان إلى الجالسين:

- لدينا مفوض جيد في الفيلق؟

أكد دارينسكي:

- نعم، إنّه جيّد.

قال غيتمانوف:

- مهلاً، مهلاً - وضحك الثلاثة.

وكما لو أنَّهُ يتوقَّعُ رغبةَ نوفيكوف ودارينسكي، نظر إلى ساعته وقال:

- سأذهب للراحة، فنحن في حركة ليلاً ونهاراً، أريد أن أحصل

ولو اليوم على قسطٍ كافٍ من النوم حتى الصباح. لم أخلع حذائي منذ عشرة أيام، مثل الغجر. ربّما ينامُ الآن رئيس الأركان؟

قال نوفيكوف:

- أيّ نومٍ هذا، لقد ذهبتُ من فوري إلى الموقع الجديد، لأننا سنعيد تموضعنا في الصباح.

عندما بقي نوفيكوف ودارينسكي وحدهما، قال دارينسكي:

- بيوتر بافلوفيتش، لم يبقَ أمرٌ ما فَكَّرتُ فيه طوال حياتي. كنت في الآونة الأخيرة، في مزاج سيئ جداً، في رمال بحر قزوين، بدا لي أن النهاية اقتربت. وماذا حدث؟ لقد استطعنا تنظيم مثل هذه القوة. قوّة عظيمة! لا يستطيعُ شيءٌ الوقوف بوجهها.

قال نوفيكوف:

- والصورةُ عندي أكثر وضوحاً؛ أنا أعرف تماماً ماذا يعني الإنسان الروسي! نحن أذكياء، ومحاربون أشدّاء!

قال دارينسكي:

- قوّة! وإليك الشيء الرئيسي: الروس تحت قيادة البلاشفة سيقودون البشرية، وما عدا ذلك - دَرن وبُقع.

قال نوفيكوف:

- اسمع، هل تريد مني أن أطرح مسألة انتقالك مرة أخرى؟ وأن تصبح في الفيلق نائباً لرئيس الأركان؟ دعنا نقاتل معاً، هاه؟

- فكرة جيّدة، شكراً. ومن الذي سأحلّ مكانه؟

- الجنرال نيودوبنوف. والأمرُ قانوني: مقدّم يحل محلّ جنرال.

- نيودوبنوف؟ هو الذي كان في الخارج قبل الحرب؟ في إيطاليا؟

- بالتحديد. هو. إنّه ليس سوفوروف، ولكن، عموماً، يمكن العمل معه.

صمت دارينسكي. نظر إليه نوفيكوف وسأله:

- كيف نُنجز هذا الأمر؟

رفع دارينسكي شفته بإصبعه وشدّ رقبته قليلاً، وسأله:

- انظر، هل ترى التيجان؟ نيودوبنوف هو الذي حطّم اثنين من أسناني أثناء التحقيق في السنة السابعة والثلاثين.

نظرَ أحدُهما إلى الآخر، صمتا، ونظرا من جديد كلٌّ منهما في وجه الآخر.

قال دارينسكي:

- طبعاً، هو رجل ذكيّ.

وقال نوفيكوف مبتسماً:

- واضح، واضح، فهو ليسَ كالميكيّاً، بل روسيٌّ - وصاح فجأة قائلاً: - هيّا نشرب، ولكن هكذا، على الطريقة الروسية بالفعل!

شرب دارينسكي كثيراً لأول مرة في حياته، لكن لو لم يكن هناك زجاجتا فودكا فارغتين على المائدة، لما لاحظَ أحد أن شخصين شربا كثيراً، بالفعل. وها هما قد أخذا يخاطبان بعضهما بعضاً، بصيغةِ المفرد «أنت».

وكم مرّةً، سكبَ نوفيكوف الكؤوس، وقال:

- هيّا، لا تتأخّر.

201

لم يتأخّر دارينسكي الذي لا يشرب، هذه المرة.

تحدثا عن التراجع، وعن الأيام الأولى للحرب. وتذكرا بلوشير وتوخاتشيفسكي. تحدثا عن جوكوف. وروى دارينسكي ما أراده المحقق منه أثناء الاستجواب.

وروى نوفيكوف أنه قبل بدء الهجوم، أخَّرَ انطلاقَ الدبابات دقائقَ معدودة. لكنّه لم يُوضّح كيف أخطأ في تحديد سلوك قادة الألوية. تحدثا عن الألمان، وقال نوفيكوف إن صيفَ العام الحادي والأربعين كما لو أنّه صَلَّبَهُ بقسوةٍ إلى الأبد، وها هم يقتادون الأسرى الأوائل، وقد أمر بإطعامهم على نحوٍ أفضل، وأمر بنقل الجنود المتجمّدين والجرحى إلى الداخل بالسيارات.

قال دارينسكي:

- اختلفتُ مع مفوّضك كالميكوف. صحيح؟ إنه لأمر مؤسف أنّ صديقك نيودوبنوف غير موجود. لكنتُ تحدثتُ إليهِ، لكنت تحدثت كما ينبغي.

قال نوفيكوف:

- أوه، وهل تعتقدُ أنَّهم قليلون أولئكَ الأرلوفيون والكورسكيون الذينَ وقفوا مع الألمان؟ وهذا الجنرال فلاسوف ليس كالميكيّاً أيضاً. وصديقي باسانغوف جندي جيّد. أمّا نيودوبنوف فهو رجل أمن، حدَّثني المفوض عنه. إنّه ليس جنديّاً. نحن الروس سننتصر، وسأصل إلى برلين، وأعرفُ أن الألمانيَّ لن يوقفنا.

قال دارينسكي:

- ها هما نيودوبنوف ويجوف، هذه هي المسألة، أما روسيا الآن فواحدة - سوفييتية. وأنا أعلم - لو حطّموا أسناني كلَّها، فحبّي

لروسيا لن ينهار. سأحبها حتى آخر نفس. لكنني لن أصبح نائباً، مع هذين العاهرين، ما بكَ، هل تمزح يا رفيق؟

سكب نوفيكوف كأسي فودكا جديدين، وقال:

- هيّا، لا تتمهَّل.

ثم تابع:

- أعرفُ أنَّ أموراً كثيرة ستحدث. وسوف أكونُ سيِّئاً حتى أنا أيضاً.

وقال فجأة مُبدّلاً الحديث:

- أوه، حصل معنا حادث فظيع هنا. قُطعَ رأس أحد جنود الدبابات، ولكنّهُ ضغطَ وهو ميّت على علبة السرعة، وكانت الدبابة تنطلقُ إلى الأمام، إلى الأمام!

قال دارينسكي:

- اختلفتُ أنا ومفوّضك كالميكوف، ولم يعد الكالميكي العجوز يخرجُ من رأسي. كم يبلغُ نيودوبنوف من العمر؟ هل أذهبُ للقائهِ بالمنصب الجديد الذي منحتني إياه؟

قال نوفيكوف ببطء، وبلسان ثقيل:

- لقد حلّت عليّ السعادة. ليسَ هناك ما هو أكبر منها.

وسحب صورة من جيبه وأعطاها لدارينسكي. نظر دارينسكي طويلاً وبصمت إلى الصورة، ثمَّ قال:

- جميلة جداً، لا يمكن أن تقول غير ذلك.

قال نوفيكوف:

- جميلة جداً؟ الجمال هراء، أتعرف، لا يحبّون لأجلِ الجمال، بقدر ما أحبّها أنا.

ظهر فيرشكوف في الباب، وقف ينظر إلى قائد الفيلق، متسائلاً.

قال نوفيكوف ببطء:

- اذهب من هنا.

قال دارينسكي:

- ما بك، لماذا خاطبتَهُ هكذا؟ أراد أن يعرف، ما إذا كانت ثمّة حاجة إلى شيء ما.

- حسناً، حسناً، سأكون سيّئاً أكثر، وسأكون غليظاً، أستطيع ذلك، لا أحتاجُ إلى من يعلّمني. ها أنت برتبة مقدّم، لماذا تخاطبني بصيغةِ المفرد «أنت»؟ أهكذا يقولُ النظام الداخلي؟

قال دارينسكي:

- آه، هذا هو الأمرُ إذاً!

قال نوفيكوف:

- دعك من ذلك، أنت لا تفهم النكات - وفكّر كم هو جيّدٌ أن جينيا لم تره في حالة سكر.

أجاب دارينسكي:

- أنا لا أفهم النكات الغبيّة.

قاما طويلاً بتسوية العلاقة فيما بينهما، وتصالحا واتفقا على الاقتراح الذي قدّمه نوفيكوف بأن يذهب بمنصبه الجديد فيضرب نيودوبنوف بقضبان تنظيفِ البنادق. طبعاً، لم يذهبا إلى أي مكان، لكنهما شربا أكثر فأكثر.

31

تلقّت ألكساندرا فلاديميروفنا في يوم واحد ثلاث رسائل، اثنتين من ابنتيها وواحدة من حفيدتها فيرا.

عرفت ألكساندرا فلاديميروفنا من الخط، وقبل أن تفتح الرسائل، من أرسلها، وأنْ لا أخبارَ سارّة في هذه الرسائل. قالت لها السنوات الطويلة من الخبرة أنّهم لا يكتبون إلى الأمّهات، من أجل مشاركتهم الفرح.

طلبت إليها كاتباتُ الرسائلِ الثلاثُ القدومَ – لودميلا إلى موسكو، وجينيا إلى كويبيشيف، وفيرا إلى لينينسك. وأكدت هذه الدعوة لألكساندرا فلاديميروفنا، أنّ ابنتيها وحفيدتها في وضع صعب.

كتبت فيرا عن والدها؛ لقد أرهقته تماماً المصائب الحزبيّة والرسميّة، عادَ قبل بضعة أيام، إلى لينينسك من كويبيشيف، حيث استدعته مفوضية الشعب. وكتبت فيرا أن هذه الرحلة عذّبت والدها أكثر من العمل في محطة ستالينغراد الكهربائية في أثناء القتال. لم يحلّوا قضية ستيبان فيدوروفيتش في كويبيشيف، فأمروه بالعودة والعمل على ترميم المحطة، لكنّهم حذروه: أنَّ من غير المعروف ما إذا كانوا سيتركونه في نظام محطة الطاقة.

تخطط فيرا للانتقال مع والدها، من لينينسك إلى ستالينغراد - الآن الألمان لا يطلقون النار. ولم يُحرَّرْ وسطُ المدينة بعد. يقول الأشخاصُ الذين زاروا المدينة إنّ صندوقاً حجريّاً بسقف محطّم هو ما بقي من المنزل الذي عاشت فيه ألكساندرا فلاديميروفنا. أمّا مديرة السكن سبيريدنوفا في محطة ستالينغراد الكهربائية، فقد قالت إنّه لم يسقط سوى الطينة وتطاير الزجاج. ستيبان فيدوروفيتش وفيرا وابنها سيسكنون فيها.

كتبت فيرا عن ابنها، وكان من الغريبِ بالنسبة إلى ألكساندرا فلاديميروفنا أن تقرأ أن الفتاة، الحفيدة فيرا، تكتب كتابة البالغين، كتابةَ النساء، وحتى النساء المسنّات؛ عن أمراض المعدة، وجفاف الكلى، والنوم المضطرب، والتمثيل الغذائي المزعج لطفلها... كان على فيرا أن تكتب كل هذا إلى زوجها، وإلى الدتها، ولكنها كتبت إلى جدتها. لم يكن هناك زوج، ولا أم.

كتبت فيرا عن أندرييف، وعن خطيبته ناتاشا، وكتبت عن خالتها جيينيا، التي رآها ستيبان فيدوروفيتش في كويبيشيف. لم تكتب عن نفسها كما لو أنَّ حياتها غير مهمّة لألكساندرا فلاديميروفنا.

وكتبت على هامش الصفحة الأخيرة: «جدّتي، الشقة في محطة ستالينغراد كبيرة، وهناك مساحة كافية للجميع. أتوسّل إليك، أن تأتي». وعبّرت هذه الصرخة غير المتوقعة، عمّا لم تكتبه فيرا في الرسالة.

كانت رسالة لودميلا قصيرة. كتبت: «لا أرى معنى لحياتي - توليا غير موجود، أمّا فيتيا وناديا فلا يحتاجان إليّ، يمكنهما العيش من دوني».

لم تكتب لودميلا نيقولايفنا هذه الرسائل إلى والدتها. أدركت ألكساندرا فلاديميروفنا أن علاقة ابنتها بزوجها، سيّئة جداً. وكتبت لودميلا في معرضِ دعوتها والدتَها إلى موسكو: «لدى فيتيا مشاكل طوال الوقت، لكنه أكثر استعداداً للحديث إليكِ عن معاناته من الحديث إليّ».

ثم كانت هناك هذه العبارة: «أصبحت ناديا ذات أسرار، ولا تشاركُني حياتَها. هذا هو الأسلوب المسيطر في الأسرة...».

أما في رسالة جينيا فكان من المستحيل فهم شيء، كل ما فيها هو إلماحات إلى مصائب ومتاعب كبيرة. وطلبت من والدتها المجيء إلى كويبيشيف، وفي الوقت نفسه كتبت أنه سيتعيّن عليها الذهاب إلى موسكو على وجه السرعة. كتبت جينيا إلى والدتها عن ليمونوف، وكيف يمدح ألكساندرا فلاديميروفنا كثيراً. وكتبت أنَّه سيكون من الجيد لألكساندرا فلاديميروفنا رؤيته، إنه شخص ذكي وممتع، ولكن قيل في الرسالة نفسها إنّ ليمونوف سافر إلى سمرقند. فأصبحَ من غير المفهوم تماماً كيف يمكن أن تقابلته ألكساندرا فلاديميروفنا، إذا ما جاءت إلى كويبيشيف.

كان ثمَّةَ أمرٌ واحدٌ واضحاً، فكرت الأمُّ وهي تقرأ الرسالة: «مسكينة أنت يا فتاتي».

أقلقت الرسائل ألكساندرا فلاديميروفنا. سألتها الثلاث عن صحتها والدفء في غرفتها.

أثّر هذا الاهتمامُ فيها عاطفيّاً، على الرغم من أن ألكساندرا فلاديميروفنا فهمت أن الفتيات لم يفكِّرنَ فيما إذا كانت تحتاجُ إليهنَّ.

هُنَّ من كُنَّ في حاجة إليها.

ولكن الأمرَ كان يمكن أن يكون مختلفاً. لماذا لم تطلب هي من بناتها المساعدة، ولماذا طلبتِ البناتُ مُساعدتها؟

فهي كانت وحيدةً تماماً، عجوز، بلا مأوى، فقدت ابنها وابنتها، ولم تعرف شيئاً عن سيريوجا.

ازدادَ العملُ صعوبةً عليها، ومرضَ قلبُها باستمرار، وكانت تُصاب بالدوار.

حتى إنها طلبت من كبير المهندسين في المصنع نقلها من الورشة إلى المختبر، كان صعباً عليها جداً الانتقالُ من جهازٍ إلى جهازٍ طوال اليوم، لأخذ عينات.

ووقفت في الطوابيرِ بعد العمل، لشراء الموادِ الغذائية، عائدةً إلى البيت، وأشعلتِ الموقد، وأعدّت الغداء.

كانت الحياةُ قاسيةً جداً، وفقيرةً جداً! الطوابيرُ ليست صعبة بحد ذاتها. كان الأمر أسوأ عندما لم يكن هناك طابور والرفوف فارغة. وكان الأمر أسوأ عندما تصل إلى المنزل، وما أعدَّتِ الغداء، وما أشعلتِ الموقد، فتستلقي جائعةً على السرير البارد والرطب.

عاشَ الجميعُ من حولِها في وضعٍ صعب جداً. حدَّثتها طبيبةٌ، أُجليت من لينينغراد، كيف عاشت وطفليها الشتاءَ الماضي في قرية، على بعد 100 كيلومتر من أوفا. عاشت في كوخ فارغ صادروا منه كل شيء، في عملية الكولاك، زجاجه مُكسّر وسقفه مُفكّك. كانت تمضي إلى العمل على بعد ستة كيلومترات عبر الغابة وأحياناً كانت ترى عند الفجر عيون الذئب الخُضْر تلمعُ بين الأشجار. كان فقر في القرية، والمزارعونَ الجماعيّون يعملون على مضض، وروا أنه بغض

النظر عن مدى عملهم بجد، فإنّهم يأخذون القمحَ منهم في جميع الأحوال – وكان ثمّة نقص في المزرعة الجماعيّة في الإمداد بالحبوب. مضى زوج جارتها إلى الحرب، وعاشت مع ستة أطفال جائعين، وكان عند الستة معاً حذاء لبّاديّ مُمزّق واحد. روت الطبيبة ألكساندرا فلاديميروفنا أنها اشترت عنزة، وفي الليل كانت تذهبُ على الثلج السميك، إلى حقل بعيد لسرقة الحنطة السوداء، فتخرجُ أكوام القش غير النظيفة والمتعفنة من تحت الثلج. قالت إن أطفالها، بعد أن سمعوا الكثير من أحاديث القرية الغليظة والغاضبة، تعلموا الشتم، وإن معلمة في مدرسة كازانية أخبرتها: «لأول مرّة، أرى تلاميذ الصف الأول يشتمون كما يفعل السكارى، والغريب أنهم من سكان لينينغراد».

الآن تسكنُ ألكساندرا فلاديميروفنا غرفةً صغيرةً سكنها من قبلُ فيكتور بافلوفيتش. انتقل أصحابُ الشقّةِ إلى الغرفة الموزّعة الكبيرة، وكانوا قد سكنوا قبل رحيلِ أسرة شتروم في الملحق. وهؤلاء من الناس الذين لا يهدؤون، وغالباً ما يتشاجرونَ حول تفاهاتٍ منزليّة.

غضبت ألكساندرا فلاديميروفنا منهم ليس بسبب الضوضاء، وليس بسبب المشاجرات، ولكن لأنهم تقاضوا من امرأة بلا مأوى، مبلغاً كبيراً، مقابل غرفة صغيرة جداً – 200 روبل في الشهر، أي أكثر من ثلث راتبها. بدا لها أن قلوب هؤلاء الناس كانت مصنوعةً من الخشبِ الرقائقي والقصدير. لقد فكروا فقط في الطعام وفي الأشياء. كانت أحاديثهم من الصباح حتى الليل، حول الزبدة الخالية من الدهون، ولحم البقر المحفوظ، والبطاطا، والخردة، التي تُشترى وتباعُ في أماكن التجمّعات. وتهامسوا في الليل. أخبرت نينا ماتيفنا،

المسؤولة عن الشقة، زوجَهَا أن جارهم في المبنى المجاور، وهو عامل في مصنع، أحضر من القرية كيساً من البذور البِيض ونصفَ كيسٍ من الذرة المقشورة، وكان العسل رخيصاً في السوق اليوم.

ربّة البيت، نينا ماتيفنا، كانت جميلة: طويلة، ومتناسقة الجسم، رمادية العينين. كانت تعمل قبل زواجها في مصنع، وشاركت في عروض الهواة - غنت في جوقة، لعبت في حلقة الدراما. وكان سيمون إيفانوفيتش يعملُ في مصنعٍ عسكري، حدَّادَ - مطرقة. وعملَ يوماً ما، في شبابه، على مدمّرة، وكان بطلَ الملاكمة لأسطول المحيط الهادئ للوزن نصف الثقيل. والآن أصبحَ ماضي هذه الأسرة البعيد أمراً لا يصدق - يُطعِمُ سيمون إيفانوفيتش البطَّ في الصباح قبل العمل، ويطهو حساء للخنزير الصغير، ويشتغلُ في المطبخ بعد العمل، ينظّف جريش الدُّخن، ويُصلحُ الأحذية، ويشحذ السكاكين، ويغسل الزجاجات، ويحدّث عن سائقي المصانع الذين يُحضرون الدقيق من الكولخوزات البعيدة، والبيض، ولحوم الماعز... لكن نينا ماتيفنا، تُقاطعه، وتتحدَّثُ عن أمراضها التي لا تعد ولا تحصى، وعن الزيارات الخاصة للأطباء الشهيرين، وعن منشفة بُدّلت بالفاصوليا، وعن أحد الجيران الذي اشترى جاكيتاً من جلد صغار الخيول، وخمسةَ صحون، من امرأة نازحة، وعن شحم الخنزير والسمن المطبوخ.

كانا شخصين طيبين، لكنهما لم يتحدثا مطلقاً إلى ألكساندرا فلاديميروفنا عن الحرب، وستالينغراد، وعن تقارير مكتب الأخبار السوفييتي.

أسفا لألكساندرا فلاديميروفنا، واحتقراها، لأنها بعد سفر

ابنتها، التي كانت تحصل على حصة غذائية أكاديميّة، عانت من الجوع. لم يكن لديها سكّر أو زبدة، شربت الماء المغلي فقط، وتناولت الحساء في مطعم شعبي عمومي، ذلك الحساء رفض الخنزير الصغير تناوله. لم يكن لديها ما تشتري بهِ الحطب. لم يكن عندها سلع للبيع. فقرها أزعج المضيفين. سمعت ألكساندرا فلاديميروفنا ذات مرة، مساءً، نينا ماتيفينا تقول لسيمون إيفانوفيتش: «كان عليَّ أن أعطي المرأة العجوز كعكة بالأمس، من غير الجيد أن أتناولها بوجودها، إنها جائعة وتنظر».

لم تنم ألكساندرا فلاديميروفنا جيّداً في الليل. لماذا لا أخبار من سيريوجا؟ استلقت على السرير الحديدي الذي كانت تنام عليه لودميلا من قبل، وعلى ما يبدو، انتقلت إليها هواجسُ ابنتها الليلية وأفكارُها.

كم سهلٌ على الموت القضاء على الناس. وكم صعب الأمرُ على أولئك الذين بقوا على قيد الحياة. فكَّرت في فيرا؛ والد طفلها إمّا أن يكون قد قُتل، وإمّا أنَّهُ نسيها، وستيبان فيدوروفيتش كئيب، بسبب المشاكل... ولم توحّد الخسائر والأحزان، لودميلا وفيكتور، ولم تقرّبهما.

كتبت ألكساندرا فلاديميروفنا مساء رسالة إلى جينيا: «ابنتي الطيبة...» وفي الليل، استحوذ عليها الحزن على جينيا - الفتاة المسكينة، في أيِّ تعقيدات حياتية تعيش، وماذا ينتظرها في المستقبل.

آنيا شتروم، سونيا ليفينتون، سيريوجا... الأمرُ كما عند تشيخوف: «ميسيوس، أين أنت؟».

وبجانبها، تحدَّث المضيفان بصوت خافت، قال سيمون إيفانوفيتش:

- علينا أن نذبح بطّة في عيد أُكتوبر.

قالت نينا ماتفييفنا:

- لذلك، ربّيتُ البطةَ على البطاطا، كي نذبحها؟ أتعرف، عندما تغادر المرأة العجوز، أريد أن أطلي الأرضيات، وإلا سوف تتعفن الألواح الأرضيّة.

لقد تحدثا دائماً عن الأشياء والمواد الغذائيّة، وكان العالم الذي يعيشان فيه ممتلئاً بالأشياء. ما من مشاعر إنسانيّة في هذا العالمِ، بل فقط ألواحٌ، وأكسيد الرصاص، والحبوب المجروشة، والحافلات رقم ثلاثون. لقد كانا مجتهدين في العمل وصادقين، قال جميع الجيران إن نينا وسيمون إيفانوفيتش لم يأخذا أبداً قرشاً واحداً غريباً. لكن لم تعنيهما المجاعة في منطقة الفولغا في عام 1921، والجرحى في المستشفيات، والمعاقون المكفوفون، والأطفال المشردون في الشوارع.

لقد كانا مناقضين تماماً لألكساندرا فلاديميروفنا. إن لامبالاتهما تجاه الناس، تجاه الوضع العام، وتجاهَ مُعاناة الآخرين، كانت أمراً طبيعياً بلا حدود. أمّا هي فقد عرفت كيف تفكر وتقلق بشأن الغرباء، وتفرح، وتكاد تصاب بالجنون من جرّاء شيء لا يخصّها ولا يخصّ حياة أقربائها... إنّ عمليةَ التجميع، والسنةَ السابعة والثلاثين، ومصيرَ النساء اللاتي ذهبن إلى معسكرات الاعتقال بسبب أزواجهنّ، ومصير الأطفال الذين وصلوا إلى دور الأيتام من الأسر المتفكّكة... والأعمال الانتقامية الألمانيَّة ضد السجناء والمصائب

العسكرية والإخفاقات، كل ذلك عذّبها، وحرمها من الراحة، مثلما تفعل المصائبُ التي تحدث في أسرتها.

وهذا لم تُعلّمها إيّاه الكتبُ الرائعةُ التي قرأتها، ولا تقاليد عائلة الإرادة الشعبية التي نشأت فيها، ولا الحياة، ولا الأصدقاء ولا زوجها. هكذا كانت ببساطة، ولا يمكنُ أن تكونَ امرأةً أخرى. لم تكن لديها نقود؛ بقيت ستة أيام حتى استلام المرتّب، كانت جائعة، ويمكن ربط جميع ما تملكه بمنديل صغير. لكنها لم تفكر أبداً، في أثناء إقامتها في كازان، في الأشياء التي احترقت في شقتها في ستالينغراد، ولا في الأثاث، ولا في البيانو، ولا في أواني الشاي، ولا في الملاعق والشوك المفقودة. لم تندم حتى على الكتب المحروقة.

والشيء الغريب الآن، أنّها بعيداً عن أقربائها الذين كانوا في حاجة إليها، تعيش تحتَ سقفٍ واحدٍ مع أشخاص كان وجودهم الخشبي غريباً تماماً عنها.

جاء كاريموف في اليوم الثالث بعد تلقي ألكساندرا فلاديميروفنا رسائل من الأقارب.

كانت سعيدة به، وعرضت عليه أن يشربا معاً الماء المغلي مع نبات الورد.

سألَ كاريموف:

– منذ متى تلقيت رسائل من موسكو؟

– منذ ثلاثة أيّام.

قال كاريموف وابتسم:

- هكذا إذاً. لكنني أتساءل كم من الوقت تستغرق الرسائل كي تصل من موسكو؟

قالت ألكساندرا فلاديميروفنا:

- انظر إلى الختم على الظرف.

أخذَ كاريموف يتفحّص الظرف، وقال بقلق:

- لقد وصلت في اليوم التاسع.

فكَّرَ، كما لو أن الحركة البطيئة للرسائل لها نوع من الأهمية الخاصة بالنسبة إليه.

قالت ألكساندرا فلاديميروفنا:

- هذا، كما يقولون، بسبب الرقابة. الرقابة لا يُسعِفُها الوقتُ في التعامل مع تيّار الرسائل.

نظر إلى وجهها بعينينِ غامقتين ورائعتين، قائلاً:

- إذاً وضعهم هناك على ما يرام، ولا توجد أيّ مشاكل؟

قالت ألكساندرا فلاديميروفنا:

- أنت تبدو سيئاً، ومظهرك يدلّ على أنّك مريض.

أجابَ على عجل، كما لو كان يرفضُ هذا الاتهام:

- ما بكِ؟ على العكس!

تحدثا عمّا يدورُ في الجبهة.

وقالَ كاريموف:

- من الواضح حتى للأطفال، أن هناك تحوّلاً حاسماً حصل في الحرب.

ابتسمت ألكساندرا فلاديميروفنا، وقالت:

- نعم، نعم، الآن أصبحَ الأمرُ واضحاً للطفل، وفي الصيف الماضي كان واضحاً لجميع الحكماء أن الألمان سينتصرون.

سألَ كاريموف فجأةً:

- صعب عليك على الأغلب وحدك؟ أرى أنّك تُحضرين الموقد بنفسك.

فكرت في الأمر، وقطّبت جبهتها، كما لو كانَ سؤال كاريموف شديد التعقيد وتصعب الإجابة عنه مباشرة.

- أحمد عثمانوفيتش، هل أتيت لتسأل: صعب عليَّ تحضير الموقد؟

هز رأسه عدة مرات، ثم صمت فترةً طويلة، وتفحّص يديه الموضوعتينِ على الطاولة، وقال:

- لقد استدعوني إلى هناك منذ أيّام، وسألوني عن اجتماعاتنا وأحاديثنا.

قالت:

- لماذا أنت صامت؟ لماذا تتحدث إذاً عن الموقد؟

قال كاريموف وهو يُلقي نظرة عليها:

- بالتأكيد، لم أستطع أن أنكر أننا كنّا نتحدث عن الحرب، وعن السياسة. من السخف القول إن أربعة أشخاص بالغين تحدثوا حصريّاً عن السينما. لقد قلت بالتأكيد، بغض النظر عمّا تحدثنا عنه، إننا تحدثنا كوطنيين سوفييت. لقد فكّرنا جميعاً أنه تحت قيادة الحزب والرفيق ستالين، سينتصر الشعب. عموماً، يجب أن أقول لك، إنَّ

الأسئلةَ لم تكن عدائيّة. لكن مرت بضعة أيام، وبدأت أشعر بالقلق، لم أنم مطلقاً. بدا لي أن أمراً ما قد حدث لفيكتور بافلوفيتش. ثم هناك قصة غريبة مع مادياروف. ذهب إلى المعهد التربوي في كويبيشيف منذ عشرة أيام. ينتظره الطلاب هنا، وهو غير موجود، أرسل العميد برقية إلى كويبيشيف – ولم يتلقَّ إجابة. أستلقي في الليل، وأفكّر بكلّ شيء.

صمتت ألكساندرا فلاديميروفنا.

قال بهدوء:

– فكّري فقط، ما إن يتحدث الناس حول كوب من الشاي، حتّى تبدأ الشكوك والاستدعاء إلى هناك.

صمتتْ، نظر إليها متسائلاً، يدعوها للتحدّث، لأنه أخبرها بكل شيء. لكن ألكساندرا فلاديميروفنا صمتتْ، وشعرَ كاريموف أنها تُخبرهُ بصمتها – أنَّ ثمّةَ ما لم يخبرها به.

قال:

– هذا هو كلّ شيء.

صمتت ألكساندرا فلاديميروفنا.

قال:

– نعم، لقد نسيت أيضاً، هذا الرفيق، سألني: «هل تحدثتم عن حرية الصحافة؟» في الواقع، كان هناك مثل هذا الحديث. نعم، ثم هنا شيء آخر، سألوني فجأة – هل أعرف الأخت الأصغر للودميلا نيقولايفنا وزوجها السابق، أعتقد أن اسم عائلته كريموف؟ أجبت: لم أرهما أبداً، ولم يتحدث فيكتور بافلوفيتش عنهما أبداً. وإليك

سؤال آخر: هل تحدث إليكَ فيكتور بافلوفيتش شخصياً عن وضع اليهود؟ سألت - لماذا إليَّ شخصيّاً؟ أجابوني: «تعلم، أنت تتريّ، وهو يهودي».

عندما ودَّعا بعضهما بَعضاً، كانَ كاريموف يرتدي معطفه وقبعته ويقف عند المدخل ونقر بإصبعه على صندوق البريد، الذي أخرجت منه لودميلا نيقولايفنا ذات مرة رسالةً تخبرها بجرح ابنها القاتل، قالت ألكساندرا فلاديميروفنا:

- غريب، مع ذلك، ما علاقة جينيا هنا؟

لكن، بالتأكيد، لا كاريموف ولا هي يستطيعان الإجابة عن السؤال - لماذا كان رجل الأمن في كازان مهتمّاً بجينيا، التي تعيش في كويبيشيف، وزوجها السابق، كان على الجبهة.

لقد وثق الناسُ بألكساندرا فلاديميروفنا، وسمعت الكثير من القصص والاعترافات المشابهة، اعتادت الشعورَ بأن الراوي، دائماً لا يقول كلّ ما لديه. لم تكن عندها رغبة في تحذير شتروم، فقد أدركت أنَّ ذلكَ لن يقدّم شيئاً سوى القلق غير الضروري. لم تكن ثمَّة فائدة من التخمين، أي من المشاركين في الحديث قد ثرثر أو أبلغ؛ من الصعب معرفة مثل هذا الشخص؛ في النهاية، هو الشخص الذي لا يشتبَهُ في كونه هو الجاني. وكثيراً ما حدث أن قضيةً ما ظهرت في وزارة الأمن بطريقة غير متوقعة أبداً - بسبب تلميح في رسالة، نكتة، بسبب كلمة قيلت بلا مبالاة في المطبخ في وجود جارة. ولكن لماذا سألَ المحقق فجأةً كاريموف عن جينيا ونيقولاي غريغوريفيتش؟

لم تستطع النوم من جديد لفترة طويلة. كانت جائعة. جاءت رائحة الطعام من المطبخ - كان المضيفون يخبزون فطائر البطاطس

بالزيت النباتي، وسُمعَ صوت الصحون المعدنية، وصوت سيمون إيفانوفيتش الهادئ. يا إلهي، كم كانت تريد الأكل! ويا له من حساء قُدّم اليوم في المطعم الشعبي. لم تستطع ألكساندرا فلاديميروفنا أن تُكمله، وأسفت عليه الآن. توقف التفكير في الطعام، توقفٌ خالطته أفكار أخرى.

وصلت إلى المصنع صباحاً، والتقت سكرتيرة المدير في غرفة المدخل، وهي امرأة عجوز لها وجه ذكوري غير ودّي.

قالت السكرتيرة:

- مرّي عليّ رفيقة شابوشنيوكوفا في استراحة الغداء.

فوجئت ألكساندرا فلاديميروفنا؛ أيعقل أن يكون المدير قد لبّى طلبها بسرعة؟

لم تستطع ألكساندرا فلاديميروفنا أن تفهم، سبب ارتياح نفسيّتها.

مشت في فناء المصنع وفكرت فجأة، وقالت في اللحظةِ نفسها بصوت عال:

- كفى كازان، سأسافر إلى بيتي في ستالينغراد.

32

استدعى خالب، قائدُ الدرك الميداني، قائدَ الفصيل لينارد إلى مقر الجيش السادس.

تأخَّرَ لينارد. يمنعُ قرارُ باولوس الجديد استخدامَ البنزين للسيارات الخفيفة. وقد وضع الوقود كلّه تحت تصرف رئيس أركان الجيش الجنرال شميدت، فيمكن أن يموت شخص عشر مرات ولا يحصل على موافقة الجنرال بمنحهِ خمسة لترات من الوقود. الآن لم يعد هناك ما يكفي من البنزين، ليس فقط لولّاعات الجنود، بل أيضاً لسيارات الضباط.

كان على لينارد الانتظار حتى المساء، حتى تذهب سيارة الخدمة إلى المدينة حاملةً البريد السريع.

سارت السيارة الصغيرة على الأسفلت المتجلِّد. ارتفعت أبخرة رقيقة شفافة فوق المخابئ وملاجئ الجبهة الأمامية، في الهواء الجليدي الساكن. سار الجرحى في الطريق المؤدية إلى المدينة، وقد لُفّت رؤوسهم بالأوشحة والمناشف، وسار الجنود، الذين نقلتهم القيادة من المدينة إلى المصانع، وقد رُبطت رؤوسهم أيضاً، ولُفّت الخرق على أرجلهم.

أوقف السائقُ السيارة بالقرب من جثة حصان، ملقاة على جانب الطريق، وأخذ يفعل شيئاً ما في المحرك، بينما نظر ليناردٍ إلى أشخاص غير حليقين منشغلين بقطع اللحم المُتجمّد بالساطور. انحشر جندي بين الضلوع المكشوفة للحصان وبدا كما لو كان نجاراً، يتجول بين العوارض الخشبية على سطح غير مكتمل. واشتعلَ موقد في وسط أنقاض منزل وعُلِّقَ مرجلٌ أسود، على حامل ثلاثي الأرجل، وقف الجنود حوله، يرتدون الخُوذ، والقبعات، والبطانيات، والأوشحة، مسلحين ببنادق آليّة وقنابل يدوية على أحزمتهم. وكان الطاهي يُغَطِّس بالحربة قطع لحم الحصان التي تخرج من الماء. تأمّلَ الجندي الواقف على سطح المخبأ من دون عجلة عظمةَ الحصان، التي تشبه على نحوٍ لا يُصدّق الهارمونيكا الشفويّة.

وفجأة أنارت الشمس الغاربة الطريق، ومنزلاً ميّتاً. وامتلأت تجاويف الفتحات المحترقة من البيوت بالدم المتجمّد، وأخذت الثلوج المتسخة من سخام المعارك، التي مزقتها مخالب القنابل، تتلوّن باللون الأصفر، وأضيءَ تجويف أحمر غامق في أحشاء حصان ميّت، وتدفّقت الهبوب الثلجيّة على الطريق السريع برونزاً شائكاً.

يمتلك ضوء المساء القدرة على كشف جوهر ما يحصل، وتحويل الانطباع البصري إلى لوحة- إلى تاريخ، إلى شعور، إلى مصير. وتتحدث بقع الأوساخ والسخام في نور الشمس الغاربة بمئات الأصوات، والقلبُ يتوجّع، وترى السعادة التي ولّت، والخسائر التي لا تعوّض، ومرارة الأخطاء، وروعة الأمل الأبديّ.

كان ذلك مشهد زمن الكهوف. وكان رُماة القنابل، أماجد الأمة، وبناة ألمانيا العظمى، مرميّين على دروب النصر.

فهم لينارد بغريزته الشاعريّة، وهو ينظر إلى الأشخاص الملفوفين بالخرق – ها هو ذا الغروبُ ينطفئ، ويذهب الحلم .

أيُّ قوةٍ ثقيلةٍ غبيّةٍ مغروسة في أعماق الحياة، أوصلت طاقة هتلر الرائعة، والقوة العظيمة للشعب المجنّح، الذي يمتلك النظرية الأكثر تقدماً، إلى الضفة الهادئة لنهر الفولغا المتجمّد، وإلى هذا الدمار والثلوج المتّسخة، وإلى النوافذ الممتلئة بدماء الغروب، وإلى الدماثة الوديعة للكائنات، التي تنظر إلى الدخان فوق المرجل الذي يحوي لحم الخيول . . .

33

دخل القادةُ على نحوٍ روتيني مكاتبَهم، في مقر باولوس، الواقع في قبو تحت مبنى متجرٍ مُحترق، وأبلغهم الضبّاطُ المناوبون ورَقيّاً، بالتغييرات في الموقف، وبتصرفات العدو.

الهواتف ترنّ، والآلات الكاتبة تنقر، سُمع ضحكٌ جهير للجنرال شينك، رئيس القسم الثاني للمقرّ، من خلفِ باب الخشب الرقائقي. وسُمعَتْ كذلك أصواتُ وقعِ أحذية المعاونين السريعة على الألواح الحجريّة، ودخل أيضاً قائدُ الوحدات المدرعة المكتبَ، تلمع نظارته ذات العين الواحدة، وخيّمت في الممر رائحةُ الرطوبةِ المختلطة وغير المختلطة، برائحة التبغ ومُلمّع الشعر، والعطور الفرنسية. صمتت دفعة واحدة، الأصواتُ ونقرات الآلات الكاتبة، عندما مرّ القائد بمعطفه الطويل وياقةِ الفرو أمام المكاتب الضيّقة تحت الأرض، وحدّقت عشرات العيون في وجهه الشارد ذي الأنف المحدّب. ونُظّم كذلك جدول الأعمال اليومي لباولوس، مُتَضَمِّناً كم من الوقت يقضي بتدخين سيجاره بعد الغداء، وحديثه مع رئيس أركان الجيش الجنرال شميدت. ومرّ كذلك، بتكبّرٍ سوقيٍّ، وخرقٍ للقانون والروتين صفُّ ضابطٍ، مشغل لاسلكي، من جانب العقيد آدامس الخافض نظره، حاملاً برقيَّةً من هتلر مع ملاحظة: «تُسَلَّم باليدِ شخصيّاً».

لكن، بالتأكيد، ظاهرياً فحسب سار كل شيء من دون تغيير - فقد غزت تغييراتٌ كثيرةٌ حياة الناس في مقرّ القيادة منذ يوم الحصار.

كانت التغييراتُ تتجلّى في لون القهوة التي شربوها، وفي خطوط الاتصال الممتدة إلى الأجزاء الغربيّة الجديدة من الجبهة، وفي المعايير الجديدة لاستهلاك الذخيرة، وفي المشهد اليومي القاسي لاحتراق ودمار طائرات «يونكير للشحن»، التي تحاولُ اختراقَ دائرةِ الحصار الجوّية. وظهر اسمٌ جديد، حجب الأسماء الأخرى في عقول العسكريين، هو - مانشتاين(1).

تعدادُ هذه التغييرات لا معنى له، فهي واضحة تماماً من دونِ مساعدةِ هذا الكتاب؛ واضحة بوضوح: أولئك الذين أكلوا حتى الشبع في السابق، وشعروا دائماً بالجوع، وبوضوح: تغيّرات وجوه الجياع وسيّئي التغذية، التي أصبحت ترابيَّة اللون. وبالتأكيد، تغيّرَ الألمانُ في مقرّ القيادة داخليّاً أيضاً - وصمت المتغطرسون

(1) إريش فون مانشتاين (1887-1973) كان مشيراً ألمانياً. كان رئيس أركان قوات غيرد فون رونتشتيت خلال غزو بولندا عام 1939 لدى اندلاع الحرب العالمية الثانية. . وعندما هاجم أدولف هتلر روسيا عام 1941، أعطى مانشتاين جيشاً مدرعاً قاده ببراعة فائقة على الرغم من أنه لم يكن خبيراً بحرب المدرعات. في عام 1942 تمكن من الاستيلاء على مدينة سيفاستوبول بعد حصار دام عدة أشهر، ورقي مكافأة على انتصاره إلى رتبة الماريشال، ثم كُبح التقدم الألماني عام 1942 عند هزيمة الجيش السادس الألماني في ستالينغراد وبعدها تتالت عمليات التراجع واحدةً بعد الأخرى تتقطعها انتصارات محدودة في مكان أو اثنين؛ ثم تسلم مانشتاين القيادة في القاطع الجنوبي وعمل على تخليص قواته بمهارة فائقة بحيث مكّنها من القتال ثانية. صُرف مانشتاين من الخدمة عام 1944 عندما أحس بعجزه عن تنفيذ أوامر هتلر اليائسة غير العملية. (المترجمان).

والمغرورون؛ وتوقف المتملّقون عن التملّق؛ وبدأ المتفائلون بتأنيب هتلر نفسه، والشك في صحة سياسته.

وكانت ثمَّةَ تغييرات خاصة، بدأت في رؤوس ونفوس الناس الألمان، المقيّدين، المفتونين بوحشية الدولة القومية؛ وهذا لا يخصُّ فقط الأرضيَّةَ، بل أيضاً ما تحت أرضيّة الحياة البشرية، ولهذا السبب لم يفهمها الناس ولم يلاحظوها.

كان من الصعب الشعور بهذه العملية، بقدر صعوبة الشعور بعمل الزمن. بدأ تحريرُ الحريّةِ في الإنسان، ببطء وتدريجياً، في عذاب الجوع، في المخاوف الليلية، في الإحساس بالكارثة الوشيكة، أي أنسنة الناس، وانتصار الحياة على غير الحياة.

تقاصرت أيامُ كانون الأوّل (ديسمبر)، وأصبحت الليالي الجليديّة التي تستغرق سبعَ عشرةَ ساعةً أطول. وأخذت البيئةُ تضيقُ أكثرَ فأكثر، وأصبحت نيرانُ المدافع، ومدافع الهاون السوفييتية أكثر شرّاً. . . أوه، إلى أي حد كانت القسوةُ الروسيّةُ الصقيعيَّةُ، لا تطاق، حتى بالنسبة إلى الروس الذين اعتادوها، وارتدوا معاطف من صوف الغنم وأحذيةً من اللبّاد.

وقفت هاويةٌ جليدية شديدة الصقيع فوق الرؤوس، تتنفس حقداً لا يُقهر، وكانت النجومُ الجافةُ الجليديّة، مثل القصدير المتجمد في الصقيع المقيّد للسماء.

من استطاع من الذين ماتوا والمحكوم عليهم بالموت، أن يدرك أن هذه كانت الساعات الأولى لإضفاء الطابع الإنساني على حياة عشرات الملايين من الألمان بعد عقد من اللاإنسانية الشاملة!

34

اقترب لينارد من مقر الجيش السادس، ورأى عند الغسق حارساً ذا وجه رمادي، يقف وحيداً عند الحائط المسائي الرمادي، فراحَ قلبه ينبض. وعندما سار في ممرّ المقر الرئيسي تحت الأرض، كان كل ما رآه يملأه بالحب والحزن.

قرأ على الأبواب اللوحات المطبوعة بالأحرف القوطية البارزة: «الشعبة 2»، «مكتب المعاونين»، «الجنرال لوخ»، «الرائد تراورينغ»، سمع طقطقةَ الآلات الكاتبة، وتناهت إلى سمعه أصواتٌ، وأحسَّ بطريقة أبوية، وأخوية بشعور العلاقة مع العالم الأصلي المألوف لرفاقه في السلاح، والحزب، وأصدقائه المقاتلين في قوات الأمن الخاصة – رآهم في ضوء غروب الشمس – كانت الحياة تغادر.

لم يكن يعرف عندما اقتربَ من مكتب خالب، كيف سيكون الحديث – وهل سيرغبُ أوبرستورمبانفيورر الأمن الخاص، مشاركَتَهُ معاناتِه معه.

لم يوليا، كما يحدثُ في كثيرٍ من الأحيان بين الناس الذين عرفوا بعضهم بعضاً في العمل الحزبي في وقت السلم، أهميةً للفرقِ في رتبهم العسكرية، وحافظا على البساطة الرفاقيّة في العلاقات. وعندما كانا يلتقيان، يثرثران عادةً، ويتحدثان عن الأعمال في الوقت نفسه.

225

كان ليناردقادراً في بضع كلمات أن يلقي الضوء على جوهر مسألةٍ معقدةٍ، وكانت كلماتُه في بعض الأحيان تقوم برحلة طويلة عبر ملاحظات التقارير إلى أعلى مكاتب برلين.

دخل ليناردغرفةَ خالب ولم يعرفه. لم يدرك ليناردمباشرة، وهو ينظر إلى وجهه بالكامل، الذي لم ينحل، أنَّ ما تغيَّرَ فيه ليسَ سوى تعبير عينيهِ الذكيتين الداكنتين.

عُلّقت على الجدارِ خريطةٌ لمنطقة ستالينغراد، ودائرة قرمزيَّةٌ مُلتهبة لا ترحم غطت منطقة الجيش السادس.

قال خالب:

- نحن على جزيرة، ليناردوجزيرتنا محاطة ليس بالمياه، بل بكراهيّة الحمقى.

تحدثا عن الصقيع الروسي، وأحذية اللباد الروسية، عن شحوم الخنزير الروسيّة، وعن غدر الفودكا الروسيّة، التي تُدفّئ المرءَ كي يتجمّد بعد ذلك.

سأل خالب عن التغييرات التي حدثت في العلاقة بين الضباط والجنود على الجبهة.

أجابَ ليناردقال خالب:

- إذا فكرت في الأمر، فأنا لا أرى فرقاً بين أفكار العقيد وفلسفة الجندي. هذه عموماً، أغنية واحدة، لا تفاؤل فيها.

قال خالب:

- إنهم يسحبون هذه الأغنية بصوت الكتائب إلى مقرّ القيادة - وأضاف من دون عجلة كي يكون تأثيرُ كلامهِ أشد: - البادئ في الجوقة هو جنرال - عقيد.

- إنهم يغنّون، لكن لا وجودَ للفارين، كما كان الأمرُ من قبل.

قال خالب:

- لدي طلب، وهو مرتبط بجذر المشكلة الأساسية - يُصرّ هتلر على أن يواصلَ الجيش السادسُ الدفاع، وباولوس، وويتشز، وتسيتسلير يتحدثون عن إنقاذ حياةِ الجنود والضباط، واقتراح الاستسلام. طُلب مني التشاور سراً فيما إذا كان هناك احتمال لانسحابِ القوات المحاصرة من ستالينغراد في مرحلة ما. الروس يطلقون على ذلك: مزمار القربة، ونطقَ الكلمةَ الروسية بوضوح، وجلاء، من دون اعتناء.

فهم لينارد خطورة السؤال، صمت. ثم قال:

- أريدُ أن أبدأَ بأمرٍ خاصٍ - وبدأ يُحدِّثُ عن باخ - عندَ باخ جندي غامض في سريّته. كان هذا الجنديُّ مُضحكاً للشبان، والآن، ومنذ وقت الحصار، بدؤوا يتمسكونَ به، وينظرونَ إليه... أخذتُ أفكِّرُ في السريّة وقائدها؛ رحّبَ باخ هذا في زمن الانتصارات بسياساتِ الحزب. لكن الآن، كما أظن، ثمَّةَ أمرٌ آخر يحدث في رأسه، فقد بدأ ينظر إلى الوراء. لذلك أسألُ نفسي - لماذا بدأ الجنودُ في سريّته مؤخراً ينجذبونَ إلى ذلك النموذج الذي أضحكهم، بدا وكأنه خليطٌ من رجل مجنون ومُهرّج؟ ماذا سيفعل هذا النموذج في الدقائق المصيريّة؟ إلى أين سيستدعي الجندي؟ ماذا سيحدث لقائد السريّة؟

وقال:

- من الصعب الإجابة عن كل هذا. لكنني أجيب عن سؤال واحد: الجنودُ لن ينتفضوا.

قال خالب:

- حكمة الحزب واضحة الآن على نحوٍ خاص. نحن ومن دون تردّد، أزلنا من الجسم الشعبي ليس فقط الأجزاء المصابة، بل تلكَ التي بدت سليمةً ظاهرياً، والتي قد تتعفن في الظروف الصعبة. المدن والجيش والقرى والكنائس طُهِّرت من ذوي الإرادة القويّة، والأيديولوجية المعادية. سيكون هناك كثير من الثرثرة والشتم والرسائل مجهولة المصدر. ولكن لن تكون هناك انتفاضات، حتى لو بدأ العدو بحصارنا ليس في منطقة الفولغا، ولكن في برلين أيضاً! يمكننا أن نكون ممتنين لهتلر على ذلك. يجب أن نبارك السماء التي أرسلت لنا هذا الإنسان في هذا الزمن.

استمعَ إلى الهدير الأصم البطيء، الذي يتدحرج فوق رأسيهما: وكان من الصعب المعرفة في القبو ما إذا كانت تلكَ أصوات الأسلحة ألمانية، أو القنابل الجوية السوفييتية تنفجر.

قال خالب، بعد انتظار التناقص التدريجي للهدير:

- من غير المعقول أن تعيش على الحصص الغذائية المعتادة للضباط. أنا وضعتك في القائمة، التي تضم الأصدقاء الحزبيين المهمّين والعاملين في مجال الأمن، وسوف يقومون بانتظام بإيصال الطرود بالبريد السريع إلى مقر الفرقة.

قال لينارد:

- شكراً، لكنني لا أريد هذا، سوف آكل ما يأكله الباقون.

نشر خالب يديه.

- كيف حال مانشتاين؟ يقولون أنهم أعطوه تقنية جديدة.

قال خالب:

- أنا لا أثق بمانشتاين. أشارك في ذلك رأي القائد.

وكالعادة، قال بصوتٍ خافت، ذلكَ أنّهَ لسنواتٍ عديدة، كان كل ما يقوله ينتمي إلى نموذج السرّيّة الفائقة:

- لدي قائمة، تضمّ الأصدقاء الحزبيّين ورجال الأمن الذين ستُحجز لهم مقاعد على الطائرات عند اقتراب الحسم. أنت في هذه القائمة. في حالة غيابي، ستكون التعليمات عند العقيد أوستن.

لاحظ السؤال في عيني لينارد وشرح:

- قد أُضطرُّ للسفر إلى ألمانيا. المسألة سرّية إلى درجة أنه لا يمكن الوثوق بالأوراق أو اللاسلكي المُشفّر.

غمز قائلاً:

- سوف أشرب كثيراً من الخمر قبل الرحلة، ليس فرحاً، ولكن بسبب الخوف. السوفييت يُسقطون الكثير من الطائرات.

قال لينارد:

- رفيق خالب، لن أصعد على متن الطائرة. سأشعر بالعار إذا تخلّيتُ عن الأشخاص الذين حثثْتهم على القتال حتى النهاية.

ارتفع خالب قليلاً، وقال:

- ليس لي الحق في ثنيك عن رأيك.

قال لينارد، راغباً في تبديد الرسميّة المفرطة:

- ساعدني إن أمكن، في مغادرةِ المقر إلى الفوج. فأنا ليس لدي سيارة.

قال خالب:

- إنّني عاجز! لأول مرة، عاجزٌ تماماً! البنزين عند الكلب شميت. لا يمكنني الحصول على غرام واحد. هل تفهمني لأول مرة! - وظهر على وجهه تعبير بسيط، ليس تعبيره، أو ربما تعبيره، ذلكَ الذي جعله غير معروفٍ للينارد، في الدقائق الأولى من اللقاء.

35

أصبحَ الجو أكثر دفئاً، بحلول المساء، وسقط الثلج وغطّى السخام وأوساخ الحرب. جال باخ في الظلام، على تحصينات الجبهة الأمامية. لمع بياض عند إطلاق القذائف، كما في أعياد الميلاد، وتورّد الثلج أحياناً من جراءِ صواريخ الإشارة، وأشرق أحياناً بلون أخضر لامع.

بدت التلال الحجرية، والكهوف، خلال هذه الومضات، مدهشة على نحوٍ خاصّ وأمواج الطوب المتجمدة أيضاً، ومئات مسارات الأرانب، التي أعيد رسمها من جديد، حيث كان من المفترض أن يأكل الناس، ويذهبوا إلى المراحيض، ويلاحقوا القنابل والخراطيش، ويسحبوا الجرحى إلى الخلف، ويدفنوا جثث القتلى. وفي الوقت نفسه بدا كل شيء مألوفاً تماماً، وروتينياً.

اقترب باخ من المكان الذي يقصفه الروس، الذين استقروا على أنقاض مبنى مكون من ثلاثة طوابق - حيث سُمعت من هناك أنغامُ الأكورديون وغناء العدو الجذّاب.

انفتحَ أمامَهُ من خلال شرخٍ في الجدار المنظرُ العام لخط المواجهة مع القوات السوفييتية، وكانت مرئيّةً وُرشُ المصانع ونهر الفولغا المتجمّد.

نادى باخ الحارسَ، ولكنّه لم يسمع كلماتِه: فقد انفجرَت قذيفةٌ فجأة، وتراكم الترابُ المتجمّدُ على جدار المنزل؛ إنّها الطائرة «الخشبية الرقائقيّة الروسيّة» انزلقت على ارتفاع منخفض موقفةً تشغيلَ مُحرّكها، وألقتْ قنبلةً من عيار مئة سنتمتر.

صاحَ الحارس وأشار إلى سماء الشتاء المظلمة:

- إنّه الغراب الروسي الأعرج.

جلس باخ، مُتَّكِئاً بكوعه على حافة حجرية مألوفة، ونظر حوله. ارتجف ظل ورديٌّ فاتحٌ على جدار عال، كان الروس يُشعلون موقداً، وكانت المدخنة تتوهّج وتتوهج على نحوٍ خافت. يبدو أن الجنود في المخبأ الروسي، كانوا يمضغون، ويمضغون، ويمضغون، ويبتلعون القهوة الساخنة بصخب.

سُمِعتْ إلى اليمين، في المكان الذي اقتربت فيه الخنادقُ الروسيةُ من الألمانيّة، ضرباتٌ معدنيةٌ خفيفة على الأرض المتجمدة.

حرّكَ الروسُ خندقهم نحو الألمان، من دون الخروج من تحت الأرض، ببطء ولكن باستمرار. في تلكَ الحركة عبَّرتِ الأرضُ الصخريَّة المتَجمِّدةُ عن شوقٍ عظيمٍ غشيم. يبدو أن الأرض نفسها كانت تتحرك.

أبلغ صفٌّ ضابطٍ باخَ، في فترة ما بعد الظهر، بأن قنبلةً ألقيتْ من خندق روسي - حطّمت موقد السريّة، ونثرت جميع أنواع القمامة في الخندق.

وقبيل المساء، خرجَ روسيٌّ من الخندق، يرتدي معطفاً قصيراً من الفرو الأبيض، وقبعة جديدة دافئة، وصاح بلغة فاحشة مهدّداً بقبضته.

لم يُطلق الألمانُ النارَ - لقد أدركوا غريزيّاً أن المسألةَ نظّمها الجنودُ أنفسهم.

صاح بالروسية:

- هيه، أيّتها الدجاجة، أيّتها البيضة، الروسي سيقتلكم؟

خرج حينها ألمانيٌّ، رماديٌّ مُزْرَق من الخندق، وصاحَ صوتٌ غير عالٍ، حتى لا يُسمَعَ في مخبأ الضبّاط:

- هيه، أيّها الروسي، لا تُطلق النار على الرأس. نحتاج إلى رؤيَةِ الرحم. خذ البندقية، وأعطني القبعة.

أجابوا من الخندق الروسي بكلمةٍ واحدة، وهي أيضاً قصيرة جداً. ومع أنَّها كانت باللغةِ الروسيّة، إلا أن الألمان فهموها وغضبوا.

طارت قنبلةٌ يدويَّةٌ فوق الخندق، وانفجرت في ممرّ واصلٍ بين الخنادق. لكن هذا لم يُثِر اهتمام أحد.

وعن ذلك أيضاً أبلغَ باخَ ضابطُ الصفِّ أيزنياوغ، فقال باخ:

- حسناً، دعهم يصرخون. المهم أنَّ أحداً لم يهجم.

لكن حينها، أبلغَ ضابطُ الصفِّ، وقد فاحت من أنفاسِهِ على باخ رائحةُ شمندرٍ نيْء، أن الجنديَّ بيتنكوفر نظّمَ بطريقةٍ ما تبادلَ بضائعٍ مع العدو - كان لديه سكّرٌ في حقيبته وخبزُ جنديٍّ روسي. أخذَ موسى حلاقة من أحد الأصدقاء مقابل عمولة، ووعد أن يعطيهِ مقابلها، قطعةً من الشحمِ، واثنتين من العبوات المركّزة، واشترط أن يأخذ لنفسه مئةً وخمسينَ غراماً من شحم الخنزير؛ عمولة.

قال باخ:

– ما أسهل ذلك، أحضره إليّ .

لكن اتضح بعدَ ذلك أنّ بيتنكوفر مات في النصف الأول من اليوم، وهو ينفذ مهمة القيادة، موتَ الشجعان .

قال باخ:

– إذاً ماذا تريد مني؟ إنّ التجارة عموماً، بين الشعبين الألماني والروسي تجري منذ زمن طويل .

لكن أيزيناوغ لـم يكن ميّالاً إلى المزاح – نقلوهُ منذ شهرين بالطائرة إلى ستالينغراد، من جنوب ألمانيا، حيث كان يخدم في كتيبة شرطة، وجرحه الذي أصيب به في فرنسا في شهر أيّار (مايو) من عام 1940، لـم يشف بعد. كان جائعاً دائماً، ومتجمّداً، يأكلُهُ القملُ والخوفُ، وقد حُرم من الفكاهة .

بدأ باخ حياته الستالينغرادية هناكَ، حيث ابيضّت بصعوبة تخاريم مباني المدينة، الغامضة، والتي يصعب تمييزها في الظلام. سماء أيلول (سبتمبر) السوداء بنجومها الكبيرة، مياه الفولغا المُعكّرة، وجدران المنازل المحترقة بعد نشوب الحرائق، وبعدها سهول جنوب شرق روسيا، حدود الصحراء الآسيوية .

غرقت المنازلُ في ضواحي المدينة الغربيَّة في الظلام، وظهرت الأنقاضُ المغطاة بالثلوج – هناك كانت حياته . . .

لماذا كتب تلك الرسالة إلى والدته من المستشفى؟ ربما أرتها أمّه لغوبرت! لماذا تحدّث مع لينارد؟

لماذا لدى الناس ذاكرة، أحياناً يرغبُ المرء في الموت، ليتوقف عن التذكّر. كان عليهِ قبل الحصار مباشرة أن يتّخذ السُكرَ المجنونَ،

على أنّهُ حقيقة الحياة، وإنجاز ما لم ينجزه في السنوات الطويلة الصعبة.

هو لم يقتل الأطفال والنساء، ولم يعتقل أحداً. لكنّه كسر السد الهش الذي فصل نقاء روحه عن الظلمة التي التفّت حوله. وانسكب عليه دم معسكرات الاعتقال والغيتو، وغمرهُ، وحمله، ولم يعد هناك حدودٌ بينه وبين الظلمة، لقد أصبحَ جزءاً من هذه الظلمة.

ما الذي حدثَ له – حدث بلا معنى، مُصادفة، أم أنها قوانين روحه؟

36

كان دفءٌ في مخبأ السريّة. البعض كان يجلس، والبعض الآخر استلقى رافعاً رجليهِ إلى السقف المنخفض، ومنهم من كانوا نائمين، واضعين معاطفهم على رؤوسهم، تاركين أقدامَهم الصُّفْر عارية.

- أتذكرون - قال ذلك جنديٌّ نحيلٌ، وهو يسحبُ قميصَه على صدره وينظرُ إلى الرُّقع فيه باهتمام وبعينين شرّيرتين؛ ينظر بهما جنود العالم كلّهم، وهم يتفحّصون رُقع قمصانهم وسراويلهم - شهرَ أيلول (سبتمبر)، والقبو الذي أقمنا فيه؟

قال الثاني، المستلقي على ظهره:

- أنا التحقتُ بكم هنا.

أجاب بعض الأشخاص:

- يمكنك أن تُصدِّق، القبو كانَ جيّداً... كانت هناك أسرّة، كما في أفضل المنازل...

- كان الناسُ في ضواحي موسكو، أيضاً، يائسين. ولكن اتضح أننا طرنا إلى نهر الفولغا.

قال الجندي الذي كان يقطع لوحاً خشبيّاً بالحربة، وقد فتح باب الموقد في هذا الوقت، لرمي بعض القطع الخشبية في النار، وأضاءَ

اللهبُ وجهَهُ الكبيرَ غير الحليق، فتحوّل من اللون الرمادي الحجري إلى اللون النحاسي الأحمر:

- أتعرف، أنت مبتهج بانتقالنا من حُفرِ ضواحي موسكو، إلى حفرٍ رائحتها أكثر عفونةً.

وصدحَ صوتٌ مسرور، من الزاوية المظلمة حيث كُدّست حقائب الظهر:

- الأمرُ واضحٌ الآن، لا يمكنك تصوّرُ عيدِ ميلادٍ أفضل: لحم خيل!

تطرق الحديث إلى الطعام، وانتعشَ الجميعُ. وتجادلوا حول أفضل طريقة لإزالة رائحة العرق من لحم الحصان المسلوق. قال بعضُهم يجب إزالة الرغوة السوداء من المرق الذي يغلي. ونصحَ آخرون بعدم إيصال السلق إلى الفوران العاصف، بينما نصح آخرون بقطع اللحم من الجزء الخلفي من الذبيحة وعدم وضع اللحوم المجمّدة في الماء البارد، بل رميها فوراً في الماء المغلي.

قال جندي شاب:

- يعيش الاستطلاعيون جيّداً، فهم يستولون على المواد الغذائية من الروس، ويطعمونَ النساء الروسيَّات في الأقبية، وهنا استغرب أحد الحمقى سببَ منح الاستطلاعيين فتياتٍ شاباتٍ وجميلاتٍ.

قال موقد الموقد:

- إليكم ما أفكر فيه الآن؛ لا في المزاج، ولا في الطعام. أريد أن أرى الأطفال قبل الموت. ولو ساعةً...

- والضباطُ يفكرون في ذلك! التقيت قائد السريّة في القبو حيث يعيشُ السكان. هو هناك شخصهم، رجل العائلة.

- وماذا كنت تفعل في هذا القبو؟

- أنا، أنا، أخذتُ الملابسَ الداخليَّةَ لغسلها.

- كنت أحرسُ معسكر الاعتقال ذات مرّة. ورأيت ما فيه الكفاية، أسرى الحرب وهم ينتقون قشور البطاطا، ويتقاتلونَ بسبب أوراق الملفوف المتعفّنة. اعتقدت - أنّ أُولئك ليسوا بشراً. لكن اتضح أننا نحن خنازير أيضاً.

وجاءَ صوتٌ مرتّلاً من العتمة، حيث الحقائبُ المكدّسَةُ:

- بدؤوا من الدجاج!

فُتحَ البابُ على مصراعيه بحدّة، وسُمع مع كتلِ البخارِ الرطبَةِ المستديرة صوتٌ كثيفٌ، ورنّان في الوقت نفسه:

- وقوف! استعداد!

رَنَّت هاتانِ الكلمتانِ بالطريقة القديمة - بهدوءٍ وعلى مهل.

الاستعدادُ. . . ارتبطَ بالمرارة، والمعاناة، والشوق، والأفكار الشريرة. . . استعداد.

ومض وجه باخ في الضباب، وصرَّ حذاءُ أحدهم بصورةٍ غريبةٍ، وغير معتادةٍ، ورأى قاطنو المخبأ معطفَ قائدِ الفرقةِ الأزرقَ الفاتحَ، وعينيه قصيرتي النظر، واليدَ البيضاء القديمة مع خاتم الخطوبة الذهبي، تَمسح نظارته أحادية العين بقطعة قماش من جلد الغزال.

قال صوت، خبيرٌ، من دون توترٍ، يصل إلى أرض العرض العسكري وقادة الأفواج، وإلى الجنود الواقفين على الجناح الأيسر:

- مرحبا. استريحوا.

أجاب الجنود على نحوٍ غير متسق.

جلس الجنرال على صندوق خشبي، وضوء الموقد الأصفر يلمع على الصليب المعدني الأسود على صدره.

قال الرجلُ العجوز:

- أهنّئكم بعيد الميلاد القادم.

وقام الجنود المرافقون له بحمل صندوق إلى الموقد، ورفعوا الغطاء بالحراب، وبدؤوا بإخراج أشجار عيد الميلاد ملفوفةً في السيلوفان، كلّ شجرة عيد ميلادٍ بحجم الكف، ومزينة بخيوط ذهبيّة، وقطعِ حلوى دائرية مُجمّدة.

راقب الجنرالُ الجنودَ وهم يقومون بتفكيك أكياس السيلوفان، أومأ للملازم أوّل، وقال له بضع كلمات غير مفهومة، وقال باخ بصوت عال:

- لقد طلب منّي الجنرال إخباركم بأنّ الطيّار، الذي أحضر لكم هدية عيد الميلاد من ألمانيا، أصيب بجروح قاتلة فوق ستالينغراد. هبط في مطار بيتومنيك، وسُحب ميّتاً من قمرة القيادة.

37

أمسك الجنود شُجيراتِ الصنوبر القزمة في راحاتِ أيديهم. الشُجيرات التي ارتفعت درجة حرارتها في الهواء الدافئ، تغطت بقطرات ندىً صغيرة، وملأت القبو برائحة إبر الصنوبر، التي خالطت روح المشرحةِ الثقيلة وورش الحدادة - رائحة الجبهة.

بدا أن رائحةَ عيد الميلاد قَدِمت من رأس الرجل العجوز ذي الشعر الرمادي الذي يجلس عند الموقد.

شعر قلب باخ الحساس بحزن وسحر هذه الدقائق. وفهم بصمت كل شيء مباشرة، الأشخاص المنهكونَ من الجوع، والقمل، والمرتجفون بسبب نقص الخراطيش، الذينَ احتقروا قوة المدفعيّة الروسيّة الثقيلة، والشرسة، والوقحة - لا يحتاجون إلى الضمادات، ولا الخبز، ولا لعبة «الضامه»، بل إلى هذهِ الفروع الصنوبرية، المتشابكة في نسيج عنكبوتيٍّ عديمِ الفائدة، وإلى علبة الحلوى القادمة من مبنى دار الأيتام.

التفَّ الجنودُ حولَ الرجل العجوز الجالس على صندوق. كان هو الذي قاد الفرقة المدرّعة إلى نهر الفولغا في الصيف. كان طوال حياته، وفي كل مكان ممثلاً. تصرف كممثّل ليس فقط أمام التشكيل وفي الأحاديث مع القائد، بل كانَ ممثلاً في المنزل مع زوجته،

وعندما تنزَّهَ في الحديقة، مع صهره، ومع حفيده. كان ممثلاً حينما يستلقي في الليل، وحدَه، على السرير، ويضع بجواره على الكرسي سروال الجنرال. وبالطبع، كان مُمثّلاً أمام الجنود، ومُمثّلاً حينما سألهم عن أمهاتهم، وحينما عبس، وحينما مزح بغلظةٍ عن التسليات الغراميّة للجندي، وحينما كان يهتمّ بمحتويات مرجل الجنود، ويأخذ عيّنة من الحساء مبالغاً فيها. وحينما حنى رأسه الصعب أمام قبور الجنود غير المطمورةِ بالتراب، وعندما تحدث بكلمات عاطفية أبويّة مبالغٍ فيها، أمام صفّ من المجندين. هذا التمثيل لم يأتِ من الخارج، بل ظهر من أعماقةِ، كان مُنحلّاً في أفكاره، وفيهِ. ولم يكن يعلم كُنهَهُ؛ كان فصله عنه بلا معنى، تماماً كما هو مستحيل تصفيةُ الملح من الماء المالح. دخل هذا التمثيل معه إلى مخبأ السريّة، وتجلّى في كيفية فتحه المعطف، وجلوسه على الصندوق أمام الموقد، وكيفيّة النظر بهدوء وبأسف إلى الجنود وتهنئتهم. لم يشعر الرجلُ المسنُّ أبداً بلعبتِهِ التمثيليّة، وفجأة فَهِمها، وهي تُغادره، سقطت من كيانه - كالملح المتجمّد من ماءٍ متجمّد.

حلّت شفقةُ العجوزِ على الجياع، والناسِ المعذّبين. وجلس الرجلُ العجوز والضعيفُ عاجزاً بين العاجزين والتعساء.

غنّى أحدُ الجنودِ أغنيّةً بهدوء:

«آه، يا شجرة الميلاد، آه يا شجرة الميلاد،

كم هي خضراء إبرك.»

انضمّ صوتان أو ثلاثة إلى صوته. وكانت رائحة إبر الصنوبر تُفقِدُ العقلَ، صدحت كلمات أغنية الأطفال كصدىً للأبواق الإلهية:

«آه يا شجرة الميلاد، آه يا شجرة الميلاد...»

وصعدت من قاع البحر، ومن الظلام البارد، إلى السطح، المشاعر المنسيّة، وتحرّرت الأفكارُ، التي لم يتذكَّرها أحدٌ منذ فترة طويلة. . .

لم تُعطِ الفرحَ أو السعادة. لكنّ قوتها كانت قوة إنسانيّة، أعظم من أيِّ قوَّة في العالم.

بقوَّةٍ ضربت انفجاراتُ القذائفِ السوفييتية ذات العيار الكبير، الواحدة تلو الأخرى - كان إيفان غير راضٍ إلى حد ما، لعلَّهُ توقّع - كما يبدو - أن المحاصرين يحتفلون بعيد الميلاد. ما اهتمَ أحدٌ بالغبار المتساقط من السقف، وأن الموقد نفثَ سحابة من الشرر الأحمر في المخبأ.

ضربت رشقات الطبول الحديدية الأرض بقوّةٍ، وصرخت الأرض،- إيفان يعزف على مدافع الهاون المفضلة لديه. ومن فورها صرّت الرشاشات الثقيلة.

جلس الرجل العجوز حانياً رأسه - وهي وضعية اعتيادية للأشخاص المنهكين من جراءِ العمر الطويل. انطفأت الأضواءُ على المسرح، وخرجَ الأشخاص ذوو الماكياج المغسول إلى ضوء النهار الرمادي. وأصبح الأشخاصُ المختلفون، متماثلين - الجنرال الأسطوري، قائدُ الاختراقات الآليّة السريعة، وضابط الصف الصغير، والجندي شميدت، المشتبه في أفكاره السيّئة المعادية للدولة. . . فكّر باخ أن لينارد لم يكن ليستسلم في هذه الدقائق، ولم يكن من الممكن إعادة تحوّل رجل الدولة الألماني فيه، إلى الرجل الإنسانيّ.

التفتَ برأسه نحو الباب ورأى لينارد.

38

لقد تغيَّر شتومبف، أفضل جندي في السريّة، الذي استقطب النظرات الخجولة والإعجاب من المجندين الجدد. ذوى وجهه الكبير مشرق العينين. تحول الزيّ العسكري والمعطف إلى ملابس قديمة ومُجعَّدة تحمي الجسم من الرياح والصقيع الروسي. توقف عن الحديثِ بذكاءٍ، ولم تعد نكاته مضحكة.

كان يعاني من الجوع أكثر من غيره، لأنه كان ضخماً طويلاً ويحتاج إلى طعام أكثر.

دفعه الجوعُ الدائمُ إلى الخروج منذ الصباح بحثاً عن الطعام؛ اقتلع، وحفر، وتجوّل بين الأنقاض، وتوسّل، وأكل الفتات، وناوب بالقرب من المطبخ. اعتاد باخ رؤيةَ وجهه المتوتّر والمهتم. كان شتومبف يفكر باستمرارٍ في الطعام، ويبحث عنه ليس في أوقات فراغه فحسب، بل أثناء المعركة أيضاً.

رأى باخ وهو في طريقه إلى القبو السكني، ظهراً كبيراً وأكتافاً عريضةً للجندي الجائع. لقد كان يحفر في الأرض القاحلة، حيث وجِدت يوماً ما، قبل الحصار، مطابخُ ومستودعاتٌ تابعةٌ لقسم التغذية في الفوج. ونَقَّبَ عن أوراق الملفوف في الأرض، وعن

حبّات البطاطا الصغيرة جداً بحجم البلوط والمجمدة، التي لم توضع حينها في المرجل، بسببِ حجمها الضئيل.

خرجت امرأة عجوز طويلة القامة من وراء جدار حجري ترتدي معطف رجل مُمزّقاً، ومربوطاً حولَ الخصر بحبل، منتعِلةً حذاء رجل. سارت لملاقاة الجندي، تحدّق باهتمام في الأرض، ونثرت الثلج بخطّافٍ من الأسلاك السميكة.

رأى كلٌّ منهما الآخر، دون أن يرفعا رأسيهما، من خلال ظلَّيهما اللذينِ التقيا على الثلج.

رفعَ الألمانيُّ الضخم عينيه نحو الامرأة العجوز طويلة القامة، وهو يُمسكُ بثقة أمامها ورقةَ ملفوفٍ مثقّبةً تغطِّيها طبقة بلق، وقال ببطء وعلى نحوٍ رسمي:

- مرحباً مدام.

أزاحت المرأة العجوز، بيدها على مهل، الشيء الذي كان ينزلق على جبينها، ونظرت إليه بعينين داكنتين، مملوءتين باللطف والذكاء، وأجابته بمهابة وببطء:

- مرحباً، أيّها الشاب.

لقد كان لقاء على أعلى مستوى لممثلي الشعبين العظيمين. لم يشاهده أحدٌ سوى باخ، وقد نسي الجندي والمرأة العجوز ذلك اللقاء فوراً.

أصبح الطقس أكثر دفئاً، واستلقى الثلج رقائقَ كبيرةً فوقَ الأرض، وعلى فتات الطوب الأحمر، وعلى أكتافِ صلبان القبور، وعلى جبين الدبابات الميّتة، وعلى صدفات آذانِ الموتى غير المدفونين الكثيرة.

بدا الضبابُ الثلجيُّ الدافئُ رمادياً مزرقاً. وملأ الثلجُ الفضاءَ الجوي، وأوقف الريح، وكتم إطلاق النار، وواصل وخلطَ الأرض بالسماء في وحدة غامضة، تتمايل بطريقة ناعمة ورمادية.

استلقى الثلجُ على كتفي باخ، وبدا أن الصمت سقط رقائقَ على نهر الفولغا الهادئ، وعلى المدينة الميّتة، وعلى هياكل الخيول العظمية؛ كان الثلج يسقط في كل مكان، ليس فقط على الأرض، ولكن أيضاً على النجوم، كان العالم كله ممتلئاً بالثلوج. اختفى كل شيء تحت الثلج - جثث الموتى، والأسلحة، والخرق المتعفّنة، والحصى، والحديد الملتوي.

هذا ليس ثلجاً، إنّه الزمن نفسه - الناعم، الأبيض، استلقى، وكوّن طبقة على المجزرة الحضرية البشرية، وأصبح الحاضر ماضياً، ولم يكن ثمّةَ مستقبل في لمعان الفروِ البطيء للثلج.

39

استلقى باخ على السرير خلف ستارة قماشيّة في غرفة ضيّقة من القبو. اتكأ على كتفه رأسُ امرأة نائمة. بدا وجهها بسبب نحولِهِ طفوليًّاً وباهتاً. نظر باخ إلى عُنقها وصدرها النحيفين، المبيضين من خلالِ القميص الرمادي المتسخ. رفع بهدوء، وببطء، كي لا يوقظ المرأةَ، ضفيرتَها إلى شفتيه. فاحت رائحةُ الشعرِ، كانَ حيّاً، ونضراً ودافئاً، كما لو أنَّ الدم يتدفق فيه.

فتحت المرأة عينيها.

امرأة عمليَّة، أحياناً غير مبالية، وعاطفية، وخبيثة، وصبورة، وحكيمة، ومطيعة، سريعة الغضب. وتبدو في بعض الأحيان حمقاء، مكتئبة، وعابسة دائماً، وتدندن أحياناً، وتلفظ من خلال الكلمات الروسيّة، مقاطع من «كارمن» و«فاوست».

ما اهتمَ بمن كانت قبل الحرب. لقد أتى إليها عندما أرادَ ذلك، وما تذكَّرها باخ عندما لم يرغب في النوم معها، ولم يقلق - فيما إذا كانت جائعة، وإذا ما قتلها قنّاص روسي. سحب ذات مرّة قطعةَ بسكويتٍ مصادفةً كانت في جيبه وقدمها إليها، فرحت، ثم قدمت تلكَ البسكويتة إلى امرأة عجوز تعيش بجانبها. تأثّر، لكنَّهُ عندما كان يأتي إليها، كان ينسى دائماً، أن يحضر شيئاً ما صالحاً للأكل.

كان اسمها غريباً، لا يشبه الأسماء الأوروبية - زينا.

ما عرفت زينا، على ما يبدو، المرأةَ العجوز التي تعيش بجانبها، قبل الحرب. لقد كانت جدّة غير مريحة، مُتملّقة وغاضبة، غير صادقة على نحوٍ لا يصدق، يسيطر عليها شغف محموم بالأكل. وها هي الآن تدقّ بمدقّة خشبية بدائية في هاون خشبي، حبيبات القمح السود، الملوّثة بالكيروسين، وتطحنها.

أخذ الجنود ينزلون إلى السكان في الأقبية بعد الحصار،- لم يلاحظ الجنودُ السكانَ من قبل، والآن هناك أشياء كثيرة يمكن القيام بها في الأقبية - الغسيل من دون الصابون وبالرماد، والأكل من القمامة، والإصلاح، والرتق. وكان جلُّ السكان في الأقبية من النساء العجائز. لكن الجنود لم يزوروا النساء المسنّات فحسب.

اعتقد باخ أن لا أحد يعرفُ بمجيئه إلى القبو. ولكن في أحد الأيام، عندما كان يجلس على السرير عند زينا ويمسك يديها بيديه، سمع كلاماً بلغته الأمّ خلف الستارة، وبدا له الصوتُ مألوفاً، قالَ له:

- لا تطلّ من وراء هذه الستارة، هناك زميلك الملازم أوّل.

الآن استلقيا جنباً إلى جنب وصمتا. حياته كلّها - الأصدقاء، والكتب، وعلاقته الغرامية بماريا، وطفولته، وكل ما ربطه بالمدينة التي ولد فيها، والمدرسة والجامعة، وهدير الحملة الروسيّة، كل هذا لا يعني شيئاً... اتضح أن كلّ ذلك كان طريقاً إلى هذا السرير، المصنوع من بابٍ نصف محترق... استولى عليه رعبٌ من جرّاءَ فكرة أنه يمكن أن يخسر هذه المرأة، لقد وجدها، أتى إليها، كل ما

حدثَ في ألمانيا، في أوروبا، كان في خدمة مقابلتها... لم يفهم ذلك من قبل، كان قد نسيها، بدت لطيفة معه على وجه التحديد، لأنَّ أمراً جدِّيّاً لم يربطه بها. ما من شيءٍ في العالم سواها، غرق كل شيء في الثلج... كانت ذاتَ وجهٍ رائع، وعرنين مرتفع قليلاً، عينين غريبتين، وتعبير عجز طفوليٍّ، ممزوجٍ بالتعب. لقد عثرت عليه في المستشفى في تشرين الأوّل (أكتوبر)، وجاءت إليه سيراً على قدميها، ولم يكن يريد أن يراها، ولم يخرج إليها.

رأت أنَّهُ - لم يكن في حالة سكر. ركع على ركبتيه، وقبّل يديها، قبّل ساقيها، ثم رفع رأسه، وضغط جبينه وخده على ركبتيها، وتحدث بسرعة، وبحماس، لكنها لم تفهمه، وكان يعلم أنها لم تفهمه،- لأنهما كانا يعرفان اللغةَ الرهيبةَ فحسب التي تحدث بها الجنود في ستالينغراد.

كان يعلم أن الحركةَ التي قادته إلى هذه المرأة، سوف تفصلها عنه الآن، وتُفرّقهما إلى الأبد. ركع، وضمَّ ساقيها ونظر إلى عينيها، واستمعت هي إلى كلماته السريعة، وأرادت أن تفهم، وتُخمن ما كان يقوله، وما كان يحدث له.

لم ترَ أبداً ألمانيّاً له مثل تعابير الوجه هذه، اعتقدت أن للروس وحدهم مثل هذه العيون المجنونة، التي تعاني، وتصلّي، وتبدي مثل هذا الحنان.

قال لها إنّه هنا، في القبو، وهو يقبّل ساقيها، فهم الحب لأوّل مرّة، ليس بكلمات الآخرين، بل بدماء قلبه. وهي أغلى عليه من ماضيه، ومن أمّه، ومن ألمانيا، ومن حياته المستقبليَّة مع مريم... لقد أحبّها. إنّ جدران التعصّب العنصري، التي أقامتها الدول،

ونيران المدفعية الثقيلة لا تعني شيئاً، أمام قوة الحبّ... وهو ممتن للمصير الذي منحه هذا الفهم عشية الموت.

لم تفهم كلماته، فقد كانت تعرف فقط: «قف، أحضر، ...».
لقد سمعت فقط: «تعطيني، سيّئ، خبز، امشِ، اغرب عن وجهي».

لكنها خمنت ما كان يحدث له، ورأت حيرته. رأت عشيقة الضابط الألماني الجائعة والطائشة ضعفَه ورقّته المتسامحة. لقد فهمت أن المصير سيفصلهما، وكانت أكثرَ هدوءاً منه. وشعرت الآن، بعد رؤية يأسه، أن علاقتها بهذا الرجل تتحول إلى شيء ما أذهلها بقوّته وعمقه. سمعت ذلك في صوته، وشعرت به في قبلاته، وفي عينيه.

مسّدت شعر باخ شاردة، وتحرّك في رأسها الماكر الخوفُ من أن تسيطر عليها هذه القوة الغامضة، وتدوّرها، وتدمرها... لكن قلبها كان ينبض وينبض ولا يريد أن يستمع إلى الصوت الماكر، والمحذّر والمُخوِّف.

40

تعرَّفت يفغينيا نيقولايفنا إلى وجوهٍ جديدة، أشخاص من طوابير السجون. سألوها: «ماذا لديك، ما الأخبار؟». أصبحت بالفعل ذات خبرة، ولم تستمع للنصيحة فقط، لكنها قالت: «لا تقلق. ربما هو في المستشفى. إنه لأمر جيد في المستشفى، الكل يحلم بالذهاب من الزنزانة إلى المستشفى».

عرفت أن كريموف موجود في سجن داخلي. لم يستقبلوا إرساليات منها، لكنها لم تفقد الأمل - في كوزنتسك، حدث ذلك، حيثُ رفضوا قبولَ الإرساليات مرةً واحدة أو اثنتين، ثم فجأة عرضوا المساعدة بأنفسهم: «هيّا أعطِنا الإرسالية».

زارت شقة كريموف، وأخبرتها إحدى الجارات، أن رجلين عسكريين جاءا مع مدير المنزل قبل شهرين، وفتحا غرفة كريموف، وأخذا الكثير من الأوراق والكتب، وغادرا بعد أن ختما الباب بالشمع الأحمر. نظرت جينيا إلى أختام شمعية لها ذيول حبل؛ قالت الجارةُ، التي كانت تقف في مكان قريب:

- فقط، لأجل اللّه؛ أنا لم أخبرك بأي شيء - وقادت جينيا إلى الباب، وتجرّأت، فهمست قائلةً: - لقد كان رجلاً جيّداً، مضى إلى الحربِ مُتطوّعاً من تلقاءِ نفسه.

هي لم تكتب لنوفيكوف من موسكو.

يا له من اضطراب في الروح! شفقة، وحبّ، وتوبة، وفرحة الانتصارات على الجبهة، والقلق على نوفيكوف، والعار أمامه، والخوف من فقدانه إلى الأبد، والشعورُ بالحزن بسبب الظلم...

كانت منذ وقت قريب، تعيش في كويبيشيف، وكانت تخطط للذهاب إلى نوفيكوف في الجبهة، وبدا لها التواصل معه ضروريّاً، لا مفر منه، مثل المصير. ارتعبت جينيا من أنها كانت مرتبطة به إلى الأبد، وقد انفصلت إلى الأبد عن كريموف. بدا لها كل شيء في نوفيكوف ولدقائق غريباً عليها. كانت مخاوفه وآماله ودائرة معارفه غريبة تماماً عليها. وتصوّرت أنّ من غير المعقول لها سكب الشاي على مائدته، واستقبال أصدقائه، والتحدث إلى زوجات الجنرالات والعقداء.

وتذكّرت لامبالاة نوفيكوف بعملي تشيخوف «المطران» و«التاريخ الممل». كانت تعجبه أقل مما تفعل روايات درايزير وفييختفانغير المُتحيِّزة. والآن، عندما فهمت جينيا أن انفصالها عن نوفيكوف بات أمراً محسوماً، وأنّها لن تعود إليه أبداً؛ شعرت بالحنين إليهِ، وغالباً ما تذكرت التمهّلَ المطيع، في موافقته على كل ما كانت تقوله. وشعرت جينيا بالحزن - أيعقلُ أنَّ يديه لن تلمسا كتفيها أبداً، وأنها لن ترى وجهه؟

ما التقت أبداً مثل هذا المزيج غير العادي من القوةِ، البساطةِ الخشنةِ مع الإنسانية والخجل. لقد جذبها إليه، أنَّ التعصبَ القاسي كان غريباً عنه، وكان ثمَّةَ نوع من اللطف الرجولي الخاص، الذكي والبسيط. وهنا بالتحديد أقلقتها فكرة ملحاحة، عن شيء مظلم

وقذر، زحف إلى علاقتها بناسٍ قريبينَ إليها. كيف أصبحت الكلمات التي قالها لها كريموف معروفة؟.. كم كان كل ما يربطها بكريموف جدِّياً بصورة لا تُعالج، فلم تتمكّن من شطب الحياة التي عاشتها معه.

سوف تتبعُ كريموف أينما نقلوه. وليكن أنّه لن يغفر لها، فقد استحقت لومه الأبدي، لكنه يحتاج إليها، وهو يفكر فيها في السجن طوال الوقت.

سيجد نوفيكوف في نفسه القوة لتحمّل الانفصال عنها. لكنها لم تستطع فهم ما تحتاج إليه لراحة البال؛ مَعرفتها بأنَّهُ كفَّ عن حبّها، وأنّه هدأ وغفر؟ أو، على العكس، أن تعلم بأنه يحبّها، لا يهدأ، ولا يغفر؟ وهي نفسها - هل من الأفضل أن تعرف أن الفجوة قائمة إلى الأبد، أو تثق في أعماق قلبها، إنّهما سيكونان معاً فيما بعد؟

كم سببت من المعاناة للمقرّبين. هل فعلت كل هذا، ليس من أجل الآخرين، ولكن لنزوتها، ومن أجلِ نفسها؟ اضطراب نفسيٌّ فكريّ!

سألت جينيا أختها مساء، وهي تنظر إليها، عندما كان شتروم ولودميلا وناديا جالسين إلى المائدة:

- هل تعرفين من أنا؟

فوجئت لودميلا، قائلة:

- أنت؟

قالت جينيا:

- نعم، نعم، أنا - وأوضحت: - أنا كلبة صغيرة.

قالت ناديا بمرح:

- ساقطة؟

قالت جينيا:

- هذا هو - هذا هو، بالتحديد.

وفجأة بدأ الجميع يضحكون، على الرغم من أنّهم أدركوا، أنّ آخر ما تُفكرّ فيه جينيا هو الضحك.

قالت جينيا:

- تعرفون، لقد شرح لي زائري ليمونوف من كويبيشيف، ما هو الحبّ ما بعد الأوّل. قال - إنّه نقص الفيتامين الروحي. لنقل، يعيش الزوج مع زوجته فترةً طويلة، وينمو عندهُ جوع روحيّ، تماماً مثل البقرة المحرومة من الملح، أو المستكشف القطبي الذي لم ير الخضار منذ سنوات. والزوجة هي إنسانة قوية الإرادة، وسلطويّة، وقويّة، لذلك يبدأ الزوج بالتوق في روحه، إلى المرأة الوديعة، واللّيّنة، والمطيعة، والخجولة.

قالت لودميلا نيقولايفنا:

- أحمق صديقك ليمونوف.

سألت ناديا:

- وإذا كان الشخص يحتاج إلى عديدٍ من الفيتامينات - A، B، C، D؟

قال فيكتور بافلوفيتش في وقت متأخّر، عندما كانوا على وشك النوم:

- جينييفا، من المعتاد عندنا أن نسخر من المثقفين بسبب

الازدواجيَّة الهاملتيّة، وبسبب الشكوك، والتردّد. في شبابي احتقرت هذه الصفات في داخلي. والآن أفكّر بطريقة مختلفة: الناس غير الحاسمين والمشكّكين يدينون للاكتشافات العظيمة وللكتب الرائعة، لقد صنعوا ما لا يقل عمّا صنعهُ المستقيمون الحاسمون. سيذهبون إلى النار عندما تدعو الضرورة، وهم تحت وابل الرصاص ليسوا أسوأ من أصحاب الإرادة القوية والمستقيمين.

قالت يفغينيا نيقولايفنا:

- شكراً، فيتكا، هذا فيما يخصّ الكلبة؟

أكد فيكتور بافلوفيتش:

- بالتحديد. وأراد أن يقول لجينيا قولاً لطيفاً:

- لقد نظرت إلى لوحتك مرة أخرى، جينيشكا. أعجبني أنّ ثمَّةَ شعوراً في اللوحة، أنت تعلمين أن الفنانين اليساريين لديهم فقط الشجاعة والابتكار، لكن لا إلهَ فيهم.

قالت لودميلا نيقولايفنا:

- نعم، يا لها من مشاعر؛ رجال خُضر، وأكواخ زُرق. إنّه خروج كامل عن الواقع.

قالت يفغينيا نيقولايفنا:

- تعرفين، عزيزتي، لقد قال ماتيس: «عندما أضع لوناً أخضر، فإن هذا لا يعني أنني سأرسم عشباً، وعندما أتناول اللون الأزرق، فهذا لا يعني أنني سأرسم السماء». اللون يعبّر عن حالةِ الفنّان الداخلية.

على الرغم من أن شتروم أراد أن يقول لجينيا ما هو مُفرح فقط، لكنه لم يستطع التحمّل وقال ساخراً:

- أمّا إيكيرمان فكتب: «لو أنّ غوته، مثل اللّه، خلق العالم، لكان قد خلق العشب أخضرَ والسماء زرقاء». هذه الكلمات تقول لي الكثير، لدي علاقة ما بالمواد التي خلق اللّه العالم منها... حقيقةً، لذلك أنا أعلم أن لا وجودَ للألوان، ولا أصبغة، بل ذرّات فقط والفضاء فيما بينها.

لكن مثل هذه الأحاديث كانت نادرة، فمعظم أحاديثهم كانت عن الحرب ومكتب المدعي العام...

هذه أيام صعبة. جينيا تستعد للمغادرة إلى كويبيشيف - عطلتها على وشك الانتهاء.

كانت تخشى ما ينتظرها من توضيحٍ لرئيسها. فقد سافرت إلى موسكو بإرادتها من دون أخذ الإذن، وتسكعت لعدة أيام على عتبات السجون، وكتبت طلبات إلى مكتب المدعي العام واللجنة الشعبية للشؤون الداخلية.

كانت تخاف طوال حياتها من مؤسسات الدولة، وكتابة الالتماسات، فقبل تغيير جواز سفرها، نامت على نحوٍ سيّئ، وشعرت بالقلق. لكن أجبرها القدرُ في الآونة الأخيرة، وكانت مضطرة للتعامل مع تسجيل الإقامة، وجوازات السفر، والشرطة، والنيابة العامّة، ومع الاستدعاءات والبيانات.

خيّم على بيت أختها هدوء غير حيّ.

فيكتور بافلوفيتش لم يذهب إلى العمل؛ جلس ساعات في غرفته. وعادت لودميلا نيقولايفنا منزعجةً وغاضبة من المتجر المخصّص، وقالت إن زوجات الأصدقاء لم يسلّمن عليها.

لاحظت يفغينيا نيقولايفنا كيف كان شتروم متوتِّراً. ارتجف عندما

رنَّ جرس الهاتف، وأمسك السمّاعة بسرعة. وغالباً ما كان يقطعُ الحديثَ أثناءَ الغداء أو العشاء، ويقولُ بحدة: «صمتاً، صمتاً، أعتقد أنّ شخصاً ما يقرعُ جرسَ الباب». ثم يسيرُ في بهو المدخل، ويعود مبتسماً مُحرجاً. وقد فهمت الأختان سببَ الترقّب الشديد المستمر للجرس - كان خائفاً من الاعتقال.

قالت لودميلا:

- هكذا يتطور هوس الاضطهاد، كثيرٌ من هؤلاء الأشخاص، في السنة السابعة والثلاثين كانوا في مستشفيات العلاج النفسي.

تأثرت يفغينيا نيقولايفنا، التي شاهدت توتّر شتروم المستمر، وقد مَسَّهُ بخاصّة، شكل تعامله معها. قال ذات مرة: «تذكري، جينيفيفا، أنا غير مبال أبداً بما يفكرون فيه، كونك تعيشين في منزلي وتنشغلينَ بشؤونِ شخصٍ معتقل. هل تفهمين؟ هذا هو بيتك!».

كانت جينيا تُحبّ التحدث إلى ناديا في الأمسيات.

قالت يفغينيا نيقولايفنا لابنة أختها:

- أنت ذكيّة جداً، لست فتاة صغيرة، بل واحدة من أعضاء جمعية السجناء السياسيين السابقين.

قال شتروم:

- ليس السابقين، ولكن المستقبليين. ربّما تتحدثين في السياسة مع ملازمك.

قالت ناديا:

- وماذا في ذلك؟

قالت يفغينيا نيقولايفنا:

- سيكون من الأفضل أن تُقبّلا بعضكما بعضاً.

قال شتروم:

- هذا ما أردتُ التحدث عنه. هذا سيكون أكثر أماناً.

فتحت ناديا بالفعل أحاديثَ عن قضايا حساسة، سألت فجأة عن بوخارين، وما إذا كان صحيحاً أن لينين قدَّر تروتسكي، ولم يرغب في رؤية ستالين في الأشهر الأخيرة من حياته، وكتب وصيّة أخفاها ستالين عن الناس.

ما سألت يفغينيا نيقولايفنا، عندما كانت وحدها مع ناديا، عن الملازم لوموف. لكن بما أنَّ ناديا تحدثت عن السياسة، والحرب، وأشعار ماندیلشتام وأخماتوفا، وعن لقاءاتها وأحاديثها مع رفاقها، فقد عرفت يفغينيا نيقولايفنا الكثير عن لوموف وعن علاقة ناديا به، أكثر مما عرفت لودميلا.

كان لوموف، على ما يبدو، شاباً حاداً ذا طبعٍ صعب، سخر من كل شيء معترف به وراسخ. وكان هو نفسه على ما يبدو، يكتب الشعر، ومنه استعارت ناديا موقفاً ساخراً ومزدرياً تجاه دميان بيدني وتفاردوفسكي، ولامبالاة تجاه شولوخوف ونيقولاي أوستروفسكي. وردّدت ناديا كلماته على ما يبدو وهي تقولُ وقد زمَّت كتفيها: «الثوارُ إما أغبياء وإمّا غير شرفاء - لا يمكنك التضحية بحياةِ جيل كامل من أجل سعادة خيالية مستقبلية...».

قالت ناديا ذات مرة ليفغينيا نيقولايفنا:

- تعلمين يا خالة، كان من الضروري للجيل القديم أن يؤمن بأمرٍ ما: مثل إيمان كريموف بلينين وبالشيوعيَّة، وإيمان والدي بالحريّة، وجدّتي بالناس والعاملين، أما نحن، الجيل الجديد، فهذا كلّه يبدو لنا سخيفاً. عموماً، من الغباء أن تؤمن. يجب العيش من دون إيمان.

سألت يفغينيا نيقولايفنا فجأة:

- هذه هي فلسفة الملازم؟

وأدهشها جواب ناديا:

- سيمضي بعد ثلاثة أسابيع إلى الجبهة. وهذه هي الفلسفة بأكملها: كان - ولم يعد موجوداً.

تذكّرت يفغينيا نيقولايفنا، وهي تتحدث إلى ناديا، ستالينغراد. هكذا تحدثت إليها فيرا، وهكذا وقعت فيرا في الحب. لكن كم اختلفَ شعور فيرا البسيط والواضح عن اختلاطات ناديا. وكم كانت حياة جينيا آنذاك مختلفة عنها اليوم. كم كانت الأفكار عن الحرب آنذاك تختلف عنها اليومَ في أوقاتِ النصر. لكن الحرب كانت مستمرة، وما قالته ناديا لم يتغير: «كانَ الملازمُ - ولم يعد». ولم تكن الحرب مهتمّةً بما إذا كان الملازم قد غنّى على أنغام القيثارة، وما إذا كان قد مضى متطوِّعاً للمشاركةِ في الإنشاءات العظيمة، مؤمناً بمملكة الشيوعيّة القادمة، وما إذا كان قد قرأ أشعار إينوكيتي أنينسكي ولم يؤمن بالسعادة الوهمية للأجيال القادمة.

عرضت ناديا ذات مرّة ليفغينيا نيقولايفنا أغنيةَ معسكر الاعتقالِ مكتوبةً بخط اليد.

تحدثت الأغنية عن برد عنابر المراكب البخاريّة، وكيف هدر المحيط، وتحدَّثت «أن المدانين عانوا من الاهتزازات، وتعانقوا مثل إخوة بالدم»، وكيف خرجت مدينة ماغادان، «عاصمة إقليم كوليما»، من الضباب.

عندما كانت ناديا تتحدث بعد وصولها إلى موسكو، في مثل هذه المواضيع، كان شتروم يغضب ويقاطعها.

لكن هذه الأيام تغيَّرَ الكثير فيه. الآن لم يستطع كبح جماح نفسه وقال بحضور ناديا: أمرٌ لا يُطاق قراءة رسائل الأنخاب المتملّقة «إلى المعلم العظيم، وأفضل صديق للرياضيين، والأب الحكيم، والزعيم القوي، والعبقري المشرق»؛ بالإضافة إلى ذلك، فهو المتواضع، والحسّاس، واللطيف، والمستجيب. يتكوّنُ من جرّاء ذلك انطباعٌ أن ستالين يحرث، ويصهر المعادن، ويطعم الأطفال في روضة الأطفال بالملعقة، ويطلق النار ببندقية آلية، أمّا العمال، وجنود الجيش الأحمر، والطلاب، والعلماء، فيصلّون له فحسب، فإذا مضى ستالين، فسيموتُ الشعبُ العظيمُ بأكمله، كمتخلفٍ عاجزٍ.

حسب شتروم ذات مرّة، أن اسم ستالين ذُكِرَ في صحيفة «برافدا» 86 مرة، وفي اليوم التالي أحصى 18 إشارة لاسم ستالين في الافتتاحية وحدها.

واشتكى من الاعتقالات الخارجة على القانون، ومن انعدام الحرية، ومن أنّ أيّ مسؤول يحمل تذكرة الحزب وغير كفء، يعتبر أنَّ من حقه أن يأمر العلماء، والكتّاب، ويضع الدرجاتِ لهم، ويعلّمهم.

ظهر عنده شعورٌ جديدٌ ما؛ رعبٌ متزايدٌ من القوة المدمرة لغضب الدولة، وإحساسٌ مُتنامٍ بالوحدة، والعجز، وضعفُ الدجاج المثير للشفقة، والقدريّة - كلٌ هذا أدى إلى نوعٍ من اليأس السريع، واندفاع لامبالٍ نحو الخطر، واحتقار الحذر.

أسرع شتروم في الصباح، إلى غرفة لودميلا، وعندما شاهدت وجهه المبتهج المستثار، ارتبكت، كم كان هذا التعبيرُ غير معتادٍ بالنسبةِ إليه.

- لودا، جينيا! نحن ندخل مرّة أخرى الأرض الأوكرانيّة، أذاعوا ذلك لتوّهم بالراديو!

أمّا نهاراً فعندما عادت يفغينيا نيقولايفنا في فترة ما بعد الظهر، من جسر كوزنتسك، سألها شتروم، وهو ينظر إلى وجهها، بالطريقة نفسها التي سألته بها لودميلا في الصباح:

- ماذا حدث؟

قالت جينيا:

- استقبلوا الطرد، استقبلوا الطرد!

حتى لودميلا فهمت، ماذا سيعني هذا الطرد مع رسالة جينيا لكريموف.

قالت:

- قيامة من بين الموتى - وأضافت:- لا بد أنّكِ ما زلت تُحبّينه، لا أذكر أن لك مثل هاتين العينين.

وهمست يفغينيا نيقولايفنا لأختها:

- تعرفين، ربّما أنا مجنونة، فأنا سعيدة، كون نيقولاي سيستلم الطرد، ولأنّني فهمت اليوم: لا يستطيع، لا يستطيع نوفيكوف، لا يقدر نوفيكوف أن يتصرّف بخسَّةٍ. هل تفهمين؟

غضبت لودميلا نيقولايفنا وقالت:

- أنت لست مجنونة، أنت أسوأ.

طلبت يفغينيا نيقولايفنا:

- عزيزي فيتينكا، اعزف لنا شيئاً ما.

لم يجلس إلى البيانو ولو مرّة كل هذا الوقت. لكنه الآن لم

يمانع، أحضر النوتات، وعرضها على جينيا، وسأل: «هل
تمانعين؟». مضت لودميلا وناديا، اللتان لا تحبّان الموسيقا، إلى
المطبخ، وبدأ شتروم يعزف. واستمعت جينيا. عزف طويلاً، أنهى
العزف وصمت، ولم ينظر إلى جينيا، ثم أخذَ يعزف مقطوعةً جديدةً.
بدا لها لدقائق أن فيكتور بافلوفيتش كان ينتحب، هي لم تر وجهه.
انفتح الباب بسرعة، وصاحت ناديا:

- افتحوا المذياع، بيان!

استُبدلت الموسيقا بصوت هدير معدنيٍّ للمذيع ليفيتان، الذي قال
في تلك اللحظة: «... وسيطرت قواتنا بهجومها على المدينة وعلى
تقاطع السكك الحديديّة المهم...» ثم جرى ذكرُ الجنرالات
والقوات التي تميّزت في المعركة، بُدِئت القائمةُ باسم الجنرال
تولبوخين، الذي قاد الجيش؛ ثم علا فجأة صوت ليفيتان المبتهج:
«وكذلك فيلق الدبابات بقيادة العقيد نوفيكوف».

تنهّدت جينيا بهدوء، ثم عندما قال صوت المتحدث القوي:
«المجد الأبدي للأبطال الذين سقطوا من أجل حرية واستقلال وطننا
الأم» - بكت.

41

غادرت جينيا، وخيّم الحزن تماماً على منزل أسرة شتروم.

جلس فيكتور بافلوفيتش ساعاتٍ إلى مكتبه، ولم يغادر المنزل عدة أيام متتالية. سيطر عليه الخوف؛ بدا له أنَّه سيلتقي في الشارع أشخاصاً غير مريحين، معادين له على نحوٍ خاص، وسيبصرُ عيونهم القاسية.

الهاتفُ صمتَ تماماً، وكانت لودميلا نيقولايفنا تقولُ إذا ما رنَّ الجرسُ كلَّ يومين أو ثلاثة أيام:

- هذا الاتصالُ لناديا - وبالفعل كان ثمّةَ من يطلبُ ناديا إلى الهاتف.

لم يدرك شتروم مباشرةً ثِقلَ ما حدثَ له. بل لعلَّه شعر في الأيام الأولى، بالارتياح لأنه قعيد المنزل، في هدوء، بين الكتب التي يُحبُّها، ولم ير وجوهاً معادية جهمة.

ولكن سرعان ما بدأ صمت المنزل يعذّبه، لم يسبب الحنين إلى الخارج فحسب، بل القلق. ما الذي يحدث في المختبر؟ كيف يجري العمل؟ ماذا يفعل ماركوف؟ أثارت لديه فكرة أنّ المختبر يحتاج إليه، في الوقت الذي يجلس فيه في المنزل قلقاً شديداً. ولكن

ما كان يطاق أيضاً الاعتقاد المعاكس؛ أن المختبر يمكن أن يعمل جيّداً من دونه.

التقت لودميلا نيقولايفنا في الشارع رفيقتها في أثناءِ الجلاءِ، ستوينيكوفا، التي عملت في جهاز الأكاديمية. أخبرتها ستوينيكوفا بالتفصيل عمّا جرى في اجتماع المجلس العلمي - لقد قدَّمت صورة فوتوغرافيّةً له من البداية إلى النهاية.

الشيء الرئيس- سوكولوف لم يتحدث! لم يقل شيئاً، رغم أن شيشكوف قال له: «بيوتر لافرينتييفيتش، نريد أن نستمع إليكم. لقد عملتم مع شتروم لسنوات عديدة». أجاب سوكولوف إنه أصيب بنوبة قلبية في الليل ويصعب عليه التحدّث.

غريب، لكن شتروم لم يكن سعيداً بهذا الخبر.

تحدث ماركوف ممثِّلاً المختبر، وكان أكثر تحفّظاً من غيره، من دون اتهامات سياسية، مؤكداً أساساً على الطبيعة السيّئة لشتروم، ولكنَّه ذكَرَ عبقريته.

قال شتروم:

- ما كان في إمكانهِ إلّا أن يتحدَّث: فهو حزبيّ، وقد ألزموه بذلك. لا يمكن أن نلومَه.

لكن معظم الكلمات كانت فظيعة. تحدث كوفتشينكو عن شتروم، كما لو كان مارقاً، محتالاً. قال: «شتروم هذا لم يكلِّف نفسه عناء الحضور، إنّه غير منضبط على الإطلاق، سنتحدث إليهِ بلغة أخرى، هو يريد ذلك على ما يبدو».

قال براسولوف ذو الشعر الرمادي، الذي قارن من قبل بين عمل

شتروم وعمل ليبيديف: «هناك نوع من الناس نظّموا ضوضاء غير لائقة حول نظرية شتروم المشبوهة».

وتحدّث على نحوٍ سيّئ جداً دكتور العلوم الفيزيائية جوريفيتش، واعترف بأنه كان مخطئاً كثيراً، وبالغ في تقييم عمل شتروم، وألمح إلى تعصب فيكتور بافلوفيتش القومي، وقال إن الخلط والتخبّط في السياسة سيشكّلان حتماً تشويشاً في العلوم.

أطلق سفيتشين على شتروم اسم «الموقَّر» ونقل الكلمات التي قالها فيكتور بافلوفيتش، أن لا وجودَ لفيزياء أمريكية، أو ألمانية، أو سوفييتية - فالفيزياء واحدة.

قال شتروم:

- قلتُ ذلك. لكنَّ نقل ما قيل في حديثٍ خاصٍّ، إلى الاجتماع هو وشاية مشبوهة تماماً.

دُهش شتروم من أن بيمينوف ألقى كلمة في الاجتماع، على الرغم من أنه لم يعد على صلة بالمعهد، وأنَّ أحداً لم يُجبره. تاب عن إعلانه عن الأهمية القصوى لعمل شتروم، ولم ير رذائله. هذا كان مُدهشاً تماماً. كررَ بيمينوف أكثر من مرة أن عمل شتروم أثارَ فيه شعوراً صلواتيّاً بأنّه سعيد، كونه ساهم في تطبيقه.

تحدّث شيشكوف قليلاً. اقترح القرارَ أمينُ لجنةِ الحزبِ في المعهد رامسكوف. وكان القرار قاسيّاً، وطالب المديرية باستئصالِ الأجزاء المتعفنة من الفريق المُعافى. والمؤلمُ على نحوٍ خاص أن القرار لم يذكر حتى بعض الخدمات العلمية لشتروم.

قالت لودميلا نيقولايفنا:

- مع ذلك، تصرّفَ سوكولوف على نحوٍ لائق تماماً. لماذا اختفت ماريا إيفانوفنا، أيُعقل أن يكون خائفاً إلى هذه الدرجة؟

لم يجب شتروم.

غريب! لم يغضب من أي شخص، مع أن المغفرة المسيحيّة لم يكن مُعتَرفاً بها عنده. لم يغضب من شيشكوف أو بيمينوف. لم يشعر بالغضب تجاه سيفتشين، وغوريفيتش، وكوفتشينكو. رجل واحد فقط جعلَهُ غاضباً، يُحسُّ بالثقلِ والاختناق حتّى إنه شعرَ بالحُمّى، وأخذَ يتنفّس بصعوبةٍ، بمجرد أن فكَّر فيه. وبدا أن كل هذه القسوة الجائرة التي ارتكبت ضد شتروم جاءت من سوكولوف. كيف يمكن أن يمنع بيوتر لافرينتييفيتش ماريا إيفانوفنا من زيارة عائلة شتروم! يا له من جبن، كم في هذه القسوة، من خسَّةٍ ودناءة!

لكنه لم يستطع أن يعترف لنفسه، أن غضبه لم يتغذَّ فقط على فكرةِ ذنب سوكولوف تجاه شتروم، ولكن أيضاً بسبب شعورِهِ السرّي بالذنب نحو سوكولوف.

الآن غالباً ما تتحدثُ لودميلا نيقولايفنا عن الأمور المادية.

مساحة السكن الزائدة، وشهادة الراتب لإدارة المبنى، وبطاقات المواد التموينية، والتسجيل بمتجر المواد الغذائية الجديد، ودفتر المخصّصات لربع السنة الجديد، وانتهاء صلاحية جواز السفر، والحاجة إلى تقديم شهادة من مركز العمل عند تبديل جواز السفر، وكل هذا أقلقَ لودميلا نيقولايفنا ليلاً ونهاراً. أين يمكن الحصول على المال من أجل لقمة العيش؟

من قبلُ كان شتروم يمزحُ ويضحك قائلاً: «سأعمل على المسائل النظرية في المنزل، سأبني لنفسي كوخاً مختبراً».

لكن الآن لم يعد الأمرُ مضحكاً. الأموال التي حصل عليها بصفتِهِ عضواً مراسلاً في أكاديمية العلوم لا تكفي لدفع فواتير شقة، وكوخ صيفي، ومصاريف المواصلات. ضايقته الوحدة.

ولا بدَّ أن يعيشوا!

تبيَّن أنَّه ممنوعٌ من العملِ التربوي في الجامعة. لا يُسمح للملوّث سياسياً أن يكون له عمل مع الشباب.

إلى أين تذهب؟

عاقهُ موقعُه العلمي البارز من الحصول على وظيفة صغيرة. أي مسؤول شؤون سيتأوّه ويرفض قبول دكتور في العلوم التقنيّة، كأستاذ فني أو مدرس للفيزياء في مدرسة تقنية.

وعندما أصبحت الأفكار حول العمل المفقود، والحاجة، والارتباط، إذلالاً خاصّاً لا يحتمل، فكر: «ليتهم يسجنونني سريعاً».

لكن لودميلا ناديا باقيتان. وينبغي أن تعيشا.

أيّ فراولة في البيت الريفي! فهم سيأخذون البيت الريفي - عليه أن يمدّد عقد الإيجار. البيت الريفي ليس تابعاً للأكاديمية، ولكنّه إداري. لقد أهمل دفع الإيجار، بسبب تسيّبه، فكر في الدفع من فوره عن الماضي، ودفع سلفة للنصف الأول من العام. والآن، المبالغ التي بدت له قبل شهر تافهة، أثارت الرعب فيه.

من أين سيحصل على المال؟ ناديا تحتاج إلى معطف.

الاقتراضُ؟ لكن لا يمكنه الاقتراض من دون أمل في سداد الديون.

بيع أشياء من البيت؟ ولكن من سيشتري الخزف والبيانو خلال

الحرب؟ نعم، إنه لأمر مؤسف،- لودميلا تحب مجموعتها، وهي حتى الآن، بعد وفاة توليا، تتأمّلها أحياناً.

فكّر في كثير من اللحظات أن يذهب إلى المفوّضية العسكرية، ويرفض التبعية للأكاديمية، ويطلب التطوّع في الجيش الأحمر ويمضي إلى الجبهة.

عندما فكر في هذا الأمر، شعر بالهدوء في روحه.

ثم راودته مرة أخرى أفكار مقلقة، ومؤلمة. كيف ستعيش لودميلا وناديا؟ التعليم؟ استئجار غرفة؟ ولكن ستعوقهما فوراً إدارة المبنى، والشرطة. والمداهمات الليلية، والغرامات، والبروتوكولات.

كم تصبح إدارةُ المبنى، ومراقبو شرطة الحي، ومفتشو إدارة الحي، وأمناءُ إدارات شؤون الموظفين، أقوياءَ، ورهيبين، وحكماءَ بالنسبة إلى الشخص.

وكم يشعرُ الشخصُ الذي لا حمايةَ له بالقوةِ الهائلةِ، والجسورةِ للفتاة التي تجلس في مكتب البطاقات التموينية.

سيطر على فيكتور بافلوفيتش شعورٌ بالخوف، والعجز، وانعدام الثقةِ بالنفس، طوال اليوم. لكنّ ذلك الشعور لم يكن هو نفسه دائماً، ومن دون تغيير. أوقات مختلفة من اليوم كان لها خوفها، وكآبتها الخاصة بها. في الصباح الباكر، وبعد دفء السرير، عندما كان ثمَّةَ غسق بارد مُعكّر خارج النافذة، شعرَ بالعجز الطفولي أمام القوة الهائلة التي سقطت عليه، وأراد أن يندسّ تحت البطانيَّة، ويجمِّع نفسه، ويغمض عينيه، ويتجمّد.

حَنَّ في النصف الأوّلِ من النهار إلى العمل، ورغبَ كثيراً في

الذهاب إلى المعهد خصوصاً. وبدا لنفسه في هذه الساعات عديمَ الفائدة، وغبيّاً، ومن دون موهبةٍ.

تبيَّنَ أن الدولةَ، في غضبها، كانت قادرةً على أن تأخذ منه، ليس الحرية والهدوء فحسب، بل العقل أيضاً، والعبقرية، والثقة بالنفس، وتحوِّله إلى رجل عادي غبيّ، وملّ.

انتعش، قبل الغداء، وأصبح مرحاً. وحلّت عليه بعد الغداء مباشرةً كآبةٌ مُملّةٌ، وبليدة.

وما إن تبدأ العتمةُ بالتلبّد، حتى يحلّ خوفٌ كبير. خاف فيكتور بافلوفيتش الآن الظلام، مثل إنسانِ العصر الحجري المتوحِّش، الذي حلّت عليه العتمةُ في الغابة. نما الخوفُ أكثر، وأصبح أكثر كثافة. . . تذكر شتروم، وفكّر. يُحدِّقُ من الظلمة، موتٌ قاسٍ لا مفر منه. سيُسمع بين لحظة وأخرى صوتُ ضجيج سيارة في الشارع، وها هو جرسُ البابِ يرن، وها هي الأحذية في الغرفة تصر. لا مكانَ للهرب. وتنفجر فجأةً، لامبالاةٌ شرّيرة، ومرحة!

قال شتروم للودميلا:

- كان وضع النبلاء المعارضين أثناء حكم القيصر جيِّداً. غُضب عليه، يركب العربة، ويخرج من العاصمة، إلى أملاكه في بينزا! هناك الصيد، والأفراح الريفية، والجيران، والحديقة، وكتابة المذكرات. وأنتم، أيها السادة، الفولتيريون، جربوا مثل هذا - تعويض لمدة أسبوعين وشهادة حسن سلوك في ظرف مغلق، لن يقبلوك على أساسها، بالعمل بواباً.

قالت لودميلا نيقولايفنا:

- فيتيا، سوف نعيش! سأخيط، وسأعمل خادمة منزلية، وسأرسم على المناديل. وسأعمل مخبريّة. سوف أطعمك.

قبّل يديها، ولم تستطع أن تفهم، سبب ظهور تعبير المذنب على وجهه، وأصبحت عيناه حزينتين، متوسّلتين. . .

مشى فيكتور بافلوفيتش في أنحاء الغرفة، وغنّى كلماتِ رومانسٍ قديم:

«. . . لكنه منسي، مستلقٍ وحيداً. . .»

قالت ناديا، عندما علمت برغبة شتروم في الذهاب إلى الجبهة متطوِّعاً:

- عندنا فتاة، تانيا كوغان، تطوّع والدها، وهو متخصِّص في بعض العلوم اليونانية القديمة، وانتهى به الأمر في فوج احتياطي في بينزا، حيث أُجبر على كنسِ المراحيض وتنظيفها. ودخلَ ذات مرَّة قائد السريّة، فرمى القمامة عليه دون أن ينتبه، فضربه القائدُ بقبضته على أذنه ضربةً، أدت إلى ثقب طبلة الأذن.

قال شتورم:

- حسناً، لن أرمي القمامة على قائد السريّة.

تحدث شتروم إلى ناديا الآن، كما يتحدّث إلى شخص بالغ. واكتشفَ أنه لم يُعامل ابنته جيداً كما يعاملها الآن. أثَّرَ فيه رجوعها أخيراً إلى البيت بعد المدرسة مباشرة، واعتقدَ أنها لا تريدُ أن تقلقه. كان في عينيها الساخرتينِ، عندما تحدثت إلى والدها، تعبيرٌ جديدٌ لطيفٌ ومحبٌّ.

ارتدى ثيابه ذات أمسية وذهب باتجاه المعهد - أراد أن ينظر إلى

نوافذ مختبره: هل هناك ضوء، هل تعمل الورديّة الثانية، ربما يكون ماركوف قد أكمل التثبيت بالفعل؟ لكنّه لم يصل إلى المعهد، كان يخشى مقابلة الأصدقاء، وتحوّل إلى زقاق، وعاد إلى المنزل. كانت الحارة مهجورة ومظلمة. وفجأة اجتاح شتروم شعورٌ بالسعادة. كان كل شيء جميلاً جداً – ثلوج، سماء الليل، والهواء الجليدي المنعش، وصوت الخُطى، والأشجار ذات الأغصان الداكنة، وطبقة ضيقة من الضوء تخترق ستارة مموهة في نافذة منزل خشبي من طابق واحد. استنشق الهواء الليلي، ومشى في زقاق جانبي هادئ، ولم ينظر إليه أحد. كان حيّاً، كان حرّاً. ماذا يحتاجُ أيضاً، وبماذا يمكن أن يحلم أيضا؟ اقترب فيكتور بافلوفيتش من المبنى، وغادره الشعور بالسعادة.

كان شتروم في الأيام الأولى، ينتظر بتوترٍ ظهورَ ماريا إيفانوفنا. مرت الأيام، لكن ماريا إيفانوفنا لم تتصل. لقد أخذوا منه كلَّ شيء – عمله، وشرفه، وهدوءَه، وثقته بنفسه. أيُعقل أن يكونوا قد أخذوا ملجأه الأخير: الحبّ؟

مرّ لدقائق في حالة يأس، أمسك رأسه بيديه، بدا أنه لا يستطيع العيش من دون رؤيتها. تمتم: «حسناً، حسناً، حسناً». وكان يقول لنفسه في بعض الأحيان: «من يحتاج إليَّ الآن!»

وفي أعماق يأسه، كانت ثمَّةَ نقطة مضيئة – شعورٌ بنقاء الروح، الذي احتفظ به هو وماريا إيفانوفنا. لقد عانا، لكنهما لم يعذّبا الآخرين. وأدرك أن أفكاره كلّها، سواء الفلسفيّة، أو المُهادِنة، أو الشرّيرة – لا تتوافق مع ما كان يحدث في روحه. الاستياء من ماريا إيفانوفنا، والسخرية من نفسه، والمصالحة الحزينة مع الحتميّة،

والأفكار المتعلقة بواجبه أمام لودميلا نيقولايفنا، وهدوء ضميره - كل هذا لم يكن سوى وسيلة للتغلب على اليأس. عندما يتذكر عينيها، وصوتها، يجتاحه حزن لا يطاق. أيعقل أن لا يراها؟

وعندما أصبحت حتميةُ الانفصال، والشعورُ بالخسارة لا يطاقان على وجه الخصوص، قال فيكتور بافلوفيتش، خجلاً من نفسه، للودميلا نيقولايفنا:

- تعرفين، تعذّبني فكرةٌ تراودني عن ماديا روف، هل هو بخير، هل هناك أي معلومات عنه؟ لو أنَّكِ تسألين ماريا إيفانوفنا في الهاتف عنه، إيه؟

ولعلَّ أكثرَ ما يثير الدهشة أنه واصل العمل. كان يعمل، واستمرَّ الحزنُ والكآبة، والأرق.

لم يساعده العمل في الصراع مع الكآبة والخوف، ولم يكن بمثابة دواء روحي له، ولم يبحث فيه عن التخلّص من أفكارِهِ الثقيلة، ومن اليأس الروحي، لقد كان أكثر من دواء.

لقد عمل لأنه لم يستطع إلا أن يعمل.

42

قالت لودميلا نيقولايفنا لزوجها إنها التقت مديرَ المبنى وطلب إليها أن يمرَّ شتروم بإدارة المبنى.

بدآ يخمِّنانِ ما الدافع لهذا الطلب. فائض المساحة السكنيّة؟ تبديل جواز السفر؟ التحقق من المفوضيّة العسكريّة؟ أو لعلَّ أحدهم قدَّمَ بياناً بأن جينيا عاشت عند أسرة شتروم من دون تصريح إقامة؟

قال شتروم:

- كان عليك أن تسألي. لما كنّا أوجعنا رؤوسنا بالتفكير.

قال لودميلا نيقولايفنا:

- بالتأكيد كان ذلك ضرورياً، لكنني ارتبكت عندما قال: دعي زوجك يحضر في الصباح، لأنه الآن لا يذهب إلى العمل.

- يا إلهي، إنهم على علم بكل شيء.

- لماذا، فالجميع يراقب - البوابون، وعمّال المصاعد، والجارات مدبرات المنازل. لماذا تتفاجأ؟

- نعم - نعم. هل تذكرين، كيف ظهر قبلَ الحرب شابٌّ يحمل كتاباً أحمر وعرضَ عليك إخباره بمن يأتي إلى الجيران؟

قالت لودميلا نيقولايفنا:

- هل أذكر، لقد صرختُ به حتى إنه لم يتمكن من الكلام إلا عند الباب: «اعتقدت أنك امرأة واعية».

روت لودميلا نيقولايفنا لشتروم هذه القصة عدّة مرات، وعادة ما كان يُدخل وهو يستمع إليها، كلماتٍ لاختصار القصة، لكنه طلب الآن من زوجته معلومات أكثر وأكثر تفصيلاً، ولم يستعجلها.

قالت:

- أتعرف، ربما يرتبط ذلك، بأنني بعت شرشفَي مائدة في البازار؟

- لا أعتقد، لماذا يستدعونني أنا إذاً، لكانوا قد استدعوك أنت.

قالت بتردّد:

- ربّما يريدون أخذ تعهّدٍ ما منك؟

كانت أفكارُهُ كئيبةً جداً. فقد تذكّر باستمرار أحاديثه مع شيشكوف وكوفتشينكو – لم يترك أمراً، لم يقله لهما. وتذكر نقاشاته الطلابية – لم يترك شيئاً، لم يثرثر به. جادل ديميتري، وجادل كريموف، ومع ذلك، كان يتفق في بعض الأحيان مع كريموف. لكنه لم يكن أبداً في حياته، ولو للحظة، عدوّاً للحزب، للسلطة السوفييتية. وفجأة استذكر على نحوٍ خاص كلمة قاسية، نطق بها في مكان ما ذات مرة، فأصبح جسمه بارداً. وكريموف رجلٌ صلب، شيوعي عقائدي، ومتعصب، ولم يكن يشك في ذلك، لكنّهُ اعتُقل. وهنا تبرزُ تلك الندوات الشيطانيّة مع مادياروف، وكريموف.

يا للغرابة!

بدأ يعذّبه التفكيرُ في المساء عادةً، مع هبوط الظلام، في أنّه

سيُعتقل، وأصبح الشعور بالرعب، أوسع، وأكبر، وأصعب. حتى إذا ما رأى أنَّ الموتَ حتميٌّ تماماً، شعر فجأة بالمرح والسهولة! إيه فليذهب إلى الجحيم!

بدا له وكأنه سيصاب بالجنون، مُفكِّراً في الظلم الذي وقعَ على عمله. ولكن عندما استحوذت عليهِ فكرة أنَّه غير موهوبٍ، وغبيّ، وأن عمله كان مملاً، وغليظاً، وساخراً من العالم الحقيقي، كَفَّت عن كونها فكرةً، وأصبحت إحساساً بالحياة - شعر بالبهجة.

لم يعد يفكر الآن حتى في الاعتراف بأخطائه - لقد كان مثيراً للشفقة وجاهلاً، والتوبة لن تغير شيئاً. لا أحد يحتاج إليه. كان التائبُ أو غير التائبِ، غير مهمٍّ بالقدر نفسه أمام دولة غاضبة.

كم تغيّرت لودميلا خلال هذه الفترة؟ لم تعد تتحدث إلى مدير المبنى على الهاتف: «لا تتردد في إرسال سمكري إليّ»، ولا تثير تحقيقاً حول السُّلَّم: «من الذي رمى مرة أخرى القشور بالقرب من مكبّ القمامة؟»، إنّها ترتدي ثيابها بعصبية بطريقة أو بأخرى، وتمضي للحصول على الزيت من الموزع، مرتديةً من دون الحاجةِ إلى ذلك، معطفَ فرو القرد باهظ الثمن، أو تلفّ رأسها بشالٍ قديمٍ رماديٍّ اللون وترتدي المعطف، الذي أرادت إعطاءه لعاملة المصعد قبل الحرب.

نظر شتروم إلى لودميلا وفكَّر كيف سيبدوان كلاهما بعد عشرة إلى خمسة عشر عاماً.

- تذكرين، في قصة «الكهنة» لتشيخوف: أخبرت الأم التي ترعى البقرة، النساءَ أن ابنها كان أُسقفاً في السابق، لكن القليل منهنَّ صدقها.

قالت لودميلا نيقولايفنا:

- قرأتها منذ فترة طويلة، عندما كنت بنتاً، لا أتذكر.

قال بعصبية:

- أعيدي قراءتها.

كان طوال حياته، يغضب من لودميلا نيقولايفنا بسبب لامبالاتها بتشيخوف، وشكَّ دائماً في أنّها لم تقرأ سوى القليل من قصصه.

لكن غريب، غريب! إنه الآن أكثر عجزاً وضعفاً، وأقرب إلى حالة من التحوّل الروحي الكامل، فهو لا شيء في عيون: مدير المبنى، والفتيات من مكتب البطاقات، وجوازات السفر، والكوادر، والمخبريين، والعلماء، والأصدقاء، وحتى الأقارب، وربما حتى تشيبيجين، وربما حتى زوجاتهم... ولكن بالنسبة إلى ماشا، فهو أكثر قرباً وقيمةً. لم يرَ أحدهما الآخر، لكنه كان يعرف ذلك. مع كل ضربة جديدة، وإذلال جديد، كان يسألها في ذهنه: «هل ترينني. يا ماشا؟».

هكذا جلس بجانب زوجته وتحدث إليها، ودارت في رأسِ أفكارٌ سرّية لا تعرفها.

رنّ جرس الهاتف. أحدثت المكالمات الهاتفية فيهم الآن ارتباكاً، مثلما تسبب البرقية الليلية حاملة المصائب.

قالت لودميلا نيقولايفنا:

- آه، أعرف، لقد وعدوا بالاتصال بي بخصوصِ العمل في المزرعة.

التقطت سمّاعة الهاتف، رفعت حاجبيها، وقالت:

– سأناديه الآن.

قالت:

– الهاتف لك.

سأل شتروم بعينيه:

– من؟

قالت لودميلا نيقولايفنا، وهي تغطي المايكروفون براحة يدها:

– صوت غير مألوف، لا أستطيع أن أتذكر.

أخذ شتروم السمّاعة.

وقال:

– تفضّل، سأنتظر – ونظر إلى عيني لودميلا التي تسأل، أمسك بقلم الرصاص على الطاولة، وكتب بعض الأحرف الملتوية على قطعة من الورق.

رسمت لودميلا نيقولايفنا ببطء إشارة الصليب، ثم رسمت إشارة الصليب على فيكتور بافلوفيتش، دون أن تلاحظ ما كان يفعله. صمت الاثنان.

«. . . تتحدّث جميع المحطات الإذاعية في الاتحاد السوفييتي». وها هو صوت، مشابه على نحوٍ لا يصدق للصوت الذي خاطب الناس، والجيش والعالم بأسره في 3 تمّوز (يوليو) 1941– «أيها الرفاق، أيّها الإخوة، يا أصدقائي. . .»، موجّه إلى شخص واحد فقط يحمل سمّاعة الهاتف:

– مرحباً، أيّها الرفيق شتروم.

توحّدَ في هذه الثواني مزيجٌ من الأفكار، ومقاطع من الرؤى،

ومقتطفات من المشاعر، في كتلة واحدة - انتصار، وضعف، وخوف من خدعة شخص مثير للشغب، وصفحات مكتوبة من مخطوطة، ورقة استبيان، وبناء في ساحة لوبيانكا . . .

وظهرَ شعورٌ واضحٌ جداً بتحقُّقِ المصير، واختلط به الحزن من جرَّاءِ فقدان شيءٍ ما غريب لطيف، ومؤثرٍ، وجيّد.

- مرحباً، جوزيف فيساريونوفيتش - قال شتروم ذلك، واستغرب، أيعقل أنّه هو الذي قال هذه الكلمات التي لا يمكن تصوّرها على الهاتف؟- مرحباً، جوزيف فيساريونوفيتش.

استغرقت المكالمة دقيقتين أو ثلاث دقائق.

قال ستالين:

- يبدو لي أنك تعمل في اتجاهٍ مثيرٍ للاهتمام.

كانَ صوتُه، بطيئاً، مع بُحّةٍ في الحنجرة، وتأكيداتٍ صوتيّة مهمّة، ويبدو تحديداً، مثل الصوت الذي استمع إليه شتروم عبر الراديو. هكذا، قَلَّدَ شتروم في بعض الأحيان هذا الصوت في المنزل. هكذا نقله الناس الذين سمعوا ستالين في المؤتمرات أو اتصلوا به.

أيُعقل أن تكون خدعة؟

قال شتروم:

- أنا أثق بعملي.

صمت ستالين لبعض الوقت، يبدو أنه كان يفكر في كلمات شتروم.

قال ستالين:

- هل تعاني من نقص في المراجع الأجنبيّة، مما له علاقة بوقت الحرب، وهل تُزَوَّدُ بالمعدات اللازمة؟

قال شتروم بإخلاص صدمه:

- شكراً جزيلاً لك، جوزيف فيساريونوفيتش، ظروف العمل طبيعية، وجيّدة.

استمعت لودميلا نيقولايفنا إلى المكالمة، كما لو كان ستالين قد رآها.

لوّح شتروم بيده نحوها: «اجلسي، عيب. . .» وصمت ستالين مرة أخرى، يفكر في كلمات شتروم، وقال:

- إلى اللقاء، رفيق شتروم، أتمنى لك التوفيق في عملك.

- إلى اللقاء، رفيق ستالين.

وضع شتروم سمّاعة الهاتف.

جلسا أحدهما قبالةَ الآخر، مثلما فعلا قبل بضع دقائق، عندما تحدَّثا عن مفارش المائدة التي باعتها لودميلا نيقولايفنا في بازار تيشينو.

قال شتروم فجأةً بلكنة جورجيّة قويَّة:

- أتمنى لك النجاح في عملك.

كان في ثبات هذه البوفيه، والبيانو، والكراسي، وفي حقيقة أن صحنين غير مغسولين على الطاولة، وكذلك كما في الحديث عن مدير المبنى، كان ثمّةَ شيء لا يمكن تصوّره، ويبعث على الجنون. فقد تغيّر كل شيء، انقلب رأساً على عقب، ووقف مصيرٌ آخر أمامهما.

- ماذا قال لك؟

قال شتروم، محاولاً أن يبدو لنفسه هادئاً وغير مبال:

- لا شيء مثيراً للاهتمام، سأل ما إذا كان يعوقُ عملي نقصٌ في المراجع الأجنبيّة.

ارتبكَ للحظات، بسبب الشعور بالسعادة التي اجتاحته، وقال:

- لودا، لودا، فكّري، فأنا لم أتُبْ، ولم أنحنِ، ولم أكتب له رسائل. هو نفسه، نفسه اتصل!

لقد حدث أمرٌ لا يصدق! قوةُ ما حصل كانت هائلة. أيُعقل أن فيكتور بافلوفيتش انهزم فعلاً، ولم ينم في الليالي، وأصابه الكمد، وملأ استبيانات، وأمسك برأسه، وهو يفكر، بماذا تحدثوا عنه في المجلس الأكاديمي، واستذكر خطاياه، وتاب فكريّاً، وطلبَ الصفح، وانتظر الاعتقال، وفكّر في الفقر، وتجمّد، وهو يتصوّر الحديث مع موظفة قسم جوازات السفر، ومع الفتاة من مكتب البطاقات!

قالت لودميلا نيقولايفنا:

- يا إلهي، يا إلهي. لن يعرف توليا ذلك أبداً.

ذهبت إلى باب غرفة توليا وفتحته.

رفع شتروم سمّاعةَ الهاتف، ووضعها مرة أخرى.

قال وهو يقترب من النافذة:

- قد تكون خدعة؟

كان منظرُ الشارعِ من النافذة خالياً، سارت فيه امرأة ترتدي سترة قطنيّة.

عاد إلى الهاتف، ونقر عليه بإصبع ملتوية، وسأل:

- كيف كان صوتي؟

- لقد تحدثت ببطء شديد. تعرف، أنا شخصياً لم أفهم لماذا نهضت فجأة.

- ستالين!

- ربّما تكون خدعة؟

- ما بك، من سيقدم على ذلك؟ مُقابل مثل هذه المزحة يعطون عشر سنوات بلا شك.

قبل ساعةٍ واحدة فقط ذرعَ الغرفة جيئةً وذهاباً واسترجع قصة غولنيشوف-كوتوزوف الرومانسية:

. . . وقد نُسي، يستلقي وحيداً . . .

تنتشر الشائعات عن مكالمات ستالين الهاتفية، مرة واحدة في السنة أو مرتين في موسكو: ستالين اتصل بالمخرج السينمائي دوفجينكو، ستالين اتصل بالكاتب إرينبرج.

ما كان يحتاج أن يأمر - امنحوا الجائزة لفلان، وأعطوه شقة، وابنوا معهداً علمياً له! لقد كان أكبر من أن يتحدث عن ذلك. كل هذا يقوم به مساعدوه، يخمِّنونَ رغبته في تعبير عينيه، في تجويد صوته. وكان يكفي أن يبتسم ابتسامة عطرة لرجل، حتّى يتغير مصير الرجل - من الظلام، ومن الغموض، يسقط الرجل تحت مطر المجد والشرف والقوة. ويحني العشرات من الأقوياء رؤوسهم أمام الرجل المحظوظ، لأن ستالين ابتسم له، ومازحهُ أثناء المكالمة الهاتفية.

نقلَ الناسُ تفاصيل هذه الأحاديث، فاجأتهم كل كلمة قالها

ستالين. كلما كانت الكلمة عادية أكثر، صدمت المستمعين – بدا أن ستالين لم يستطع نطق الكلمات المتداولة يومياً.

قالوا إنه اتصل بنحّات مشهور، وقال له مازحاً:

– مرحباً، أيّها السكّير العجوز.

سأل شخصاً آخر مشهوراً وجيّداً عن رفيق له معتقل، وعندما ارتبك وأجاب بغموض، قال ستالين:

– أنت تدافع عن أصدقائك على نحوٍ سيّئ.

قيل إنه اتصل هاتفيّاً بمكتب تحرير صحيفة الشباب، وقال نائب رئيس التحرير:

– بوبكين يستمع.

سأل ستالين:

– ومن هو بوبكين؟

أجاب بوبكين:

– عليك أن تعرف. وأغلق السمّاعة.

اتصل به ستالين مرةً أخرى، وقال:

– رفيق بوبكين، ستالين يتكلّم، قلّ لي من فضلك، من تكون أنت؟

قيل، إنَّ بوبكين بعد هذا الحادث أمضى أسبوعين في المستشفى، عولج من صدمة عصبية.

كلمته يمكن أن تدمر الآلاف، وعشرات الآلاف من الناس. المارشال، ومفوّض الشعب، وعضو اللجنة المركزية للحزب، وسكرتير اللجنة الإقليمية – الأشخاص الذين قادوا الجيوشَ

والجبهات بالأمس، والذين حكموا الأراضي والجمهوريات، وأداروا المصانع الضخمة، يمكن أن يتحوّلوا اليوم بكلمة غاضبة من ستالين، إلى لا شيء، إلى غبار في معسكر الاعتقال، ويطقطقونَ بصحونهم المعدنية، بانتظار الحساء في مطبخ المعسكر.

قيلَ إن ستالين وبيريا وصلا ليلاً إلى بلشفيّ جورجي عجوز، أُطلِقَ سراحُه حديثاً من لوبيانكا، وجلسا إليهِ حتى الصباح. خشيَ المستأجرون في الشقة الذهابَ إلى الحمام ليلاً، وفي الصباح لم يذهبوا إلى العمل. قيل إن قابلة هي الأكبر سنّاً في الشقة فتحت الباب للضيوف، خرجت بقميص ليلي، حاملةً كلباً صغيراً في يديها، غاضبةً جداً أنَّ الغرباء الليليين لم يقرعوا الجرس العدد المناسب من المرات. ثم قالت: «فتحتُ الباب ورأيت صورة، وبدأت الصورةُ تتحرك نحوي». ثم قالت إن ستالين خرج إلى الممر، وفحص لفترة طويلة ورقةً معلقة بالقرب من الهاتف، وضع عليها السكان علامةً تبيّن عدد المكالمات، لغايةِ معرفة مقدار ما ينبغي للشخص أن يدفعه.

إنّ هذه القصص كلّها، أدهشت الناسَ وأضحكتهم، على وجه التحديد، بسبب بساطة الكلمات والمواقف - لقد مشى ستالين في ممر شقة جماعية!

بكلمة واحدة منه ظهرت مواقع بناء ضخمة، وسارت قوافل من الحطابين إلى التايغا، ومئات آلاف الناس حفرت القنوات، وبنت المدن، وعبّدت الطرق في منطقة الليالي القطبية والصقيع الأبدي. لقدّ مثّل دولةً عظيمةً بذاتهِ! شمس الدستور الستاليني... حزب ستالين... الخطط الخمسية الستالينيّة... مشاريع البناء الستالينيّة... الاستراتيجيّة الستالينيّة... الطيران الستاليني...

عبّرت الدولة العظيمة عن نفسها في شخصيّته، وفي طبيعته، وفي عاداته.

ظلّ فيكتور بافلوفيتش يكرّر:

«أتمنّى لك التوفيق في عملك... أنت تعمل في اتجاه مثير جداً للاهتمام...»

الأمرُ واضحُ الآن: لقد كان ستالين يعلم أن الخارج بدأ يهتم بالفيزيائيين الذين يطوِّرون الظواهر النووية.

أحسَّ شتروم بوجود توتر غريب حول هذه المسائل، والتقطَ هذا التوتر بين السطور في مقالات الفيزيائيين الإنجليز والأمريكيين، وفي الإغفالات التي كسرت التطوّر المنطقي للفكر. لقد لاحظ أنَّ أسماءَ الباحثين الذين نشروا غالباً أعمالهم، تركوا صفحات المجلات الفيزيائية، وذابَ الأشخاص الذين عملوا على انشطار النواة الثقيلة، ولم يشر أحد إلى عملهم. شعر بتوتّرٍ وصمتٍ، حالما تطرقت المسائل إلى انهيار نواة اليورانيوم.

تحدّث تشيبيجين، وسوكولوف، وماركوف أكثر من مرّة في هذه المواضيع. وذكرَ تشيبيجين، في الآونة الأخيرة، أشخاصاً قصيري النظر لا يرون الآفاق العمليّة المرتبطة بتأثير النيوترونات على النواة الثقيلة. وتشيبيجين نفسه لا يريد العمل في هذا المجال...

لقد ظهر في الهواء، الممتلئ بقرع أحذية الجنود، وبنيران الحرب، والدخان، وصرير الدبابات، توتّرٌ صامت جديد، ورفعت أقوى يد في هذا العالم سماعة الهاتف، وسمعَ الفيزيائيُّ النظري الصوتَ البطيء يقول: «أتمنى لك النجاح في عملك».

واستلقى ظلٌّ جديد صامتٌ، خفيفٌ، يصعب التقاطه، على

الأرض التي أحرقتها الحرب، وعلى رؤوس الأطفالِ الرماديّة. لم يشعر الناس به، لم يعرفوا عنه، ولم يشعروا بميلاد القوة التي قُدِّرَ لها أن تأتي.

امتدت الرحلة الطويلة من مكاتب عشرات علماء الفيزياء، ومن قطع من الورق المخطوطة بالأبجدية اليونانية، بيتا، ألفا، غاما، سيغما، كسي، ومن خزانات المكتبات وغرف المختبرات، إلى القوة الكونية الشيطانية - الصولجان المستقبلي لعظمة الدولة.

بدأ المسار، وتحول الظل الأبكم، الذي ازداد كثافة، إلى الظلام، وكان على استعداد لتطويق كتل الأبنية الضخمة في موسكو ونيويورك.

لم يكن شتروم في هذا اليوم سعيداً بانتصار عمله، الذي بدا أنّه وُضع إلى الأبد في درج طاولة منزله. ها هو سيغادر السجن إلى المختبر، وإلى كلمات محاضرات الأساتذة في العلوم وتقاريرهم. لم يفكر في الانتصار السعيد للحقيقة العلميّة، ولم يفكِّر في فوزه - الآن يمكنه أن يدفعَ بالعلم مرة أخرى إلى الأمام، وأن يكون لديه تلاميذ، ويظهر على صفحات المجلات والكتب المدرسية، وأن يقلق فيما إذا كانت فكرته ستندمج مع حقائق العدَّادات وأدوات التصوير النووي.

ثمَّ سيطرت عليه إثارة أخرى تماماً - انتصار الطموح الشخصي على الناس الذين تعقّبوه. وهو كما بدا له من فترة قريبةٍ، لم يُكنّ لهم الحقد، واليوم أيضاً لا يريد أن ينتقم منهم، أو يُلحق الأذى بهم، لكن روحه وعقله كانا سعيدين، حينما تذكَّرَ كل تلك الأشياء السيّئة، والتعسة، والقاسية، والجبانة، التي فعلوها. وبمقدارِ ما كانوا أكثر غلظةً، وخِسَّةً نحوه، فإنَّ كل ما يتذكَّره الآن يصبحُ أكثر حلاوة.

عادت ناديا من المدرسة، صاحت لودميلا نيقولايفنا قائلة:

- ناديا، اتصلَ ستالين هاتفيّاً بوالدك!

أحسَّ شتروم بوضوح جليّ، وهو يرى الإثارة التي شعرت بها ابنته، وقد هرعت إلى الغرفة مرتديةً معطفاً نصف مخلوع، ووشاحها يجر على الأرض، بالارتباك الذي سيسيطر على عشرات الأشخاص عندما يعلمون اليوم وغداً بما حدث.

جلسوا لتناول الغداء، وضع شتروم ملعقته فجأة وقال:

- أنا لا أريد على الإطلاق أن آكل.

قالت لودميلا نيقولايفنا:

- خزيٌ كامل للذين يكرهونك، والذين عذّبوك. أتصوّرُ بيني وبينَ نفسي، ما الذي سيحدث في المعهد، وحتى في الأكاديمية.

قال هو:

- نعم، نعم، نعم.

وقالت ناديا:

- والسيدات في المتجر المُخصّص، سوف ينحنينَ لك ويبتسمن مرة أخرى يا أمي.

قالت لودميلا نيقولايفنا مبتسمة:

- نعم، نعم.

كان شتروم يحتقر دائماً المتملّقين، ولكنه الآن بدا سعيداً بفكرة رؤيةِ ابتسامةِ أليكسي أليكسييفيتش شيشكوف المتملّقة.

غريب، وغير مفهوم! لقد امتزجَ الشعور بالبهجة والانتصار الذي يعيشه، بالحزن الآتي من أعماق الأرض، والندم على شيء عزيز

وخفي، بدا كأنه يهجره في هذه الساعات. أحسَّ وكأنه كان مذنباً بشيء ما، وأمام شخص ما، لكن بماذا، وأمام من، لم يفهم.

كان يأكلُ حساءه المفضل – عصيدة الحنطة السوداء مع البطاطا، وتذكر دموع طفولته، عندما كان يمشي في ليلة ربيعية في كييف، وتتراءى له النجوم من خلال الكستناء المزهرة. بدا العالم حينها جميلاً، فالمستقبل كان عظيماً، طافحاً بالنور الرائع والطيبة. واليوم، عندما تحقَّقَ مصيره، بدا له وكأنه يودِّع حبّه الصافي، الطفولي، الصوفي للعلم الرائع، يودِّع الشعورَ الذي زاره قبل بضعة أسابيع، عندما تغلّب على خوفه الشديد، ولم يكذب على نفسه.

كان ثمَّةَ شخص واحد فحسب، يمكن أن يخبره بهذا، لكنه لم يكن إلى جوار فيكتور بافلوفيتش.

والغريب أنَّ ثمَّةَ شعوراً جشعاً ومتعجّلاً بزغَ في داخله – لو يعرف الجميعُ بسرعة عما حدث. في المعهد، في قاعات الجامعة، في اللجنة المركزية للحزب، في الأكاديمية، في إدارة المبنى، في مكتب إدارة قرية البيوت الريفية، وفي الأقسام، وفي التجمّعات العلميّة. لا يهم شتروم ما إذا كان سوكولوف سيعرف بهذا الخبر أم لا. ورغبَ ليس بعقله، بل في ظلمة قلبه، ألّا تعرف ماريّا إيفانوفنا بهذا الخبر. لقد خمَّن أنه من الأفضل لحبّه أن يظلَّ مُضطهداً وغير سعيدٍ. هكذا بدا له.

روى لزوجته وابنته حدثاً، عرفتاه منذ فترة ما قبل الحرب: ظهر ستالين في مترو الأنفاق ليلاً، وكان قد شربَ قليلاً من الخمر، وجلس بجوار امرأة شابة، وسألها:

- بماذا يمكنني مساعدتك؟

قالت المرأة:

- أرغب كثيراً في رؤية الكرملين.

فكّر ستالين، قبل الإجابة، وقال:

- ربما أستطيع أن أفعل هذا من أجلك.

قالت ناديا:

- اسمع، بابا، اليوم أنت عظيمٌ جدا حتّى إن والدتي تركتك تروي هذه القصة، ولم تقاطعك.

وضحكوا من جديد، للمرّة المئةِ وإحدى عشرة، على بساطةِ تفكيرِ تلكَ المرأة.

سألت لودميلا نيقولايفنا:

- فيتيا، ربما نشرب قليلاً من النبيذ بهذه المناسبة؟

أحضرت علبة من الشوكولاه، كانت تحفظُها لعيد ميلاد ناديا.

قالت لودميلا نيقولايفنا:

- كُلا، لكن لا تنقضّي ناديا عليها كالذئب.

قالت ناديا:

- بابا، اسمع، لماذا نسخر من تلكَ المرأة في المترو؟ لماذا لم تسألهُ أنتَ عن خالي ميتيا وعن نيقولاي غريغوريفيتش؟

قال:

- ماذا تقولين، وهل هذا معقول؟!

- معقول في رأيي. لو كانت جدّتي لسألت من فورها، أنا متأكدة من أنها كانت ستفعل ذلك.

قال شتروم:

- ربما، ربما.

قالت لودميلا نيقولايفنا:

- يكفي هذا الهراء.

قالت ناديا:

- هراء جيّد، فهو يمس مصير أخيك.

قالت لودميلا نيقولايفنا:

- فيتيا، عليك الاتصال بشيشكوف.

- يبدو أنك تقلّلين من شأن ما حدث. لا نحتاج إلى الاتصال بأحد.

قالت لودميلا نيقولايفنا بعناد:

- اتصل بشيشكوف.

- ستالين يقول لك: «أتمنى لك النجاح». اتصلي أنت بشيشكوف.

نشأ إحساسٌ جديدٌ غريبٌ عند شتروم في ذلك اليوم. لقد استاء باستمرار كيفَ يؤلِّهونَ ستالين. كانت الصحف من أولى صفحاتها حتّى آخرها ممتلئة باسمه. وصوره، وتماثيله النصفيّة، وأنصابه، والخطابات، والقصائد، والأناشيد... كانوا يسمّونه أباً، وعبقريّاً...

كان شتروم ساخطاً لأن اسمَ ستالين طغى على لينين، فقد وضعوا عبقريته العسكرية مقابل عقليّة لينين المدنيّة. ففي إحدى مسرحيات أليكسي تولستوي، أشعل لينين عود ثقاب، حتى يتمكن

ستالين من إشعال تبغ الغليون. ورسم أحد الفنانين لوحةً يسير فيها ستالين على درج سمولني، ولينين مستعجل كالديك ليلحق به. إذا كانت الصورة تصور لينين وستالين بين الناس، فهناك ينظر فقط كبار السن والجدات والأطفال إلى لينين بمودة، وينجذب العمالقة العسكريون نحو ستالين؛ والعمال والبحارة الملتفون بأحزمةِ الرشاشات. والمؤرخون في وصفهم اللحظات المشؤومة في حياة الدولة السوفييتيّة، صَوَّروا لينين يطلبُ النصيحةَ من ستالين باستمرار - في أثناء تمرد كرونشتادت، وفي أثناء الدفاع عن تساريتسينا، وخلال الهجوم البولندي. وخصَّصَ مؤرخو الحزب المساحة الأكبر لإضراب باكو، الذي شارك فيه ستالين، ولصحيفة بردزولا[1]، التي كان قد رأس تحريرها ذات مرة، أكثر من الحركة الثورية بأكملها في روسيا.

كرّر فيكتور بافلوفيتش بغضب:

- بردزولا، بردزولا. لقد كان هناك جيليابوف، وكان بليخانوف، وكروبوتكين، وكان الديسمبريون، والآن بردزولا، بردزولا وحدها...

كانت روسيا طوال ألف عام دولةً ذات حكمٍ استبدادي مطلق وأوتوقراطية غير محدودة، دولة القياصرة والمؤقتين. ولكن لم تكن هناك، وخلال ألف سنة من تاريخ روسيا، سلطة مثل السلطة الستالينيّة.

---

(1) بردزولا: الصحيفة السرّية الجورجيَّة الأولى، لسان حال منظمة تيبليسي للحزب الاشتراكي الديمقراطي. (المترجمان).

أمّا اليوم، فلم يكن شتروم منزعجاً، ولم يكن مرعوباً. فكلّما كانت القوة الستالينيّة أعظم، وكلما ازدادت الأناشيدُ والطبولُ صَخَباً، وازدادت سحابةُ البخور التي كانت تدخن عند أقدام الصنم الحي، ازدادت الإثارةُ السعيدةُ القويةُ لشتروم.

بدأ الظلام يخيّم، ولكن لم يكن ثمَّة خوف.

ستالين تحدّث إليه! ستالين قال له: «أتمنى لك التوفيق في عملك».

عندما خيّم الظلام، خرج إلى الشارع.

لم يشعر في هذا المساء المظلم، بالعجز والانهيار. كان هادئاً. كان يعلم - أنّهم هناك، حيث تصدر الأوامر، يعرفون كل شيء. كان من المستغرب أن يفكر في كريموف، وديميتري، وأبارشوك، ومادياروف، وتشيتفيريكوف... لم يعد مصيرهم، هو مصيره. فكر فيهم بحزن وبغربةٍ عنهم.

ابتهج شتروم بالانتصار - قوته الروحية ورأسُه انتصرا. لم يعد يقلقه، لماذا تختلف سعادة اليوم عما عاشه في يوم المحاكمة، عندما بدا أن والدته كانت تقف بجانبه. الآن أصبح غير مبال؛ بما إذا كان قد ألقي القبضُ على مادياروف، وما إذا كان كريموف يُدلي بشهادته ضده. لأول مرة في حياته، لم يكن خائفاً من نكاته المُحرّضة، وأحاديثه غير الحذرة.

رنّ جرس الهاتف، في وقت متأخر من المساء، عندما نامت لودميلا وناديا:

- مرحباً - قال صوتٌ هادئٌ، ويبدو أن الإثارة التي اجتاحته، كانت أكبر من كلِّ العاطفة التي عاشها شتروم خلال اليوم.

قال :

- مرحباً .

قالت:

- لا أستطيع إلا أن أسمع صوتك . قل لي شيئاً ما .

- ماشا، ماشا – قال ذلك، وصمت .

قالت:

- عزيزي فيكتور، لم أستطع أن أكذب على بيوتر لافرينتييفيتش . قلت له إنني أحبك . وأقسمت ألّا أراك أبداً .

دخلت لودميلا نيقولايفنا في الصباح غرفتَه، مسّدت شعره، وقبّلته على جبينه .

- لقد سمعت من خلال الحلم، أنك تحدثت إلى شخص ما على الهاتف ليلاً .

قال وهو ينظر إلى عينيها بهدوء:

- لا، لقد هُيّئَ لك .

- تذكّر، عليك الذهاب إلى مدير المبنى .

43

بدا جاكيت المحقق غريباً على العيون، التي اعتادت عالَمَ السُّتَر والسُّتَر الرسميّة ذات الياقات المرفوعة. وكان وجه المحقق عادياً - فهناك كثيرٌ من الوجوه ذات اللون الأصفر الشاحب بين روّاد المكاتب والعاملين السياسيين.

كان من السهل، وحتى من الممتع، الإجابة عن الأسئلة الأولى، وبدا أن بقيَّة الأسئلة ستكون واضحة مثل الاسم واللقب واسم الأب.

شُعِرَ في أجوبة المعتقل استعدادٌ متعجّلٌ لمساعدة المُحقّق. فالمحقق لا يعرف شيئاً عنه. طاولة المؤسسة الواقفة بينهما، لم تُفرّقهما. فكلاهما دفع اشتراكاته الحزبيّة، وشاهد فيلم «تشابايف[1]»، واستمع إلى تعليمات MK، فقد أرسلوها إلى المؤسسات مع التقارير.

كان ثَمَّةَ الكثير من الأسئلة الأوليّة، وأصبح كل شيء أكثر هدوءاً بالنسبة إلى المعتقل. وقريباً سيصلون إلى الجوهر، وسيخبرهم، كيف أخرج الناس من الحصار.

---

(1) تشابايف: أحد أبطال الحرب الأهلية في روسيا، بعد الثورة الاشتراكية. (المترجمان).

وأصبحَ من الواضح أخيراً، أن المخلوقَ غيرَ الحليق الذي كان جالساً إلى الطاولة مُرتدياً سترةً مفتوحةً منزوعةَ الأزرار، يحملُ اسماً، واسم أب، واسم عائلة، وُلد في يوم خريفي، روسي الجنسية، شارك في حربين عالميتين وفي حرب أهلية واحدة، ولم يكن مشاركاً في إحدى عصابات قطع الطرق، ولم يتعرّض للمحاكمة، وكان عضواً في الحزب الشيوعي لعموم الاتحاد (البلشفي) مدةَ خمسة وعشرين عاماً، وانتُخِبَ مندوباً إلى مؤتمر الكومنترن، وكان مندوباً في مؤتمر المحيط الهادئ لنقابات العمال، ولم يكن حاصلاً على أوسمة وسلاح فخري. . .

ارتبط توترُ روح كريموف، بالأفكار حول الحصار، وبالناس الذين ساروا معه عبر المستنقعات البيلاروسيّة والحقول الأوكرانيّة.

أيّ منهم اعتقل، من فقد إرادته وضميره أثناء الاستجواب؟ وهذا سؤال مفاجئ، قادم من سنوات بعيدة مختلفة تماماً، أدهش كريموف:

- قل لي، إلى أيّ وقت تعود معرفتك بفريتس غاكين؟

صمت طويلاً، ثم قال:

- إذا لم أكن مخطئاً، كان ذلك في المجلس المركزي لنقابات العمال، في مكتب تومسكي، وإن لم أكن مخطئاً، في ربيع العام السابع والعشرين.

أومأ المحقق، كان يعرف تماماً هذا الظرف البعيد.

ثم تنهد، وفتح مجلداً كُتب عليه «يُحفظ إلى الأبد»، فكّ على مهل الشرائط البيض، وبدأ يتصفح الصفحات المكتوبة. رأى

كريموف على نحوٍ غامض ألواناً مختلفةً من الحبر، ورأى خط آلة كاتبة، تبعد فيه السطورُ بعضُها عن بعضٍ بمقدارِ فاصلين اثنين، وأحياناً فاصل واحد، وممسوحة قليلاً أو مُعلّمة بعلاماتٍ، بقلم رصاص باللون الأحمر والأزرق والعادي.

قلّب المحقق، الصفحات ببطء،- كطالب ممتاز يتصفَّحُ كتاباً مدرسيّاً، مع العلم أنه درس الموضوع مسبقاً من الغلاف إلى الغلاف.

نادراً ما كان ينظرُ إلى كريموف. وهنا كان فناناً، يتفحصُ تشابُهَ اللوحة مع الطبيعة: السمات الخارجية، والطابع، ومرآة الروح - العينين...

أصبحت نظرته سيّئة جداً... فقد غاب عن كريموف وجهه الاعتيادي فجأة - غالباً ما صادف مثل هذه الوجوه بعد عام 1937 في لجان المقاطعات، واللجان الإقليمية، وميليشيا المقاطعات، والمكتبات، ودور النشر. بدت لكريموف شخصيّته كلّها مُكوَّنةً من مكعباتٍ منفصلة، لكن هذه المكعبات لم تكن مرتبطة بوحدة جامعة: الشخص. العين على مكعب، وعلى المكعّب الثاني - اليدان البطيئتان، وعلى الثالث - فم يطرح الأسئلة. كانت المكعبات مختلطة، وفقدت تناسبها، وأصبح الفم ضخماً إلى حد كبير، وكانت العينان أسفل الفم، جلستا على جبين متجعّد، والجبهة كانت هناك، حيث كان يجب وضع الذقن.

- حسناً، وفقَ هذه الطريق - قال المحقق، وأصبح كل شيء في شخصه بشريّاً مرة أخرى. أغلق المجلّد، وترك الأربطة المجعدة عليه غير معقودة.

«مثل الحذاء ذي السيور المحلولة»، فكر المخلوقُ ذو الأزرار المفتوحة في بنطاله وسرواله الداخلي.

- الشيوعية الدولية - قال المحقق ببطء وعلى نحوٍ رسمي، وأضاف بصوت عادي:- نيقولاي كريموف، موظف في الكومنترن - ومرة أخرى قال ببطء وعلى نحوٍ رسمي:

- الشيوعية الدولية الثالثة.

ثم فكر لفترة طويلة صامتاً.

- أوه، والمرأة الفقيرة، موسكا غرينبرغ - قال ذلك المحقق فجأة، بحماسة وخجل، وكرجل يتحدث إلى رجل، ارتبك كريموف، وأحرج واحمرَّ وجهُهُ كثيراً.

لقد حدث ذلك! ولكن منذ فترة طويلة، ولكن الخجلَ استمرّ الآن. يبدو أنه، كان قد أحب جينيا في ذلك الحين. يتصوّر أنّه مرَّ وهو عائد من العمل بصديقه القديم، وأراد سداد دينه، ويعتقد أنّه، قد اشترى بطاقة رحلة، مقابل تلكَ النقود. ثم تذكر بالفعل كل شيء وجيّداً، من دون «ظنون». لم يكن قسطنطين في البيت. وهي، لم تعجبه أبداً،- لقد كان صوتها خشناً من جرّاء التدخين المتواصل، حكمت على كل شيء بثقة، وكانت نائب سكرتير لجنة الحزب في معهد الفلسفة، وهي جميلة في حقيقةِ الأمر، كما يقولون، امرأة لا تَخفى. أوه... تلك هي زوجة قسطنطين التي ضاجعها على الأريكة، وقد قابلها مرتين أخريين...

قبل ساعة، اعتقد أن المحققَ لم يكن يعرف شيئاً عنه، وهو القادم من منطقة ريفية...

مرّ الوقت، ظل المحقق يسأل عن الشيوعيين الأجانب، رفاق

نيقولاي غريغوريفيتش- كان يعرف أسماءهم المُصغّرة، وألقابهم الهزليّة، وأسماء زوجاتهم، وعشيقاتهم. كان هناك أمرٌ شرير في ضخامة معلوماته.

وحتى لو كان نيقولاي غريغوريفيتش أعظم شخصية، وكل كلمة من كلماته مهمة للتاريخ، فما كانَ الأمر يستحق جمع هذا القدر من المعلومات البالية والتافهة، في هذا المجلد.

لكن لم تكن ثمَّةَ أمور تافهة.

أينما ذهب، كان هناك أثر لقدميه، وكانت الحاشية تتعقبه، وتحفظُ تفاصيلَ حياته.

كان كل شيءٍ يذهب إلى المجلّد ذي الأربطة - ملاحظة ساخرة عن صديقه، وكلمة عن كتاب قرأه، ونخب في عيد ميلاد هزلي، ومكالمة هاتفية مدتها ثلاث دقائق، وملاحظة شريرة كتبها في رئاسة الاجتماع.

جُمعت كلماته، وتصرّفاته، وجُفّفت، وشكلتْ معشبةً واسعةَ النطاق. أيّ أصابع شريرة جمعت بجُهدٍ الحشائش، والقرّاص، والأشواك، والرغل. . .

كانت الدولةُ العُظمى منخرطةً في علاقته الرومانسية مع موسكا غرينبرغ. الكلماتُ التافهة، والأشياء الصغيرة تداخلت بعقيدتهِ وموثوقيَّتهِ، وحبّه ليفغينيا نيقولايفنا لم يعنِ شيئاً، أما العلاقات العشوائيّة الفارغة فكانت تعني، ولم يعد في إمكانه تمييز الشيء الرئيسي من التفاهات. يبدو أن العبارة غير المحترمة التي قالها عن المعرفة الفلسفيَّة لستالين، تعني أكثر من عشر سنوات من عمله في الحزب بلا نوم. هل قال حقاً في عام 1932، وهو يتحدث في

مكتب لوزوفسكي مع رفيق من ألمانيا، أنّه كان هناك الكثير من التصرّفات الحكوميّة، والقليل جداً من البروليتاريّة في الحركة النقابيّة السوفييتيّة؟ والرفيق كتب تقريراً بذلك.

لكن يا إلهي، هذه كلّها أكاذيب! شبكة عنكبوتية مُجفّفة ولزجة تتسلّق إلى الفم، والخياشيم.

- افهمني، أيّها الرفيق المحقق...

- لو سمحت، المواطن المحقق.

- نعم، نعم، مواطن. إنّ هذا، غش، متحيّز. أنا في الحزب منذ ربع قرن. لقد تربيتُ جندياً في السنة السابعة عشرة. وكنت في الصين مدة أربع سنوات. وعملت أياماً ولياليَ. مئات الأشخاص يعرفونني... خلال الحرب الوطنية ذهبت طوعاً إلى الجبهة، وثق الناس بي في أصعب اللحظات، وتبعوني...

سأل المحقق:

- هل أتيت إلى هنا لاستلام شهادة تقدير؟ ولملءِ استمارة الجائزة؟

في الواقع، هو ليس مشغولاً بشهادة تقدير.

هزّ المحقق رأسه:

- يشتكي أيضاً من أن زوجته لا تُحضر له طروداً. يا له من زوج!

لقد قال هذه الكلمات في الزنزانة لبوغوليف. يا إلهي! أخبره كاتسينيلينبوغين مازحاً: «لقد تنبأ اليونانيون: أنّ كل شيء يتدفق، لكننا نؤكد: إنّ الجميع يكتب تقارير أمنية».

إنّ حياته كلها، التي دخلت المجلدَ ذا الأربطة، فقدت الحجم

والطول والتناسب. . . خُلِطَ كل شيء في نوعٍ من الشعيرات الرماديّة، واللزجة، وهو نفسه لم يعد يعرف، أيّهما أهمّ: أربع سنوات من العمل السرّي المُطوّل، في البخار الخانق لشنغهاي، وعبور النهر إلى ستالينغراد، والإيمان الثوري، أو بضع كلمات مزعجة قيلت، حول بؤس الصحافة السوفييتية، في مصحّ «سوسنا» غير المعروف للناقد الأدبي.

سأل المحقق بهدوء، ولطف، ومودّة:

- أخبرني الآن كيف جذبك الفاشي غاكين إلى أعمال التجسّس والتخريب.

- لا يعقل أن تكونَ جاداً حقاً. . .

- كريموف، لا تتظاهر بأنّك أحمق. أنت ترى بنفسك؛ نحن نعرف كل خطوة في حياتك.

- لهذا السبب بالتحديد، لهذا السبب. . .

- دعك من هذا، كريموف. لا تخدع أجهزة الأمن.

- لكنّ هذا كذب!

- اسمع، كريموف. لدينا اعتراف غاكين. تحدّث وهو يتوب عن جريمته، عن صلتك الإجرامية به.

- حتى لو أريتني عشرة اعترافات لغاكين. فهذا تزييف! هذا هذيان! إذا كان لديكم مثل هذا الاعتراف من غاكين، فلماذا أنا، المخرّب، الجاسوس، أوكلتم إليّ مهمة مفوض عسكري، أقود الناس في المعركة؟ أين كنتم، إلى أين كنتم تنظرون؟

- هل استدعيناك لتُعلّمنا هنا؟ ولتقودَ عمل الأجهزة الأمنية، هكذا إذاً؟

- وما علاقة القيادة، والتعليم هنا! هناك منطق. أنا أعرف غاكين. ما كان في إمكانه أن يقول إنه جنّدني. ما كان يستطيع!

- لماذا ما كان يستطيع؟

- لأنّه مقاتل شيوعي ثوري.

سأل المحقق:

- هل كنتَ دائماً متأكداً من ذلك؟

أجاب كريموف:

- نعم، دائماً!

فرز المحقق أوراق القضية، وهو يومئ برأسه، وبدا مُحتاراً، وكرّر قائلاً:

- مرة واحدة دائماً، ثم تتغيّر الأمور... وتتغيّر الأمور...

قدّم الورقة لكريموف، وقال وهو يحجب الجزء السفلي من الورقة براحة يده:

- اقرأها.

تفحّص كريموف ما هو مكتوب، ضغط كتفيه، وقال وهو يبعد الورقة:

- هذه خسَّة.

- لماذا؟

- ليس لدى الشخص الشجاعة ليقول مباشرة إن غاكين هو شيوعي نزيه، وليس لديه ما يكفي من الحقارة لإلقاء اللوم عليه، ها هو يلفّ ويدور.

أزاح المحقق كفّه وأظهر لكريموف توقيع كريموف والتاريخ - شباط (فبراير) 1938.

صمت الاثنان. ثم سأل المحقق بصرامة:

- ربما كنت قد تعرضت للضرب، وبالتالي قدمت مثل هذه الشهادة؟

- لا، لم يضربوني.

انقسم وجه المحقق من جديد إلى مكعّبات، ونظرت عيناه الغاضبتان باشمئزاز، وقال فمه:

- وهكذا. تركت فصيلك وأنتم محاصرون، لمدة يومين. نقلوك إلى مقر مجموعة من الجيوش الألمانية على متن طائرة عسكرية، وقدَّمتَ بيانات مهمّة، وتلقيت تعليمات جديدة.

تمتم المخلوق ذو السترة مفتوحة الياقة قائلاً:

- هذيان الفرس الرماديّة(1).

واستمر المحقق في عمله. لم يشعر كريموف بنفسه الآن، أيديولوجيّاً وقويّاً وذا تفكير واضح، وعلى استعداد للذهاب إلى النطع من أجل الثورة.

لقد شعر بنفسه ضعيفاً، غير حاسم، لقد ثرثرَ كثيراً وزيادة عن اللزوم، ونقل شائعات سخيفة، سمح لنفسه بالسخرية من الشعور الذي شعر به الشعب السوفييتي تجاه الرفيق ستالين. كان لا يميّز في المعارف، قُمِعَ كثيرٌ من أصدقائه بسبب مواقفهم السياسية. ساد الارتباك في رؤاه النظرية. لقد عاشرَ زوجةَ صديقه. وقدم شهادات حقيرة ذات وجهين عن غاكين.

---

(1) لقد ظهر هذا التعبير بسبب معتقدات السلاف، بأنّ الفرس الرمادية، أكثر الخيول بلادة. وكانت هناك علامة، إذا رأى الشخص في نومه فرساً رماديّةً، يعني أنّ أحداً ما سيكذب على الشخص بوضوح. (المترجمان).

أيعقل أن أكون جالساً هنا، هل يحدثُ كل هذا لي؟ هذا حلم، حلم جميلٌ في ليلة صيفية...

- وقبل الحرب، نقلتَ معلوماتٍ حول مزاج الشخصيات البارزة في الحركة الثوريّة الدوليّة إلى مركز تروتسكي في الخارج.

لم تكن ثمّة حاجة أن تكون ذكيّاً، أو غير وغد، كي تشك في خيانة كائن قذر، وبائس. وكريموف نفسه لو كان مكان المحقق ما وثقَ بمثل هذا الكائن. كان يعرفُ نوعاً جديداً من الحزبيين، أولئكَ الذين حلّوا محلَّ الحزبيين القدماء، الذين تمت تصفيتهم أو طردهم أو تنحيتهم عام 1937. كانت لهؤلاء طريقة تفكير مختلفة عنه. لقد قرؤوا كتباً غير ما قرأه وبطريقة مختلفة - لم يقرؤوا، بل «درسوا». لقد أحبّوا وقدّروا النعم المادية للحياة؛ كانت التضحية الثورية غريبة عليهم أو لم تكن في طبيعتهم. لم يعرفوا اللغات الأجنبيّة، وأحبوا في أنفسهم الطبيعةَ الروسيَّة، لكنهم تكلموا الروسيَّة على نحوٍ غير صحيح، قالوا: «النسبة المئوية»، و«الجاكيت»، و«برلين»، و«شخصية بارزة»[1]. وكان بين هؤلاء أشخاص أذكياء، لكن يبدو أن قوَّتهم العاملة الرئيسية لم تكن في الأفكار، وليس في العقل، بل في قُدراتهم العمليّة وفي مكرهم، في رصانة وجهات نظرهم التجارية.

فهم كريموف أن الكوادر الجديدة والقديمة في الحزب تجمَّعت من خلال قواسم مشتركة عظيمة، وأنّ المسألة لم تكن في التنوع، بل في الوحدة والتشابه. لكنه كان يشعر دائماً بأنه متفوق على الناس الجدد، تفوّقَ البلشفيَّةِ اللينينيةِ.

(1) يوردُ الروائيُّ هذهِ الكلمات بصورةٍ غير صحيحة باللغةِ الروسيّة. (المترجمان)

لم يلاحظ أنّ علاقته الآن بالمحقق لم تعد تتمثَّلُ في أنَّ المحققَ كان مستعداً لتقريبه من نفسه، والاعتراف به كرفيق في الحزب. بل ثمَّة أُمنية وحيدة بائسة الآن تتمثَّلُ في أن يرى المحقق أو يوافق، على أنَّ في نيقولاي كريموف ليس ما هو سيِّئ، وتافه، ونجس فقط.

كريموف لم يعد يلاحظ، كيف حدث الأمر، لكنَّ ثقةَ المحقق كانت ثقة الشيوعيّ.

- إذا كنت قادرا حقاً على التوبة بإخلاص، فلا يزال لديك حب صغير على الأقل للحزب، ساعده باعترافك.

سلخ كريموف فجأة، من لحاء دماغه الضعف الذي يتآكله وصرخَ:

- لن تحصل على أي شيء مني! لن أوقع شهادة كاذبة! هل تسمع؟ حتى تحت التعذيب لن أوقعها!

قال له المحقق:

- فكر في ذلك.

أخذ يتصفح الأوراق ولم ينظر إلى كريموف. ومر الوقت. دفع مجلد كريموف جانباً وأخرج ورقة من درج الطاولة. بدا أنه نسي كريموف، كتب من دون استعجال، حدّق، واستجمعَ أفكاره. ثم قرأ ما كتب، وفكر مرة أخرى، وأخرج مظروفاً من الدرج وأخذ يكتب العنوان عليه. ربما لم تكن هذه رسالة عمل. ثم فحصَ العنوان وتأكَّدَ من الاسم على الظرف بخطين. ثم ملأ القلم الأوتوماتيكي بالحبر، واستغرق وقتاً طويلاً لإزالة قطرات الحبر عن الريشة. ثم بدأ يبري أقلام الرصاص فوق منفضة السجائر؛ وانكسرت برية الرصاص

في كل مرّة، في أحدِ أقلام الرصاص، لكنَّ المحققَ لم يغضب من قلم الرصاص، أخذ يشحذه بصبر من جديد. ثم جرّب حدّة القلم على إصبعه.

أمّا الكائن فقد فكَّرَ. كان ثمّةَ ما يستدعي التفكير.

من أين هذا العددُ الكبير من المخبرين! ينبغي التذكّر، لكشف الذين أبلغوا. لكن بماذا ينفعُ ذلك؟ موسكا غرينبرغ... سيصل المحقق إلى جينيا... بعد كل شيء، فمن الغريب أنّه لم يسأل أيَّ أمرٍ عنها، ولم يقل شيئاً... أيعقل أن يكون فاسيا أعطى معلومات عنّي... لكن بماذا، بماذا عليّ أن أعترف؟ ها أنا أصبحتُ هنا، ويبقى السر سراً - أيها الحزب، لماذا تحتاج إلى كل هذا؟ جوزيف، كوبا، سوسو[1]. وكم من الأقوياء والطيّبين قتلت من أجل الخطيئة؟ يجب ألا تُخشى أسئلة المحقق، بل ذلك الصمت، ما يصمت عنه - كاتسينيلينبوغين كان محقّاً. طبعاً، سيبدأ من جينيا، ومن الواضح أنها اعتُقلت. من أين جاء كل ذلك، كيف بدأ كل شيء؟ أيعقل أن أكون جالساً هنا؟ يا لها من كآبة، وكم من القمامة في حياتي. سامحني، أيّها الرفيق ستالين! كلمة واحدة منك، جوزيف فيساريونوفيتش! أنا مُذنب، أنا مرتبك، لقد ثرثرت، وشكّكت، الحزب يعرف كل شيء، يرى كل شيء. لماذا، لماذا تحدثت إلى ذلكَ الكاتب؟ ولكن أليس الأمرُ سيّان؟ وما شأن الحصار هنا؟ هذا كلّه وحشيّ - افتراء، وكذب واستفزاز. لماذا، لماذا لم أقل أي شيء عن غاكين - أخي،

(1) ألقاب ستالين قبل الثورة الاشتراكية، وأثناء العمل السرّي للحزب البلشفي. (المترجمان).

وصديقي، ليس لدي شك في نقاوتك. وأدار غاكين عنه عينيه التعيستين...

فجأة سأل المحقق:

- حسناً، كيف، هل تذكرت؟

قال كريموف ناشراً ذراعيه:

- ليس لدي ما أتذكره.

رن الهاتف.

قال المحقق:

- أسمعك - نظر لفترة قصيرة إلى كريموف، وقال:- نعم، استعد، قريباً وقت البدء - واعتقد كريموف أن المكالمة كانت حوله.

ثم وضع المحقق السماعة ورفعها مرة أخرى. لقد كانت محادثة هاتفية مثيرة للدهشة، كما لو أنَّ من كانَ أمامه لم يكن رجلاً جالساً بجواره، بل كان حيواناً رباعي الأرجل، أو طيراً ثنائي الأرجل. يبدو أن المحقق كان يتحدث إلى زوجته.

بداية، تحدّث عن أمور معيشية:

- عند الموزّع؟ إوزة، هذا أمر جيد... لماذا لم يعطوكِ لقاء القسيمة الأولى؟ اتصلت زوجة سيريوجا، إلى القسم، اشترت بالأولى فخذَ خاروف، دعونا إليهم أنا وأنت. بالمناسبة، أخذت لبناً رائباً من البوفيه، لا، ليسَ حامضاً، ثمانمئة غرام... والغاز كيف هو اليوم؟ لا تنسَ البذلة.

ثم أخذ يقول:

- حسناً، كيف هي الحال عموماً، ألا تشتاقين، احذري. رأيتِ

في المنام؟.. وبأي شكل؟ أيضاً في السروال الداخلي؟ أمر مؤسف... حسناً، انتبهي، عندما أعودُ، ستكونين قد مضيت إلى الدورات... التنظيف جيد، لكن احذري، لا ترفعي الأثقال، ذلك ممنوع عليك.

كان ثمَّةَ ما لا يُصدّق في هذا الروتين البرجوازي: فكلما كانت المحادثة تشبه الحياة اليومية والإنسانية، كانَ الشخصُ الذي يتكلّم أقل شبهاً بالإنسان. هناك ما يرعب في شكل القرد الذي يُقلّد عادات الإنسان... وفي الوقت نفسه، شعر كريموف بوضوح أنه ليس إنساناً أيضاً، فبوجود شخص غريب لا يجرون مثل هذه المكالمات... «أُقبّلك على شفتيك... ألا تريدين، حسناً، حسناً...».

بالتأكيد، إذا ما كان الأمرُ وفقاً لنظرية بوغولييف، فإن كريموف - هو قطة أنجورا تركيّة، أو ضفدع، أو طائر ذهبي، أو مجرد حشرة على عصا، فلا يوجد شيء يثير الدهشة في هذه المكالمة.

سأل المحقق قبل النهاية:

- هل تريد أن تحترق؟ حسناً، اركض، اركض، إلى حينها.

ثم أخرج كتاباً ودفتر ملاحظات، وبدأ بالقراءة، وكتب بقلم رصاص من وقت لآخر - ربما كان يستعد للدروس في الحلقة، أو ربما لإعداد محاضرة...

قال بامتعاضٍ رهيب:

- ما بك تطرق الأرضَ برجليك طوال الوقت، كأنّكَ في استعراض رياضي؟

- تخدّرت ساقاي، أيّها المواطن المحقق.

لكن المحقق غاص مرة أخرى في قراءة كتاب علمي.

بعد نحو عشر دقائق، سأل شارداً:

- حسناً، تذكرت؟

- أيّها المواطن المحقق، أنا في حاجة للذهاب إلى المرحاض.

تنهّد المحقق، ومضى إلى الباب، ونادى أحدهم بهدوء. تصبحُ لأصحاب الكلاب مثل هذه الوجوه عندما يطلبُ الكلب النزهة في وقتٍ غير مناسب. جاء جندي من الجيش الأحمر يرتدي الزي العسكري. تفحّصه كريموف بنظرة متمرّس: كان هندامه على ما يرام - حزامُ الخصر مربوط، والياقة نظيفة، وكانت القبّعة مستقرَّة في مكانها كما ينبغي. لكن هذا الجندي، لم يعش الأعمال الجنديّة البتّة.

نهض كريموف، وساقاه مخدَّرتان من الجلوس طويلاً على الكرسي، انثنت رجلاه في الخطوات الأولى. في غرفة الاستراحة فكر على عجل، بينما كان الحارس يراقبه، وفكّر على عجل في طريق العودة. كان ثمةَ ما يدعو إلى التفكير.

عندما عاد كريموف من الحمام، لم يكن المحقق موجوداً؛ جلس مكانه شاب يرتدي زيّاً عسكريّاً، وعلى كتفيه رتبة ملازم أوّل، ملفوفة بشريط أحمر. نظر الملازم إلى الرجل المعتقل بتجهّم، كما لو كان يكرهه طوال حياته.

قال الملازم:

- لماذا تقف؟ هيّا اجلس! اجلس على نحوٍ مستقيم، أيّها اللعين، لماذا تحني ظهرك؟ سأضربك في أحشائك، فتستقيم.

فكر كريموف، وقد شعرَ بالخوف، كما لم يشعر حتى خلال الحرب: «ها نحن قد تعارفنا».

فكّر: «ها هو سيبدأ الآن».

أطلق الملازم سحابة من دخان التبغ، واستمر صوته في الدخان الرمادي:

- هذه ورقة، وقلم. أم أنني سأكتبُ عنك.

أحبّ الملازم إهانة كريموف. أو ربما كانَ هذا عمله؟ إنهم يأمرون أحياناً رجال المدفعية بإطلاق نيران تضايق العدو، فيطلقون النار ليلاً ونهاراً.

- كيف تجلس؟ هل أتيت إلى هنا للنوم؟

وبعد بضع دقائق صاح بالمعتقل مرة أخرى:

- هيه، اسمع، هل قلت لك شيئاً، لا يعنيك؟

مضى إلى النافذة، ورفع مانعة الضوء، وأطفأ النور، ونظر الصباح بتجهّم في عيني كريموف. لأول مرة منذ مجيئه إلى لوبيانكا، يرى ضوء النهار.

فكّر نيقولاي غريغوريفيتش: «لقد اختصروا الليلة».

هل كان أسوأ صباح في حياته؟ أيعقل أنّه استلقى قبل بضعة أسابيع لامبالياً في حفرة قنبلة وكان حديدٌ إنسانيٌّ ينصبُّ فوق رأسه؟

ولكن الزمن اختلط عليه: دخل هذا المكتب منذ زمن بعيد، وحتى وقت قريب كان في ستالينغراد.

يا له من ضوء رماديٍّ حجري خلفَ النافذة، يدخلُ المنجمَ الداخلي للسجن الداخلي. هذه مياه شطف، وليست ضوءاً. بدت الأجسام في ضوء هذا الصباح الشتوي، أكثر رسمية، وتجهّماً، وعدائيّةً، ممّا هي عليه تحت ضوء الكهرباء.

لا ، لم يُصبح الحذاء ضيِّقاً، بل تورّمت القدمان.

بأيّ طريقةٍ ربطوا هنا حياته السابقة بعمله في أثناء الحصار عام 1941؟ أصابع من وحّدت ما لا يتوحّد؟ ومن أجل ماذا؟ من يحتاج إلى كل هذا؟ لأيِّ غاية؟

أحرقته الأفكارُ بشدة حتّى إنه نسي لعدّة دقائق الأوجاعَ في ظهره وعند خصره، ولم يشعر كيف كانت ساقاه المتورمتان تُمدّدان ساقي الحذاء.

غاكين، أيّها الألماني. . . كيف يمكنني أن أنسى أنني كنت جالساً في الغرفة نفسها عام 1938، لم أكن جالساً هكذا: كانت في جيبي بطاقة مرور. . . الآن تذكرت أكثر الأشياء دناءة: الرغبة في نيل إعجاب الجميع - الموظف في مكتب الأذون، وحراس السجن، وعامل المصعد في الزي الرسمي. قال المحقق: «رفيق كريموف، الرجاء مساعدتنا». لا ، لم يكن الأمر الأكثر دناءة هو الرغبة في إرضاء الجميع. بل كان الأكثر دناءة هو الرغبة في الصدق! أوه، الآن تذكَّر! هنا في حاجة إلى الصدق فقط! وقد كان صادقاً، استذكر أخطاء غاكين؛ في تقييم حركة سبارتاك، والعداء تجاه تيلمان، ورغبته في الحصول على نقود مقابل الكتاب، وطلاقه من إيلزا عندما كانت إيلزا حاملاً. . . صحيح، واسترجع الأفكار الجيدة أيضاً. . . لقد سَجَّلَ المحققُ عبارتَهُ هو: «أعتبر على أساس السنوات الكثيرة من معرفتنا، أنّه من غير المحتمل أن يشارك في أعمال تخريبية مباشرة ضد الحزب، لكن لا يمكنني استبعاد احتمال التعامل المزدوج. . . ».

لكنّه وشى. . . كل ما جُمع عنه في هذا المجلد الأبدي، حَدَّثَ

به رفاقه، الذين أرادوا أيضاً أن يكونوا صادقين. لماذا أراد أن يكون صادقاً؟ الواجب الحزبي؟ كذب! كذب! كان الصدق في شيء واحد فقط - وهو أن يصرخ بجنون، ويضرب الطاولة بقبضتهِ، قائلاً: «غاكين، أخ، وصديق، وبريء!» ولكنَّه وجد هراء في ذاكرته، والتقط البراغيث، واحتال على الرجل، الذي من دون توقيعه للخروج من المبنى الكبير ما كان ليحدث ذلك. لقد تذكر ذلك أيضاً - شعورٌ جشعٌ وسعيدٌ تملّكه عندما قال المحقق: «انتظر لحظة، سأوقع لك الإذن بالخروج، رفيق كريموف». ساعد على إدخال غاكين إلى السجن. وإلى أيِّ مكانٍ ذهب الباحثُ عن الحقيقة، مع الإذن الموقّع؟ أليس إلى موسكا غرينبرغ زوجة صديقه؟ لكن كل ما قاله عن غاكين هو حقيقة. وكل ما قيل هنا عنه هو صحيحٌ أيضاً. لقد قال لفيديا يفسييف إن عندَ ستالين عقدة نقصٍ مرتبطة بالجهل الفلسفي. تعدادٌ مخيف للأشخاص الذين قابلهم: نيقولاي إيفانوفيتش، غريغوري إيفسيفيتش، لوموف، شاتسكي، بياتنيتسكي، لوميناذزي، ريوتين، شليابنيكوف الأحمر، وكان عند ليف بوريسوفيتش، في الأكاديمية، ولاشيفيتش، يان جامارنيك، لوبول، وزار ريازانوف العجوز - في المعهد، وفي سيبيريا، توقف مرتين عند أحد معارفه القدامى إيخي، نعم وفي حينها زار سكريبنيك في كييف، وستانيسلاف كوزيور في خاركوف، وكذلك روت فيشر، أوه... الحمد للّه، لم يتذكر المحقق الشيء الرئيسي، فقد كان ليف دافيدوفيتش في ذلك الحين يعامله جيّداً...

لقد تعفّن كلّه، ما الذي يمكن قوله. لماذا هذا بالتحديد؟ نعم، إنهم ليسوا مُخطئين أكثر مني! لكن أنا لم أوقع. انتظر، نيقولاي،

ستوقّع. وكيف ستوقّع، فهم قد وقّعوا! لعلّهم يؤجِّلونَ القباحة الرئيسية للوجبة الخفيفة. سيحتجزونك هكذا من دون نوم ثلاثة أيام، ثم يبدؤون بالضرب. نعم، عموماً، كل هذا لا يشبه الاشتراكية كثيراً. لماذا يحتاجُ حزبي أن يقضيَ عليّ؟ وعلى كل هؤلاء؟ فنحن من قمنا بالثورة - وليس مالينكوف، وليس جدانوف، وليس شيرباكوف. جميعُنا ما رحمنا أعداء الثورة، فلماذا لا ترحمنا الثورة؟ وربّما لهذا السبب هي بلا رحمة... وربما ليست ثورة، أيّ ثورة بالنسبة إلى هذا الملازم، إنّها المئة السوداء[1]، مُحتالون ومخلّونَ بالنظام.

بينما كان يدقّ الماءَ في الهاون[2]، كان الوقت قد مضى.

أهلكه الإرهاق، والألم في ظهره والألم في ساقيه. الأهم عنده الآن هو الاستلقاء على السرير، وتحريك أصابع قدميه العاريتين، ورفع ساقيه، وحكّ عضلات رجليه.

صاح الملازم، كما لو كان يعطي أمراً قتاليّاً:

- لا تنم!

بدا كما لو أنَّ إغماضَ كريموف عينيه دقيقةً، سيؤدي إلى انهيار الدولة السوفييتية، واختراق الجبهة...

لم يسمع كريموف في حياته كلها، مثل هذا العدد من الشتائم.

لقد جمع أصدقاؤه، ومساعدوه الأعزّاء، والسكريتاريون، والمشاركون في الأحاديث الحميمة، كلماته وأفعاله. استذكر

(1) فئة المدينة من التجار والحرفيين في الدولة الروسية. (المترجمان).
(2) مثل روسي يعني: إضاعة الوقت سدى في عمل غير مجدٍ. (المترجمان).

وارتعب: «هذا قلته لإيفان، فقط لإيفان»؛ «هذا حديث مع غريشكا، فأنا وغريشكا نعرف بعضنا بعضاً منذ العشرينيّات»؛ «وهذا الحديث أجريته مع ماشا ميلتسير، آه، ماشا، ماشا».

تذكر فجأة كلمات المحقق بأنّ عليه ألا ينتظر الطرود من يفغينيا نيقولايفنا... فهذا هو حديثه الأخير في الزنزانة مع بوغولييف؛ لقد ملأ الناس حتى اليوم الأخير، معشبةَ كريموف المجفّفة.

أحضروا له في فترة ما بعد الظهر، قصعة حساء، ارتجفت يده فاضطر أن يحني رأسه، ليرشف الحساء من حافة القصعة، كانت الملعقة تطرق المعدنَ باستمرار.

قال الملازم بحزن:

- أنت تأكل كالخنزير.

ثم كان هناك حدث آخر: طلب كريموف مرة أخرى الذهاب إلى الحمام. لم يفكر هذهِ المرَّة في أي شيء وهو يمشي في الممر، ولكنَّ فكّرةً عَرَضت وهو يقف فوق المرحاض؛ من الجيد أنهم نزعوا الأزرار، فأصابعه ترتجف - ولم يكن في إمكانه فكها أو إقفالها.

سار الوقت، وعملَ عمله من جديد. فازت الدولة مُمثَّلةً بكتافيّات الملازم. ضباب كثيف ورمادي خيّم في الرأس؛ على الأرجح، مثل هذا الضباب يخيّم في دماغ القرد. لا ماضيَ ولا مستقبل، لا مجلد بأربطة مجعّدة. أمرٌ واحد فقط: خلع الحذاء، وهرش الجلد، والنوم.

جاء المحقق مرة أخرى.

سأل الملازم:

- هل نمت؟

قال المحقق موضّحاً، مكرراً مقولة عسكريّة ذكيّةً قديمة:

- القيادة لا تنام، بل تستريح.

أكّد الملازم:

- صحيح، لكن المرؤوسين ينتفخون.

تفحّص آلته كعامل، وهو يبدأ ورديته، ويتبادل الكلمات مع من حلّ محلّه، وهكذا قال المحقق الذي كان ينظر إلى كريموف، وإلى مكتبه:

- هيّا، أيّها الرفيق الملازم.

نظر إلى ساعته، وأخرج ملفّاً من درج الطاولة، فكّ الأربطة، وتصفّح الأوراق، ثمَّ قال:

- وهكذا، كريموف، دعنا نتابع.

وانشغلا.

اهتم المحقق اليوم بالحرب. ومرة أخرى، اتضح أن معرفته كانت هائلة: لقد كان على دراية بتعيينات كريموف، وكان يعرف عدد الأفواج والجيوش، وسمّى الأشخاص الذين قاتلوا مع كريموف، وذكّره بالكلمات التي قالها في القسم السياسي، وتصريحاته حول مذكرة الجنرال الأميّة.

ولكن أعمال كريموف كلّها على الجبهة، وخطاباته تحت النيران الألمانية، وإيمانه، الذي تقاسمه مع جنود الجيش الأحمر خلال الأيام الصعبة من التراجع، والحرمان، والصقيع، كلّ ذلك كفَّ فجأة عن الوجود.

ثرثار بائس، مزدوج التعامل أفسد رفاقه، ونقل إليهم عدم

الإيمان والشعور باليأس. هل هناك أي شك في أن المخابرات الألمانية ساعدته على عبور خط الجبهة لمواصلة التجسس والتخريب؟

في الدقائق الأولى من الاستجواب الجديد انتقل إلى كريموف الانتعاش العملي للمحقق الذي أخذ قسطاً من الراحة.

قال:

– كما يحلو لك، لكنني لن أعترف أبداً بأنني جاسوس!

نظر المحقق من النافذة – لقد بدأ يخيّم الظلام، وكان بالكاد يستطيع تمييز الأوراق على الطاولة.

أضاء المصباح المكتبي، وأنزل التعتيم الأزرق.

سُمع عواء حيواني متجهم من وراء الباب وانقطع فجأة، وهدأ.

قال المحقق، وهو يجلس من جديد إلى الطاولة:

– وهكذا، كريموف.

وسأل كريموف، ما إذا كان يعرف لماذا لم يُرقَّ مطلقاً، واستمع إلى إجابة غير واضحة.

– وهكذا، كريموف، ثرثرت وأنت مفوض الكتيبة على الجبهة، وكان يجب أن تكون عضواً في المجلس العسكري للجيش أو حتى الجبهة.

وصمت وهو ينظر إلى كريموف وجهاً لوجه، وربما لأول مرة تكلّم كمحقق، وقال بنبرةٍ رسميَّةٍ:

– قال تروتسكي نفسه عن كتاباتك: «مرمريّة». لو استلم السلطة هذا المقرف، لكنت تجلس عالياً! هل هي مزحة؟ مرمريّة!

فكر كريموف: «هذه هي الأوراق الرابحة. لقد وضع الآص».

حسناً، حسناً، حسناً، سيقول كل شيء - متى وأين، ولكن يمكن طرح الأسئلة نفسها على الرفيق ستالين، لم تكن لكريموف علاقة مع التروتسكيّة، فقد صوَّت دائماً ضد القرارات التروتسكيّة، ولم يصوّت ولو لمرّةٍ واحدة - بـ «نعم».

الأهم، خلع الحذاء، والاستلقاء، ورفع الساقين المتورمتين، والنوم، وفي الوقت نفسه حكّ الجلد في أثناء النوم.

وقال المحقق بهدوء ونعومة:

- لماذا لا تريد مساعدتنا؟... وهل المسألة هي أنك لم ترتكب جرائم قبل الحرب، وأنك كنت محاصراً ولم تجدد التواصل ولم تنشئ نقاطاً للتواصل؟.. إن الأمرَ أكثر خطورة وأعمق. والمسألة هي في الخط الجديد للحزب. ساعد الحزبَ في مرحلة جديدة من الصراع. للقيام بذلك، ولأجل ذلك علينا التخلي عن التقييمات السابقة. فقط البلاشفة يمكنهم القيام بهذه المهمة. لذلك، أنا أتحدث إليك.

- حسناً، جيّد،- قال كريموف ببطء وبنعاس - يمكنني أن أفترض، أنه على الرغم من إرادتي أصبحت معبّراً عن آراء معادية للحزب. دع أمميّتي تتعارض مع مفاهيم الدولة الاشتراكية ذات السيادة. حسناً، بطبيعتي أصبحت، بعد السنة السابعة والثلاثين، غريباً عن المسار الجديد، عن الناس الجدد. أنا مستعد، يمكنني أن أعترف. لكن التجسس، التخريب...

- مَن أجل ماذا هذه الـ«لكن»؟ كما ترى، لقد أصبحت على

طريق إدراك عدائكَ لقضية الحزب. وهل الشكل له أهميّة؟ من أجل ماذا كلمتك هذه «لكن» إذا كنتَ قد اعترفت بالأمر الرئيسي؟

- لا، أنا لا أعترف أنني جاسوس.

- هذا يعني أنّك لا تريد مساعدة الحزب بأي شكل من الأشكال. الحديث يوصل إلى قضية معقَّدة: إلى الأدغال، هكذا تريد؟ أنت غائط، غائط كلاب!

قفز كريموف إلى أعلى، وسحب المحقق من ربطة عنقه، وضرب بقبضته على الطاولة، فقفز واهتز شيء ما داخل الهاتف. ثم صرخ بصوت قويّ ذئبي:

- أنت يا بن العاهرة، أيها الوغد، أين كنت عندما قدتُ الناس في المعارك في أوكرانيا وفي غابات بريانسك؟ أين كنت عندما حاربت في فصل الشتاء بالقرب من فورونيج؟ هل كنتَ أيّها اللقيط في ستالينغراد؟ أنا لم أقدّم أي شيء للحزب؟ أنت، يا سحنة الدركي، من دافعَ عن الوطن الأم السوفييتي هنا، في لوبيانكا؟ وأنا في ستالينغراد لم أدافع عن قضيتنا؟ هل كنت في شنغهاي تحت حبل المشنقة؟ هل كنت أنت أيها السافل من أطلقَ عليه رجال كولتشاكوفسكي[1] النار في كتفه اليسرى أم أنا؟

وبدؤوا يضربونه، ولكن ليس بطريقة بسيطة، على الوجه، كما كانت الحال في قسم الجبهةِ الخاص، بل على نحوٍ مدروس، علميٍّ، مع معرفة بعلم وظائف الأعضاء والتشريح. تعرض للضرب على أيدي شابين يرتديان زيّاً جديداً، وصرخ بهما:

(1) أدميرال في الحرب الأهلية حارب ضد الجيش الأحمر. (المترجمان).

– يجب إرسالكم أنتم أيّها الأوغاد إلى السريّة التأديبية... يجب محاسبتكم بمضادات الدبّابات... أيّها الفارّون...

لقد عملا من دون غضب ومن دون إثارة. بدا أنهما لم يضربا بقوة، ومن دون تلويح، لكن ضرباتهما كانت فظيعة، مثلما تكون الدناءة فظيعة، وكما تلفظ كلمة بهدوء.

سال الدم من فم كريموف، مع أنهما لم يضرباه قط على أسنانه، ولم يأت هذا الدم من الأنف، أو من الفكين، وليس من جرّاءِ عضّة لسان، كما في أختوبا... كان هذا دماً عميقاً، من الرئتين. لم يعد يتذكر أين هو، ولم يتذكر ما كان يحدث له... ظهر وجه المحقق من فوقه، وأشار بإصبعه إلى صورة غوركي، المعلّقة فوق الطاولة، وسأل:

– ماذا قال الكاتب البروليتاري الكبير مكسيم غوركي؟
وأجاب عن سؤاله بطريقة تعليم المعلّم:

– إذا لم يستسلم العدو، يقضون عليه.
ثم رأى مصباحاً في السقف، ورجلاً ذا كتّافيّات ضيّقة.
قال المحقق:

– حسناً، لأن الطبّ يسمح، يكفي راحة.
وسرعان ما كان كريموف يجلس إلى الطاولة مستمعاً إلى شروحاتٍ تحذيريّة:

– سنجلس هكذا أسبوعاً، شهراً، سنة... خذ الأمور ببساطة: فلتكن غير مذنبٍ بأي ذنب، لكنك ستوقع على كل ما أقوله لك. لن تتعرض للضرب بعد ذلك. واضح؟ ربما يدينك الاجتماع الخاص،

لكنهم لن يضربوك - هذه مسألة كبيرة! فكِّر في الأمر، هل تعتقد أنني أُسرُّ عندما يضربونك؟ سنسمح لك بالنوم. واضح؟

ساعات مرّت، استمرت المحادثة. وبدا أن لا شيء يمكن أن يدهش كريموف، ويخرجه من غيبوبة النوم.

لكن مع ذلك، فتح فمه نصفَ فتحة متفاجئاً، ورفع رأسه، وهو يستمع إلى الحديث الجديد للمحقّق.

قال المحقق وأشار إلى ملفّ كريموف:

- كل هذه القضايا قديمة، يمكنك نسيانها، لكنّك لن تنسى خيانتك المقصودة للوطن الأم خلال معركة ستالينغراد. الشهود، والوثائق تقول! إنَّكَ قمت بعمل يفسد وعي المقاتلين السياسي في المبنى «ستة على واحد» المحاصر من قبل الألمان. لقد دفعت غريكوف، وهو المحب لوطنه الأم، إلى الخيانة، حاولت إقناعه بالانتقال إلى جانب العدو. لقد خنت ثقة القيادة، وثقة الحزب، الذي أرسلك إلى ذلكَ المبنى كمفوّض عسكري. وأنت، يا من وصلت إلى ذلكَ المبنى، من كنت هناك؟ عميلاً للعدو!

ضربوا نيقولاي غريغوريفيتش من جديد قبيل الصباح، وبدا له أنه غطس في حليبٍ أسود دافئ. ومن جديد أومأ الرجل ذو الكتّافيات الضيقة، وهو يمسح إبرة الحقنة، فقال المحقق:

- حسناً، لأن الطبّ يسمح.

جلسا أحدهما قبالة الآخر. نظر كريموف إلى الوجه المتعب للمحاور واندهش من تسامحهِ - أيعقل أنه أمسك هذا الرجل من ربطة عنقه، وأراد أن يخنقه؟ ظهر الآن من جديد لدى نيقولاي

غريغوريفيتش شعور بالقُربِ منه. الطاولة لم تعد تفصل بينهما، جلسا رفيقين، وشخصين حزينين.

وفجأة تذكر كريموف رجلاً، أُعدِمَ بالرصاص ولم يمت، في بياضات ملطخة بالدماء، عاد من ليل خريفي سهبيّ إلى القسم الخاص في الجبهة[1].

فكّر: «هذا هو مصيري، وليس لدي أيضاً أي مكان أذهب إليه. لقد فات الأوان».

ثم طلب الذهاب إلى الحمام، ثم ظهر ملازم الأمس؛ رفع عازل الضوء، وأطفأ النور، وأشعل سيجارة.

ومرة أخرى رأى نيقولاي غريغوريفيتش ضوءَ النهار الكئيب - بدا أنه لم يكن قادماً من الشمس، وليس من السماء، كان الضوء قادماً من لبناتِ السجن الداخلي الرماديّة.

(1) يتذكَّرُ كريموف هنا ذلك الجندي الذي أطلقت عليه فرقة الإعدام الرصاص، ودفنته في السهب بسرعة وكيفما اتفق، فخرجَ من مدفنهِ، ولكنَّه عادَ إلى القسم الخاص في الجبهة الذي نفَّذَ فيه الحكم. (المترجمان).

44

كانت الأسرّة فارغة - إمّا أنَّ الجيران قد نُقِلوا، وإمّا أنَّهم تبخّروا في أثناء الاستجواب.

استلقى مُهشّماً، فاقداً نفسه، مبصوقاً من قبل الحياة، مع ألم رهيب في أسفل الظهر، ويبدو أنهم قد آذوا كليتيه.

أدرك في ساعة مريرةٍ من كآبة الحياة قوةَ الحبِّ الأنثوي. جينيا! هي وحدها من ترى رجلاً ديسَ بأقدامٍ حديديَّةٍ غالياً. جسمه غارقٌ في البُصاق، وهي تغسل قدميه وتمشّط شعره المشعَّث، وتنظر إلى عينيه الذابلتين. وكلما كشفوا عن روحه، وصارَ مُقرفاً ومحتَقراً بالنسبة إلى العالم، كان أقرب إليها وأغلى. ركضت خلف الشاحنة، ووقفت في طابور على جسر كوزنتسك، بالقرب من سياج معسكر الاعتقال، تريد أن ترسل إليه بعض الحلوى والبصل، وتشوي له البسكويت، على الكيروسين، وتقدّم له سنوات عمرها، مقابل لقائه ولو لنصف ساعة. . .

ليست كل امرأة تنام معها - جينيا.

ومن جرّاء اليأس الذي يحزّه هو نفسه، رغبَ أن يثير اليأس لدى الشخص الآخر.

ألّف بضعة أسطر من رسالة: «عندما تكتشفين ما حدث، ستكونينَ سعيدة ليس لأنني سُحقت، بل لأنك تمكنت من الهرب منّي، وستباركين غريزة الفئران، التي جعلتك تغادرينَ السفينة الغارقة... وأنا وحدي...».

ومض الهاتف على مكتب المحقق... ثورٌ ضخمٌ ضربه على جانبيه، وتحت أضلاعه... يرفع الملازم الستارة، ويطفئ النور... وتُخشخش، تُخشخش صفحات القضية، وعلى صوت الخشخشة أخذ يغفو...

وفجأةً، دخل مخرزٌ منحنٍ حارّ جداً في جمجمته، وكما لو أنَّ دماغه النتن المحروق مضى يقول: يفغينيا نيقولايفنا بلّغت عنه!

«من مرمر!»، «من مرمر!» كلمات قيلت، في ساعة صباحيّة في زنامينكا، في مكتب رئيس المجلس العسكري الثوري للجمهورية... قرأ رجل ذو لحية حادة، تلمع نظارته الأنفية، مقالَ كريموف وتحدث بهدوءٍ وودٍّ. يتذكر: في الليل، أخبر جينيا أن اللجنة المركزية استدعته من الكومنترن وأمرته بتحرير الكتب في دار نشرِ السياسي. «فقد كان ذات يوم إنساناً»، وأخبرها كيف قال تروتسكي، بعد أن قرأ عمله «الثورة والإصلاح - الصين والهند»: «من مرمر».

لم يكرّر هذه الكلمات التي قالها، لأيّ شخص وجهاً لوجه، جينيا فقط سمعتها منه، ما يعني أن المحقق سمعها منها. لقد وشت بهِ.

ما أحسَّ بسبعينَ ساعةً من عدم النوم - لقد نام بالفعل طويلاً. أجبروه؟ أليسَ الأمرُ سيّان؟ أيها الرفاق، أيّها الرفيق ميخائيل سيدوروفيتش، لقد متُّ! لقد قتلوني. ليس برصاصة مسدس، وليس

بالقبضات، وليس بالأرق. لقد قتلوني بجينيا. سأدلي بشهاداتي، وسأعترف بكل شيء. شرط واحد: أن تؤكِّدوا لي أنّها هي التي وشت.

زحف من السرير وطرق الباب بقبضته وصرخ:

- قودوني إلى المحقق، سأوقع كل شيء.

اقترب المناوب وقال:

- كُفَّ عن الضوضاء، وقدم أدلّتك عندما يستدعونك.

لم يستطع أن يبقى وحيداً. الأفضل والأسهل له أن يُضربَ ويفقد الوعي. ما دام الطب يسمح بذلك...

تعثَّرَ وهو في طريقه إلى السرير، وعندما بدا أنّه لم يعد يستطيع تحمّل العذاب الروحي، وعندما بدا أن دماغه كان على وشك الانفجار والآلاف من الشظايا ستصيب قلبه، وحلقه، وعينيه، أدرك: أن جينيا لا يمكنها أن تَشي! وسعل، واهتزّ:

- اغفري لي جينيا، أنا آسف. مصيري ألَّا أكونَ سعيداً معك، إنّه خطئي، ليس خطأك.

وسيطرَ عليه شعورٌ رائعٌ لأولِّ مرةٍ يتملّك شخصاً في هذا المبنى، منذ أن وطئ حذاءُ دزيرجينسكي عتباته.

استيقظ. قُبالته جلسَ كاتسينيلينبوغين بشعر بيتهوفن الرمادي.

ابتسم له كريموف، وجبهة الجار اللحميّة منخفضة وعبوسة - أدرك كريموف أن كاتسينيلينبوغين أخذ ابتسامته كتعبير عن الجنون.

قال كاتسينيلينبوغين:

- أرى أنهم ضربوك بقوّة، مشيراً إلى سترة كريموف الملطخة بالدماء.

أجاب كريموف بفمٍ ملتوٍ:

- نعم، لقد ضربوني بقوّة. وأنت كيف حالك؟

- تمشّيت في المستشفى. والجيران رحلوا - حكمَ الاجتماع الخاصّ على دريلنغ بعشرِ سنوات أخرى، مما يعني أنّ حكمه قد بلغ الثلاثين، ونُقِل بوغولييف إلى زنزانة أخرى.

تنهّد كريموف:

- آه. . .

- حسناً، حدِّثني.

- أعتقدُ. . . في ظل الشيوعية،- قال كريموف - سيجمع جهازُ الأمنِ سراً كل الأشياء الجيّدة عن الناس، وكل كلمة طيبة. سيقوم العملاءُ بالتنصّتِ بالهاتف مُتابعينَ كل ما يتعلق بالإخلاص والأمانة واللطف، وسيبحثون عن هذهِ الأمور في الرسائل، ويستخرجونها من الأحاديث الصريحة ويُبلِغونها إلى لوبيانكا، لتُجمَعَ في ملف. الجيّدُ منها فقط! هنا سيعززون الثقة في الإنسان، ولن يدمروها، كما هي الحال الآن. أنا وضعتُ الحجرَ الأول. . . على ما أظن، لقد فزتُ على الرغم من الإدانات والأكاذيب، أنا أؤمن، أؤمن. . .

قال كاتسينيلينبوغين، وهو يستمع إليه شارداً:

- كل هذا صحيح، سيكون الأمر كذلك. من الضروري فقط إضافة أنه بعد تجميع مثل هذا الملف المشع، سيتم نقلك إلى هنا، إلى المبنى الكبير، وسيضربونك أيضاً.

نظر إلى كريموف بفضول، ولم يستطع أن يفهم لماذا يبتسم كريموف بسعادة وهدوء، بوجههِ الأصفر الترابي وعينيه الغارقتين، والمنتفختين، وآثار الدم السوداء على ذقنه.

45

وقف معاون باولوس، العقيد آدمز، أمام حقيبة مفتوحة.
وجلس ريتير حاجب القائد القرفصاء، ومضى يفرز البياضات
الموضوعة على الجرائد المفروشة فوق الأرض.

ليلاً أحرق آدمز وريتير أوراقاً في مكتب المشير، وأحرقوا بطاقة
البيانات الشخصية للقائد الكبير، التي عدَّها آدمز من بقايا الحرب
المقدسة.

لم ينم باولوس طوال الليل. رفض قهوة الصباح، وراقب من
دون مشاركة انشغالات آدمز. نهض من وقت إلى آخر، ومشى في
أنحاء الغرفة، متنقلاً بين أكوام من الأوراق المكدَّسة على الأرض،
في انتظار الحرق. كانت البطاقات، التي أُلصِقت على اللوحة
القماشية، مترددة في الاحتراق، نسوا المشبك، وكان على ريتير
تنظيف الموقد باستخدام المجرفة.

في كل مرة فتح ريتير باب الموقد، كان المشير يمد يديه نحو
النار. ألقى آدمز معطفه فوق كتفي المشير. لكن باولوس تجاهل
الأمرَ بهدوء، وأعاد آدمز المعطف إلى المشجب مرة أخرى.

ربّما، يرى المشير نفسه الآن في الأسر في سيبيريا – إنه يقف مع
الجنود أمام الموقد ويدفئ يديه، وخلفه تمتدُّ صحراء وأمامه صحراء.

323

أخبر آدمز المشير:

- طلبت إلى ريتير وضع المزيد من الملابس الدافئة في حقيبتك
- لقد كان تصوّرنا عن يوم القيامة، ونحن أطفال، غير صحيح: إنّه لا يرتبط بالنار والفحم الحار.

خلال الليل، جاء الجنرال شميدت مرتين. كانت الهواتف ذات الأسلاك المقطوعة صامتة.

منذ لحظة الحصار الأولى أدركَ باولوس بوضوح أن القواتِ التي يقودها لن تكون قادرة على مواصلة القتال على نهر الفولغا.

رأى أن الظروفَ جميعها التي حددت نجاحه في الصيف – التكتيكية والنفسية والتقنية وما يتعلق بالأرصاد الجوية – غائبةٌ، وتحولت الإيجابيات إلى سلبيات. وتوجّه إلى هتلر: على الجيش السادس، بالتنسيق مع مانشتاين، أن يخترق طوقَ حصاره في الاتجاه الجنوبي الغربي، ويشكل ممراً ويسحب فرقه، بعد أن اقتنع مُقدماً، بأنه سيتعين عليه التخلي عن معظم الأسلحة الثقيلة.

عندما ضرب يريمينكو بنجاح مانشتاين في منطقة نهر ميشكوفكا في 24 تشرين الثاني (نوفمبر)، أصبح واضحاً لأي قائد كتيبة مشاة أن المقاومة في ستالينغراد كانت مستحيلة. وهذا ما لم يكن مفهوماً لإنسانٍ واحدٍ فحسب. لقد أعاد تسمية الجيش كموقع أمامي للجبهة، يمتد من البحر الأبيض إلى تيريك، وأعلن أن جيشه السادس هو «قلعة ستالينغراد». أمّا في مقر الجيش السادس نفسه فقد قالوا إن ستالينغراد تحوّلت إلى معسكر لأسرى الحرب المسلحين. أرسل باولوس برقية لاسلكي من جديد، بأن ثمَّةَ بعض الفرص لإحداث اختراق. وانتظرَ انفجاراً رهيباً من الغضب، فما من أحدٍ يجرؤ على

نقضِ ما يراهُ القائد الأعلى للقوات المسلحة مرتين. رووا له كيف نـزعَ هتلر صليب الفارس عن صدر المشير روندستيد، وأن براوخيتش، الذي كان حاضراً في الوقت نفسه، أصيب بنوبة قلبية. لا ينبغي المزاح مع الفوهرر.

تلقى باولوس أخيراً، في 31 كانون الثاني (يناير)، رداً على برقيته اللاسلكيّة - رُقِّيَ إلى رتبة مشير. وحاولَ مرَّةً أخرى إثبات صحّة تخطيطه، فتلقى أعلى وسامٍ في الإمبراطورية - صليب الفارس بأوراق البلوط.

أدرك تدريجياً، أن هتلرَ بدأ يعاملُهُ وكأنه رجل ميّت - لقد كانت رتبة المشير هي ترفيعةُ وفاته، وصليب الفارس بأوراق البلوط هي المكافأة بعد استشهادهِ أيضاً. لقد كان ضروريّاً الآن لأمرٍ واحد فحسب - تكوين صورة تراجيديّةٍ لزعيم الدفاع البطولي، وقد أعلنت الدعايةُ الرسميَّةُ عن مئات الآلاف من الأشخاص الموجودين تحت إمرته، بوصفهم قدّيسين وشهداء. مع أنَّهم كانوا أحياء، وطهوا لحم الحصان، واصطادوا كلاب ستالينغراد الأخيرة، وأمسكوا بالعقعق الأوروبي في السهوب. وهرسوا القمل ودخّنوا سجائر الورق الملفوفة بالورق، وفي ذلك الوقت بثّت محطات الإذاعة الحكومية موسيقا الحداد الرسميَّة على شرف الأبطال السريين.

لقد كانوا على قيد الحياة، ونفخوا على أصابعهم المُحمرَّة، وسال المُخاط من أنوفهم، وومضت في رؤوسهم أفكارٌ حول إمكانية تناولِ الطعام، والسرقة، والتظاهر بالمرض، والاستسلام، والاستلقاء في القبو مع امرأة روسية، وفي هذا الوقت، كانت جوقات الفتيان والفتيات الحكوميّة، تنشد على موجات الراديو: «لقد

ماتوا من أجل أن تحيا ألمانيا». ويمكن أن يُبعثوا من أجل حياة خاطئةٍ ورائعة بشرط وفاة الدولة فقط.

تم كل شيء كما تنبّأ باولوس.

لقد عاش بشعورٍ صعب أنّه كان مُصيباً، فيما رآهُ من هلاك جيشه بالكامل، من دون استثناء. ووجد في هلاك جيشه، على الرغم من إرادته - وهو ما بعثَ ارتياحاً غريباً مُكرباً على نحوٍ لا لبس فيه - أساساً لتقييمٍ ذاتيٍّ عالٍ.

صعدت من جديد إلى رأسه الأفكارُ المقموعةُ والممحيَّة أيامَ النجاحات العليا.

لقد سمّى كيتيل ويودل هتلر - الفوهرر الإلهيّ. وأشاعَ غوبلز أن مأساة هتلر تمثَّلت في أنه لم يستطع أن يلتقي قائداً عبقريّاً مساوياً له في الحرب. أما تسيتسلير فقد قالَ إن هتلر طلبَ إليه جعلَ خط الجبهة مُستقيماً، لأنه صدم شعوره الجمالي. وماذا عن رفضه العصبي الجنوني مهاجمة موسكو؟ وماذا عن الأمر اللاإرادي المفاجئ بوقف الهجوم على لينينغراد؟ واعتماده الاستراتيجيّة الدفاعية المتعصبة المؤسّسة على الخوف من فقدان الهيبة.

الآن كل شيء واضحٌ تماماً.

ولكن هذا الوضوحَ النهائي بالتحديد أمرٌ فظيع. كان في استطاعته ألَّا يطيع الأمر! وكان الفوهرر طبعاً سيعدمه. لكنه بالمقابل كان سينقذ الناس. لقد رأى التوبيخ في عيون كثيرة.

كان يستطيعُ، يستطيعُ إنقاذَ الجيش!

لكنَّهُ خافَ هتلر، خافَ على جلده!

قالَ له خالب، أعلى ممثل لمديرية الأمن في مقر الجيش، منذ أيّام، وهو يطيرُ إلى برلين، عبارات غامضة؛ إن الفوهرر كان عظيماً فوقَ الحدِّ حتى لشعبٍ كشعب ألمانيا. نعم، نعم، بالتأكيد.

كلّ ذلك كلام معسول، كلّ ذلك ديماغوجيا.

شغَّلَ آدمز المذياع. ولدت موسيقا من صفير موجات الأثير - موسيقا جنائزيَّة ألمانيّة لأموات ستالينغراد. تكمن في الموسيقا قوّة خاصّة... ربما بالنسبة إلى الناس، وبالنسبة إلى المعارك المستقبليّة، التي تبني أسطورة الفوهرر، والتي تعني أكثر من مجرد إنقاذ المصابين بالضمور، المُقمّلين والمُتجمّدين. ربما لا تفهم منطق الفوهرر وهو يقرأ المواثيق، ويضع جداول المعارك وينظر إلى الخرائط الميدانية.

أو لعلَّ وجوداً جديداً قد تشكَّلَ في هالة الاستشهاد، التي حكم بها هتلر على الجيش السادس، لباولوس وجنوده، ومشاركتهم الجديدة في مستقبل ألمانيا.

لم تساعد قلمَ الرصاصِ هنا المسطرةُ اللوغاريتميّةُ والآلاتُ الحاسبة. فقد تحرّك الجنرال - المسؤول عن السكن، كانت لديه حساباتٌ مختلفة، واحتياطيات مختلفة.

آدمز، عزيزي، المخلص آدمز، إنّ الشخص من السلالة الروحية العليا شكّاك دائماً. يسيطرُ على العالم ناسٌ محدودون فحسب، يمتلكونَ شعوراً لا يتزعزع بصحّة مواقفهم. الناس من السلالة العليا لا يحكمون الدول، ولا يتخذون قرارات عظيمة.

صاح آدمز:

- إنهم قادمون! وأمر ريتير: «أبعدها» وسحب الحقيبة المفتوحة جانباً، وسوّى زيّه العسكري.

كانت جوارب المشير، التي وضعت على عجل في الحقيبة، ذاتَ ثقوبٍ عند كعوبها، تكدّر ريتير وقلق، ليس لأن باولوس اليائس والمجنون سيرتدي الجوارب الممزّقة، بل لأن هذه الثقوب ستراها الأعين الروسية الشرّيرة.

وقف آدمز ويداه على ظهر الكرسيّ، واستدار عن الباب، الذي كان سينفتح الآن، وينظر بهدوء، واهتمام، ومحبة إلى باولوس - هكذا كان يعتقد أن على مساعد المشير أن يتصرف.

ابتعد باولوس إلى الخلف قليلاً عن الطاولة، وضمّ شفتيه. أراد الفوهرر في تلك اللحظات اللعب معه، وكان يستعد للعب.

سيفتح الباب، وستصبح غرفة الزنزانة المظلمة تحت الأرض، مرئية للأشخاص الذين يعيشون على الأرض. مرّ الألم والمرارة، وبقي الخوف من أن الباب لن يفتحه ممثلو القيادة السوفييتية، الذين كانوا أيضاً على استعداد لأنّ يؤدّوا مشهداً احتفالياً، بل الجنود السوفييت حاملو المصائب، الذينَ اعتادوا بسهولة الضغط على زناد البندقيَّة الآلية. واكتأب وقلق من المجهول - سينتهي المشهد وتبدأ الحياة البشرية - أيّ حياة، وأين - في سيبيريا، في سجن موسكو، في مهجع في معسكر اعتقال؟

46

ليلاً رأى الناس من منطقةِ ما وراء الفولغا كيف أضاءت السماء فوق ستالينغراد بأنوار متعددة الألوان. استسلم الجيش الألماني.

قدِمَ الناس من فورهم في الليلة نفسها من خلفِ نهر الفولغا إلى ستالينغراد. انتشرت شائعات مفادها أن السكانَ الباقين في ستالينغراد عانوا مؤخراً من جوع شديد، وأن الجنود والضباط والبحارة في أسطول فولغا العسكري يحملون صُرَراً صغيرةً من الخبزِ والمعلّباتِ. أخذ بعضهم الفودكا، والهارمونيكا وجاؤوا.

لكن الغريب، أن هؤلاء الجنود الأوائل، الذين أتوا إلى ستالينغراد ليلاً من دون أسلحة، وأخذوا يقدمون الخبز للمدافعين عن المدينة، ويعانقونهم ويقبّلونهم، كانوا كما لو أنهم حزينون، لم يبتهجوا ولم يغنّوا.

كان صباح 2 شباط (فبراير) 1943 ضبابيّاً. وتصاعدَ البخار فوق شيح الفولغا والثقوب الجليدية. ارتفعت الشمس فوق سهب الإبل، قاسيةً كما في أيام أغسطس الحارة، وفي وقت الرياح الشتوية السفلية. اندفع الثلج الجاف فوق المساحات المسطحة، وانجدلَ في أعمدة متصاعدة، والتفّ عجلاتٍ حليبية، ثمَّ فقد إرادته فجأة،

واستقر. تركت أقدام الريح الشرقية آثارها: أطواقٌ من الثلج حول سيقانِ الشوكِ المتهالكة، وتموّجات متجمدة على سفوح الوديان، وبقع صلصال صُلع وكتل عشبيّة عريضة...

بدا أن الأشخاص الذين يسيرون من خلال نهر الفولغا من جرف ستالينغراد، خرجوا من ضباب السهوب، وقد نحتهم الصقيع والريح.

لم يكن لهم أي عمل في ستالينغراد، ولم ترسلهم القيادة إلى هذا المكان - انتهت الحرب هنا. مشوا وحدهم، ومعهم رجال الجيش الأحمر، وعمال الطرق، وعمال مخابز باخوفسكي، وموظفو المقرّات، والزلاجات، ورجال المدفعية، وخياطو الجبهة، والكهربائيون، والميكانيكيون من محلات الإصلاح. وسار معهم عبر نهر الفولغا، يتسلّقون المنحدرَ، رجالٌ كبار السن ملفوفون بالأوشحة، وسارت النساء في سراويلَ عسكرية قطنيّة، وفتيان وفتيات يجرّون خلفهم زلّاجاتٍ محمَّلة بالصُّرر والوسائد.

حدث أمرٌ غريبٌ للمدينة. سُمعت أصوات سيارات، وضجيج محركات جرارات، سارت مسيرات الناس مع الأكورديون، ومهَّدَ الراقصون الثلج بأحذيتهم اللبادية، تأوّه جنود الجيش الأحمر وضحكوا. لكن المدينة لم تُبعث من جرّاءِ هذا؛ وبدت ميتة.

كَفَّت ستالينغراد قبل بضعة أشهر، عن عيش حياتها المعتادة - ماتت فيها المدارسُ وورشُ العمل في المصانع، وأزياء الملابس النسائية، ومجموعات الهواة، وشرطة المدينة، ودور الحضانة، ودور السينما.

نَمَتْ في الحريق الذي اجتاح أحياء المدينة مدينةٌ جديدة - ستالينغراد الحرب - بتخطيطها الشوارع والساحات، وتصميماتها

المعمارية تحت الأرض، وقواعد حركة مرورها في الشارع، وشبكتها التجارية، وضجيج ورش المصانع، مع حرفها، ومقابرها ومشروباتها وحفلاتها الموسيقية.

لكل حقبةٍ مدينتُها العالميّة - إنها روحُها، وإرادتُها.

كانت الحربُ العالمية الثانية عصرَ البشرية، وأصبحت ستالينغراد لبعض الوقت مدينتَها العالمية. وأصبحت فكرةً وعاطفةً للجنس البشري. عملت لها المصانعُ والمعاملُ، والمناوبات وآلات الطباعة، وأوصلت إلى المنصة الزعماء البرلمانيين. حتّى إذا سارت آلاف الحشود من السهوب إلى ستالينغراد، وامتلأت الشوارع المهجورة بالناس، وهدرت أولى محركات السيارات، توقفت المدينة العالميّة للحرب عن الحياة.

نقلت الصحف في ذلك اليوم تفاصيل الاستسلام الألماني، وعرف الناس في أوروبا وأمريكا والهند كيف خرج المشير باولوس من القبو، وكيف صُوّر استجوابُ الجنرالات الألمان الأول في مقر قيادة الجيش السادس والستين للجنرال شوميلوف، وكيف كان يرتدي الجنرال شميدت - رئيس أركان باولوس.

لم تعدْ عاصمةُ الحربِ العالميَّة الثانية في هذه الساعة موجودة. كانت عيون هتلر وروزفلت وتشرشل تبحث عن مراكز جديدة للتوتر العسكري العالمي. سأل ستالين، وهو ينقرُ بإصبعه على الطاولة، رئيسَ الأركان العامة عما إذا كانت وسائل النقل متوفِّرة لنقلِ قوات ستالينغراد من الخلف، حيث وجدوا أنفسهم إلى منطقة تركيز جديدة. إنّ مدينة الحرب العالميّة، التي ما زالت ممتلئة بالجنرالات العسكريين وأساتذة القتال في الشوارع، المدجّجين بالسلاح، مع

خرائط عمليات حيّة، واتصالات مبسطة، لم تعد موجودة - لقد بدأ وجودها الجديد، كما هي الحال في أثينا وروما. وأصبح المؤرخون والمرشدون السابقون في المتاحف والمدرسون وتلاميذ المدارس الذين يشعرون دائماً بالملل أسيادَها غير المرئيين.

ولدت مدينة جديدة - مدينة العمل والوجود، مع المصانع والمدارس ومستشفيات الولادة والشرطة ودار الأوبرا والسجن.

غطّى الثلج قليلاً المسارات التي نُقلت عليها القذائف وأرغفة الخبز إلى مواقع إطلاق النار، والتي نقلوا عليها مدافع الهاون وترمسات العصيدة، وغطّى التعرجات، والمسارات الماكرة، التي عبرها القناصة، والمراقبون، والمستمعون[1]، وهم في طريقهم إلى أكواخهم الحجرية السرّية.

وغطّى الثلج قليلاً الطرقَ التي قطعها المراسلون بسرعةٍ من السريّة إلى الكتيبة، والطرق من باتيوك إلى واد باني، ومصنع اللحوم وخزانات المياه...

غطّى الثلج قليلاً الطرقَ التي سار فيها سكان المدينة العظيمة لتدخين التبغ، وشرب مئتي غرام على روح صديق، والاستحمام في حمامٍ تحت الأرض، وذبح الماعز، وتذوّق مخلل الملفوف عند أحد الجيران؛ والطرق التي ساروا فيها إلى الصديقة مانيا، والصديقة فيرا، والطرق إلى الحرّاس، وحرفيي الولاعات، والخياطين، وعازفي الهارمونيا، وأمناء مستودعات المتاجر.

(1) المستمعون؛ هم ممثلو أندر وظيفة في الحرب العالمية الثانية، وكان عددهم في جيش يتجاوز تعداده الملايين، لا يزيد عن 200-300 شخص. يمتلكونَ حاسّة سمع حادّة تميّز أصوات الطائرات المعادية. (المترجمان).

حشودٌ من الناس مهدت طرقاً جديدةً، ومشت، من دون الاتكاء على الأنقاض، والتعرّج.

أمّا شبكة مسارات ودروب المعركة فغطَّتها الثلوج الأولى، ولم يظهر أثر جديد واحد على آلافِ الكيلومترات من هذه المسارات الثلجية.

وسرعان ما سقطت الثلوج الثانية على الأولى، وأصبحت المسارات التي تحتها مطموسة، غير واضحة، ولم تعد مرئية...

كان ثـمَّةَ شعورٌ لا يوصف لدى السكان القدامى، بالسعادة والفراغ في المدينة العالميّة. ونشأ شوق غريب عند الناس الذين دافعوا عن ستالينغراد.

خلت المدينة، وشعر الجميع بالفراغ - قائد الجيوش، وقادة فرق المشاة، ورجل الشرطة القديم بولياكوف، والمُدافع قاذف الرشاش غلوشكوف. كان هذا الشعور لا معنى له، فكيف يمكن أن تشعر بالكآبة، وقد انتهت المذبحة إلى النصر، وبقيتَ على قيد الحياة؟

لكن هذا ما كان. صمتَ الهاتف في الحقيبة الجلديّة الصفراء على مكتب القائد. ونما طوقٌ ثلجيٌّ على غلاف المدفع الرشاش، وعميت المناظير المزدوجة والمغازل[1]؛ نُقلت الخططُ والخرائط المترهلة من الألواح إلى الحقائب الميدانيَّة، ومن بعض الحقائب

(1) المغزل (وجمعها المغازل، وهي كلمة فارسية تعني المنفذ) في اصطلاح العمارة العسكرية فتحة ضيقة في السور الدفاعي أو البرج أو الحصن، تطلق منها السهام أو القذائف، كما تستخدم منفذاً لغرض الإضاءة والتهوية. (المترجمان).

الميدانيّة إلى الحقائب العاديّة وحقائب القماش الخشن لقادة الفصائل والسريّات والكتائب. . . وسارت حشودُ الناس بين الأبنية المهدّمة، وهم يتعانقون ويصرخون «أوراا». . . نظر الناس بعضهم إلى بعض. «يا لهم من شباب جيّدون، أقوياء، بسطاء، وأماجد، ها نحن نمشي - سترات مبطنة، وغطاء للآذان، كل ما عندكم هو نفسه عندنا. لكننا قمنا بأعمال، من المخيف التفكير فيها. لقد رفعنا، ورفعنا أثقل الأوزان الموجودة على الأرض، رفعنا الحقيقة فوقَ الكذب، اقتربوا وجرّبوا رفعها. . . هناك في الحكاية، ولكن هنا ليس في الحكاية الخرافيّة».

جميعهم من أبناء البلد: بعضهم من وهاد كوبوروس، وبعضهم الآخر من وادي بان، وثالثهم من أسفل خزانات المياه، ورابعهم من «أكتوبر الأحمر»، وخامسهم من كورغان مامايف، واقترب منهم سكانُ المركز الذين يعيشون بالقرب من نهر تساريتسا، في منطقة المرسى، وتحت المنحدرات عند خزانات النفط. . . كانوا أهلَ بيتٍ وضيوفاً على حد سواء، وهنّؤوا أنفسهم، وكانت الرياح الباردة تطرقُ صفائح الرصاص القديم. أطلقوا النار من الرشاشات في الهواء أحياناً، وأحياناً رموا قنبلة يدوية. طبطب بعضهم على ظهور بعض وهم يتعارفون، وتعانقوا تارةً، وتبادلوا القبل بشفاههم الباردة، ثم تبادلوا الشتائم فرحين ومرتبكين. . . لقد خرجوا من باطن الأرض: سمكريون، وخرّاطون، وفلاحون، ونجّارون، وحفّارون، لقد قاتلوا العدو، وحرثوا الحديد والطين.

تختلف المدينة العالمية عن غيرها من المدن ليس فقط في شعور الناس بصلتها بالمصانع والحقول في العالم بأسره.

المدينة العالمية تختلف عن سواها بأنها ذات روح.

لقد سجنت الحرب الروح في ستالينغراد. وروحها كانت الحرّية.

تحوّلت عاصمةُ الحرب المناهضة للفاشية إلى أنقاض مُخدّرة، وباردة للمدينة الصناعيّة المرفئيّة السوفييتيّة الإقليميّة ما قبل الحرب.

هنا، وبعد عشر سنوات، بنى الآلاف من جحافل السجناء سداً ضخماً، هو أحد أعظم السدود في العالم، ومحطةً للطاقة الكهرومائيّة الحكوميّة.

47

وقع هذا الحادث لأن ضابط صف ألماني استيقظ في المخبأ ولم
يكن يعلم باستسلام جيشه. طلقتُه أصابت الرقيب زادنيبروك. أثارَ
الأمرُ غضبَ الروس الذين كانوا يشاهدونَ الجنود الألمان وهم
يخرجون من تحت الأقواس الضخمة من المخابئ، ويرمون
الرشاشات والبنادق فوقَ كومة تزداد حجماً وقرقعةً.

مشى الأسرى، محاولين ألّا ينظروا من حولهم، وبدا أن عيونهم
كانت مأسورةً أيضاً. فقط الجندي شميدت، ذو الشعر الأسود
والأبيض الطويل، خرج إلى نور اللّه وهو ينظر مبتسماً إلى الجنود
الروس، كما لو أنَّهُ كان واثقاً بأنه سيلقى وجهاً يعرفه.

وقف العقيد فيليمونوف - الذي كان قد تناول القليل من
الشراب، والواصلُ من موسكو عشية ذلك، إلى مقر جبهة ستالينغراد
- مع مترجم أرسل معه في نقطة تسليم قطعات فرقة الجنرال فيللير.

برز معطفه، ذو الكتافيات الذهبية الجديدة، والتطريزات الحُمْر
والشرائط السُّود، بين السترات المبطنة القذرة، والمحروقة والقبعات
المجعّدة لقادة سرّايا ستالينغراد وكتائبها ومقاتليها، وكذلك بينَ
ملابس الأسرى الألمان المجعّدة والمحترقة والقذرة أيضاً.

336

البارحة في مطعم المجلس العسكري، حدَّثَ أنَّ كتافيَّات ذهبية محاكة بالقصب خاصة بالجيش الروسي القديم كانت محفوظة في مستودع موسكو الرئيسي، وكان الأكثر حظاً بين أصدقائه بحصوله على هذه المادةِ القديمة الجيّدة.

عندما سُمع إطلاق النار وصرخ زادنيبروك المصاب بجرح طفيف، سأل العقيد بصوت عالٍ:

- من أطلق النار، ما الأمر؟

أجابه عدد قليل من الأصوات:

- هناك أحمق ألماني. أخذوه... وكأنّه لم يكن يعلم.

صاح العقيد:

- كيف لم يعلم؟ ألا يكفيه ما سفك من دماء جنودنا، هذا الوغد؟- التفت إلى الموجّه السياسي اليهودي الطويل، المترجم:- ابحثوا لي عن الضابط. هو المسؤول، وسيتحمّل عواقبَ هذه الطلقة.

هنا لاحظ العقيدُ الوجهَ الكبير المبتسم للجندي شميدت، فصاح:

- هل تضحك، أيها الوغد، شوّهتم جندياً آخر؟

لم يفهم شميدت لماذا تسببت الابتسامة، التي أراد التعبير بها عن كثيرٍ من الأحاسيس الجيدة، بصراخ الضابط الروسي الكبير، وعندما بدا أن طلقة المسدس ليس لها أيّة صلة بهذه الصرخة، لم يعد يفهم شيئاً، تعثّر وسقط تحت أقدام من يمشي وراءه من الجنود. سُحب جسدُه جانباً، واستلقى على جنبه، ومرّ بجواره كل من عرفه ولم

يعرفه. بعد ذلك، وعندما مرّ الأسرى، انسلّ الفتيان، الذين لا يخافون من الموت، إلى الملاجئ، والمخابئ الفارغة، وتجوّلوا بين الأسرّة الخشبيّة.

تفحّص العقيد فيليمونوف في هذا الوقت شقَّة تحت الأرض لقائد كتيبة، وأبدى إعجابه كيف بُنيت على نحوٍ متين ومريح. أحضر حامل البندقية الآلية ضابطاً ألمانيّاً شاباً ذا عينين مشرقتين هادئتين، وقال المترجم:

- الرفيق العقيد، هذا هو الملازم لينارد، الذي أمرت بإحضاره.

- أيّ ضابط؟- تفاجأ العقيد فيليمونوف. وبما أن وجه الضابط الألماني بدا جميلاً بالنسبة إليه، ولأنه كان منزعجاً فهو لأوّلِ مرة في حياته يتورَّطُ في جريمة قتل، قال:

- قُدهُ إلى نقطة التجمع، لكن من دون تصرّفات غبيّة، وتحت مسؤوليتك الشخصية، واحرص أن يظلَّ حيّاً.

شارفَ يوم القيامة على نهايته، ولم يعد من الممكن تمييزُ الابتسامة على وجه الجندي الذي أُطلقَ عليه الرصاص.

١

48

رافقَ المقدَّمُ ميخائيلوف، المترجمَ العسكريَّ الأولَ في القسم السابع من الإدارة السياسيّة في مقر الجبهة، المشيرَ الأسير إلى مقر قيادة الجيش الرابع والستين.

خرج باولوس من القبو، ومن دون اهتمام بالضباط والجنود السوفييت، الذين تفحّصوا بفضول كبيرٍ وقيّموا جودةَ معطف المشير الخاص ذي الشريط من الجلد الأخضر من الكتف إلى الخصر، وقبعةَ فرو الأرنب الرمادية. مشى بخطواتٍ مديدة رافعاً رأسه، ينظر من الأعلى إلى أنقاض ستالينغراد، وإلى عربة المقر، رباعية الدفع التي كانت بانتظاره.

غالباً ما حضرَ ميخائيلوف حفلات استقبالٍ دبلوماسيّة قبل الحرب، وتصرّف مع باولوس بثقة، فاصلاً بسهولة بين الاحترام البارد وكثرة الحركة غير الضروريّة.

جلسَ بجوار باولوس وراقب تعابير وجهه، وانتظر ميخائيلوف أن يكسر المشيرُ الصمت. لم يكن سلوكه مثل سلوك الجنرالات، في التحقيق الأولي الذي شارك فيه ميخائيلوف.

قال رئيس أركان الجيش السادس بصوت بطيء كسول، إنَّ

الكارثة سببها الرومان والإيطاليون. وأضاف الجنرال زيكست فون أرنيم ذو الأنف المعقوف، بتجهّم وهو يُخشخِشُ بميدالياته:

- ليس فقط غاريبالدي مع ثمانيته، ولكن البرد الروسي أيضاً، ونقص الطعام والذخيرة.

قطع ذلكَ الحديث قائدُ فرقة الدبابات، ذو الشعر الرمادي وصليب الفارس الحديدي مع ميدالية تقديريّة لإصابته خمس مرات بجروح، وطلب الحفاظ على حقيبته. وهنا تحدّث الجميع - رئيس الخدمة الصحية، الجنرال رينالدو، المبتسم بهدوء، والعقيد المتجهِّم لودفيغ، قائد فرقة الدبابات، ذو الوجه المشوَّه بضربة سيف ضالع. وقلق على نحوٍ خاصّ، مساعد باولوس، العقيد آدمز، الذي فقد حقيبة الاحتياجات الخاصّة - فتح ذراعيه وهزّ رأسه، واهتزت أذنا قبعته المصنوعة من جلد الفهد، كأُذني كلبٍ أصيلٍ خرج من الماء.

تأنسنوا، ولكن بصورةٍ سيّئة.

أجاب السائقُ في معطفِ الفرو الأبيض الأنيق بهدوء على أمر ميخائيلوف تخفيف السرعة:

- سمعاً وطاعةً، أيّها الرفيق المقدّم.

لقد أراد أن يُحدِّثَ زملاءَه السائقين عن باولوس، حينَ يعود إلى البيت بعد الحرب، مُتباهياً: «أنا عندما نقلتُ المشير باولوس...»، كما أراد أن يقود بطريقة خاصّةٍ، حتى يفكر باولوس: «ها هو، السائق السوفييتي، إنّه ميكانيكي من الدرجة الأولى على ما يبدو».

بدا غير معقولٍ لمراقبٍ في الجبهة هذا الخليطُ المزدحمُ من الروس والألمان. فتّشت فرقُ حاملي البنادق الآليّة الأقبيةَ، وتسلّلت إلى داخل قنواتِ آبار المياه، واقتادوا الألمانَ إلى السطح الجليدي.

أعادوا تنظيم الجيش الألماني بطريقة جديدة، في الأماكن المهجورة، وفي الشوارع بالدَّفعِ وصراخ حاملي البنادق الآلية- وحَّدوا جنود الاختصاصات الحربية المختلفة في طوابير مسيّرَة.

سارَ الألمانُ وهم يُحدِّقونَ في الأيدي التي تحمل السلاح، محاولين ألّا يتعثَّروا. لم يكن خنوعهم مجرد خوف من السهولة التي يمكن بها للإصبع الروسي الضغط على زناد البندقية الآليّة. فقد هيمنت سلطةُ المنتصرين، وأُجبرَ المهزومونَ على طاعتهم من جرّاءِ نوع من العاطفة الحزينة المنوّمة.

توجّهت السيارة التي تنقل المشير إلى الجنوب، وسار الأسرى في مواجهتها. صدحَ جهاز قوي ناطق بصوت عال:

«مضيتُ في الحملة أمس إلى الأراضي البعيدة،

ولوَّحت حبيبتي بمنديلها لي عند البوابة[1]...»

اثنان يحملان ثالثاً، تعلَّقَ بعنقيهما بيدينِ شاحبتين، قذرتين، فاقترب رأسا رفيقيه أحدهما من الآخر، ونظر من بينهما وجهٌ ميّتٌ بعينين حارّتين.

سحب أربعةُ جنود من المخبأ رجلاً مصاباً على بطانيّة.

أكوامٌ سود مزرقّة من الأسلحة الحديديّة مطروحةٌ فوقَ الثلج. وكأنّها كومة من القش المعدني المطحون.

تعالى صوتُ تحيّةِ المدفعيَّة - يُدفن جندي من الجيش الأحمر في القبر، وهناك يستلقي الألمانُ القتلى الذين سحبوهم من قبو

(1) المقطع الأول من أغنية «حبيبتي» التي اشتهرت أثناء الحرب الوطنية العظمى في الاتحاد السوفييتي. (المترجمان).

المستشفى. يسير الجنودُ الرومانيون في قبعات الأمراء البِيض والسود، يضحكون، يلوّحون بأيديهم، يسخرونَ من الألمان الأحياء والأموات.

اقتادوا الأسرى من جهةِ بيتومنيك، من تساريتسينا، من مبنى المتخصصين[1]. ساروا بخطوات خاصّة، يمشيها الناسُ والحيوانات التي فقدت حريتها. يسير الجرحى، الذين تعرّضوا لجراحٍ طفيفة وضرباتٍ صقيع مُتّكئين على العصي وعلى قطع متفحمة من الألواح. يسيرون، ويسيرون. ويبدو أن ثمَّةَ وجهاً واحداً رمادياً مزرقّاً للجميع ولهم العيون نفسها، وتعبير واحد عن المعاناة والكآبة.

مدهش! كم كان بينهم من صغار، ذوي أنوفٍ طويلة، هزيلي الوجوه، بأفواه أرانب مضحكة، ورؤوسِ عصافير. كم عدد الآريين السُّمر، كثيري البثور، والدمامل، والنمش.

مضى هؤلاء هكذا غير جميلين وضعفاء، ولدوا لأمهاتهم وأحببنَهم. وكما لو أنَّ أولئكَ الذين ليسوا أناساً، ولا أمة، قد اختفوا، يمشون بذقونهم الثقيلة، والأفواه المتعجرفة، ذوو رؤوسٍ بيض ووجوهٍ نحيلة وصدورٍ غرانيتيّة.

يا للغرابة، هذا الحشد من الناس الذين ولدتهم أمهاتهم قبيحين؛ يشبهون بالأخوة الحشود الحزينة والبائسة، الذين ولدتهم أمهاتٌ روسيات، وقادهم الألمان بالجذوعِ والعصي إلى معسكرات الاعتقال، نحو الغرب عام 1941. سُمعت من وقت إلى آخر،

---

(1) هكذا كانوا يسمون الأبنية التي بنيت في الاتحاد السوفييتي في الثلاثينيات من القرن الماضي. (المترجمان).

طلقاتُ مسدسٍ، أُطلقت من المخابئِ والأقبية، وكان الحشدُ الذي يطفو نحو نهر الفولغا المقيد، كشخصٍ واحد، يفهم معنى هذه الطلقات.

نظر المقدَّمُ ميخائيلوف إلى المشير الجالس بجوارِه. ونظر السائق في المرآة. لاحظَ ميخائيلوف عنقَ باولوس الطويلة الرقيقة، ورأى السائقُ جبهته، وعينيه وشفتيه المطبقتينِ أمارةً على السكوت.

مرّوا بجوارِ أسلحة رُفعت سبطاناتها نحو السماء، وبجوارِ دبابات على جباهها صُلبانٌ معقوفة، وبجانب شاحنات يرفرفُ في الريح قماش القنّب الذي يغطّي عرباتها، وبجانب ناقلات الجنود المدرعة والأسلحة ذاتية الدفع.

تجمَّدَ الجسمُ الحديديُّ للجيشِ السادسِ، عضلاتُه، في الأرض. وتحرّكَ الناسُ بمحاذاتِهِ ببطء، ويبدو أنهم سيتوقفون، ويتبرّدون، ويتجمّدون في الأرض.

انتظرَ ميخائيلوف، والسائق، والحارس - حاملُ البندقيَّة الآليّة، أن يتحدث باولوس أو ينادي، أو يستدير. لكنه كان صامتاً، وكان من المستحيلِ أن يُفهمَ إلى أين تنظرُ عيناهُ، وماذا تحملان في تلكَ الأعماق من قلب الإنسان.

هل خشيَ باولوس أن يراه جُنوده، أو أنَّهُ أرادهم أن يروه؟ فجأةً سألَ باولوسُ ميخائيلوفَ:

- قل لي من فضلك ماذا تعني كلمة «ماخوركا»[1] (التبغ)؟

---

(1) ينطقُ باولس الجملةَ باللغةِ الألمانيّة. (المترجمان).

وحول هذا السؤال غير المتوقع، لم يفهم ميخائيلوف أفكار باولوس. كان المارشال قلقاً بشأن تناولِ الحساءِ يوميّاً، والنومِ في الدفءِ، والتدخين.

49

أخرج أسرى الحرب الألمان جثثَ الأشخاص السوفييت، من قبو مبنى مُكوّن من طابقين، حيث كانت تقعُ الإدارةُ الميدانيّة للغيستابو.

وقف عددٌ من النساءِ وكبار السنّ والفتيان، بالقرب من الحراسة، على الرغم من البرد الشديد، وشاهدوا الألمان وهم يلقون الجثث على الأرض المتجمّدة.

كان لدى معظم الألمان تعبير غير مبال، فقد ساروا ببطء، واستنشقوا طائعينَ رائحة الجثث.

أحدهم فقط، وهو شاب يرتدي معطفَ ضابطٍ، ربط أنفه وفمه بمنديل قذر، هزّ رأسه على نحوٍ محموم كما يفعلُ الحصان، الذي أحرقته النُّعرة. وعبّرت عيناه عن الألم، الذي يشبه الجنون.

وضعَ أسرى الحرب النقَّالةَ على الأرض، وقبل البدءِ بنزع الجثث، وقفوا فوقها وفكّروا - فقد انفصلت في بعضها الأيدي والأرجلُ عن الأجساد، وتأكَّدَ الألمانُ أي ساق أو يد تعود إلى هذه الجثة أو تلك، ووضعوها بجانب جثتها. كان معظمُ القتلى نصفَ عراةٍ، في ملابس داخلية، وبعضهم في سراويل عسكرية. كان

أحدُهم عارياً تماماً، بفمٍ مفتوح صارخ، وبطنٍ غارق ملتصق بالعمود الفقري، وشعر عانتهِ مُحمرّ على الأعضاء التناسلية، وكانت رجلاهُ نحيلتين رقيقتين.

بدا من المستحيلِ أن تتخيّل أن هذه الجثث، ذات فتحات الأفواهِ والعيون المنحوتة، عاشت في الآونة الأخيرة وحملَ أصحابُها أسماءً، وكانت تقول: «عزيزتي، أيّتها المجيدة، قبّليني، انظري، لا تنسي»، وتحلم بكأسٍ بيرة وتدخين سيجار.

لقد شعرَ بذلك على ما يبدو، الضابطُ الذي يستُرُ فمه وأنفه.

لكنَّهُ هو بالتحديد من أزعجَ النساء، الواقفات عند مدخل القبو، وتابعنَه بيقظة ونظرن بلامبالاة إلى بقية أسرى الحرب، الذين كان اثنان منهم يرتديان معطفينِ عليهما بقع لامعة من شعارات جهاز الأمن البارزة.

- آه، ابتعد - تمتمت المرأة الجالسة القرفصاء، والممسكة بيد صبيّ، وهي تتابع الضابط.

شعر الألمانيُّ في معطف الضابط بضغط نظراتِ المرأة الروسيّة الثقيلِ والأنانيّ وهي تراقبه. الشعور بالكراهية، الذي تكوَّنَ، بحثَ، وما كان له أن يقبلَ بعدم العثورِ على موضوعِ تفريغٍ له، مثلما هي حال الطاقةِ الكهربيّة المتجمِّعة في غيمة صاعقة تقفُ فوق الغابة ولا تستطيع إلّا أن تجد تفريغاً لها، فتختار على نحوٍ أعمى جذع شجرةٍ توجه إليهِ الضربةَ الحارقة.

كان شريكُ الألمانيِّ في معطف الضابط جندياً صغيراً، عنقهُ ملفوفة بمنشفة ورجلاهُ ملفوفتان بأكياس مربوطة بسلك هاتف.

هكذا كانت نظرات الأشخاص، الذين يقفون بصمت بالقرب من القبو، حتى إن الألمان مضوا إلى القبو المظلم بارتياح ولم يتعجلوا الخروجَ منه، مفضّلين الظلام والرائحة الكريهة على الهواء الخارجي وضوء النهار.

عندما سار الألمان إلى الطابق السفلي مع النقالة الفارغة، سمعوا الشتائم الروسية الفاحشة التي عرفوها.

مشى السجناءُ إلى الطابقِ السُّفلي، بخطواتٍ مُتريِّثة، تسيطرُ عليهم غريزة الحيوان في أنهم إذا ما قاموا بحركة متسرعة، فسينهال الجمهورُ عليهم.

صرخ الألماني في المعطف، فقال الحارس مُنزعِجاً:

- يا فتى، لماذا ترمي الحجارة، هل ستحملُ الألمانيَّ بنفسكَ إن تهاوى؟

تحاورَ الجنودُ في الطابق السفلي:

- من يتحمّلُ النظرات حتى الآن هو الملازم الأوّل.

- هل لاحظتَ المرأةَ، إنَّها تنظر إليه طوال الوقت.

قال صوت شخص ما، من ظلام الطابق السفلي:

- أيّها الملازم أوّل، لو تبقى مرّة واحدة في القبو، سيبدؤون بك، وينتهون بنا.

تمتم الضابط بصوت ناعسٍ:

- لا، لا، يُمنع الاختباء، هذا هو يوم الحساب - والتفت إلى شريكه، وأضاف: - دعنا نذهب، هيّا، هيّا.

سار الضابط وشريكه، في خروجهما التالي من القبو، على نحوٍ

أسرع قليلاً من المعتاد - كان الحمل أخف. فعلى النقَّالةِ فتاةٌ في سن المراهقة. كان الجسدُ الميتُ ذابلاً، وجافاً، والشعر الخفيف فقط هو الذي يحتفظ بالسحر الحليبي القمحيّ، المنتشر حول الوجه الرهيب الأسود البني للطائر الميت. تأوّه الحشد بهدوء.

صرخ صوتُ المرأة الجالسة القرفصاء، ثاقباً، كما لو أن سكيناً ومض ومزّق الفضاء البارد:

- طفلتي! حبيبتي! طفلتي الذهبية أنت!

صدمَ الناسَ هذا البكاءُ على طفلٍ غريب. بدأت المرأةُ تسوِّي الشعرَ الذي ما زال يحافظُ على آثار المشبك في رأس الجثّة. نظرت إلى وجهها ذي الفم المتجمّد الملتوي ورأت كيف أنَّ في استطاعةِ والدتها فحسب أن ترى في الوقت نفسه، وفي هذه السمات الرهيبة، ذلكَ الوجه الجميلَ النابض بالحيوية، الذي ابتسم لها ذات مرة من المهد.

وقفتِ المرأة على رجليها. تحركت نحو الألماني، ولاحظ الجميع ذلك - نظرت عيناها إليه، وفي الوقت نفسه بحثت عن قطعة طوب على الأرض، غير مجمدة بإحكام مع غيرها من القطع، بحيث يمكنها أن تقلتعها براحتها الكبيرة، المشوّهة بسبب العمل الرهيب، ومياه الثلج، والمياه المغليّة ومحلول هيدروكسيد الصوديوم.

شعر الحارسُ بحتميّة ما سيحدث، ولم يستطع إيقاف المرأة، لأنها كانت أقوى منه ومن بندقيته الرشاشة. لم يستطع الألمان أن يرفعوا عيونهم عنهما، وحدَّقَ الأطفال بها بنهمٍ وبفارغ الصبر.

أمّا المرأة فلم تر شيئاً، سوى وجه الألماني بفمه المستور. لم

تفهم ما كان يحدث لها، وهي تحمل تلكَ القوة التي أخضعت الجميع من حولها، وأخضعتها، تحسّست في جيب سترتها المبطنة قطعة خبز أهداها إليها جندي من الجيش الأحمر قبيل ذلك؛ أخرجتها وقدّمتها إلى الألماني قائلة:

– خذ، استلم، هيّا، اجتر.

لم تستطع أن تفهم فيما بعد، كيف حصل ذلك، ولماذا تصرّفت على هذا النحو. في الساعات الصعبة من الاستياء، والعجز، والغضب، وكان ثمّةَ الكثير من هذا كله في حياتها – القتال مع جارة اتهمتها بسرقة زجاجة من الزيت النباتي، ومع رئيس مجلس المقاطعة الذي طردها من المكتب، ولم يرغب في الاستماع إلى شكاواها السكنيّة، ومُعاناتها من الحزن والاستياء، حين بدأ ابنها، الذي تزوج، في التضييق عليها في الغرفة، وحين وصفتها زوجته الحامل بأنها عجوز زانية؛ فما استطاعت النوم بسبب انزعاجها. تذكرت بطريقة ما، هذا الصباح الشتوي وهي مستلقية على السرير ليلاً، منزعجة وغاضبة، وفكرت: «كنتُ حمقاء وما زلت حمقاء».

50

بدأ مقر فيلق دبابات نوفيكوف يتلقّى معلومات مثيرة للقلق من قادة الألوية. لقد اكتشفت المخابراتُ وحداتٍ دبابات ومدفعية ألمانيَّةً جديدة لم تشارك في المعارك؛ على ما يبدو، كان العدو ينقل احتياطيَّاتٍ من الأعماق.

أزعجت هذه المعلومات نوفيكوف: تحركت الوحدات المتقدمة من دون توفير حمايةِ الأجنحة، وإذا تمكن العدو من قطع بعض الطرق الشتوية، فستظل الدبابات من دون دعم مشاة، ومن دون وقود.

ناقش نوفيكوف الوضع مع غيتمانوف، وقال إنه يعتقد أنَّ من الضروري سحب القوات الباقية في الخلف وتأخير حركة الدبابات لفترة قصيرة. وأراد غيتمانوف حقاً أن يبدأ الفيلق في تحرير أوكرانيا. قررا أن يغادرَ نوفيكوف إلى الوحدات - ويتحقق من الوضع فوراً، وسيقوم غيتمانوف بسحب القوات من الخلف.

اتصل نوفيكوف، قبل مغادرته إلى الألوية، بنائب قائد الجبهة وأبلغه بالوضع. كان يعلمُ مُقدَّماً إجابةَ نائب القائد، الذي، بالتأكيد، لن يتحمل المسؤولية: فهو لن يوقف الفيلق ولن يقترح على نوفيكوف بالمقابل مواصلة التحرك.

وفعلاً، طلبَ نائبُ القائدِ على نحوٍ عاجل معلوماتٍ عن العدو من إدارة استطلاع الجبهة، ووعد بإبلاغ القائد عن محادثته مع نوفيكوف.

اتصل نوفيكوف بعد ذلك، بجاره، قائد فيلق المشاة، مولوكوف. كان مولوكوف رجلاً وقحاً سريع الانفعال، وكان يشتكي دائماً من أن جيرانه يقدِّمون عنه معلومات غير جيّدة إلى قائد الجبهة. تشاجرا وحتى إنهما تبادلا الشتائم، ولكنها لم تكن موجهة مباشرة إلى الشخصيّات، بل إلى الفجوة المتزايدة بين الدبابات والمشاة. ثم اتصل نوفيكوف بجاره من الجانب الأيسر، قائد فرقة المدفعية.

قال قائدُ فرقة المدفعيّة إنه من دون أمر من قيادةِ الجبهة لن يتحرّك.

فهم نوفيكوف اعتباراته – فالمدفعي لا يريد أن يقتصر دورهُ على دور المساعدة، لضمان انتقال الدبابات إلى الأمام، بل أراد أن يتقدَّمَ بنفسه.

دخل رئيسُ أركان نوفيكوف بمجرد انتهاء المكالمة مع فرقةِ المدفعية. لم يسبق أن رأى نوفيكوف نيودوبنوف متسرِّعاً ومتوتّراً على هذا النحو.

قال:

– أيها الرفيق العقيد، اتصل بي رئيس أركان القوات الجويّة، سيقومون بنقل الطائرات التي تدعمنا إلى الجهة اليسرى من الجبهة.

صاح نوفيكوف:

– كيف هذا، هل أصابهم الجنون؟

قال نيودوبنوف:

- الأمر في غاية البساطة، أحدهم لا يريد لنا أن نكون أوّل من يدخل أوكرانيا. وأن نحصل على وسام «سوفوروف» و«بوغدان خميلنيتسكي»، فالراغبونَ بهذا العمل كثيرون. من دون غطاء جوّي، سيُضطرُ الفيلق إلى التوقّف.

قال نوفيكوف:

- الآن سأتصل بالقائد.

لكنهم لم يصلوه بالقائد - ذهب يريمينكو إلى جيش تولبوكين. نائب القائد الذي اتصل به نوفيكوف مرة أخرى، لم يرغب في اتخاذ أي قرار. فوجئ فقط بأنَّ نوفيكوف لم يذهب بعد إلى القطعات.

قال نوفيكوف لنائب القائد:

- الرفيق الجنرال - ملازم أول، ما الذي يحدث، من دون التنسيق معنا، يُحرمُ الفيلق الذي انطلق متقدماً إلى الغرب أكثر من جميع أجزاء الجبهة الأخرى من الغطاء الجوي؟

أجابه نائب القائد غاضباً:

- القيادة ترى على نحوٍ أفضل كيفَ يُستَخدمُ الطيران؛ ليس فيلقك فقط من يُشارك في الهجوم.

قال نوفيكوف بغلظة:

- ماذا سأقول لجنود الدبابات عندما يبدؤون بضربهم من الجوّ؟ بماذا أغطّيهم - بتوجيهات قيادةِ الجبهة؟

لم يستشط نائب القائد غضباً، لكنه قال مُصالحاً:

- اذهب إلى القطعات، وسوف أبلغُ القائدَ الموقفَ.

ما إن وضع نوفيكوف السماعة، حتى دخل غيتمانوف – كان قد ارتدى معطفه وقبعته. وعندما رأى نوفيكوف، نشر يديه مُستَغرباً.

– بيوتر بافلوفيتش، اعتقدت أنك قد غادرت.

وقال بهدوء، وبمودة:

– ها هي القوات الخلفيّة تتخلّف، وقال لي النائب في قيادة القوات الخلفيّة: ما كان يجب إعطاء السيارات للجرحى والمرضى الألمان لحرق البنزين النادر.

ونظر نظرة خاطفة إلى نوفيكوف وقال:

– في الواقع، نحن لسنا قسماً من الكومنترن، بل فيلق دبابات.

سأل نوفيكوف:

– ما شأن الكومنترن هنا؟

قال نيودوبنوف راجياً:

– اذهب، اذهب، أيّها الرفيق العقيد، الدقيقة ثمينة. سأعمل كل ما هو ممكن في محادثاتي مع مقر قيادة الجبهة.

بعد حديث دارينسكي الليلي ظلّ نوفيكوف ينظرُ إلى وجه رئيس الأركان، ويتابع تحركاته، وصوته، ويفكر «أيعقل... بهذه اليد نفسها؟»، وذلكَ عندما كان نيودوبنوف يأخذ ملعقةً، وشوكةً تحملُ مخلل خيار، وعندما رفع سماعةَ الهاتف، وقلم رصاص أحمر، وعود ثقاب.

لكن نوفيكوف لم ينظر الآن إلى يد نيودوبنوف.

لم يسبق لنوفيكوف أن رأى نيودوبنوف حنوناً، قلقاً، بل حتّى لطيفاً.

كان نيودوبنوف وغيتمانوف على استعداد لتقديم روحيهما، كي يكون الفيلق أول من يعبر الحدود مع أوكرانيا، وكي تستمر الألوية في التحرك من دون توقف إلى الغرب.

كانا لأجل ذلك على استعداد لتحمل أي مخاطرة، لكنهما فقط لا يريدان أن يخاطرا – ويتحمّلا المسؤولية في حالِ الفشل.

استولت على نوفيكوف حمّى لاإرادية – وأراد أن يـخـبـر باللاسلكي قيادة الجبهة بأن وحدات الفيلق المتقدِّمة كانت أول من عبرَ الحدود الأوكرانيّة. هذا الحدث لم يكن له أي أهميّة عسكريّة، ولن يُلحق ضرراً خاصّاً بالعدو. لكن نوفيكوف أراد ذلك، أراده من أجل المـجـد الـعـسـكـري، وشكر القـائـد، والأوسـمـة، ومدح فاسيليفسكي[1]، ومن أجل مرسوم ستالين الذي سيُقرأ عبرَ الراديو، من أجل رتبة جنرال وحسد الجيران. لم تحدد هذه المشاعر والأفكار أفعاله من قبل مطلقاً. لكن ربّما الآن بالتحديد تبيّن أنها قوية جداً.

لم يكن في هذه الرغبة أيّ حماقة... كان الصقيعُ كما في ستالينغراد، وكما كانت الحال عام 1941، بلا رحمة، وكما كانت الحال من قبل. كسر التعب عظام الجنود، وكان الموت لا يزال مخيفاً. لكن الحرب بدأت بالفعل في تنفس هواء مختلف.

وفوجئ نوفيكوف، دون أن يفهـم ذلك، أنه للـمـرة الأولى،

---

(1) المارشال ألكسندر ميخائيلوفيتش (1895-1977). شغل مناصب: رئيس هيئة الأركان العامة ونائب وزير الدفاع خلال الحرب العالمية الثانية ثم وزيراً للدفاع في الفترة ما بين 1949 و1953، وخلال عمله كرئيس لهيئة الأركان العامة وضع فاسيليفسكي خطط الهجوم المضاد على ستالينغراد. (المترجمان).

وبسهولة، ومن نصف كلمة فهم غيتمانوف ونيودوبنوف، ولم يغضب، ولم يتوتّر، فقد أرادَ على نحوٍ طبيعيٍّ ما أراداه.

كان في إمكان تسريعِ الحركة القتالية لدباباته أن يؤدي إلى حقيقة مفادها أن طردَ الغزاة من عشرات القرى الأوكرانية سيحدثُ قبل عدّة ساعات، وسيسعده أن يرى وجوه كبار السن والأطفال المنفعلة، وستظهر الدموع في عينيه عندما تعانقه فلاحة عجوز وتقبّله مثل ابنها. وفي الوقت نفسه، كان ثمَّة رغبات جديدة تنضج، وتَحدّدَ اتجاهٌ رئيسيٌّ جديدٌ في حركةِ الحربِ الروحيّة، وذلك الاتجاه، الذي كان رئيسيّاً في عام 1941، وفي المعارك التي اندلعت في سفوح ستالينغراد، وحوفِظَ عليه وظلَّ موجوداً أصبحَ مساعداً على نحوٍ غير محسوس.

إنّ أول شخص فهم سرَّ تحوّل الحرب وإعادة تجسّدها بصورة جديدة، هو الشخص الذي قال في 3 تموز (يوليو) 1941: «أيها الإخوة والأخوات، أصدقائي...».

غريب، نوفيكوف نفسه لم يفهم السبب، وهو يؤجل سفره، ويتقاسم التوتر مع غيتمانوف ونيودوبنوف، اللذين استعجلاه. حتى إذا ما استقلَّ السيارة، فهم سبب ذلك - لقد كان ينتظر جينيا.

لم يتلقَّ منذ أكثر من ثلاثة أسابيع رسائلَ من يفغينيا نيقولايفنا. عند عودته من الجولة على الوحدات، نظرَ ليتأكّد ما إذا كانت جينيا ستلاقيه على شرفة المقرّ. لقد أصبحت مشاركةً في حياته. كانت معه لمَّا تحدَّث إلى قادة الألوية، وحينَ استدعاه على الخطِّ مقرُّ قيادة الجبهة، وحينَ اقتحم الخط الأمامي بالدبابة، كانت الدبابةُ مثل حصان فتيّ، ترتجف من الانفجارات الألمانية. حدَّثَ غيتمانوف عن طفولته، وهيّئ لهُ أنه كان يخبرها هي. فكر: «أخ، تفوح منّي رائحة

الخمر، كانت جينيا لتشمَّها من فورها». فكر في بعض الأحيان - لو أنها تنظر فحسب. وفكَّرَ بقلق، «ماذا ستقول فيما لو اكتشفت أنني قدّمت رائداً للمحكمة الميدانية؟».

دخل المَكْمَن إلى مركز المراقبة الأمامي، ووسط دخان التبغ، وأصوات مشغلي الهاتف، وإطلاق النار والتفجيرات، أحرقته فكرة عنها فجأة...

تسيطر عليهِ في بعض الأحيان الغيرةُ مما عاشته في حياتها السابقة، فيصبِحُ كئيباً. كانَ يحلم بها أحياناً، فيستيقظ ولا يستطيع العودةَ إلى النوم.

وأحياناً بدا له أن حبّهما سيستمرُّ حتى القبر، وتارةً كان يسيطر عليهِ القلق: سيبقى وحيداً مرة أخرى.

شيَّعَ بنظرهِ، عند دخوله السيارة، الطريقَ المؤدي إلى نهر الفولغا؛ الطريقُ خالٍ. ثم غضب - لقد حان الوقت لتكون هنا؛ ومنذ زمن طويل. أو لعلَّها مرضت؟ وتذكر مرة أخرى كيف كان سيطلق النار على نفسه في السنة التاسعة والثلاثين، حين علم أنها تزوجت. لماذا يحبّها؟ كانت لديه نساء لسنَ أقلَّ منها شأناً. قد تكون تلكَ هي السعادة؛ أو لعلّه المرض: أن تفكر في شخصٍ بلا انقطاع. من الجيِّدِ أنه لم يرتبط بأيٍّ من فتيات المقرّ. سوف تأتي، وكل شيء نظيف هنا. صحيح أنَّ ثمَّةَ خطيئةً حدثت منذ نحو ثلاثة أسابيع. وربّما تتوقف هنا على الطريق، وتقضي الليلَ في كوخِ الخطيئةِ نفسه، وستتحدثُ ربَّةُ البيت الفتيّة إلى جينيا، وتصفه، قائلة: «ذلكَ العقيد المجيد...». ما هذا الهراء الذي يزحف في رأسي، وما من نهايةٍ له...

51

كان نوفيكوف عائداً في اليوم التالي، بحلول الظهر، من الجولة على الوحدات. آلمه ظهرُه وأسفل الظهر، ورأسه من القفا، من جراءِ الاهتزازات المتواصلة على الطريق، التي كسّرتها جنازير الدبابات، وفوقَ الحفر المتجمدة، وبدا أن جنود الدبابات قد نقلوا إليهِ عدوى الإرهاق، والشرود، بسبب عدم نومهم لأيّام كثيرة.

نظر إلى الناس الواقفين على الشرفة، عند اقترابه من المقرّ. رأى: يفغينيا نيقولايفنا وغيتمانوف يقفان، وينظران إلى السيارة المقتربة. أحرقته نارٌ، وضربَ الجنونُ رأسه، وضاق تنفّسه من جراء الفرح المُعادلِ للمعاناة إلى حدٍّ بعيد، همَّ أن يقفزَ من السيارة وهي تسير.

قال فيرشكوف، الذي كان يجلس في المقعد الخلفي:

- المفوض يشمّ الهواء مع الطبيبة، سيكون من الجيد إرسال صورة إلى البيت، هذا ما سيَسرّ زوجته.

دخل نوفيكوف المقرّ، وأخذ الرسالة التي قدمها له غيتمانوف، التفت حوله، تعرف على خط يفغينيا نيقولايفنا، وضع الرسالة في جيبه، وقال لغيتمانوف:

- حسناً، اسمع، سأبلّغك.

- ألن تقرأ الرسالة، هل كففتَ عن الحبّ؟

- حسناً، سيكون لدي وقت لذلك.

دخل نيودوبنوف، فقال نوفيكوف:

- المسألة كلّها في الناس. ينامون في الدبابات أثناء المعركة. إنّهم مُنهكون تماماً. وقادة الألوية كذلك. كاربوف متماسكٌ نوعاً ما، بيلوف غفا وهو يتحدَّثُ إليّ - لليوم الخامس على التوالي يسيرون. ينام الميكانيكيون - السائقون أثناء المسير، لقد توقفوا عن الأكل من جراء الإرهاق.

سأل غيتمانوف:

- وكيف تقيّم الوضع، بيوتر بافلوفيتش؟

- الألماني ليس نشطاً. لا نتوقَّعُ منه هجوماً مضاداً على موقعنا. ليس لدى الألمان أيّ إمكانية هنا، فارغون. فريتر بيكو[1] غير موجود.

تحدث، وتحسّس بأصابعه الظرف. تركه للحظة وأمسكه مرة أخرى بسرعة، بدا أن الرسالة سوف تخرج من جيبه.

قال غيتمانوف:

- حسناً، مفهوم، وواضح، والآن سأبلّغك أنا: وصلتُ أنا والجنرال إلى السماء. لقد تحدثت إلى نيكيتا سيرغييفيتش، ووعد باستمرار الغطاء الجوي لموقعنا.

---

(1) جنرال مدفعية ألماني. (المترجمان).

قال نوفيكوف وأخذ يفتح الظرف في جيبه:

- هو لا يُمثِّلُ القيادة التنفيذيّة.

قال غيتمانوف:

- حسناً كيفَ أُعبِّرُ، تلقّى الجنرالُ لتوّه تأكيداً من قيادةِ أركان الطيران: الطيران سيبقى معنا.

- القواتُ الداخلية ستمرّ، - قال نيودوبنوف على عجل - فالطرق ليست سيّئة. الأهم هو قرارك، أيّها الرفيق المقدّم.

فكّر نوفيكوف: «لقد حوّلني إلى مقدّم، إنّه قلق».

قال غيتمانوف:

- نعم، أيّها السيّد، يبدو أننا سنكون أول من يبدأ بتحرير أوكرانيا الأم. لقد قلت لنيكيتا سيرغييفيتش: رجال الدبابات يطالبون القيادة، ويحلم الشباب بأن يطلق عليهم اسم الفيلق الأوكراني.

قال نوفيكوف، متضايقاً من كلمات غيتمانوف المزيَّفة:

- يحلمون بشيء واحد: النوم. لليوم الخامس، كما تعلمون، لم يناموا.

قال غيتمانوف:

- هذا يعني، حُسم الأمر، ننطلق إلى الأمام، بيوتر بافلوفيتش؟

فتح نوفيكوف نصف المغلف، وأدخل إصبعين فيه، تحسّس الرسالة، كان كل شيء يئنّ من الداخل بسبب الرغبة في رؤية خط اليد المعروف.

وقال:

- أفكِّرُ أن نتخذ قراراً، بإعطاء الناس فترة استراحة عشرَ ساعات، حتى يستجمعوا قواهم قليلاً.

- آها، - قال نيودوبنوف - سيسبقنا خلال عشر الساعات هذه، كل شيء على هذا الكون.

قال غيتمانوف:

- انتظر، انتظر، دعنا نتأكّد - وأخذَ خداه وأذناه وعنقه بالاحمرار قليلاً.

قال نوفيكوف ضاحكاً:

- هكذا، لقد تأكدت.

وفجأة انفجر غيتمانوف صائحاً:

- اللعنة عليهم... يا له من أمر؛ لم يحصلوا على قسط كافٍ من النوم! سيكون لديهم متسع من الوقت للنوم! فليذهبوا إلى الجحيم. ألهذا السبب، نوقف العملاق كله مدة عشر ساعات؟ أنا ضد هذه التساهل، بيوتر بافلوفيتش! إمّا أن تؤخِّر دخول الفيلق في الاقتحام، أو ترسل الناس إلى النوم! هذا تحوُّلٌ إلى نظام فاسد! سأقدم تقريراً إلى المجلس العسكري لقيادة الجبهة. أنت لا تدير روضة أطفال!

- توقَّف، توقَّف، - قال نوفيكوف - أنت قبّلتني، لعدم إدخالي الدبابات في الاقتحام، حتى تسحقَ المدفعيّة العدو. اكتب هذا في التقرير.

قال غيتمانوف مذهولاً:

- أنا قبّلتك لهذا السبب؟ بكل بساطةٍ أنت تهذي!

ثم تابعَ فجأة:

- سوف أقول لك مباشرة، يُقلِقُني كشيوعي، أن تكون أنت، الرجل ذو الدم البروليتاري الخالص، تحت تأثير غريب دائماً.

- آه، هكذا إذاً، - قال نوفيكوف ماطاً كلماته - حسناً، مفهوم.

ثم هبّ واقفاً، وقوَّمَ وضعيّة كتفيه، ثمَّ قال غاضباً:

- أنا من يقود الفيلق. وما أقولهُ هو ما سيكون. واكتب التقارير والروايات والقصص عني، رفيق غيتمانوف، حتى إلى ستالين نفسه.

وخرج إلى الغرفة المجاورة.

وضع نوفيكوف جانباً الرسالة التي قرأها وصفَّر، كما اعتاد أن يُصفِّر صبيّاً، عندما كان يقف تحت نافذة الجيران، وينادي صديقه للتنزّه... ربما منذ ثلاثين عاماً لم يذكر هذه الصفرة وفجأة ها هو يصفر...

ثم نظرَ من النافذة بفضول: لا، ضوء، لقد كان الوقت ليلاً. ثم قال هستيريّاً، وبفرح: شكراً، شكراً لك، شكراً لك على كل شيء.

ثم بدا له أنه على وشك أن يسقط ميّتاً، لكنه لم يسقط، وجال في الغرفة. ثم نظر إلى الرسالةِ، البقعةِ البيضاء على الطاولة، بدت له غطاءً فارغاً، جلداً زحفت منه أفعى شريرة، مرّر يده على جنبه، وعلى الصدر. لم يشعر بها، لقد زحفت، وانسلّت، ولدغت قلبه بالنار.

ثم وقف بجانب النافذة - كانَ السائقون يضحكونَ وهم ينظرونَ نحو جنديَّة الإشارة ماروسيا، التي كان تقصدُ المرحاض. والميكانيكي - سائق دبابة المقر الرئيسي يحمل دلواً من البئر،

والعصافير تمارسُ أعمالَ الطيورِ المعتادةِ مع كومةِ قشٍّ عند مدخل حظيرة. أخبرته جينيا أن طائرها المحبوب كان عصفوراً... وقد احترق كما احترقَ المنزل: العوارض انهارت، وسقطَ السقف، وسقطت الأواني، والخزانات، والكتب، والوسائد مثل الحمائم، تقلَّبت، وطارت في الشرارات، وفي الدخان... ما هذا: «سأكون ممتنّة لك طوال حياتي على كل ما هو نظيف، وسامٍ، ولكن ما الذي يمكنني فعله بنفسي، الحياة الماضية أقوى مني، لا يمكن قتلها أو نسيانها... لا تلمني، ليس لأنني غير مذنبة، ولكن لأن كلينا؛ لا أنا ولا أنت نعرف ما هو خطئي... سامحني، سامحني، أنا أبكي علينا نحن الاثنين».

بكى! اجتاحه غضب شديد. قملة تيفوئيد! أفعى! اضربها على أسنانها، على عينيها، اكسر بمقبض المسدس أنف العاهرة...

ومع المفاجأة التي لا تطاق، وفي اللحظةِ نفسها فوراً، حلَّ العجز فجأة - لا أحد، ما من قوة في العالم يمكنُ أن تساعدَ، جينيا فقط يمكنها ذلك، لكنها قتلتْهُ.

وقال، وهو يدير وجهه في الاتجاه الذي كان من المفترض أن تأتي منه:

- جينيتشكا، ماذا تفعلين بي؟ جينيتشكا، هل تسمعين، جينيتشكا، انظري إليّ، انظري إلى ما يحدث لي.

مدّ يديه إليها.

ثم فكر: لأجل ماذا، كم من سنوات لا أمل فيها انتظر، ولكن بما أنها قرّرت أخيراً، وهي ليست فتاة صغيرة، إذا كانت قد انتظرت لسنوات ثم قرّرت - فينبغي أن أفهم، لقد اتخذت قرارها...

وبعد بضع ثوان، بحثَ من جديد عن الإنقاذِ في البغض: «بالتأكيد، بالتأكيد لم تُرِدْ ذلك، حينما كنت رائداً متوسطاً، وثرثرت على التلال، وفي نيكولسك-أوسورييسكي، لكنها قررت عندما أصبحت في القيادة، أرادت أن تصبح جنرالة، جميعكنَّ، أيتّها النساء، متشابهات». ثم رأى مباشرة عبثية هذه الأفكار، لا، لا، جيّد هكذا. لكنّها غادرت، وعادت إلى شخص زُجَّ في معسكر الاعتقال، ستذهب إلى كوليما، ما الفائدة التي ستجنيها... النساء الروسيّات، وشعر نيكراسوف: هي لا تحبّني، إنها تحبّه... لا، إنها لا تحبه، إنها تشفق عليه، إنها تشفق عليه فحسب. ألا تأسف لأجلي أنا؟ نعم، لكن حالي الآن أسوأ من حال كل الذين يقبعون في لوبيانكا وفي معسكرات الاعتقال جميعها، وفي المستشفيات كلِّها؛ المُقطّعة أرجلهم وأيديهم، لكنني لم أفكر في الأمر، حتى لو كنت الآن في معسكر الاعتقال، فمن الذي ستختار؟ ستختارهُ هو! إنّهما سلالة واحدة، أما أنا فغريب، نادتني: غريب، غريب. بالتأكيد، حتى ولو كنت مارِشالاً، ولكنني رجلٌ على كل حال، عامل منجم، شخصٌ غير مثقّف، لا أفهم رسوماتها ال... وسأل بصوت عال وبكراهية:

- إذاً لماذا فعلت ذلك، لماذا؟

سحب المسدس من جيبه الخلفي ووضعه في راحة يده.

- إنّني أطلق النار على نفسي، ليس لأنني لا أستطيع العيش، ولكن حتى تتعذّبي طوال حياتك، وكي يقتلك ضميرك، أيّتها العاهرة.

ثم أخفى المسدس.

- ستنساني بعد أسبوع.

أنت نفسك يجب أن تنسى، لا تتذكر، لا تنظر إلى الوراء!

اقتربَ من الطاولة، وبدأ يعيدُ قراءة الرسالة: «يا مسكيني، يا عزيزي الجيّد...». كانت الكلمات رهيبة، ولم تكن قاسية، بل حانية وعطوفة ومهينة. جعلت حاله لا تطاق تماماً، بل ما عاد في إمكانه التنفس.

لقد رأى ثدييها وكتفيها ورُكبتيها. وها هي تذهب إلى كريموف البائس ذاك. «لا يمكنني فعل أي شيء مع نفسي». تسافرُ في مكان ضيّق، في جوّ خانق، يسألونها. تقول: «إلى زوجي». والعينان وادعتان، وكلبيّتان، وحزينتان.

من هذه النافذة نظر، أليست قادمة إليه. اهتزَّت كتفاه، وسال مخاطه، وعوى، واختنق وهو يضغط على نفسه كي لا يخرج البكاء إلى الخارج. تذكّر أنه أمر بإحضار الشوكولاتة من عند ناظر مستودع تموين الجبهة، وقال مازحاً لفيرشوف: «سأقطع رأسك إذا لمستها».

وتمتم من جديد:

- ترين يا عزيزتي، صغيرتي جينيتشكا، ماذا تفعلين بي، أشفقي عليّ ولو قليلاً.

سحبَ بسرعةٍ حقيبة من تحت السرير، أخرجَ رسائل يفغينيا نيقولايفنا وصورها، وتلك التي حملها معه لسنوات عديدة، والصورة التي أرسلتها إليه في الرسالة الأخيرة، وتلكَ الأولى الصغيرة المُعدَّة لجواز السفر ملفوفة في ورق السيلوفان، وبدأ بتمزيقها بأصابع قوية. مزّق رسائلها التي كتبتها، فتراءت في السطور، عبارة منفصلة على

قصاصة ورق، تعرف إلى كلماتِها التي قرأها عشرات المرات؛ وأعاد قراءَتها، ودفعته إلى الجنون، شاهد كيفَ يختفي وجهها، وشفتاها، وعيناها، وعنقها في الصور الممزّقة. كان في عجلة من أمره، مُستعجلاً، وبهذا أصبح الأمر أكثر سهولة بالنسبة إليه، بدا له أنه بتمزيقها سريعاً، قد سلخها عن نفسه، وداسها كاملة، وتحرّر من الساحرة.

سيعيشُ من دونها. وسيتغلَّب! وبعد مرور عام، سوف يمرّ بجوارها، ولن يرتجفَ قلبه. حسناً، هذا كل شيء! «أحتاج إليك كما يحتاجُ السكيرُ إلى غطاء الزجاجة!» وما إن فكر في ذلك، حتى شعر بسخفِ أمله. لا يمكنك تمزيق أي شيء من قلبك، قلبك ليس ورقاً، ولم تُكتب الحياةُ عليهِ بالحبر، ولن تمزقها إرباً إرباً، لن تنزعَ من نفسك سنوات طويلة، مطبوعة في الدماغ، وفي الروح.

جعلها مشاركة في عمله، وفي محنه، وأفكاره، والشاهدة على أيام ضعفه وقوته...

لم تختفِ الرسائل الممزقة، وظلت الكلمات التي قرأها عشرات المرات في ذاكرته، واستمرت عيناها في النظر إليه من خلالِ الصور الممزَّقة.

فتح الخزانة وسكب الفودكا في كأسٍ إلى الحافة، وشربها، وأشعل سيجارة، ودخَّنها وأشعلها مرة أخرى، على الرغم من أن السيجارة قد احترقت. ضجّت المصيبة في رأسه، وأحرقته من الداخل.

سأل مرة أخرى بصوت عال:

– جينيتشكا، يا صغيرتي، يا عزيزتي، ماذا فعلت، ماذا فعلت، كيف استطعت؟

ثم وضع قطع الورق في الحقيبة، ووضع الزجاجة في الخزانة، وفكر: «الفودكا جعلت الوضع أسهل قليلاً».

قريباً ستدخل الدبابات الدونباس، وسيقصدُ قريته الأصليّة، ويجد المكان الذي دُفن فيه العجوزان؛ فليفخر الأب ببيتكا[1]، ولتشعر الأم بالأسف على ابنها المرير. ستنتهي الحرب، وسيأتي إلى شقيقه، ويعيش في عائلته، وستقول ابنة أخيه: «عم بيتيا، لماذا أنت صامت؟».

وفجأة تذكر طفولته – مضى الكلب غزير الوبر الذي عاش عندهم لحضور حفل زفاف الكلاب وعاد معضوضاً، ووبره ممزّق، وأذنه معلوكة، وتورم رأسه، وبسبب ذلك تورّمت عيناه، والتوت شفتاه، وقف على الشرفة، وقد خفَضَ ذيله بحزن، نظر الأب إليه، وسأله بلطف:

– ماذا، نافست على الأفضل؟

نعم، لقد نافس على الأفضل . . .

دخل فيرشكوف الغرفة، وسأل:

– هل تستريح، أيّها الرفيق العقيد؟

– نعم، قليلاً.

نظر إلى ساعته، وفكر: «تتوقفُ الحركةُ حتى الساعة السابعة غداً، سنرسل الشيفرة عن طريق اللاسلكي».

———————————

(1) تصغير لاسم بيتر. (المترجمان).

قال لفيرشكوف:

- سأذهب إلى الألوية مرة أخرى.

جولة سريعة تُلهي القلب قليلاً. قاد السائقُ «الجيب» بسرعة ثمانين كيلومتراً في الساعة، وكانت الطريقُ سيئةً كثيراً، والسيارةُ تتخبَّطُ، وتقفز، وتنزلق.

خاف السائق ونظر شاكياً في كل مرّة، وطلب من نوفيكوف الإذن بتخفيف السرعة.

دخل مقرَّ لواءِ الدبابات. كيف تغير كل شيء في ساعات قصيرة! كيف تغير ماكاروف؛ كما لو أنه لم يره منذ عدّة سنوات.

قال ماكاروف، ناسياً أصول الخطاب، وهو ينشر يديه في حيرة:

- الرفيق العقيد، لقد نقل غيتمانوف للتو أمرَ قائد الجبهة: إلغاء الأمر السابق، ومواصلة الهجوم.

52

سُحب بعد ثلاثة أسابيع، فيلقُ دباباتِ نوفيكوف من الميدانِ إلى احتياطي الجبهة - وكان على الفيلق تجديدُ مواردهِ من الأفراد وإصلاح المركبات. تعبَ الناس والسيارات بعد أن قطعوا أربعمئة كيلومتر من المعارك.

استُلِمَ بالتزامن مع أمر الانسحاب إلى الاحتياط، أمرُ استدعاء العقيد نوفيكوف إلى موسكو، إلى هيئة الأركان العامة والمديرية الرئيسية لكبار ضباط القيادة، ولم يكن واضحاً تماماً ما إذا كان سيعود إلى الفيلق أم لا.

عُيّن الجنرال - عميد نيودوبنوف قائداً مؤقّتاً للفيلق أثناء غيابه. وأُبلِغَ قبل أيام قليلة من ذلك مفوَّضُ اللواء غيتمانوف، بأن اللجنة المركزية للحزب قررت في المستقبل القريب سحبه من الكادر وتكليفهُ بالعمل سكرتيراً للجنة الإقليمية في إحدى المناطق المحررة في الدونباس؛ وقد أولت اللجنة المركزية أهمية خاصة لهذا الأمر.

أثار أمر استدعاء نوفيكوف إلى موسكو شائعات في مقر قيادةِ الجبهة وفي إدارة القوات المدرَّعة.

قال بعضُهم إن هذا الاستدعاء لا يعني شيئاً، وإن نوفيكوف سيمكث في موسكو فترةً قصيرةً، وسيعود ويتولى قيادة الفيلق.

وقال آخرون إن القضية تتعلقُ بأمرٍ خاطئ اتخذهُ نوفيكوف بشأن فترة راحة مدتها عشر ساعات في ذروة الهجوم، وبتأخير دخول الفيلق في الاقتحام. واعتقد آخرون أنه لم يتفق في عملهِ مع مفوض الفيلق ورئيس الأركان اللذين يتمتعان بحظوةٍ كبيرة.

قال سكرتير المجلس العسكري لقيادةِ الجبهة، وهو شخص مُطّلع، إن أحدهم اتهم نوفيكوف بخطيئة تشوّه العلاقات الشخصية. اعتقد أمين المجلس العسكري، في وقت من الأوقات، أن مشاكل نوفيكوف مرتبطة بمضايقات نشأت بينه وبين مفوض الفيلق. ولكن، على ما يبدو، لم يكن الأمر كذلك. فقد قرأ سكرتير المجلس العسكري بعينيه رسالةً من غيتمانوف مكتوبة إلى أعلى السلطات. في هذه الرسالة، اعترض غيتمانوف على طرد نوفيكوف من قيادة الفيلق، وكتب أن نوفيكوف قائد رائع ويمتلك موهبة عسكرية متميّزة، رجل لا تشوبه شائبة من الناحية السياسية والأخلاقية.

ولكن المثير للدهشة خصوصاً، أنَّ نوفيكوف ليلةَ تلقي الأمر باستدعائه إلى موسكو، نام لأول مرة بهدوء حتى الصباح، بعد كثيرٍ من ليالي الأرق المؤلمة.

53

بدا أنّ قطاراً صاخباً حملَ شتروم، وكان من الغريب أن يفكر الرجل في القطار في هدوء المنزل ويتذكَّره. أصبحَ الوقتُ كثيفاً، ممتلئاً بالأحداث والمكالمات الهاتفيّة. وبدا أن اليوم الذي وصل فيه شيشكوف إلى بيت شتروم، يَقِظاً ولطيفاً، ومُتسائلاً حول صحته، ومُقدِّماً التفسيرات المضحكة والوديّة، التي تغافلت عن كل ما حدث، قد مضى منذ عقد من الزمن.

فكَّرَ شتروم أن الأشخاص الذين حاولوا تدميره، سيخجلون أن ينظروا إليه، لكنهم استقبلوه بفرح في اليوم الذي وصل فيه إلى المعهد، وحدَّقوا في عينيه بنظراتٍ طافحةٍ بالتفاني والصداقة. والمدهش خصوصاً أن هؤلاء الناس كانوا مخلصين حقاً، لقد أرادوا الآن لشتروم الخير فحسب.

أصبحَ يسمع اليومَ من جديد كثيراً من الكلمات الطيّبة عن عمله. استدعاه مالينكوف، وحدّق به بعينين سوداوين يقظتين، وتحدث إليهِ أربعين دقيقة. وأدهَشَ شتروم أنَّ مالينكوف كان على دراية بعمله، واستخدم بحرّية المصطلحات الخاصة به.

وفوجئ شتروم أيضاً بالكلمات التي قالها مالينكوف عند الوداع:

«سنشعر بالانزعاج إذا عُقنا بأي شكل من الأشكال، عملك في مجال النظريّة الفيزيائيّة. نحن نفهم جيداً أن لا ممارسة تطبيقيّة من دون نظرية».

لم يكن يتوقع أن يسمع مثل هذه العبارات مُطلقاً.

كان من الغريب في اليوم التالي، بعد لقائه مالينكوف، أن يرى نظرة أليكسي أليكسييفيتش شيشكوف المضطربة المتسائلة، ويتذكر شعور الاستياء والإذلال، الذي عانى منه عندما رتّب اجتماعاً في البيت، ولم يدعُ شتروم إليه.

ومن جديد، كان ماركوف لطيفاً وعاطفيّاً، وروى سافوستيانوف الطرائف. وضحك، وجاء غوريفيتش إلى المختبر، وعانق شتروم، وقال: «كم أنا سعيد، كم أنا سعيد، أنت سعيد يا بنيامين».

وتابع القطار حَمْلَهُ.

سُئل شتروم، فيما إذا وجدَ ضرورةً لإنشاء مؤسسة أبحاث مستقلة على أساس مختبره. وطار على متن طائرة خاصة إلى الأورال، وصَحِبَهُ نائب مفوّض الشعب. وخُصِّصت سيارة له، وأصبحت لودميلا نيقولايفنا تذهب إلى المتجر المخصّص بالسيارة، ونقلت معها النساءَ اللواتي، حاولن عدم التعرف إليها منذ بضعة أسابيع.

كل ما كان يبدو معقداً وصعباً، تم بسهولة ومن تلقاءِ نفسه.

تأثر لاندسمان الشاب كثيراً: فقد اتصل به كوفتشينكو هاتفيّاً إلى المنزل، وسجّل دوبنيكوف خلالَ ساعةٍ قبولَه في مختبر شتروم.

أخبرت آنا ناوموفنا فايسبابير شترومَ، عند وصولها من كازان، أن استدعاءَها وبطاقة العملِ أُنجزا في غضون يومين، وفي موسكو أرسلَ

كوفتشينكو سيارة لها إلى المحطة. كتب دوبنيكوف لآنا خطيّاً أمراً بإعادتها إلى العمل، وأن مُرتَّبَها خلالَ الغياب القسري، بالاتفاق مع نائب المدير، سيُدفَعُ بالكامل.

أطعموا الموظفين الجدد باستمرار. وقالوا، ضاحكين، إن عملهم كلَّهُ يتلخص في نقلهم من الصباح حتى الليل إلى المطاعم «المغلقة» وإطعامهم. لكن عملهم، بالتأكيد، لم يكن محصوراً بذلك فقط.

لم تعد محطَّة الاختبار التي رُكِّبت في مختبر شتروم، مثاليةً وفق رؤيته؛ وفكَّرَ أنها بعد عام ستستدعي الابتسامة، مثل قطار ستيفنسون[1].

إنّ كل ما حدثَ في حياة شتروم بدا طبيعياً وفي الوقت نفسه بدا غير طبيعي على الإطلاق. في الواقع - كان عمل شتروم كبيراً ومثيراً للاهتمام حقاً - لماذا لا يُمتَدَح؟ وكان لاندسمان عالِماً موهوباً - فلماذا لا يعمل في المعهد؟ وكانت آنا ناوموفنا شخصاً لا غنى عنه في العمل، لماذا عليها أن تتسكع في كازان؟

يعلمُ شتروم في الوقت نفسه، أنه لولا مكالمة ستالين الهاتفيَّة، ما أثنى أي شخص في المعهد على الأعمال المتميزة لفيكتور بافلوفيتش ولاندسمان، بكل مواهبهما، ولكان هو يتسكَّع من دون عمل.

---

(1) نسبة إلى جورج ستيفنسون (9 تموز 1781 - 12 آب 1848) مهندس إنجليزي أنشأ أول خط سكةٍ حديدية في العالم يستخدم القطارات البخارية. كما أنه مصمم مقياس السكك الحديدية المستخدم عالمياً وهو 1435 مم، ويعرف أحياناً باسم مقياس ستيفنسون. وصنّع مع ابنه روبرت أوّل قطار بخاريّ. (المترجمان).

ولكنَّ اتصال ستالين لم يَكن مصادفة، ولم يكن نزوةً. ستالين هو الدولة، وليس للدولة نزوات وأهواء.

بدا لشتروم أن الأمور التنظيمية - قبول موظفين جدد، والخطط، وتقديم طلبات للحصول على المعدات، والاجتماعات - تستغرق وقته كلّه. لكن السيارات كانت تسير بسرعة، والاجتماعات قصيرة ولم يتأخر أحد عنها، وتحقّقت رغباته بسهولة، وقضى شتروم ساعات الصباح الأكثر قيمة في المختبر. وكان حرّاً خلال ساعات العمل المهمَّةِ تلك. لا أحد يقيده، يفكر فيما يهمّه. وعلمه بقي علمه. وكان ذلك لا يشبهُ مطلقاً ما حدثَ للفنان في قصّة غوغول «بورتريه».

لا أحد يتعدى على اهتماماته العلميّة، وكان ذلك أكثر ما يقلقه. «أنا حقاً حر» شعرَ بالدهشة.

تذكر فيكتور بافلوفيتش رأيَ المهندس أرتيليف في أحد حوارات كازان حول تزويد المنشآت العسكرية بالمواد الخام والطاقة والآلات، وأنَّ الروتينَ لم يكن موجوداً هناك...

فكّر فيكتور بافلوفيتش: «واضح، على مبدأ «بساط الريح»، تتجلّى البيروقراطية، فقط في غياب البيروقراطية. إن ما يخدم الأهداف الرئيسية للدولة يندفع بسرعة فائقة، قوة البيروقراطية لها جانبان متناقضان في حد ذاتها - يمكنها إيقاف أي حركة، لكنها يمكن أن تعطي الحركة تسارعاً غير مسبوق، حتى لو تخطّى ذلك حدود الجاذبيّة».

لكن الآن لم يعد يتذكر الأحاديث المسائية في الغرفة الصغيرة في كازان إلّا نادراً وبلامبالاة، ولم يعد مادياروف ذلك الرجل الذكي

والرائع. الآن لم تزعجه الفكرة حول مصيره، ولم يتذكر كثيراً خوف كاريموف من مادياروف، وخوف مادياروف من كاريموف.

كل ما كان يحدثُ لاإراديّاً، أصبحَ يبدو طبيعيّاً وقانونيّاً. أصبحت الحياة التي يعيشها شتروم هي القاعدة. وبدأ شتروم يعتاد ذلك. وأخذ شتروم ينفصل عن الحياة التي كانت من قبلُ وكأنها استثناء. هل كان منطق ما قاله أرتيليف صحيحاً؟

سابقاً، كان ما إن يدخل قسم شؤون الموظفين، حتى يشعر بالضيق والعصبية، ويُحسّ بنظرة دوبنيكوف على جسده. ولكن تبيّن أن دوبنيكوف كان شخصاً مفيداً وحسن الملقى.

يتصل هاتفياً بشتروم ويقول:

– دوبنيكوف يزعجك. هل أعوقك عن العمل، فيكتور بافلوفيتش؟

كان كوفتشينكو بالنسبة إليه غادراً ومتآمراً شريراً، قادراً على تدمير أي شخص يقف في طريقه، وديماغوجياً، غير مبال بجوهر العمل الحيّ، جاء من عالم التعليمات الغامضة وغير المكتوبة. لكن اتضح أن كوفتشينكو ذو سمات مختلفة تماماً. حضر يوميّاً إلى مختبر شتروم، وتصرّف بتلقائيّة، مازحاً مع آنا ناوموفنا واتّضح أنه ديموقراطي حقيقي – صافح الجميع باليد، وتحدث مع السماكرة، والميكانيكيين، وعملَ هو نفسه في شبابه خرّاطاً في ورشة عمل.

شيشاكوف لم يُعجب شتروم سنواتٍ عديدةً. وها هو ذا يجيءُ لتناول الغداء مع أليكسي أليكسييفيتش، ويتبيّن أنه شخص مضياف ومُحبّ للطعام اللذيذ، وخفيف دم، وصاحب نكتة، وعاشق كونياكٍ

جيّدٍ وهاوٍ لجمعِ لوحات الحفر. والأهم من ذلك - اتضح أنه مّعجب بنظرية شتروم.

فكّر شتروم: «لقد انتصرت». لكنّه يُدرك، بالتأكيد، أنّه لم يحقق الانتصار الأسمى، فالناس الذين يتعامل معهم، غيّروا علاقتهم به، أصبحوا يقدمون المساعدة له، عوضاً عن إعاقته، ليس لأنَّه فتنهم بقوّة عقله، وعبقريّته أو أيّ قوّة أخرى على الإطلاق. ومع ذلك كان مسروراً. لقد انتصر!

بُثّت كل مساء تقريباً أخبارُ «الساعة الأخيرة» في الراديو. اتسعَ هجوم القوات السوفييتيّة. والآن بدا لفيكتور بافلوفيتش كم هو بسيطٌ وسهلٌ، أن يربط حتميَّة حياته بالمسار الحتمي للحرب، بانتصار الشعب والجيش والدولة.

لكنه أدرك أنَّ الأمر ليسَ بهذه البساطة، ضاحكاً من رغبته الخاصة في رؤية مسألةٍ بسيطة واحدة فحسب: «هنا ستالين، وهناك ستالين. يحيا ستالين».

بدا له أن المدراء والكوادر الحزبية، في دوائرِ أُسرهم، يتحدَّثونَ عن نظافة الموظفين، ويوقِّعون الأوراق بقلم الرصاص الأحمر، ويقرؤونَ بصوت عالٍ لزوجاتهم مُلخّصَ تاريخ الحزب، ويرونَ في المنام قواعدَ مؤقتة وتعليماتٍ ملزمة.

انفتح هؤلاء الناس فجأة أمام شتروم، من جانب إنساني آخر.

فسكرتير لجنة الحزب رامسكوف كان صيادَ سمكٍ - قام قبل الحرب برحلة بصحبةِ زوجته وأبنائه في قارب، على طول أنهار الأورال.

قال:

- آخ، فيكتور بافلوفيتش، هل هناك ما هو أفضلُ في الحياة: من أن تخرج عند الفجر، والندى يلمع، ورمال الشاطئ باردة، وتفك سنّارات الصيد، والماء لا يزال عاتماً، مغلقاً، يعدك بشيء... ستنتهي الحرب، وسأجلبك إلى أخوّة الصيد...

وتحدث كوفتشينكو ذات مرة إلى شتروم عن أمراض الطفولة. فوجئ شتروم بمعرفته بطرق علاج الكساح والتهاب اللوزتين. واتضح أن كاسيان تيرينتييفيتش، لديه بالإضافة إلى طفلين طبيعيين، صبيٌّ إسبانيٌّ بالتبنّي. كان الإسباني الصغير في كثير من الأحيان يمرض، وكان كاسيان تيرينتييفيتش نفسه يمارس علاجه.

وحتى سفيتشين الجاف، حدّث شتروم عن مجموعته من الصبّار، التي استطاعَ حمايتها في شتاء عام 1941 البارد.

فكّر شتروم: «واللّه، ليسوا سيّئين إلى تلك الدرجة، كل شخص لديه ما هو إنسانيّ».

فهم شتروم في أعماقه بالتأكيد أن هذه التغييرات كلها، عموماً، لم تُبدّل أي شيء. هو لم يكن أحمقَ، ولم يكن ساخراً، كان يعرف كيف يفكّر.

تذكّر في هذه الأيام قصة كريموف عن رفيقه القديم، كبير المحققين في مكتب المدعي العام العسكري، باغريانوف. قُبِضَ على باغريانوف في عام 1937، وفي عام 1939، وخلال فترة قصيرة من ليبراليّة بيريا، أُطْلِقَ سراحُه من معسكر الاعتقال وعاد إلى موسكو.

حدّث كريموف كيف جاءَه باغريانوف في الليل، مباشرة من المحطة؛ في قميص وسروالٍ ممزقين، وفي جيبهِ وثيقة المعسكر.

ألقى في هذه الليلة الأولى خطاباتٍ محبّة للحرية وتعاطفٍ مع جميع السجناء، وقرر أن يصبحَ مربي نحل، وبستانيّاً.

لكن تدريجيّاً، وعندما عاد إلى حياته السابقة، تغيّر حديثهُ.

حدَّثَ كريموف وهو يضحك كيف تغيّرت أيديولوجيّة باغريانوف تدريجيّاً وخطوةً خطوة. أعادوا السراويل العسكرية والسترة إليه، وكانت تلك المرحلة لا تزالُ متماشية مع الآراء الليبرالية. وهو ما زال يخبّئُ، مثل دانتون، الشرّ.

وها هم يعطونه عوضاً عن وثيقة معسكر الاعتقال جوازَ سفرٍ موسكوفياً. ومن فورهِ يشعر برغبة في تبنّي مواقف هيغلية: «كل شيء حقيقي عقلانيّاً». ثم أعادوا الشقة إليه، وعندها تحدَّثَ بصورةٍ أخرى، وقال إنَّ في المخيَّمات كثيراً من أعداء الدولة السوفييتية الذينَ أدينوا لهذا السبب. ثم أعادوا له الأوسمة. ثم أُعيد إلى الحزب واستعادَ قدمه الحزبيّ.

وفي هذا الوقت بالتحديد، بدأت مشاكل كريموف الحزبية. كَفَّ باغريانوف عن الاتصال به هاتفيّاً. التقاه كريموف، ذات مرّة - ترجَّلَ باغريانوف، الذي يحمل مُعيّنين على ياقة سترته، من السيارة، التي توقفت عند مدخل مكتب المدعي العام الاتحاديّ. كان ذلك بعد ثمانية أشهر من قيام هذا الشخص الذي يرتدي قميصاً ممزقاً، ويحمل وثيقةَ معسكر الاعتقال في جيبه، ليلاً، وهو يجلس بجوار كريموف، بإلقاءِ خطبهِ حول السجناء الأبرياء والعنف الأعمى.

عقَّبَ كريموف بابتسامة غاضبة:

- اعتقدت، بعد أن استمعت إليه في تلك الليلة، أنه فُقد إلى الأبد بالنسبة إلى مكتب المدعي العام.

بالتأكيد، لم يتذكر فيكتور بافلوفيتش هذه القصة عبثاً، ورواها لناديا ولودميلا نيقولايفنا.

ما من شيءٍ تغيَّرَ في موقفه تجاه الأشخاص الذين ماتوا في عام 1937. كان لا يزال مرعوباً من قسوة ستالين.

لا تتغير حياةُ الناسِ سواء أصبحَ شتروم أحد أرباب الحظ أو غنائمه، فإن الأشخاص الذين لقوا حتفهم في أثناء عملية التجميع الزراعي (الكَلْخَزة)، والذين أُطلقتِ النارُ عليهم في عام 1937، لن يبعثوا إذا ما أُعطيَ شترومُ أوسمةً، أو ميدالياتٍ فائزةً، أو إذا ما دعاهُ مالينكوف، أو أُدرِج في قائمة المدعوين لشرب الشاي عند شيشكوف.

تذكّر فيكتور بافلوفيتش كل هذا على نحوٍ ممتاز وفهمه. ومع ذلك، ظهر شيءٌ جديد في هذه الذاكرة وفي ذلك الفهم. إما أنه لم يكن فيهِ ذلكَ القلق السابق، ذلكَ الحنين السابق لحرية التعبير والصحافة، وإمّا أنَّ تلكَ الأفكار عن أولئكَ الأشخاص الذين ماتوا بريئين لم تحرق الروح بالقوة القديمة نفسِها. لعلَّ هذا يرجع إلى حقيقة مفادها أنه «الآن لم يعدْ يُعانِي الخوفَ الحادَ والدائمَ صباحاً، ومساءً، وليلاً؟»

لقد فهم فيكتور بافلوفيتش أن كوفتشينكو ودوبنيكوف وسفيتشين وبراسولوف وشيشكوف وغوريفيتش وغيرهم كثيرون لم يتحسنوا لأنهم غيّروا موقفهم تجاهه. كان غافرونوف، الذي تابع بعناد متعصب مضايقة شتروم وعمله، صادقاً.

قال شتروم لناديا:

- كما ترين، يبدو لي أنَّ من الأفضل للمرء الدفاع عن قناعات

«المئات من السود»، بدلاً من الدفاع عن غيرتسين ودوبرليوبوف، بدافع الاعتبارات المهنية.

افتخر أمام ابنته بأنه يسيطر على نفسه، ويراقب أفكاره. ما حدث للكثيرين لن يحدث له: لن يؤثر النجاح في آرائه، وعاطفته، واختيار الأصدقاء. . . عبثاً اشتبهت به ناديا يوماً ما، في ارتكابه مثل هذه الخطيئة.

العصفور القديم المصاب. كل شيء تغيّر في حياته، لكنّه لم يتغيّر. لم يغير البذلة البالية، وربطات العنق المتجعّدة، والأحذية ذات الكعوبِ المهترئة. يمشي كالسابق غير حليق، وشعره غير مُسرَّح، لا يزال يأتي إلى أهم الاجتماعات، غير حليق.

وكسابق عهده ما زال يحب التحدث إلى البوابين وعمال المصاعد. ويتعامل باحتقار ومن الأعلى، مع الضعف الإنساني، ويُدينُ خجلَ كثير من الناس. كانت تُهدِّئه وتُريحهُ فكرة: «هأنذا لم أستسلم، ولم أنحنِ، صمدت، ولم أتب. هم جاؤوا إليّ».

وقال في كثير من الأحيان لزوجته: «كم عدد التافهين من حولنا! كيف يخشى الناس الدفاعَ عن حقهم في أن يكونوا صادقين، وكيف يتنازلون بسهولة، كم من التسويات، وكم من الإجراءات البائسة».

حتى إنه فكّر في تشيبيجين بإدانة: «في شغفه المفرط بالسياحة وتسلّق الجبال، ثمَّةَ خوف غير واعٍ من تعقيد الحياة، وفي رحيله من المعهد هناك خوف واعٍ من القضية الرئيسية في حياتنا».

ثمَّةَ بالتأكيد ما تغيَّر فيه، وقد شعر به، لكنه لم يستطع أن يفهم ما هو بالتحديد.

54

لم يجد شتروم بعد عودته إلى العمل سوكولوف في المختبر. قبل يومين من وصول شتروم إلى المعهد، أصيب بيوتر لافرينتييفيتش بالتهاب رئوي.

علم شتروم أنَّ سوكولوف اتفق، قبل مرضه، مع شيشكوف أن يُكلَّفَ بوظيفة جديدة. وَوفِقَ على سوكولوف رئيساً لمختبرٍ أنشئَ حديثاً. عموماً سارت أمور بيوتر لافرينتييفيتش إلى الأعلى.

لم يكن يعرفُ حتى ماركوف كلي المَعرفة الأسبابَ الحقيقية، التي جعلت سوكولوف يطلب من الإدارة نقله من مختبر شتروم.

لم يشعر فيكتور بافلوفيتش بالمرارة والندم، عند معرفتهِ برحيل سوكولوف؛ فقد كانت فكرةُ الالتقاء به والعمل معه ثقيلةً.

كان سوكولوف سيقرأُ الكثير في عيون فيكتور بافلوفيتش. بالتأكيد، لم يكن لديه الحق في التفكير في زوجة صديقه كما فكر فيها. ولم يكن لديه الحق في الشوق إليها. لم يكن لديه الحق في مقابلتها سرّاً.

ولو أخبره أحدهم بقصة مماثلة، فسيغضب. لقد خدع زوجته! وخدع صديقه! لكنّه اشتاق إليها، وحلم بلقائها.

استعادت لودميلا العلاقة بماريا إيفانوفنا. كان لديهما شرح طويل عبر الهاتف، ثم التقتا، وبكتا، وندمت كلٌّ منهما أمام الأخرى بسبب الأفكار السيّئة، والشكوك، وعدم الإيمان بالصداقة.

اللّه، كم الحياة صعبة ومعقّدة! ماريا إيفانوفنا، صادقة ونقيّة ماريا إيفانوفنا، لم تكن صادقة مع لودميلا، كانت روحها ملتوية! لكنها فعلت ذلك من أجل حبّها له.

نادراً ما يرى شتروم ماريا إيفانوفنا هذه الفترة. كل ما عرفه عنها جاء تقريباً من خلالِ لودميلا.

علم أن سوكولوف رُشِّحَ لنيلِ جائزةِ ستالين للأعمال التي نُشرت قبل الحرب. وعلم أن سوكولوف تلقى رسالة حماسيّة من علماء الفيزياء الشباب باللغة الإنجليزية. وعلم أنَّهُ سوف يُرشِّحُ نفسه كعضوٍ مراسلٍ في الانتخابات القادمة في الأكاديمية. أخبرت ماريا إيفانوفنا لودميلا بكل هذا. ولم يتحدث هو نفسه إلى ماريا إيفانوفنا في اللقاءات القصيرة، عن بيوتر لافرينتييفيتش.

لم تستطع اضطرابات العمل، والاجتماعات، والرحلات، أن تكتم شوقه المستمر، كان يريد دائماً رؤيتها.

قالت له لودميلا نيقولايفنا عدّة مرات: «لا أستطيع أن أفهم لماذا ما زال سوكولوف يقف ضدك. وماشا لا يمكن أن تفسّر أي شيء لي».

كان التفسير بسيطاً، لكن بالتأكيد لم تتمكن ماريا إيفانوفنا من شرح أي أمرٍ للودميلا. يكفي أنها أخبرت زوجها عن شعورها تجاه شتروم.

لقد دمّر هذا الاعترافُ إلى الأبد العلاقةَ بين شتروم وسوكولوف.

وعدت زوجها ألّا ترى شتروم مرة أخرى. لو أنَّ ماريا إيفانوفنا تقولُ كلمةً بهذا الشأن على الأقل للودميلا، فلن يعرف شيئاً عنها لفترة طويلة - أين هي، وما حالها. ولكنَّهما ما رأى أحدهما الآخر إلّا نادراً جداً! ولقاءاتُهما كانت قصيرةً جداً! وخلال هذه اللقاءات، تحدثا قليلاً، ومشيا في الشارع، وأمسكَ أحدهما يدَ الآخر، أو جلسا في ساحة حديقة على مقعد وصمتا.

لقد تفهَّمت في وقت حُزنهِ ومصيبتهِ، بدقة غير عادية، كلَّ ما كان يعانيه. خمّنت أفكاره، وتوقَّعت أفعاله، بدا أنها عرفت مُسبقاً ما سيحدث له كلّه. كلما كان الأمرُ أكثرَ صعوبةً بالنسبة إليه، أصبحت الرغبة في رؤيتها أكثر إيلاماً وأقوى. بدا له أنه في هذا الفهم الكامل والتام إنما تكمنُ سعادته الحاليّة. تراءى له أنَّ وجود هذه المرأة بجانبه، كان سيمكِّنه من تحمّل معاناته كلها بسهولة. ولكان سعيداً معها.

تحدثا ليلاً، بطريقة ما في كازان، وفي موسكو تمشّيا معاً في حديقة نسكوتشني، وجلسا ذات مرّة عدَّة دقائق على مقعد في ساحة حديقة كالوجسكايا، وهذا كلّ شيء. كان ذلك من قبل. أما ما يجري الآن: تحدثا عدّة مرات عبر الهاتف، وشاهد أحدهما الآخر في الشارع أكثر من مرة، ولم يخبر لودميلا بهذه اللقاءات القصيرة.

لكنه أدرك أن خطيئته وخطيئتها لا تقاس بالدقائق التي جلسا فيها سراً على مقعدٍ. الخطيئة كانت كبيرة: لقد أحبّها. لماذا أخذت مثل هذا المكان الضخم في حياته؟

كل كلمة قالها لزوجته كانت نصف صحيحة. وكل حركة، وكل نظرة، خارج إرادته، حملت كذبة في حد ذاتها.

سأل لودميلا نيقولايفنا بلامبالاة: حسناً كيف، اتصلت صديقتك، كيف هي، وكيف صحة بيوتر لافرينتييفيتش؟

فرح بنجاح سوكولوف. لكن فرحته تلك لم تكن بسبب الشعور الطيب نحو سوكولوف. بل بدا له، ولسبب ما، أن نجاح سوكولوف يعطي ماريا إيفانوفنا الحق في عدم الشعور بالندم.

كانت معرفة أخبار سوكولوف وماريا إيفانوفنا من لودميلا ثقيلةً عليهِ. فالأمر مهينٌ بالنسبة إلى لودميلا، وإلى ماريا إيفانوفنا؛ بل إليهِ أيضاً.

لكن الكذب كان مختلطاً بالحقيقة، حينَ تحدث إلى لودميلا عن توليا وعن ناديا وعن ألكساندرا فلاديميروفنا، كانت الكذبة موجودة في كل شيء. لماذا ولأيّ سبب؟ فشعوره نحو ماريا إيفانوفنا كان واقع حقيقةِ روحه، وأفكاره، ورغباته. لماذا تثيرُ هذه الحقيقة كثيراً من الأكاذيب؟ كان يعلم أنه إذا تخلّى عن مشاعره، فسيحرر كلاً من لودميلا وماريا إيفانوفنا ونفسه من الأكاذيب. ولكن في تلك اللحظات التي بدا له فيها أنه اضطر للتخلي عن الحب، الذي لا حقَّ له فيه، أخافه الشعورُ الماكرُ، من المعاناة، وأقنعَه بالفكرة الخادعة: «ليست هذه الكذبة فظيعة جداً، لا ضرر من ذلك. المعاناةُ أسوأ من الكذب».

عندما بدا له الأمرُ بضعَ دقائق، بأنّه سيجد في نفسه القوة والقسوة للانفصال عن لودميلا، وتدمير حياة سوكولوف، صدمَهُ شعورُه، وكذبت الفكرةُ هذهِ المرَّة بطريقة عكسية مباشرة:

«الكذبُ هو أسوأ أمر، خير لك أن تهجر لودميلا، من أن تكذب

عليها، ولا تُجبر ماريا إيفانوفنا على الكذب. الكذب أسوأ من المعاناة!».

لم يلاحظ أن فكرَتَه أصبحت مُطيعةً لمشاعره وخادمةً لها، والشعور يقود الفكرة، وأن لا طريق للخروج من هذا اللَّفِ الدائري - سوى الاستئصال؛ ضحِّ بنفسك، وليس بالآخرين.

وكلما فكر في كل هذا قلَّ التعاملُ مع هذا كلّه. كيف يفهم الأمر، وكيف يمكن حلّه - كان حبّه ماريا إيفانوفنا حقيقةَ حياتِه، وكذبةَ حياته! أقامَ علاقة غرامية مع نينا الجميلة في الصيف، وما كانَ ذلكَ غراماً مدرسيّاً. مع نينا، لم يتمشّيا في ساحة الحديقة فحسب. لكن الإحساس بالخيانة، وبمصيبة الأسرة، والشعور بالذنب أمام لودميلا: كل ذلك جاءَه الآن.

أنفقَ الكثير من القوى الروحيّة، والأفكار، والمخاوف على هذه الشؤون، وعلى الأرجح أنَّ بلانك نفسه لم ينفق من القوى أقل من ذلك لإنشاء نظرية الكم.

اعتقد في وقت من الأوقات أنَّ هذا الحب ولد من أحزانه ومصائبه فحسب. . . لو لم يكن الأمر كذلك، لما عانى مثل هذا الشعور. . .

لكنَّ الحياة رفعته، ولم تضعف الرغبة في رؤية ماريا إيفانوفنا.

كانت ذات طبيعة خاصّة - لم تجذبها الثروة، ولا المجد، ولا القوّة. أرادت أن تُقاسمه المتاعب، والحزن، والحرمان. . . وكان قلقاً: ماذا لو تحوّلت عنه الآن؟

أدركَ أن ماريا إيفانوفنا أحبّت بيوتر لافرينتييفيتش إلى درجة العبادة. وهذا ما دفعه إلى الجنون.

ربما كانت جينيا على حق. هذا الحب الثاني، الذي يأتي بعد سنوات عديدة من الحياة الزوجيّة، هو حقاً نتاج نقصٍ عاطفي. وهكذا تميلُ البقرة إلى لعقِ الملح الذي بحثت عنه منذ سنوات، ولم تعثر عليه في العشب، وفي القش، وفي أوراق الشجر. هذا الجوعُ الروحيُّ يتطور تدريجيّاً، ويصل إلى قوة هائلة. هكذا كانت الحال، وهكذا هي الحال. أوه، لقد كان يعرف جوعه الروحي... ماريا إيفانوفنا ليست مثل لودميلا. . .

هل كانت أفكاره صحيحة، هل كانت خاطئة؟ لم يلاحظ شتروم أنها لم تكن وليدةَ العقل، لم تحدد تصرفاتِه صحةُ تلك الأفكار أو زيفُها. لم يكن العقلُ سيّده. عانى أنّه لم يرَ ماريا إيفانوفنا، وكان سعيداً بفكرة أنه سيراها. وحينما تخيل أنهما سيكونان معاً دائماً ولن ينفصلا، أصبح سعيداً.

لماذا لم يشعر بتأنيب الضمير حين فكّرَ في سوكولوف؟ ولماذا لم يشعر بالخجل؟

صحيح، يخجل من ماذا؟ ما كانَ: أنهما مرّا عبر حديقة سكوتشني وجلسا على مقعد.

آخ نعم، ما شأن الجلوس على المقعد! إنه مستعد لقطع العلاقة مع لودميلا، إنه مستعد لإخبار صديقه أنّه يحبّ زوجته، وأنه يريد أن يأخذها منه.

تذكّر كل ما هو سيّئ في حياته مع لودميلا. تذكر كيف أنَّ لودميلا لم تعامل والدته بصورةٍ جيدة. وتذكّر كيف لم تسمح لودميلا لابن عمه، الذي عاد من معسكر الاعتقال، أن ينام عندهم. استحضرَ شيطنتها، وقاحتها، وعنادها، وقسوتها.

الذكرياتُ السيئة زادت من تصلّبه. ولكن كان من الضروري أن يكون صلباً لإنجاز القسوة. لكن لودميلا عاشت حياة كاملة معه، وقاسمته كل ما هو ثقيل وصعب. وها شعرُ لودميلا بدأ يشيب. كم من الحزن حلّ عليها. أما فيها إلّا ما هو سيّئ؟ كم سنة كان فخوراً بها، فرح بإخلاصها وصدقها. نعم، نعم، كان يستعد لارتكابِ القسوة.

تذكّر فيكتور بافلوفيتش في الصباح، وهو يهمُّ بالمضيِّ إلى العمل، مجيءَ يفغينيا نيقولايفنا أخيراً وفكر:

- من الجيّد أن جينيفيا قد غادرت إلى كويبيشيف.

لقد شعر بالخجل من هذه الفكرة، وفي هذه اللحظة بالتحديد، قالت لودميلا نيقولايفنا:

- أُضيفَ نيقولاي إلى زوارنا كلهم الذين يؤمّون بيتنا. من الجيّد أن جينيا ليست في موسكو الآن.

أراد أن يلومها على هذه الكلمات، لكنه مسك نفسه، ولم يقل شيئاً - فلومه كان كاذباً جداً.

قالت لودميلا نيقولايفنا:

- اتصل بك تشيبيجين.

نظر إلى ساعته، وقال:

- سأعود مبكراً في المساء وأتصل به. بالمناسبة، ربما سأطير إلى الأورال مرة أخرى.

- لفترة طويلة؟

- كلا. لثلاثة أيام.

كان في عجلة من أمره، كان أمامه يوم طويل .

العمل كان كبيراً، والأمور كبيرة، شؤون حكومية، أمّا أفكاره الخاصة – وكأنّ قانون التناسب العكسي يعمل في رأسه – فكانت صغيرة وبائسة وتافهة .

طلبت جينيا من أختها – عند مغادرتها – الذهاب إلى جسر كوزنتسك وإيصال 200 روبل إلى كريموف .

قال :

– لودميلا، يجب إيصال النقود كما طلبت جينيا، يبدو أنّ الموعد قد فاتك .

لم يقل هذا لأنه كان قلقاً بشأن كريموف وجينيا . قال هذا، معتقداً أن إهمال لودميلا يمكن أن يعجِّل مجيء جينيا إلى موسكو . ستبدأ جينيا في أثناء وجودها في موسكو، بكتابة البيانات، والرسائل، وإجراء المكالمات الهاتفيّة، وتحويل شقة شتروم إلى قاعدة لمشاغل السجن والمدعي العام .

أدرك شتروم أن هذه الأفكار لم تكن تافهة وبائسة فحسب، بل خسيسة . وقال على عجلٍ، خجلاً منها :

– اكتبي إلى جينيا . وادعيها باسمي واسمك . ربما تحتاج أن تكون في موسكو، ومن المحرج أن تأتي من دون دعوة . هل تسمعين لودا؟ اكتبي لها فوراً!

شعر بالارتياح بعد هذه الكلمات، لكنه عرف مرة أخرى،– قال كل هذا من أجل الرضا عن النفس . . . غريب على الرغم من ذلك . لقد جلس في غرفته، وقد طُرد من كل مكان، وكان خائفاً من مدير

المبنى والفتاة في مكتب البطاقات، وكان رأسه مشغولاً بأفكار عن الحياة، وعن الحقيقة، وعن الحرية، وعن اللّه. . . ولم يكن أحد يحتاجُ إليه، وصمت الهاتف لأسابيع، وفضّلَ من يعرفونه ألّا يسلموا عليه عندما التقوه في الشارع. والآن، عندما ينتظره العشرات من الناس، ويتصلون به، ويكتبون له، وعندما تزمُر له سيارة (ز. ي. س. 101) بلطفٍ تحت النافذة - لا يستطيع التخلص من الأفكار الفارغة مثل قشور بذور عباد الشمس، من الإحباط البائس، والمخاوف التافهة؛ أنّه لم يقل ما هو مناسب، وأنّه ابتسم من دون حذر، أيُّ تصوّرٍ معيشٍ مجهريٍّ يُرافقه.

بدا له في وقتٍ ما بعد مكالمة ستالين الهاتفيَّة، أن الخوف قد اختفى تماماً من حياته. لكن اتضح أنَّه استمر مع ذلك، إلّا أنَّهُ أصبحَ مختلفاً فحسب؛ ليس شعبيّاً، بل خاصاً قيادياً - أصبحَ الخوف يركب سيارةً، يتصل بالقرص الدوّار إلى الكرملين، لكنه بقي.

ما بدا له مستحيلاً - علاقة مرتبطة ورياضية تجاه الحلول والإنجازات العلميّة للآخرين، أصبحَ طبيعيّاً. قلق، هل يسبقونه، هل يرمونه؟

لم يكن يريد بالفعل التحدث إلى تشيبيجين، وأحسَّ أنْ لا قوّة كافية لديه لمحادثة طويلة وصعبة. لقد تخيّلا ببساطة علاقة العلم بالدولة. إنّه حرٌّ بالفعل. إنَّ بناءَه النظري الآن لا يبدو لأحد تلموديّاً تافهاً. لا أحد يتجاوز عليه. والدولة تحتاج إلى نظريّة فيزيائيّة. الآن هذا واضح لكل من شيشكوف وبادين. لكي يُظهر ماركوف قوّته في التجربة، وكوتشكوروف في الممارسة العمليّة، ثمَّةَ حاجة إلى منظّرين - متنبّئين. الجميع أدرك هذا فجأة بعد اتصال ستالين. كيف أشرح

لديميتري بتروفيتش أن هذه الاتصال جلب لشتروم حرية العمل؟ ولكن لماذا أصبح لا يطيق عيوب لودميلا نيقولايفنا؟ ولماذا هو لطيفٌ وطيّبٌ مع أليكسي أليكسييفيتش؟

أصبحَ ماركوف ممتعاً جداً له. إنّ الشؤون الشخصيّة للإدارة، والظروف السرّية وشبه السرّية، والحيل البريئة، والإدانة الخطيرة، والغضب والجروح المرتبطة بالدعوات، وعدم وجود دعوات من هيئات الرئاسة، والدخول في بعض القوائم الخاصة والكلمات القاتلة: «أنت لست على القائمة» - أصبحت تثير اهتمامه، وشغلته بالفعل.

ربما أصبحَ يفضّلُ قضاءَ أمسيةٍ حُرّةٍ في الدردشة مع ماركوف بدلاً من التحدث إلى مادياروف في لقاءات كازان. ومن المدهش أن ماركوف كان يلاحظ بدقة الأشياءَ المضحكة في الناس، وسخر من دون حقدٍ أو شرٍّ في الوقت نفسه، على نحوٍ سامٍّ من نقاط الضعف البشرية. كان لديه عقل رشيق، وإلى جانب ذلك، فهو عالمٌ من الدرجة الأولى. وربّما كان الفيزيائي التجريبي الأكثر عبقرية في البلاد.

كان شتروم قد ارتدى معطفه، عندما قالت لودميلا نيقولايفنا:

- اتصلت ماريا إيفانوفنا بالأمس.

سأل بسرعة:

- ماذا لديها؟

وتغيَّر وجهه، على ما يبدو.

سألت لودميلا نيقولايفنا:

- ما بك؟

أجابَ وهو يعودُ من الممر إلى الغرفة:

- لا شيء، لا شيء.

- أنا لم أفهم تماماً، هناك قصة ما غير سارّة. يبدو أن كوفتشينكو اتصل بهم. عموماً هي، كالمعتاد، قلقة بشأنك، تخشى أن تؤذي نفسك مرة أخرى.

سأل بفارغ صبر:

- في ماذا؟ لا أفهم.

- نعم، وأنا قلت لك، لم أفهم. كانت، على ما يبدو، لا تريد الكلام على الهاتف.

فتح معطفه، وجلس على الكرسي بالقرب من الباب، وقال:

- حسناً، كرّري من جديد.

نظرت إليه لودميلا وهزّت رأسها. بدا له أن عينيها كانتا تنظران إليه بعتبٍ وحزن.

وقالت مؤكدة تخمينه:

- ها أنت فيتيا، ليس لديك وقت للاتصال بشيبيجين صباحاً، وعلى استعدادٍ دائماً للاستماع إلى ما يخص ماشا... وحتى إنّك عدت، وقد تأخرت بالفعل عن العمل.

نظر إليها بطريقة ملتوية من الأسفل، وقال:

- نعم لقد تأخرت.

واقترب من زوجته، ورفع يدها إلى شفتيه.

مسحت قفا رأسه بيدها، وسوّت شعره قليلاً.

- ترى كيف أصبح الأمرُ مهماً ومثيراً للاهتمام مع ماشا - قالت لودميلا بهدوء وابتسمت بائسة، وأضافت:- مع الشخص الذي لا يمكن أن يميّز بين بلزاك وفلوبير.

نظر إليها: أصبحت عيناها مبللتين، وبدا له أنَّ شفتيها ارتعشتا. فتح يديه بلا حول ولا قوة، والتفت نحو الباب.

أدهشه تعبير وجهها. نزل السُّلّم وفكّر أنه إذا ما انفصل عن لودميلا وهجرها، فهذا التعبيرُ المؤثِّرُ العاجزُ المُعذَّبُ على وجهها، المهين لها وله - لن يخرج أبداً من ذاكرته، حتى آخر يوم في حياته. لقد فهمَ أن شيئاً مهماً جداً قد حدث في هذه اللحظات: أوضحت زوجته له أنها ترى حبَّهُ ماريا إيفانوفنا، وهو أكد ذلك. . .

عرفَ أمراً واحداً فقط. رأى ماشا، وكان سعيداً، لكن إذا فكّر أنه لن يراها مجدداً، فلن يكون لديه ما يتنفسه.

عندما اقتربت سيارة شتروم من المعهد، سايرتها سيارة شيشكوف، وتوقفت السيارتان عند المدخل في وقت واحد تقريباً.

سارا في الممر جنباً إلى جنب، بالطريقة نفسها التي سارت بها سيارتاهما. أخذ أليكسي أليكسييفيتش يد شتروم، تحت يده وسأله:

- إذاً، ستطير؟

أجاب شتروم:

- على ما يبدو، نعم.

قال أليكسي أليكسييفيتش مازحاً:

- قريباً سنفترق أحدُنا عن الآخر. وستكون سيّداً كاملاً معادلاً.

فكر شتروم فجأة: «ماذا سيقول إذا سألته، هل وقعت في حبّ زوجة شخص آخر؟».

قال شيشكوف :

– فيكتور بافلوفيتش، أيُناسبُكَ أن تأتيني الساعةَ الثانيةَ؟

– في الساعة الثانية سأكون طليقاً، بكل سرور .

عمل على نحوٍ سيّئ في ذلك اليوم .

اقترب ماركوف في قاعة المختبر من شتروم، من دون جاكيت، وبأكمام ملفوفة، وقال بحماس :

– إذا سمحت لي، فيكتور بافلوفيتش، سآتي إليك في وقتٍ لاحق . هناك حديث مثيرٌ للاهتمام، ذهبيّ .

قال شتروم :

– يجب أن أكون عند شيشكوف في الثانية . دعنا نلتقي فيما بعد . أنا أيضاً أريد أن أقول لك شيئاً .

سأل ماركوف :

– الساعة الثانية عند أليكسي أليكسييفيتش؟– وفكر للحظة – أظنني أعرف ما سيطلبه منك .

55

قال شيشكوف عندما رأى شتروم:

- كنت على وشك الاتصال بك، لتذكيرك بالاجتماع.

نظر شتروم إلى ساعته.

- أعتقد أنني لم أتأخر.

وقف أليكسي أليكسييفيتش أمامه، ضخماً، ملفوفاً ببذلة رمادية أنيقة، رأسٌ فضيٌّ ضخم. لكن عينيه الآن لم تبدوا لشتروم باردتين ومتغطرستين، بل كانتا عيني فتى قرأ ألكسندر دوما وماين ريد.

قال أليكسي أليكسييفيتش وهو يبتسم ويأخذ شتروم من ذراعه:

- لدي عمل خاص لك اليوم يا عزيزي فيكتور بافلوفيتش. المسألة خطيرة وليست ممتعة.

قال شتروم، ونظر بملل إلى مكتب الأكاديمي الكبير:

- حسناً، لم نعتد الوقوفَ، هيّا بنا إلى العمل.

قال شيشكوف:

- الأمر هو التالي، أُطلقتْ حملةٌ دنيئةٌ في الخارج، وبخاصّة في إنجلترا. إننا نتحمل الثقل الرئيسي للحرب، أطلَقَ العلماء الإنكليز،

بدلاً من المطالبة بالفتح السريع للجبهة الثانية، حملةً أكثر من غريبة، لقد أشعلوا المشاعر العدائيَّة تجاه دولتنا.

ونظرَ في عيني شتروم، الذي عرفَ أن هذه النظرة المفتوحة والصريحة، هي تلك التي ينظر بها الناس، وهم يفعلون أموراً سيّئة.

- نعم، نعم، نعم، - قال شتروم - ما هذه الحملة؟

قال شيشكوف:

- حملة افتراء. نشروا قائمةً بأسماءِ علماءٍ وكتّابٍ يزعمون أنّنا رميناهم بالرصاص، ويتحدَّثونَ عن أعدادٍ خياليّة من المعتقلين على خلفية جرائم سياسية. ويدحضون، من دون فهمٍ أو استيعاب، بل أقول، بحماس مشبوه، نتائجَ التحقيق وقراراتِ المحكمة، حول جريمة الطبيبين بلينتيف وليفين[1]، اللذين قتلا أليكسي ماكسيموفيتش غوركي. نُشر كل هذا في صحيفة قريبة من الدوائر الحكومية.

- نعم، نعم، نعم - كرَّرَ شتروم ثلاث مرات - ماذا بعد؟

- وبصورةٍ أساسيّة إليكَ أيضاً: يكتبون عن عالم الوراثة تشيتفيريكوف، وقد أنشؤوا لجنة للدفاع عنه.

---

(1) ثمَّةَ في حقيقة الأمر قضيّة سُميّت في الاتحاد السوفييتي قضيّة «الأطباء اليهود»، وقد حُقِّقَ فيها فيما بعد، وأُثبتَ أن هؤلاء وتحتَ تأثير الصهيونيّة صَفّوا مجموعة من القادة السوفييت المناهضين للمشروع الصهيوني عموماً ولا سيما في شبه جزيرة القرم، وفلسطين وقد نُبِشت عام 1951 رسالةُ طبيبة القلب ليديا تيماشوك 1948، إلى الجنرال نيقولاي فلاسيك رئيس جهازِ أمن ستالين، التي تشهد فيها أنَّ جدانوف المقرَّب من ستالين، عانى من نوبةٍ قلبيّة لكن بعض أطباء الكرملين تجاهلوها وأعطوه العلاج الخطأ ما أدى إلى قتلهِ 1948، ولكنَّ الروائي هنا يبدو مُنحازاً - كما رأيناهُ في مواضع أخرى للأسف - للبروباغندا الغربيّة. (المترجمان).

قال شتروم:

- عزيزي أليكسي أليكسييفيتش، لكن تشيتفيريكوف اعتقل بالفعل.

هزّ شيشكوف كتفيه قائلاً:

- كما هو معروف، فيكتور بافلوفيتش، لا علاقة لي بعملِ الأجهزة الأمنية. لكن إذا ألقي القبض عليه حقاً، فمن الواضح أنَّ ذلكَ بسبب جرائم ارتكبها. أنت وأنا لم يُلقَ القبض علينا.

دخل المكتبَ بادين وكوفتشينكو في هذا الوقت. أدركَ شتروم أن شيشكوف كان يتوقعُ مجيئهم، على ما يبدو، واتفق معهم قبل ذلك. حتى إنَّ أليكسي أليكسييفيتش لم يبدأ بشرح موضوعِ الحديث للوافدين الجديدين وقال:

- أرجوكما، أرجوكما، أيها الرفيقين، اجلسلا - وتابع، متوجّهاً إلى شتروم: - فيكتور بافلوفيتش، انتقل هذا الخزي إلى أمريكا ونُشر على صفحات صحيفة نيويورك تايمز، مما أثار بطبيعة الحال شعور السخط بين المثقفين السوفييت.

قال كوفتشينكو، وهو ينظر إلى عيني شتروم نظرة عاطفية:

- بالتأكيد، لا يمكن أن يكون الأمر خلاف ذلك.

وكانت نظرة عينيه البنيتين ودودةً جداً حتّى إن فيكتور بافلوفيتش لم يعبّر عن الفكرة التي بزغت عنده على نحوٍ طبيعي: «كيف غضب المثقفون السوفييت وهم لم يروا صحيفة نيويورك تايمز؟».

حرك شتروم كتفيه، وفكّر، وهذه التعبيرات، بالتأكيد، يمكن أن تعني موافقته لشيشكوف وكوفتشينكو.

قال شيشكوف: بطبيعة الحال، نشأت رغبة في وسطنا تتمثَّلُ في تقديمِ رفضٍ جدّيٍّ لكل هذه الفظاعات. وكتبنا وثيقة.

فكّر شتروم: «لا يمكنك كتابة أي شيء، لقد كتبوا ذلك من دونك».

قال شيشكوف:

- وثيقة على شكل رسالة.

ثم قال بادين بهدوء:

- قرأتها، مكتوبة جيّداً، وهو ما نحتاج إليه. يجب أن يوقع عليها عددٌ قليل من أكبر العلماء في بلدنا، أشخاص ذوو شهرة أوروبيّة وعالميّة.

أدرك شتروم من كلمات شيشكوف الأولى ما سيخلُصُ إليه الحديث. ما كان يعلم من قبل ماذا سيطلب منه أليكسي أليكسييفيتش: هل سيتحدث في المجلس الأكاديمي، أو يكتب مقالات، أو يصوت... لكنَّهُ فهمَ الآن: إنه في حاجة إلى توقيعه على الرسالة.

اجتاحه إحساسٌ بالغثيان. ومرة أخرى، كما كانت الحال قبل الاجتماع، حين طالبوا بتوبته، شعر برقّتهِ الفراشيّة الواهنة.

كانت ملايين الأطنان من حجر الغرانيت الصخري مستعدة للاستلقاء على كتفيه مرة أخرى... البروفيسور بلينتيف! استذكر شتروم من فوره مقالة في جريدة «برافدا» تتحدَّثُ عن امرأة هستيريّة اتهمت الطبيب العجوز بأفعال قذرة. وكما هي الحال دائماً، يبدو ما هو مطبوع صحيحاً. وعلى ما يبدو، إن قراءة غوغول وتولستوي

وتشيكوف وكورولينكو عوّدتنا على موقفٍ قُدسيٍّ تقريباً من الكلمة الروسيّة المطبوعة. ولكن جاءت الساعة، اليوم، بدا واضحاً لشتروم أن الصحيفة كذبت بشأن البروفيسور بلينتيف، وأنّه قد تعرض للتشهير.

سرعان ما اعتقل بلينتيف والمعالج المشهور من مستشفى الكرملين الدكتور ليفين، واعترفا أنهما قتلا أليكسي ماكسيموفيتش غوركي.

نظر الأشخاص الثلاثة إلى شتروم. كانت عيونهم ودية، حنونة، واثقة. قريب بين أقربائه. اعترف شيشكوف بطريقة أخوية بالأهمية الكبيرة لعمل شتروم. نظر كوفتشينكو إليه من الأسفل إلى الأعلى. وعبّرت عينا بادين: «نعم، ما كنت تفعله بدا غريباً بالنسبة إليّ. لكنني كنت مُخطئاً. أنا لا أفهم لقد صحّحَ الحزبُ...».

فتح كوفتشينكو مجلداً أحمر وسلّم شتروم رسالة مطبوعة على الآلة الكاتبة، وقال:

– فيكتور بافلوفيتش، يجب أن أخبركم أن هذه الحملة من الأنجلو– أميركيين يديرها النازيون. وربما كانت مستوحاة من الأوباش في الطابور الخامس.

قال بادين مُقاطِعاً:

– وهل يحتاجُ فيكتور بافلوفيتش إلى تحريض؟ قلبُهُ وطنيٌّ سوفييتيٌّ روسيٌّ، مثلنا جميعاً.

قال شيشكوف:

– بالتأكيد، هذا صحيح.

وعَقَّبَ كوفتشينكو:

- ومن يشك في ذلك؟

قال شتروم:

- نعم، نعم، نعم.

الأمرُ الأكثر إثارة للدهشة، هو أن الناسَ، حتى وقت قريبٍ كانوا مُعبَّئينَ بالازدراء والشك نحوه، فأصبحوا الآن طبيعيين تماماً في ثقتهم به وصداقتهم له، وهو يتذكَّرُ باستمرار قسوتهم عليه، والآن يتقبّل على نحوٍ طبيعي مشاعرهم الودية.

إنّ الصداقة والثقة هاتين قيّدتاه، وحرمتاه من القوة. ولو أنَّهم صرخوا به وركلوهُ بأقدامهم وضربوه، لأصبحَ أكثر حدَّةً، ولتبيَّن أنه أقوى...

تحدث ستالين بنفسهِ إليه. والناس الجالسون بجانبه يتذكرون هذا الآن.

لكن يا إلهي، كم هي فظيعة الرسالة التي طلب الرفاق إليهِ توقيعها. وكم من أمورٍ مُنفِّرة تطرّقت إليها.

نعم، لم يصدق أن البروفيسور بلينتيف والدكتور ليفين هما من قتلَ الكاتب العظيم. عندما جاءت والدته إلى موسكو زارت عيادة ليفين، وعُولجتْ لودميلا نيقولايفنا عنده، إنه رجل رقيق ذكي. كم ينبغي أن يكونَ المرءُ وحشاً ليشوِّهَ بهذه الطريقة الفظيعة سمعة طبيبين؟

تنفّست هذه الاتهاماتُ ظلمةَ القرون الوسطى. الأطباء - القتلة! قتلَ الأطباءُ الكاتبَ العظيمَ، وآخرَ الكلاسيكيين الروس. من يحتاجُ إلى هذا الافتراء الدمويّ؟ عمليات السحرة، ونيران محاكم التفتيش،

وعمليات إعدام الزنادقة، والدخان، والرائحة الكريهة، والقطران المغلي. كيف يمكن ربط كل هذا بلينين، وببناء الاشتراكية، وبالحرب العظيمة ضد الفاشية؟

أخذ يقرأ الصفحة الأولى من الرسالة.

سأل أليكسي أليكسييفيتش هل الوضعُ مريح له، هل هناك ما يكفي من الضوء. ألن يجلس على الأريكة؟ لا، لا، إنه مريح، شكراً جزيلاً لك.

قرأ ببطء. ضغطت الحروف على الدماغ، لكن لم تُمتَصّ، مثلما لا يُمتَصُّ الرمل إلى داخل التفاحة.

قرأ: «إنكم بحمايتكم المنبوذَين ووحشي الجنسِ البشريِّ؛ بلينتيف وليفين، اللذين شوّها الاسم السامي للأطباء، إنما تسكبون الماء في طاحونة أيديولوجيا الفاشيّة البغيضة».

وها هو يقرأ هنا: «الشعب السوفييتي يقاتل وحده وجهاً لوجه ضد الفاشية الألمانيّة، التي أحيت عمليات سحرة العصور الوسطى، والمذابح اليهودية، ومواقد محاكم التفتيش، وغرف التعذيب».

يا إلهي، كيف لا يُصابُ المرءُ بالجنون.

وبعدَ ذلك: «إن دماء أبنائنا، الذين سقطوا بالقرب من ستالينغراد، كانت نقطةَ تحوّل في الحرب ضد الهتلرية، لكنكم أخذتم المدافعين عن الطابور الخامس تحت حمايتكم، من دون أن ترغبوا في ذلك...».

نعم، نعم، نعم «هنا، كما هي الحال في أي مكان آخر من العالم، حب الناس ورعاية الدولة يحيط بالعلماء».

- فيكتور بافلوفيتش، هل نزعجك بحديثنا؟

قال شتروم:

- لا، لا، كيف تقول هذا، لا تزعجونني. - وفكّر «هناك أشخاص سعداء يعرفون كيف يضحكون، أو يجدون أنفسهم في البيت الريفي، أو مرضى، أو. . .»

قال كوفتشينكو:

- قيل لي إن جوزيف فيساريونوفيتش يعرف عن هذه الرسالة ووافق على مبادرة علمائنا.

قال بادين:

- ولهذا توقيع فيكتور بافلوفيتش. . .

تملّكته الكآبةُ، والاشمئزازُ، والتنبُّؤ بالخضوعِ والطاعة. شعر بالنفس اللطيف للدولة العظيمة، ولم تكن لديه القوة لرمي نفسه في الظلام الجليدي. . . لم تكن، وما من قوَّةٍ لديه اليوم. لم يكن الخوف هو الذي أحاط به، بل شعور مختلف تماماً، شعورٌ بالطاعة الخانقة.

كم هو غريب ومدهش بناء الإنسان! وجد القوّة في نفسه للتخلي عن الحياة، وفجأة أصبحَ من الصعب عنده التخلي عن خبز الزنجبيل والحلوى.

حاول أن تُسقِطَ اليدَ القاهرة، التي تمسّدُ شعرك، وتربِّتُ على كتفك.

هذا هراء، لماذا تفتري على نفسك. ما شأن الزنجبيل والحلوى هنا؟ هو دائماً غير مبالٍ بالكماليّات المنزليّةِ والثروةِ الماديّة. كانت

ثمَّةَ حاجة إلى أفكاره، وعمله، الذي هو أغلى شيء في الحياة، وله قيمة في وقت الكفاح ضد الفاشية. هذه هي السعادة!

نعم، في الواقع، وكيف ذلك؟ فهم اعترفوا في التحقيق الأولي. واعترفوا في المحكمة. هل من الممكن أن تؤمن ببراءتهم بعد أن اعترفوا بقتل كاتب عظيم؟

رفضُ التوقيع على الرسالة؟ هذا يعني التعاطف مع قتلة غوركي! لا، هذا مستحيل. الشك في صحة اعترافاتهما؟ هذا يعني أنَّهم أجبروهما! وإجبار شخص ذكي وصادق ولطيف على الاعتراف بأنه قاتل مستأجر، وبالتالي ينال عقوبة الإعدام والذاكرة المخزية لا يمكن إلا أن يكون بالتعذيب. لكن من الجنون التعبير ولو بظل صغير عن مثل هذا الشك.

لكنَّ الأمرَ يثيرُ الغثيان، يثير الغثيان التوقيع على هذه الرسالة الخسيسة. ظهرت كلماتٌ وأجوبةٌ عنها في الرأس... «أيها الرفاق، أنا مريض، لدي تشنج في الأوعية التاجيَّة». «هراء: الهرب إلى المرض، لديك بشرة رائعة». «أيها الرفاق، لماذا تحتاجون إلى توقيعي، أنا معروف لدى دائرة ضيقة من المتخصصين، قليل من الناس يعرفونني خارج البلاد». «هراء! (ومن الجميل أن نسمع هذا الهراء.) إنهم يعرفونك، بل كم يعرفونك! ثُمَّ عن ماذا نتحدَّث، من غير المعقول أن يرى الرفيق ستالين الرسالة من دون توقيعك، فقد يسأل: لماذا لا توقيع لشتروم؟».

«أيها الرفاق، سوف أقول لكم بصراحة تامة، يبدو أن بعض الصياغات لم تكن ناجحة تماماً، وهي ستلقي بظلالها على كل الإنتلجنسيا عندنا».

«تفضّل، تفضّل، فيكتور بافلوفيتش، قدِّم اقتراحاتك، وسنغيّر بكل سرور اللغة التي يبدو أنها غير ناجحة».

«أيها الرفاق، أنتم تفهمونني، هنا تكتبون: عدو الشعب الكاتب بابل، عدو الشعب الكاتب بيلنياك، عدوّ الشعب الأكاديمي فافيلوف، عدوّ الشعب الفنان مايرهولد... لكنني فيزيائي وعالم رياضيات ومنظِّر، وبعض الناس يراني عُصابيّاً، فإلى أيّ درجةٍ هو تجريديٌّ، المجال الذي أعمل فيه، أنا لستُ كاملاً، ومن الأفضل ترك مثل هؤلاء الأشخاص وشأنهم، لا أفهم أي شيء في هذه الأمور».

«فيكتور بافلوفيتش، دعك من هذا. أنت على دراية ممتازة بالقضايا السياسية، ولديك منطق ممتاز، تذكّر: كم وكيف تحدثت بحدة عن القضايا السياسية».

«يا إلهي! افهموا أنَّ لدي ضميراً، والأمرُ مؤلم وصعب بالنسبة إليَّ، ولست ملزماً، لماذا يجب أن أوقِّعها، أنا منهك إلى درجة كبيرة، أعطُني الحق في ضمير هادئ».

وهنا - العجز، والمغنطة، والشعور المطيع للماشية المُطعَمة والمدلّلة، والخوف من حياة جديدة مُفلسة، والخوف من الخوف الجديد.

ما هذا؟ سيعارضُ الفريقَ مرةً أخرى؟ ويريد الوحدة مرة أخرى؟ حان الوقت لأخذ الحياة بجديّة. لقد حصلَ على ما لم يجرؤ أن يَحلُم به. إنه حرّ في القيام بعمله، ويحيط به الاهتمام والرعاية. بعد كل شيء، وهو لم يطلب أي شيء، ولم يتب. هو المنتصر! ماذا يريد؟ اتصل به ستالين على الهاتف!

«أيها الرفاق، كل هذا أمر جدّي جداً، إلى درجة أنني أود أن أفكر فيه، دعوني أرجئ القرار على الأقل حتى يوم غد».

ثم تخيل ليلة مؤلمة بلا نوم، والتردّد، وعدم الحسم، والحسم المفاجئ والخوف من الحسم، والتردد مرة أخرى، والحسم مرة أخرى. كل هذا مرهق مثل الملاريا الغاضبة القاسيّة. وإطالة هذا التعذيب من قبلهِ لساعات. ليس لديه قوة. عجّل، عجّل، عجّل.

أخرج القلم الأتوماتيكي.

ثم رأى كيفَ ذُهل شيشكوف مباشرة بحقيقة أن أكثر الناس مُمانعةً وتعقيداً، تبيّن أنّه ليّن وديع.

لم يعمل شتروم طوال اليوم. لم يصرفه أحد، لم يرنّ الهاتف. لم يستطع العمل. لم يعمل لأن العمل في ذلك اليوم بدا مملاً وفارغاً ولا يثير الاهتمام.

من وضع توقيعه تحت الرسالة؟ تشيبيجين؟ هل وقّع إيوفف؟ وكريلوف؟ ماذا عن مانديلشتام؟ أرادَ أن يختبئَ وراء ظهر شخص ما. لكن من المستحيل الرفض. إنّه بمثابة الانتحار. لا، لا شيء من هذا القبيل. كان في إمكانه أن يرفض. لا، لا، هذا صحيح. وفي نهايةِ الأمر هو لم يهدده أحد. كان من الأسهل لو وقّع من جرّاء الشعور بالخوف الحيواني. لكنه لم يوقع من جراء الخوف. بل كان شعوراً مُظلِماً مُغثياً من الخضوع.

دعا شتروم آنا ستيبانوفنا إلى مكتبه، وطلب إليها تظهير الفيلم حتى يوم غد - سلسلة من التجارب التي أجريت على الجهاز الجديد.

كتبت كل ما طُلبَ إليها واستمرت في الجلوس.

نظر إليها مُستَفهِماً.

قالت:

– فيكتور بافلوفيتش، اعتدت الاعتقاد بأنَّ التعبير بالكلمات غير ممكن، لكنني أريد أن أقول الآن: هل تُدرك ما فعلته من أجلي ومن أجل الآخرين؟ هذا أكثر أهمية للناس من الاكتشافات العظيمة. لمجرَّد أنك تعيش في هذا العالم؛ وحسب فكرةٍ واحدةٍ عن ذلك أن تبعثَ الارتياحَ في الروح. هل تعرف ما يقول السماكرة، وعمّال النظافة، والحراس عنك؟ يقولون: «الشخص المناسب». أردت في كثير من الأحيان الذهاب إليكَ في البيت، لكنني كنت خائفة. أتعرف، عندما فكرت فيك في أصعب الأيام التي مرَّت عليّ، أصبحَ كل شيء مريحاً وسهلاً على روحي. شكراً لك لأنّكَ حيٌّ. أنت إنسان!

لم يسعفه الوقت أن يقول لها شيئاً، فقد غادرت المكتب بسرعة.

أراد الجري في الشارع والصراخ... لو لم يكن هذا العذاب فقط، ولا هذا العار الكبير. لكن ذلك لم يكن كل شيء، إنها البداية فحسب.

رن جرس الهاتف، في نهاية اليوم.

– هل عرفتني؟

يا إلهي، هل عرفها؟! يبدو له أنه عرفها ليس عن طريق السمعِ فحسب، ومن خلال الأصابع الباردة التي تحمل سمّاعة الهاتف. ها هي ماريا إيفانوفنا أتت من جديد في لحظة صعبة في حياته.

قالت ماشا:

- أتحدث من هاتف الشارع، والصوت يسُمع على نحوٍ سيّئ. بيوتر لافرينتييفيتش أصبح الصوت أفضل، لدي مزيد من الوقت حاليّاً. تعال، إن استطعت، غداً في الساعة الثامنة، إلى ساحة الحديقة نفسها - وفجأةً قالت: - حبيبي أنت، وعزيزي أنت، ونور عيني أنت. أنا خائفة عليك. جاؤوا إلينا حول موضوع الرسالة، هل تفهم عمّا أتحدث؟ أنا متأكدة من أنك أنت، وقوّتك ساعدت بيوتر لافرينتييفيتش على الصمود، لقد مرّ كل شيء بنجاح عندنا. ثم تخيَّلتُ مباشرة كيف أسأت لنفسك. أنت حادّ الزوايا، حين يتعرّض الآخرون لإصابة طفيفة تتكسّر أنت في الدم.

وضع السمّاعة، وغطى وجهه بيديه.

لقد أدرك فظاعة وضعه: لم يكن أعداؤه هم الذين أعدموه اليوم، بل أقاربه من فعلوا ذلك؛ بثقتهم به.

بدأ فورَ وصوله إلى البيت، دون أن يخلع معطفه، بالاتصال بتشيبيجين. وقفت لودميلا نيقولايفنا أمامه، طلب رقم هاتف تشيبيجين، وكان واثقاً، ومقتنعاً بأن صديقه، ومعلّمه، سيُلحق به جرحاً قاسياً من جراء محبَّته إيّاه. كان في عجلة من أمره، ولم يكن لديه الوقت الكافي لإخبار لودميلا بأنه وقّع الرسالة. يا إلهي، كيف تشيب لودميلا بسرعة. نعم، أحسنت، اضرب الشيّاب!

قال تشيبيجين:

- هناك الكثير من الأخبار الجيّدة، هل قرأت موجز الأخبار، أما أنا فليس لدي أيّ أحداث. نعم، اليوم تشاجرت مع كثيرٍ من الأشخاص المحترمين. هل سمعت شيئاً عن رسالة ما؟

لعق شتروم شفتيه الجافتين وقال:

- نعم، سمعت شيئاً ما.

قال تشيبيجين:

- حسناً، حسناً، أنا أفهم أن هذا ليس حديث هاتف، سوف نتحدث عن ذلك عند اللقاء، بعد عودتك.

حسناً، لا شيء، لا شيء، هل ناديا ستأتي. أيّها الربّ، أيّها الربّ، ماذا الذي فعله...

56

لم ينمْ شتروم ليلاً. فقد آلَمَه قلبُه. من أين تأتي هذه الكآبة الرهيبة؟ والثقل، والشدّة. المنتصر!

كان أقوى وأكثر حريةً منه الآن؛ لحظةَ كان يخجل أمام الكاتبة في إدارة المبنى. اليوم لم يجرؤ حتى على المجادلة، والتعبير عن الشك. فقد حريَّتَه الداخليّة، بأن أصبَحَ قويّاً. كيف سينظر إلى عيني تشيبيجين؟ أو ربما سيفعل ذلك بهدوء مثل أولئك الذين استقبلوا شتروم بفرح وبحرارة، يوم عودته إلى المعهد؟

كل ما تذكره في تلك الليلة جَرَحَهُ، وعذّبَهُ، لا شيء يُهدّئهُ. كانت ابتسامته وإيماءاته وأفعاله غريبة ومعادية له هو نفسه. كان في عيني ناديا تعبيرٌ حانٍ مُنَفِّرٌ الليلة.

لودميلا فقط، التي كانت تزعجه، وتنقُضه دائماً، قالت فجأة بعد الاستماع إلى قصته: «فيتينكا، عليك ألّا تعذّب نفسك. أنت الأذكى، والأكثر صدقاً بالنسبة إليّ. وما دمت قد فعلت ذلك، فهذا يعني أنّه ضروري».

من أين جاءته الرغبةُ في التبريرِ، والتأكيد؟ لماذا أصبح صابراً، على ما كان لا يصبر عليه من قبل؟ وبدا مُتفائلاً حول أي أمرٍ حدَّثوه عنه.

تزامنت الانتصارات العسكرية مع نقطة التحوّل في مصيره الشخصي. يرى قوة الجيش، وعظمة الدولة، والنور في الأمام. لماذا أصبحت أفكارُ مادياروف تبدو سطحية له اليوم؟

لقد رفض التوبة، في اليوم الذي طُرد فيه من المعهد، وكم كان شعوره نيّراً ومُريحاً في النفس. وكم كانَ هؤلاء المقربون منه في تلك الأيام سعداء - لودميلا، ونادیا، وتشيبيجين، وجينيا... وفيما يخصّ لقاءه بماريا إيفانوفنا، ماذا كان سيقول لها؟ كان دائماً يتعامل بتكبّر مع طاعة بيوتر لافرينتييفيتش وخضوعه. واليوم! يخاف التفكير في والدته؛ هو خاطئٌ أمامها. يخشى التقاط رسالتها الأخيرة. ويدركُ بخوف وكآبة، أنه عاجز عن إنقاذ روحه، لم يستطع حمايتها. ثمَّة قوة تنمو داخله، وتحوله إلى عبد.

لقد ارتكب نذالة! هو، إنسان، رمى بحجرٍ الناسَ البائسين، المضرّجين بالدماء، الذينَ سقطوا عاجزين.

غطّى العرقُ جبينه، من جراء الألم الذي ضغط على قلبه، والشعور المُعذّب.

من أين أتته تلك الثقة بالنفس، ومن أعطاه الحق في التفاخر أمام الآخرين بالنقاء والشجاعة، وأن يكون قاضياً للناس، لا يغفر لهم نقاط الضعف؟ حقيقة الأقوياءِ ليست في الغطرسة.

هناك الضعفاء والخاطئون والصالحون. ويكمن الفرق بينهم، في أنَّ التافه إذا ما قام بتصرّف جيّد، فسيبقى يعتز به طوال حياته، أمّا الصالح، فلا يلاحظ الأعمال الجيّدة التي يقوم بها، لكنّه سيتذكر لأعوام ذنباً ما قد ارتكبه.

وهو افتخرَ دائماً بشجاعته، واستقامته، وسخر من أولئك الذين أظهروا الضعف، والخجل. ولكنَّه هنا رجلٌ خانَ الناس. لقد احتقر نفسه، وخجل من نفسه. إنّ البيتَ الذي يعيش فيه، وضوءَه، والحرارة التي دفّأته - كلّ ذلك تحوّل إلى نثارةٍ خشبية، إلى رمل جاف هشّ.

إنّ صداقته لتشيبيجين، وحبّه ابنتَه، وتعلّقه زوجتَه، وعشقه ماريا إيفانوفنا الميؤوس منه، وذنبه الإنساني وسعادته الإنسانية، وعمله، وعلمَه الرائع، وحبّه أمّه والبكاء عليها - كلّ ذلك خرج من روحه.

من أجل ماذا ارتكبَ هذه الخطيئة الفظيعة؟ كل ما في العالم لا يساوي شيئاً مقارنةً بما فقده. كل شيء تافه بالمقارنة، مع الحقيقة النقيّة لرجل صغير - وكذلك المملكة، التي تمتد من المحيط الهادئ إلى البحر الأسود، والعلم.

ورأى بوضوح، أنه لم يفت الأوان بعد، ولا تزال لديه القوة لرفع رأسه، وليبقى ابنَ أمّه.

لن يبحثَ لنفسه عن العزاء والتبرير. فليبقَ ذلك الشيء السيّئ، والبائس، والدنيء الذي فعله، توبيخاً دائماً له طوال حياته: يذكّره بنفسه ليلاً ونهاراً. لا، لا، لا! هو لا يطمح إلى مأثرة، ولا إلى التفاخر والتباهي بهذه المأثرة.

يجب أن يكافح كل يوم، وكل ساعة، ومن سنة إلى أخرى، من أجل حقِّه في أن يكون إنساناً، وأن يكونَ لطيفاً ونقيّاً. وفي هذا الكفاح ينبغي ألا يكون ثمّة فخر، أو غرور، بل التواضع فحسب. وإذا حلّت ساعة يائس في زمن رهيب، فلا ينبغي أن يخشى المرءُ الموت، يجب ألا يخاف إذا كان يريد أن يبقى إنساناً.

قال :

– حسناً، سنرى، ربما لدي ما يكفي من القوّة. أمي، أمي،
قوّتك أنت.

57

يوم أمس في مزرعة بالقرب من لوبيانكا. . .

استلقى كريموف بعد الاستجواب، على سريره، يئنّ، ويفكّر، ويتحدث إلى كاتسينيلينبوغين.

ما عاد يرى كريموف الآن اعترافات بوخارين وريكوف، وكامينيف وزينوفييف، ومحاكمة التروتسكيين، والمراكز اليمينية- اليسارية، ومصير بوبنوف، وموورالوف، وشليابنيكوف، أموراً لا تُصدّق وتبعثُ على الجنون؛ فقد سُلِخَ الجلدُ عن جسم الثورة الحي، وأراد الزمن الجديد أن يتزيّن به، أمّا اللحوم الحيّة الدامية، والدواخل المُدخّنة للثورة البروليتارية فقد مضت إلى مكبّاتِ تجميع القمامة، فما عادَ الزمنُ الجديدُ يحتاجُ إليها. كانوا في حاجة إلى جلد الثورة، وهذا الجلد سلخوه عن الناس الأحياء. وتحدَّثَ الذين ارتدوا جلد الثورة بلسانها وكلماتها، وكرّروا إيماءاتها، لكنْ كان لديهم دماغٌ مختلفٌ، ورئةٌ، وكبدٌ، وعينان أخريان.

وستالين! ستالين العظيم! الرجلُ حديديُّ الإرادة كما يبدو - هو الأضعف إرادةً من الجميع. هو عبد الزمن والظروف، وخادمٌ متواضعٌ لليوم الحالي، فتح الأبوابَ على مصاريعها أمام الزمن الجديد.

نعم، نعم، نعم . . . وأولئك الذين لم ينحنوا أمام الزمن الجديد مضوا إلى مكبّ القمامة.

عرف الآن كيف شَطَروا الإنسانَ. أسّسَ التفتيشُ والأزرارُ المنزوعةُ، والنظارات المُزالةُ، في الإنسانِ، شعوراً بلاأهميّتهِ جسديّاً. يُدرِكُ الشخص في مكتب المحقق، أن مشاركته في الثورة، والحرب الأهلية لا تعني شيئاً، ومعرفتُهُ، وعمله كلّ هذا هراء! هكذا إذاً، والشطرُ الثاني: الإنسان ليس تفاهة فيزيائية (جسديَّةً) فحسب.

أمّا أولئك الذين ظلّوا يُعاندون في حقهم أن يكونوا أناساً، مضوا يحطّمونهم، ويُدمّرونهم، ويُقسّمونهم، ويُفكّكونهم ويُهَرّؤنَهم، ويلصقونهم، حتى يصلوا بهم حدَّ الهشاشة، والتفتيت والضعف، عندها يَكفُّ هؤلاء الناس عن طلبِ العدالة، والحرية، وحتى السلام، ولن يرغبوا ساعتها إلّا في الخلاصِ من الحياة نفسها التي أصبحت مكروهةً لا تُطاق.

يتَلَخَّصُ دوماً فوزُ مسار أعمال التحقيق في وحدةِ الإنسانِ الفيزيائيّة والروحيَّةِ. إن الروح والجسد - هما وعاءانِ مُتَّصلانِ مُتداخلان، بضغطِ الجهةِ المهاجمةِ على الطبيعةِ الفيزيائيّةَ للإنسان وتدميرها، تُدخِلُ دائماً وبنجاح وسائلها المحمولة مُحقّقةً الاختراق، وتستولي على الروح وتجبر الشخص على الاستسلام غير المشروط.

لم تكن ثمَّةَ قوة للتفكير في كل هذا، ولم تكن هناك قوة لعدم التفكير في الأمر أيضاً.

من الذي خانه؟ من الذي أبلغ عنه؟ ومن الذي افترى عليه؟ شعرَ أنَّهُ الآن لم يعد يهتمّ بهذا السؤال.

كان فخوراً دائماً أنه قادر على إخضاع حياته للمنطق. ولكن الآن لم يكن الأمر كذلك. قال المنطقُ إن يفغينيا نيقولايفنا قدَّمت معلوماتٍ عن حديثه مع تروتسكي. وبقاؤه حيّاً الآن، وكفاحه ضدّ المحقق، وقدرته على التنفس، كي يبقى الرفيقَ كريموفَ؛ كل ذلك اعتماداًعلى يقينهِ بأن جينيا لا تفعل ذلك. تساءل كيف يمكن أن يفقد الثقة بضعَ دقائق. لم تكن هناك قوة تجبرهُ ألّا يصدق زوجته. وثقَ بها، على الرغم من علمه أن لا أحد غير يفغينيا نيقولايفنا يعرف حديثه مع تروتسكي، وعلى الرغم من معرفتهِ أن النساء يخُنَّ، وأن النساء ضعيفات، ومع عِلمِهِ أن جينيا تركته، وتركته في وقت صعب من حياته.

حدَّثَ كاتسينيلينبوغين عن التحقيق، لكنه لم يقل كلمة واحدة بشأنِ هذا الأمر.

لم يمزح كاتسينيلينبوغين الآن ولم يهرّج.

ما أخطأ كريموف في الواقع بتقييمهِ؛ كان ذكياً. ولكن ما قاله كان مخيفاً وغريباً. أحياناً بدا لكريموف أنْ لا شيءَ غير عادل في حقيقة أن ضابط الأمن العجوز يجلس في زنزانة السجن الداخلي. لا يمكن أن يكون الأمر خلاف ذلك. ورآهُ كريموف في بعض الأحيان مجنوناً.

لقد كان شاعرَ، ومُغنِّي أجهزة أمن الدولة.

روى لكريموف بإعجاب، كيف سألَ ستالينُ في آخر مؤتمرٍ للحزب خلال فترة الاستراحة يجوف، عن سبب سماحِهِ بتجاوزاتٍ في السياسة العقابيّة، وعندما أجاب يجوف المرتبك، أنه كان يتبع

التعليمات المباشرة لستالين، قال الزعيمُ مخاطباً المندوبين من حوله، بحزن: «وهذا ما يقولُهُ عضوٌ في الحزب!».

تحدث عن الرعب الذي عاشه ياغودا...

تذكَّر رجال الأمن العظماء، الذينَ عرفوا أهميّة فولتير، وقدَّروا رابليه[1]، وعرفوا فيرلان[2]، والذين قادوا يوماً ما العمل في منزل كبير لا ينام.

وتحدث عن منفّذ الإعدام لسنوات طويلةٍ في موسكو، وهو رجل لاتفيّ عجوز وهادئ ولطيف، كان وهو ينفِّذ الحكم يطلب الإذن بتقديمِ ملابس المُعدم إلى دار الأيتام. ثم تحدث عن جلّادٍ آخر - كان يشرب الأيامَ والليالي، ويحزن بلا عمل، وعندما طُرد من الوظيفة، أخذ يذهب إلى المزارع الحكومية بالقرب من موسكو ويخزّ الخنازير هناك، ويحضر زجاجاتٍ ممتلئة بدمائها، - وقال إن الطبيب وصف له شرب دم الخنزير لعلاج فقر الدم.

روى كيف نُفذت عمليات الإعدام بحق مئات المحكومين بالسجن، المحرومين من الحق في المراسلة، كل ليلة في عام 1937، وكيف كانَ الدخانُ يتصاعدُ من المداخن الليلية في محرقة موسكو، وكيف جنّدَ الكومسوموليون المجندين لتنفيذ الأحكام ونقل الجثث.

تحدث عن استجواب بوخارين وعن عناد كامينيف... تحدَّثا ذات ليلةٍ حتى الصباح.

---

(1) هو فرانسوا رابليه كاتبٌ فرنسيٌّ وطبيب وراهب (1494-1553م). (م).
(2) هو الشاعر الفرنسي بول فيرلان (أو فيرلين) (1844-1896م). (م).

طوّر في تلك الليلة رجلُ الأمن النظريةَ وعمّمها.

حدّث كاتسينيلينبوغينُ كريموفَ عن المصير المذهل لمهندس السياسة الاقتصادية الجديدة فرينكيل. بنى فرينكيل، في بداية تطبيق هذه السياسة، مصنعاً للسيارات في أوديسا. وفي منتصف العشرينيّات اعتُقِلَ وأُرسلَ إلى سولوفكي. في أثناء وجوده في معسكر اعتقال سولوفكي، سلّم فرينكيل مشروعاً عبقرياً إلى ستالين - رجل الأمن العجوز استخدمَ هذه الكلمة بالتحديد: «عبقريَّاً».

تضمَّنَ المشروعُ بالتفصيل، الأسسَ الاقتصاديّةَ والتقنيّةَ، وكيفيّة استخدام حشود ضخمة من السجناء لإنشاء الطرق، والسدود، ومحطات الطاقة الكهرومائية وخزانات المياه الاصطناعية.

أصبح السجينُ مهندسُ السياسةِ الاقتصاديّةِ الجديدةِ (النيب) جنرالاً في وزارة الأمن - لقد قدّر صاحب الأمر فكرته.

غزت القرنَ العشرين بساطةُ العملِ، وبساطةُ أفواه المعتقلين المقدّسة، والأعمال الشاقة القديمة، وعمل المجرفة، والصراخ، والفأس والمنشار.

أخذ عالم معسكر الاعتقال يستوعبُ التقدم، وسحبَ إلى مدارِهِ القاطراتِ الكهربائية، والحفاراتِ، والجرافاتِ، والمناشيرَ الكهربائيةَ، آلاتِ قطعِ توربينات، والسياراتِ الضخمة، ومرآبَ الجراراتِ. وأتقنَ عالمُ المعسكرِ طيران المواصلات والاتصالات، والاتصالات اللاسلكية والاتصالات الداخلية، والآلات الأوتوماتيكية، وأحدث منظومات استخراج المعادن؛ خطَّط عَالَمُ المعسكرِ وصمّمَ وحدّدَ، وأوجدَ المناجمَ، والمصانعَ، والبحارَ الجديدة، ومحطاتِ الطاقةِ العملاقة.

تطور بسرعة كبيرة، وبدتِ الأعمالُ الشاقةُ القديمة مضحكةً ومؤثرة، مثل مكعبات الأطفال.

قال كاتسينيلينبوغين، لكن المعسكر، لم يواكب الحياةَ التي غذّته. فهو كما في السابق لم يستخدم كثيراً من العلماء والمتخصصين؛ ممن لم تكن لهم صلة بالتكنولوجيا والطب. . .

المؤرخون ذوو الشهرة العالمية، والرياضيون، وعلماء الفلك، والنقَّادُ الأدبيّون، والجغرافيون، وخبراء الفن العالمي، والعلماء المتخصصون باللهجات السنسكريتية والسلتيكية القديمة لم يكن لهم أي استخدام في نظام الكولاك. والمعسكرُ بتطوّره، لم ينمُ حتى الآن لاستخدام هؤلاء الأشخاص ضمنَ تخصصاتهم. فعملوا كعمالٍ سود أو كما سمّوهم: المعتوهون، في أعمال المكاتب الصغيرة وفي القسم الثقافي والتعليمي، أو تسكعوا في معسكرات المعوقين، ولم يجدوا طلباً للحصول على معرفتهم، وهم غالباً مشهورونَ كثيراً، وقيمتهم ليست روسيّة فحسب، بل عالميةً أيضاً.

استمع كريموف إلى كاتسينيلينبوغين، كان كما لو أنَّه عالم يتحدث عن العمل الرئيسي في حياته. هو لم يغنِّ ويشدُ فحسب. بل كان باحثاً، وقارن، وكشف النقاب عن أوجه القصور والتناقضات، جمعَ، وعارض.

كانت أوجه القصور، بطبيعة الحال، وعلى نحوٍ أكثر ليونة، بما لا يقارن، موجودة على الجانب الآخر من أسلاك معسكر الاعتقال. يوجد كثيرٌ من الناس في الحياة ممن يفعلون ليس ما في استطاعتهم فعله، وليس كما يقدرون، في الجامعات، ومكاتب التحرير، ومعاهد بحوث الأكاديمية.

قال كاتسينيلينبوغين، يهيمنُ في المعسكرات، المجرمونُ على السجناء السياسيين. المجرمون الجهلة، والكسالى والمرتشون، ميالون للقتال الدامي والسرقة، وقد عاقوا تطوّرَ العمل والحياة الثقافية في المعسكرات.

وهنا قالَ إنَّ عمل العلماء، والشخصيات الثقافية الكبرى على الجانب الآخر من الأسلاك، يقودهُ في بعض الأحيان أشخاصٌ ضعيفو التعليم وغير متطورين ومحدودون.

لقد قَدَّمَ المعسكرَ، كما لو أنّه انعكاسٌ مُضخّمٌ للحياة خارج الأسلاك. لكن الواقع على جانبي الأسلاك ما كان متناقضاً، بل متوافقٌ مع قانون التناظر.

تحدَّثَ هنا ليس كمطرب، وليس كمفكر، بل كرسول.

إذا ما طُوِّرَ نظامُ المعسكرِ باستمرار، وحُرِّرَ من الكوابح والعيوب، فإن هذا التطوير سيؤدي إلى مسح الفروقات، وسيندمجُ المخيَّمُ بالحياة خارج الأسلاك. وفي هذا الاندماج، وفي القضاء على التناقض بين المعسكر والحياة خارج الأسلاك، نضجٌ، وانتصارٌ للمبادئِ العظيمة. ومع كل أوجه القصور في نظام المعسكر، فإنه يتمتع بأفضليّة واحدة حاسمة؛ ففي المعسكر فقط، يُعارضُ مبدأُ الحرية الشخصية على نحوٍ نقي تماماً المبدأ الأعلى - العقل. هذا المبدأ سيقود إلى ارتفاع المعسكر إلى ذلك المستوى الذي يسمح له بالإدارة الذاتيّة، والاندماج في حياة القرية والمدينة.

قادَ كاتسينيلينبوغين ذات يوم مكاتب تصميم المعسكرات - وكان مقتنعاً بأن العلماء والمهندسين، قادرون على حل أكثر المشكلات تعقيداً في المعسكر. ويمكنهم التعامل مع مسائل الفكر العلمي

والتقني العالمي كلّها . يحتاجُ الأمرُ إلى قيادةِ الناس بطريقة معقولة فحسب، وإلى خلقِ ظروف معيشةٍ جيدة لهم . إنّ الحكاية القديمة التي مفادها أنْ لا وجودَ للعلمِ من دون حرية – غير صحيحة على الإطلاق .

وقال :

– عندما تكون المستوياتُ متساويةً، ونضعُ علامة مساواة بين الحياة الجارية على هذا الجانب من الأسلاك وذلكَ الجانب، فلن تكون ثمَّةَ حاجة إلى القمع، وسنتوقف عن إصدار أوامر الاعتقال . سنبني سجوناً وعوازل سياسية . وسيتعامل القسم الثقافي والتعليمي – مع أيّ شذوذ . محمد والجبل سوف يتجهان أحدهما نحو الآخر .

سيكون إلغاء المعسكر انتصاراً للإنسانية، وفي الوقت نفسه، لن يفوز مبدأ الحرية الشخصية الكهفي البدائي الفوضوي، ولن يرتفع بعد ذلك . بل على العكس سيُتَجاوَزُ تماماً .

وقال بعد صمت طويل، ربما على مدى قرون من الزمن، سيؤدي هذا النظام إلى الإلغاء الذاتي، وسيخلق ذلك الديمقراطية والحرية الشخصية في هذا النظام .

وتابع قائلاً :

– لا شيءَ يدومُ إلى الأبد، لكنني لا أريد أن أعيش في ذلك الزمن .

قال له كريموف :

– أفكارك مجنونة . هذا ليسَ روح الثورةِ وقلبها . يقولونَ إن الأطباء النفسيين، الذين عملوا لفترة طويلة في عيادات الطب

النفسي، أصبحوا هم أنفسهم مجانين. آسف، لكنك لستَ مسجوناً عبثاً. أنت، أيّها الرفيق كاتسينيلينبوغين، تمنح أجهزة الأمن سمات إلهيّة. لقد حان الوقتُ فعلاً لاستبدالك.

أومأ كاتسينيلينبوغين برحابة صدر قائلاً:

- نعم، أنا أؤمن باللّه. أنا مظلم، ومؤمن مسن. كل عصر يخلق الإله شَبَهاً له. أجهزة الأمن ذكية وقوية؛ إنها تسيطر على رجل القرن العشرين. ما إن وجِدَتْ هذه القوة- والإنسانُ ألّهها - حتى كان زلازلٌ وبرقٌ ورعدٌ وحرائقُ غابات. لكنهم ما اعتقلوني أنا وحدي، بل أنتَ كذلك. حان الوقت لتغييركَ أنت أيضاً. يوماً ما سيتَّضِحُ من الذي ما زال على حق - أنت أم أنا.

وقال كريموف، وهو يعلم أن كلماته لن تذهب سدى:

- يعود دريلنغ العجوز إلى المنزل الآن، وبعدها إلى المعسكر.

وبالفعل، قال كاتسينيلينبوغين:

- إنّ هذا الرجل العجوز الفاسد يعوق إيماني.

58

سمع كريموف كلمات خافتة:

- لقد بثّوا أخيراً، أنَّ قواتنا أكملت هزيمة مجموعة ستالينغراد من الألمان، ويبدو أنَّها أسرت باولوس، وأنا، حقيقة، لم أفهم الأمرَ جيّداً.

صرخ كريموف، وبدأ يضرب ويركل الأرضَ بقدميه، أراد أن يدخل وسط حشد الناس الذين يرتدون سترات مبطنة، وأحذية لبّادية... ضجيج أصواتهم اللطيف كتم الحديث الهادئ الذي كانَ يدور في الجوار؛ وغريكوف مشى على أكوام طوب ستالينغراد من التحويلة، نحو كريموف.

مسك الطبيب يد كريموف، وقال:

- سيكون من الضروري إجراء استراحة... الكافور مرة أخرى، فقدان نبض بعد كل أربع ضربات.

ابتلع كريموف قطعة مالحة وقال:

- حسناً، تابع، الطبّ يسمح، لن أوقع في جميع الأحوال.

- ستوقع، ستوقع، - قال المحقق بثقةِ رئيسِ عمالِ مصنعٍ طيّبة - وليست تلك التي وقعتها.

420

بعد ثلاثة أيام، انتهى التحقيق الثاني، وعاد كريموف إلى الزنزانة.

وضع المناوبُ كيساً ملفوفاً في قطعة قماشٍ بيضاء بجانبه، وقال:

- وقِّع أيّها المواطن السجين، على استلامك للطرد.

قرأ نيقولاي غريغوريفيتش قائمة بالأشياء المكتوبة بخط يد مألوف – بصل، وثوم، وسكر، وقطع خبز بِيض مجفّفة. تحت القائمة، كُتب: «حبيبتك جينيا».

أيّها الربّ، أيّها الرب، وبكى. . .

59

تلقّى ستيبان فيدوروفيتش سبيريدونوف في 1 نيسان (أبريل) 1943، نسخة من قرار مجلس مفوضية مصانع الطاقة في اتحاد الجمهوريات الاشتراكية السوفييتية - طُلب إليهِ فيه تسليم مسؤولياته في محطة ستالينغراد الكهربائية، والذهاب إلى الأورال، وتولي الإشراف على محطة كهرباء صغيرة تعمل على الخث. لم تكن العقوبة كبيرة، فقد كان في إمكانهم تقديمه إلى المحاكمة. لم يتحدَّث سبيريدونوف في البيت، عن قرار مكتب مفوضيّة الشعب، قرر انتظار قرار مكتب اللجنة الإقليمية. في 4 نيسان (أبريل) أصدرَ مكتبُ اللجنةِ الإقليمية توبيخاً شديداً بحقِّهِ للتخلي غير المصرح به عن المحطة في الأيام الصعبة. كان هذا القرار خفيفاً أيضاً، وكان يمكن طرده من الحزب. لكن بالنسبة إلى ستيبان فيدوروفيتش، بدا قرار مكتب اللجنة الإقليمية غير عادل، لأن الرفاق في اللجنة الإقليمية كانوا يعلمون أنه قد أدار المحطة حتى اليوم الأخير من دفاع ستالينغراد، وغادر إلى الضفة اليسرى في اليوم الذي بدأ فيه الهجوم السوفييتي، وغادر لرؤية الابنة التي أنجبت في عنبر البارجة. وفي أحد اجتماعات المكتب، حاول أن يجادل، لكن برياخين كان شديد اللهجة، وقال:

- يمكنك الطعن في قرار المكتب في لجنة الرقابة المركزية؛ أعتقد أن الرفيق شكرياتوف سينظر في قرارنا بهدوء ولطافة.

قال ستيبان فيدوروفيتش:

- أنا مقتنع بأن لجنة الرقابة المركزية سوف تلغي القرار - لكن بما أنه سمع الكثير عن شكرياتوف، فقد كان يخشى الاستئناف.

خشيَ، وشكَّ في الآن نفسه، أن قسوة برياخين كانت مرتبطة ليس بأعمال محطة ستالينغراد فحسب. يذكر برياخين، بطبيعة الحال، علاقةَ ستيبان فيدوروفيتش مع يفغينيا نيقولايفنا شابوشنيكوفا وكريموف، وأصبحَ غير مرغوب فيه، فهو يعرف أن برياخين وكريموف المعتقل كانا يعرفان بعضهما بعضاً منذ فترة طويلة.

لم يستطع برياخين في هذه الحال دعمَ سبيريدونوف. ولو فعل ذلك، لكان الأشخاصُ الذين لا يتمنَّونَ الخير للناس، والذين هم دائماً على مقربة من الأشخاص الأقوياء، قد أبلغوا من فورهم من يهمه الأمر أن برياخين، بدافعِ التعاطفِ مع عدو الشعب كريموف، يدعم قريبه، تاجر الجلود سبيريدونوف.

لكن برياخين، على ما يبدو، لم يدعم سبيريدونوف، ليس لأنه لم يستطع ذلك فحسب، بل لأنه لم يرغب في ذلك. من الواضح أن برياخين كان يعلم أن حماة كريموف وصلت إلى محطة ستالينغراد الكهربائية، وتعيش في شقة سبيريدونوف نفسها. ربما يعرف برياخين أيضاً أن يفغينيا نيقولايفنا تراسل والدتها، وقد أرسلت لها حديثاً نسخةً من طلبها إلى ستالين.

التقى رئيس الإدارة الإقليمية لوزارة أمن الدولة، فورونين، بعد

اجتماع مكتب اللجنة الإقليمية، سبيريدونوف في البوفيه، وقد اشترى قطعةَ جبن ومرتديلا، نظر إليهِ بسخرية وقال هازئاً:

- سبيريدونوف المولود مديراً، وجَّهوا إليهِ إنذاراً شديد اللهجة، أمّا هو فيمارس تخزين المواد.

وقال ستيبان فيدوروفيتش، وابتسم ابتسامة مثيرة للشفقة ومذنبة:

- الأسرة، لا يوجد مفرّ، فكيفَ وقد أصبحتُ جَدّاً الآن.

ابتسم فورونين له أيضاً، وقال:

- اعتقدتُ أنك تنوي نقل مهامك.

فكر سبيريدونوف، بعد هذه الكلمات: «جيّد أنهم يسوقونني إلى الأورال، وإلا كنتُ سأضيع هنا تماماً. أين ستذهب فيرا والصغير؟».

ركب في سيارة أجرة شاحنة ونظر من خلال الزجاجِ الموحل إلى المدينة المدمَّرة، التي سينفصل عنها قريباً. فكر ستيبان فيدوروفيتش أنَّ زوجته على هذا الرصيف، الممتلئ الآن بالطوب، سارت إلى العمل قبل الحرب، وفكر في شبكة الكهرباء، وأنهم عندما يرسلون كابلاً جديداً من سفيردلوفسك، لن يكون في ستالينغراد، وأنّ بثوراً ظهرتْ على يدي حفيدِهِ وصدرِهِ، بسبب سوء التغذية. وفكَّر: «إنذار شديد اللهجة، وليكن»، فكّر «إنهم لن يمنحوه ميداليةً لقاءَ الدفاع عن ستالينغراد»، ولسبب ما أزعجته الميدالية، أزعجته أكثر من الانفصال القادم عن المدينة التي عمل فيها طوال حياته، والدموع على ماروسا. حتى إنه شتم بصوت عالٍ من جراء الاستياء لعدم منحه ميدالية، فسأله السائق:

- من تشتم، ستيبان فيدوروفيتش؟ هل نسيت شيئاً في اللجنة الإقليمية؟

قال ستيبان فيدوروفيتش:

- لقد نسيت، لقد نسيت. لكن هو لم ينسَني.

كانت شقة أسرة سبيريدونوف رطبة وباردة. ثُبِّتَ بدلاً من الزجاج المكسور، خشبٌ رقائقي وألواحٌ مُسمَّرة، والجص في معظمِ الغرف قد تساقط، وكان لا بدّ من نقل المياه في الدلو إلى الطابق الثالث، ودُفِّئت الغرفُ بمواقد مصنوعة من الصفيح. وأغلقت إحدى الغرف، ولم يستخدم المطبخ، كان بمثابة مخزنٍ للحطبِ والبطاطا.

عاش ستيبان فيدوروفيتش، وفيرا مع الطفل، وألكساندرا فلاديميروفنا، التي جاءت بعدهم من كازان، في غرفة كبيرة، كانت من قبل غرفة طعام. وسكن الغرفةَ الصغيرةَ، غرفة فيرا سابقاً، المجاورة للمطبخ، العجوزُ أندرييف.

أتيحت لستيبان فيدوروفيتش الفرصةُ لإصلاح الأسقف، وإكساء الجدران، وتركيب موقد من الطوب - فقد كان الحرفيون الضروريون في محطة ستالينغراد الكهربائية موجودين، وكانت المواد موجودة.

لكن لسبب ما لم يرغب ستيبان فيدوروفيتش، المدبّر المنزلي العملي الحازم، أن يبدأ بتنفيذ هذه الأعمال.

بدا أنّ من الأسهل على فيرا وألكساندرا فلاديميروفنا أن يعيشا وسط دمار الحرب - فحياة ما قبل الحرب، قد انهارت، لماذا ينبغي إعادة إعمار الشقة، فتُذكِّر بأنها قد غادرت ولن تعود.

وصلت بعد أيام قليلة من وصول ألكساندرا فلاديميروفنا، زوجةُ ابن أندرييف، ناتاليا، من لينينسك. تشاجرت هناك مع فارفارا ألكساندروفنا، أخت الراحل وتركت ابنها لفترة من الوقت عندها، وأتت إلى والد زوجها في محطة ستالينغراد الكهربائية.

غضب أندرييف عندما رأى زوجة ابنه، وقال لها :

- لم تتفقي مع فارفارا، والآن لن تتفقي بالوراثة مع أختها أيضاً. فكيف تركت فولوديا هناك؟

يجب أن تكون ناتاشا قد عاشت حياة صعبة في لينينسك. ذلك أنّها ما إن دخلت غرفة أندرييف، ونظرت إلى السقف والجدران حتّى قالت :

- يا لها من غرفةٍ جيّدة! على الرغم من عدم وجود شيء جيد في ألواح الخشب الصغيرة المعلقة على السقف، وفي كومة الجص في الزاوية، في الأنبوب القبيح.

مرّ الضوء إلى الغرفة من رقعة زجاجية صغيرة أُدخلت في واقي اللوح الخشبي الذي غطى النافذة.

كان ثمَّةَ منظر قاتم في هذه النافذة المؤقتة المشغولة يدويّاً – إنَّه الدمار فقط، وبقايا الجدران المطلية باللونين الأزرق والوردي، وأضلع مروحة حديديّة متآكلة. . .

مرضت ألكساندرا فلاديميروفنا، بعد وصولها إلى ستالينغراد. وبسبب المرض، اضطرت إلى تأجيل الجولة في المدينة، أرادت أن ترى منزلها المدمَّر والمحترق.

ساعدت فيرا، في الأيام الأولى التي تغلبت فيها على المرض – فأوقدت الموقد، وغسلت ونشّفت الحفاظات على موقد من الصفيح، ونقلت قطعاً من الجبس إلى مطلع الدرج، حتى إنَّها حاولت إحضار المياه من الأسفل.

لكنَّ حالها كانت تزدادُ سوءاً، كانت ترتعشُ في غرفة حارّة، وظهر العرق فجأة على جبينها في المطبخ البارد.

أرادت أن تحمل المرض على ساقيها، ولم تشتكِ من شعورها بالإعياء. ولكن في صباح أحد الأيام، فقدت ألكساندرا فلاديميروفنا وعيها، وهي تمضي إلى المطبخ لجلب الحطب، وسقطت على الأرض وجرحت رأسها وسال الدم منها. وضعها ستيبان فيدوروفيتش وفيرا في السرير.

نادت ألكساندرا فلاديميروفنا فيرا، وهي تلتقط أنفاسها وقالت:

- أتعرفين، كان من أصعب ما عندي أن أعيش في كازان مع لودميلا. أنا لم آتِ إلى هنا من أجلك فحسب، بل من أجل نفسي أيضاً. أخشى فقط أنك ستتعذبين حتى أستطيع الوقوف على قدمي.

قالت فيرا:

- جدّتي، أنا مرتاحة جداً معك.

لقد كان الأمرُ بالفعل، صعباً على فيرا كثيراً. قامت بالأعمال المنزلية بصعوبة كبيرة - الماء، والحطب، والحليب. كانت الشمس تُدفئ الفناء، لكنَّ الغرف رطبة وباردة، وكان لا بد من إشعال الموقد أكثر فأكثر.

مرضت معدةُ ميتيا الصغير، وبكى في الليل، لم يكفهِ حليبُ الأم. دارت فيرا طوال اليوم في الغرفة وفي المطبخ، وذهبت لإحضار الحليب والخبز، وغسلت الملابس، ونظَّفتِ الصحون، وحملت المياه من الأسفل. غدت يداها حمراوين، وصارَ وجهها جافاً ومغطّىً بالبقع. وأجهدَ القلبَ ثِقَلٌ رماديٌّ من جراء التعب، والعمل المستمر. لم تمشط شعرها، ونادراً ما اغتسلت، ولم تنظر في المرآة، لقد سحقتها شدة الحياة. كلَّ الوقت عذَّبتها الرغبة في النوم. مع المساء آلمتها ذراعاها، وساقاها، وتاقت إلى الراحة. ما

إن تستلقي حتى يبدأ ميتيا بالبكاء. تنهضُ إليه، وتطعمُه، وتُبَدِّلُ له «الحفّاظة»، وتحمله في أرجاء الغرفة بين ذراعيها. وبعد ساعة، يعودُ إلى البكاء مرة أخرى، وتنهض مرة أخرى. يستيقظ عند الفجر، وحينها لا يرجع إلى النوم، وتبدأُ يوماً جديداً مع الشفق، ولا تنام. تمضي إلى المطبخ لجلب الحطب برأس ثقيل مُعكّر، وتشعل الموقد، وتشرع في تسخين الماء؛ وتحضير الشاي لوالدها وجدتها، ثمَّ تبدأ بالغسيل. لكن من المدهش أنها لم تتضايق البتَّة، أصبحت وديعة وصبورة.

ومع مجيءِ ناتاليا من لينينسك أصبحت حياة فيرا أسهل.

غادر أندرييف فور وصول ناتاشا، لعدّة أيامٍ إلى الجزء الشمالي من ستالينغراد، إلى قرية المصنع. إمّا أنه أرادَ رؤيةَ منزلِه ومصنعِه، وإمّا كان غاضباً من زوجة ابنه التي تركت ابنها في لينينسك، وإمّا أنَّه لم يكن يريدها أن تأكل خبز سبيريدونوف، فغادرها، تاركاً لها بطاقتَه.

لم ترتَح ناتاليا، يوم وصولها، وأخذت تساعد فيرا.

أخ، كم عملت بيسرٍ وسخاء، وكم أصبحت الدلاءُ الثقيلةُ خفيفةً، ووعاءُ غلي البياضات ممتلئاً بالماء، وكيسُ الفحم... انبرت يداها الفتيَّتان تعملان.

بدأت فيرا الآن، تخرج نصفَ ساعةٍ مع ميتيا، فتجلس على الحصى، وتشاهد بريق مياه الينابيع، والبخار يتصاعد فوق السهوب.

هدوءٌ من حولها، والحرب ابتعدت مئات الكيلومترات عن ستالينغراد، لكن السلام لم يعد مع الهدوء. جاء الحزن معه، وبدا

أنّ الأمر كان أسهل عندما كانت الطائرات الألمانية تحلّق في الهواء، وتنفجرُ القذائفُ الرعديّة، والحياةُ مملتئةٌ بالنيران والخوف والأمل.

نظرت إلى وجه ابنها المغطى بالبثور المتقيِّحة، فاجتاحتها الشفقة. وفي الوقت نفسه، تملَّكَها الحزن والشفقة - أيّها الرب، أيّها الربّ، فانيا المسكين، يا لابنِهِ الهش، والنحيف، والباكي.

ثم صعدت الدرج المعبَّأ بالقمامة والطوب المكسَّر إلى الطابق الثالث، وأخذت تعمل، وغرقت الكآبة في المشاغل المنزلية، في الماء العَكِرِ والصابون، وفي دخان الفرن، وفي الرطوبة المتدفقة من الجدران.

نادتها الجدة، ومسّدَت شعرها، وظهر في عيني ألكساندرا فلاديميروفنا، اللتين كانتا دائماً هادئتين وصافيتين، تعبيرٌ حزينٌ ورقيق.

لم تتحدَّث فيرا أبداً، إلى أي شخص - لا إلى والدها، ولا إلى جدّتها، ولا حتى إلى ميتيا البالغ من العمر خمسة أشهر، عن فيكتوروف.

تغيَّرَ كل شيء، بعد وصول ناتاشا إلى الشقة. كشطت العفن عن الجدران، وبيّضت الزوايا المُعتمة، وأزالت الأوساخ التي تأصلت في أرضيَّات الباركيه. وقامت بغسلة كبيرة جداً، تلكَ التي أجَّلتها فيرا للأيام الدافئة، ونظّفت الدرجَ طابقاً وراء طابق من الأوساخ.

انشغلت نصفَ يوم بالمدخنة الطويلة التي تشبه الثعبان الأسود - عُلّقت على نحوٍ سيّئ في الأكواع، وكان القطرانُ يَقطُرُ منها، ويتجمَّعُ في بركٍ صغيرةٍ على الأرض. طلت ناتاليا الأنبوبَ بالجير، وقوَّمته،

وربطته بأسلاك، وعلقت العلب الفارغة على الأكواع، حيث كان القطران يتساقط.

أصبحت منذ اليوم الأول صديقةً لألكساندرا فلاديميروفنا؛ مع أنَّها بدت امرأةً صاخبةً وقحةً، تحبُّ أن تروي القصصَ الغبيّة عن النساء والرجال، وكان من المفترض ألّا تُعجب شابوشنيكوفا. وظهر فوراً كثيرٌ ممن تعرّفوا إلى ناتاليا - عامل خطوطٍ، وميكانيكي يعملُ في قاعة التوربينات وسائقو شاحنات.

ذات مرة، قالت ألكساندرا فلاديميروفنا لناتاليا، التي عادت من الطوابير:

- ناتاشا، سأل عنك رفيق؛ عسكري.

قالت ناتاليا:

- جورجي، أليس كذلك؟ اطرديه إذا جاء مرة أخرى. يريد أن يخطبني، ذو الأنف الكبير.

قالت ألكساندرا فلاديميروفنا دهشةً:

- هكذا مباشرة؟

- وكم من الوقت يحتاج إلى ذلك. يدعونني إلى جورجيا بعد الحرب، هل غسلتُ الدرجَ بالصابون من أجله.

قالت في المساء، لفيرا:

- تعالي نذهب إلى المدينة، سنرى المنظر. سينقلنا السائق ميشكا في الشاحنة. تجلسين أنت في المقصورة مع الطفل، وأنا في العربة من الخلف.

هزّت فيرا رأسها.

قالت ألكساندرا فلاديميروفنا:

- اذهبي ماذا تنتظرين، لو كانت حالي أفضل، لرافقتك.

- لا، لا، لن أفعل ذلك.

قالت ناتاليا:

- يجب أن نعيش، اجتمعنا هنا جميعاً أراملَ، نعم أرامل.

ثم أضافت لائمة:

- تجلسين طوال الوقت في البيت، ولا ترغبينَ في الذهاب إلى أي مكان، وتهتمين بوالدك على نحوٍ سيّئ. غسلت أمس ثيابَه الداخلية والجوارب؛ وهي ممزقة تماماً.

أخذت فيرا الطفل بين ذراعيها وخرجت به إلى المطبخ.

سألته:

- ميتينكا، والدتك ليست أرملة، تكلّم؟

اهتمَّ ستيبان فيدوروفيتش طوال هذه الأيام كثيراً بألكساندرا فلاديميروفنا، فأحضر لها طبيباً من المدينة مرتين، وساعدت فيرا في وضع العلب لها، وفي بعض الأحيان وضع قطعةَ حلوى في يدها وهو يقول:

- لا تعطيها لفيرا، لقد أعطيتها، أحضرتُ هذه خصّيصا لك، كنّا في البوفيه.

فهمت ألكساندرا فلاديميروفنا أن ستيبان فيدوروفيتش في ورطة. ولكن عندما سألته عما إذا كان هناك أي أخبار من اللجنة الإقليمية، هزّ ستيبان فيدوروفيتش رأسه وبدأ الحديث عن أمرٍ آخر.

في ذلك المساء فقط، عندما أُبلغ بفحص وشيك لقضيته، جلس

ستيبان فيدوروفيتش، وقد وصل إلى المنزل، على السرير بجوار ألكساندرا فلاديميروفنا وقال:

- ماذا فعلتُ، لو عرفت ماروسيا بما أصابني لجُنَّت.

سألت ألكساندرا فلاديميروفنا:

- بماذا يتهمونك؟

قال:

- مذنب في كل شيء.

دخلت الغرفة ناتاليا وفيرا، فانقطع الحديث.

نظرت ألكساندرا فلاديميروفنا، إلى ناتاليا، وفكرت أن ثمَّةَ جمالاً قويّاً عنيداً لا تستطيعُ الحياةُ الصعبةُ أن تؤثِّر فيه. كان كل شيء في ناتاليا جميلاً - العُنُق، والصدر الفتيُّ، والساقان، والذراعانِ الجميلتان العاريتان حتى الكتفين تقريباً. فكرت ألكساندرا فلاديميروفنا: «فيلسوف من دون فلسفة». لقد لاحظت في كثير من الأحيان كيف أن النساء اللواتي ما اعتدن الحاجةَ يذبلن، يتوقَّفنَ عن مراقبةِ مظهرهن وقد وجدنَ أنفسهنّ في ظروف صعبة، - فيرا من هذا النوع. كانت تحبُّ الفتيات الموسميّات، والعاملات في ورش العمل الثقيلة، ومراقبات الحركة العسكرية، اللواتي يعشنَ في الثكنات، ويعملنَ في الغبار، والأوساخ، ويحزمنَ شعورهنّ على نحوٍ دائم، وينظرنَ في المرآة، ويُظهرنَ أنوفهنَّ المقشرة؛ كالطيورِ العنيدة في الطقس السيئ، وعلى الرغمِ من كلّ شيء، غنَّينَ أغنية الطيور.

نظر ستيبان فيدوروفيتش أيضاً إلى ناتاليا، ثم فجأة أمسكَ بذراع فيرا، وسحبها إليه، وعانقها، وقبّلها كما لو كان يطلب منها المغفرة.

فقالت ألكساندرا فلاديميروفنا كلاماً بدا في غير مكانه وزمانه:

- ما بك، ستيبان، من المبكر جداً أن تموت! هأنذي، العجوز،
سأتعافى وأعيش في هذا العالم.

نظر إليها بسرعة، وابتسم. وصبّت ناتاليا الماء الدافئ في
الحوض، ووضعت الحوض على الأرض بالقرب من السرير،
وركعت، قائلة:

- ألكساندرا فلاديميروفنا، أريد أن أغسل قدميك، الغرفة دافئة
الآن.

صاحت ألكساندرا فلاديميروفنا:

- هل جُننت! مجنونة! قفي فوراً!

60

عاد أندرييف في فترة ما بعد الظهر، من قرية مصنع الجرارات.

دخل الغرفة على ألكساندرا فلاديميروفنا، وابتسمَ وجهُهُ العبوس؛ كانت قد وقفت على قدميها في ذلك اليوم لأوّل مرّة، شاحبةً ورقيقةً، وجلست إلى الطاولة، واضِعةً نظّارتها، وأخذت تقرأ كتاباً.

قال إنَّه لم يتمكن من العثور على المكان الذي انتصبَ فيه بيتُه من قبل مع أنَّه بحثَ طويلاً. المكان كلّه حفرٌ صنعتها القنابل بعضها على بعضها الآخر، شظايا... أخاديد.

في المصنع كثيرٌ من الناس، ويأتي أشخاص جدد كل ساعة، حتى إنّ الشرطة موجودة هناك. ولم يستطع أن يعرف شيئاً عن مقاتلي الميليشيات الشعبية. إنهم يدفنون المُقاتلين ويدفنون، ويجدون مُقاتلينَ جدداً إمّا في الأقبية وإمّا في الخنادق. أمّا المعدن والخردة هناك...

طرحت ألكساندرا فلاديميروفنا الأسئلةَ عليه: هل كان من الصعب الوصول إلى المكان؟ وأينَ نام؟ وكيف كان يأكل؟ وما إذا كانت أفران المجمرة المكشوفة قد تضرّرت كثيراً؟ وكيف التموين عند العمال؟ وهل رأى أندرييف المديرَ.

قالت ألكساندرا فلاديميروفنا صباحاً لفيرا، قبيلَ وصول
أندرييف:

- سخرتُ دائماً من الهواجس والخرافات، واليوم ولأول مرة في
حياتي، لدي نذير جازم أن بافل أندرييفيتش سيحملُ أخباراً عن
سيريوجا.

لكنها كانت مخطئة.

ما قاله أندرييف كان مهماً، بغض النظر عما إذا كان قد استمع
إليه شخصٌ تعيس أو سعيد. روى العمالُ لأندرييف: لا يوجد
تموين، ولم تُدفع الرواتب، والجوُّ باردٌ ورطبٌ في الأقبية
والمخابئ. أصبح المدير شخصاً مختلفاً تماماً، عندما دخل الألمانيُّ
ستالينغراد، كان أول صديق له في الورش، والآن لا يريد التحدث،
وقد بنوا له بيتاً، وأحضروا له سيارة من ساراتوف.

- الوضعُ صعبٌ أيضاً في المحطة الكهربائية، لكنَّ الغاضبين من
ستيبان فيدوروفيتش قليلون جداً - يبدو أنَّهُ كان يقلقُ بشأن الناس.

قالت ألكساندرا فلاديميروفنا:

- إنه لأمر محزن. ماذا قررت، بافل أندرييفيتش؟

- جئت لأودّعكم، سأذهب إلى البيت، مع أنَّ البيتَ غير
موجود. وجدت مكاناً لنفسي في السكن الجماعي، في القبو.

قالت ألكساندرا فلاديميروفنا:

- خيراً فعلت. حياتك هناك، مهما كانت.

سحب قمعاً (كشتباناً) صدئاً من جيبه، وقال:

- أخرجته من الأرض.

قالت ألكساندرا فلاديميروفنا:

- قريباً سأذهب إلى المدينة، إلى غوغوليفسكايا، إلى بيتي، وأحفرُ لأخرجَ قطع القرميد. يجذبني البيت.

- أليس من المبكر أن تنهضي من السرير؟ أنت شاحبة كثيراً.

- لقد أزعجتني بحديثك. أريد أن يصبح كل شيء على هذه الأرض المقدسة مُختَلِفاً.

سعل وقال:

- تذكرين، خاطبَ ستالين الناسَ منذ عامين: «أيّها الإخوة والأخوات...» وهنا، عندما هُزِمَ الألمان: فيلا للمدير، ولا يدخل من دون تقرير... أمّا الإخوة والأخوات ففي الملجأ.

قالت ألكساندرا فلاديميروفنا:

- نعم، نعم، ليس هناك ما يُفرح. أما من أخبار عن سيريوجا، لكأنَّهُ غرق في الماء.

وصل ستيبان فيدوروفيتش من المدينة مساءً. ما أخبرَ أحداً عندما مضى في الصباح إلى ستالينغراد، ذلكَ أنَّهُ سيُنظَرُ في قضيته في مكتب اللجنة الإقليمية.

سأل فجأةً بأسلوبِ مسؤولٍ:

- هل عاد أندرييف؟ أتوجد أخبار عن سيريوجا؟

هزّت ألكساندرا فلاديميروفنا رأسها بالنفي.

لاحظت فيرا من فورها، أن والدها شرب كثيراً. كان هذا واضحاً في طريقةِ فتحه الباب، ومن خلال الفرحِ في عينيه البائستين الساطعتين، وعندما وضع الضيافة التي اشتراها من المدينة، وكيف خلع معطفه، وكيفَ طرحَ الأسئلة.

اقترب من ميتيا، الذي كان نائماً في سلة الغسيل، وانحنى عليه .

قالت فيرا :

- لا تتنفس في وجهه .

قال سبيريدونوف المسرور :

- لا بأس، فليعتَدْ .

- اجلس لتناول الغداء، ربما شربت ولم تأكل . الجدة نهضت من الفراش لأول مرة اليوم .

قال ستيبان فيدوروفيتش :

- هذا أمرٌ رائع حقاً - وسقطت الملعقةُ من يده في الصحن، وتناثر الحساء على جاكيته .

قالت ألكساندرا فلاديميروفنا :

- أخ، لقد شربت كثيراً اليوم، ستيبوشكا . ما المناسبة السعيدة؟ دفعَ الصحن جانباً .

قالت فيرا :

- عليك أن تأكل .

- الأمرُ يا أعزائي - قال ستيبان فيدوروفيتش بهدوء - أن لدي خبراً . حُسمت قضيّتي، وتلقيتُ توبيخاً صارماً من الحزب، وأمراً خطيّاً من مفوضية الشعب بالعمل في منطقة سفيردلوفسك على محطة صغيرة، تعمل على الخث، من النوع الريفي، بكلمة واحدة من عقيدٍ إلى شهيد، لكنَّهم يُقدِّمون السكن . مهمّة النقل بمعدل راتب شهرين . غداً سأبدأ في تسليم الأعمال . وسنستلم تذاكر الطائرة .

نظرت ألكساندرا فلاديميروفنا وفيرا إحداهما إلى الأخرى، ثم قالت ألكساندرا فلاديميروفنا :

- سبب وجيه للشرب، لا يمكن أن تقول شيئاً.

قال ستيفان فيدوروفيتش:

- وأنت، يا أمي، إلى الأورال، غرفة منفصلة، أفضل لك.

قالت ألكساندرا فلاديميروفنا:

- ولكنهم سيُعطونك غرفةً واحدةً فقط، أليس كذلك؟

- على أي حال يا أمي، إنها لك.

نعتها ستيبان فيدوروفيتش للمرة الأولى في حياته - أمي. لعلَّها حالة السكر، ووقفت الدموعُ في عينيه.

دخلت ناتاليا، فسألها ستيبان فيدوروفيتش، مُبدّلاً الحديث:

- حسناً، ماذا قال رجلنا العجوز عن المصانع؟

قالت ناتاشا:

- انتظركَ بافل أندرييفيتش، والآن قد نام.

جلست إلى الطاولة، وأسندت خديها إلى قبضتيها، وقالت:

- حدَّثَ بافل أندرييفيتش؛ إن طعامَ العمال الرئيسي هو بذور النباتات المقلية.

وسألت فجأة:

- ستيبان فيدوروفيتش، أصحيحٌ أنّك ستغادر؟

قال مرحاً:

- هكذا إذاً! وأنا سمعتُ بذلك.

قالت:

- العمال آسفون جداً.

– لماذا يأسفون، المدير الجديد، تيشكا باتروف، رجلٌ طيب. درسنا في المعهد معاً.

قالت ألكساندرا فلاديميروفنا :

– من الذي سيرتق جواربكَ جيّداً؟ فيرا لا تجيد ذلك.

قال ستيبان فيدوروفيتش :

– هذا حقاً سؤالٌ مهم.

قالت ألكساندرا فلاديميروفنا :

– ينبغي إذاً إرسال ناتاشا في مهمّة معكم.

قالت ناتاشا :

– حسناً، سأذهب!

ضحكوا، لكن الصمتَ بعد الحديث المرح، أصبحَ مُربكاً ومتوتراً.

61

قررت ألكساندرا فلاديميروفنا السفر مع ستيبان فيدوروفيتش وفيرا حتّى كويبيشيف، أرادت أن تعيش مع يفغينيا نيقولايفنا لبعض الوقت.

طلبت ألكساندرا فلاديميروفنا من المدير الجديد، قبل يوم من المغادرة، سيارةً للذهاب إلى المدينة، وإلقاء نظرة على أنقاض منزلها.

سألت السائق، في الطريق:

- وهنا ماذا يوجد؟ وماذا كان هنا من قبل؟

سأل السائق غاضباً:

- ماذا تقصدينَ بـ «من قبل»؟

اكتُشفت ثلاث طبقات من الحياة في المدينة المنهارة - تلك التي كانت قبل الحرب، وطبقةُ مرحلة الحرب: فترة القتال، والطبقةُ الحاليّة، عندما بدأت الحياة تبحث مرة أخرى عن مسارها السلمي. وفي المنزل، الذي كانت تجري فيه ذات يوم عملياتُ تنظيفِ الملابس وإصلاحها، أُغلقت النوافذ بقطعِ الطوب، وفي أثناء المعارك أطلَقَتِ الرشاشاتُ، التابعةُ لفرقةِ قاذفي القنابل الألمانية، النارَ عبر ثغراتٍ أُحدثت في قطع الطوب تلك. الآن، ومن خلال

ثغراتِ إطلاق النار نفسها يوزِّعُ الخبزُ على النساء الواقفات في الطابور.

نَمت المخابئُ والملاجئُ بين أنقاض المباني، حيث استخدمت مأوىً للجنودِ ومقرَّاتٍ، ومواضع لأجهزة الإرسال اللاسلكية، وكتبت فيها التقارير، وعُبِّئت أشرطة الرشاشات، ومخازن البنادق الآليَّة.

أمّا الآن، فقد تصاعدَ الدخانُ السلمي من المداخن، ونُشرَ الغسيلُ بجوارِ تلك الملاجئ ليجف، ولعب الأطفال.

لقد نما العالمُ من الحرب - فقيراً ومعدماً وصعباً؛ مثله مثلما كان في الحرب.

عمل أسرى الحرب على إزالة الأنقاض الحجرية التي كانت تغطي الشوارع الرئيسيّة. وأمام محلات البقالة الموجودة في الأقبية اصطفت طوابير الناس يحملونَ «البيدونات». وفتّش أسرى الحرب الرومانيّون بتكاسلٍ بين الكتل الحجرية، واستخرجوا الجثث. لم يُلاحَظْ وجودُ الجيش في حين كان يمكن رؤيةِ البحارة؛ أوضحَ السائقُ أن أسطول الفولغا بقي في ستالينغراد يجمع الألغام. وكُدّست في كثيرٍ من الأماكن، الألواحُ الجديدةُ غير المحترقة، والجذوع، وأكياس الأسمنت. كانت هذه المواد منقولة لأجلِ البناء. وأعيد تعبيدُ الأرصفة بالأسفلت في بعض الأماكن بين الأنقاض.

سارت امرأةٌ في ساحة مهجورةٍ، وسحبت عربة ذات عجلتين مملوءة بالصُرر، وساعدها ولدان، يسحبان العربة برباطين.

الجميع يصلونَ إلى بيوتهم، إلى ستالينغراد، وألكساندرا فلاديميروفنا، وصلت وستغادر مرة أخرى.

سألت ألكساندرا فلاديميروفنا السائقَ:

- ألا تشعرُ بالأسف لأن سبيريدونوف يغادر محطة ستالينغراد الكهربائية؟

قال السائق:

- وما الفرقُ بالنسبةِ إليّ؟ حثَّني سبيريدونوف، وسيحثُّني المديرُ الجديد. الشيطانُ نفسه. لقد وقعت بطاقة استجمام؛ وسأُغادر.

- وهنا ماذا؟- سألت، مشيرة إلى جدار عريض محترق بالنار، ونوافذ من دون زجاج.

- مؤسسات مختلفة، من الأفضل لو أعطوها للناس.

- وقبل ذلك ماذا كان هنا؟

- في السابق، استقرّ باولوس نفسه هنا، ومن هنا أخذوه.

- وقبل ذلك؟

- ألا تعرفين؟ متجر متعدد الأقسام.

بدا وكأنّ الحرب قد أزاحت جانباً ستالينغراد السابقة. كان يمكن بوضوحٍ تصوّر كيف خرج الضباط الألمان من القبو، وكيف سار المشيرُ الألماني بجانب هذا الجدار الملوَّثِ بالسخام والحراسُ ينتشرونَ أمامه. لكن أيعقل أن ألكساندرا فلاديميروفنا اشترت قطعة قماش للمعطف من هذا المكان، وساعةً أهدتها إلى ماروسيا في عيد ميلادها، وأنَّها جاءت إلى هنا بصحبة سيريوجا، واشترت له زلاجات، من القسم الرياضي في الطابق الثاني؟

وبالصورة نفسها؛ لعلَّ من الغريب أيضاً أن ننظر إلى الأطفال، وإلى النسوةِ اللواتي يغسلنَ، وإلى العربة المحمَّلة بالتبن، وإلى

الرجل العجوز مع الأمشاط الأرضيّة، وهو يحضّر لأولئك الذين يأتون لمشاهدة هضبة مالاخوف، وفردين، وحقل بورودينو. . . هنا، حيث تنبسطُ كروم العنب، سارت طوابير الأقمشة الحريرية المخرّمة (كناية مازحة عن الجنود الفرنسيين)، وتحرّكت شاحنات القماش المشمع؛ وهناك حيث الكوخ وقطيع الكولخوز النحيل جدّاً وبساتين التفاح، سارَ فرسان مراد، ومن هنا لوَّحَ كوتوزوف بيده جالساً على كرسي، إشارةً لبدءِ الانطلاق، مُحرِّكاً المشاة الروس إلى الهجوم المضاد. وعلى الهضبة، حيث الدجاج المُغبرّ والماعز الذي يأكلُ الحشائش النامية بين الحجارة، وقف ناخيموف، ومن هنا انطلقت القنابل المتوهِّجة التي وصفها تولستوي، وهنا صرخَ الجرحى، وكانت الرصاصات الإنجليزية تنطلق صافرة.

وبدت لألكساندرا فلاديميروفنا غريبة طوابير النساء هذه، والأكواخ السيّئة، والرجال الذين يفرّغون الألواح، وهذه القمصان الجافة على الحبال، والشراشف المبقَّعة، وجوارب الثعابين المجعّدة، والإعلانات الملصوقة على الجدران الميتة. . .

شعرت كم بدت الحياة الحاليةُ تافهةً لستيبان فيدوروفيتش، عندما تحدث عن الخلافات في لجنة المقاطعة فيما يتعلق بتوزيع القوى العاملة، والألواح، والأسمنت، وكيف أصبحت مملّةً جريدةُ «برافدا ستالينغراد» بالنسبة إليه، وهي تكتبُ عن جمع الخردة، وتنظيف الشوارع، وإعداد الحمَّامات، وعن المطاعم العمّالية. لكنَّهُ انتعش وهو يُحدِّثها عن القصف، والحرائق، وعن وصول القائد شوميلوف إلى محطة ستالينغراد الكهربائية، وعن الدبابات الألمانيّة القادمة من التلال وعن المدافع السوفييتَّة التي قابلت هذه الدبابات بنيرانها.

في هذه الشوارع تقرّر مصيرُ الحرب. وحددتْ نتائج هذه المعركة خريطةَ عالمِ ما بعد الحرب، ومقياس عظمةِ ستالين أو قوة أدولف هتلر الرهيبة. عاش الكرملين وبيرتشسغادن تسعينَ يوماً، وتنفّسا، وهذيا بكلمةٍ: ستالينغراد.

تعود لستالينغراد مسألةُ تحديدِ فلسفةِ التاريخِ، ونُظمِ المستقبل الاجتماعية. حجبَ ظلُّ مصير العالم عن العيون الإنسانيّة المدينةَ، التي عاشت ذات يوم حياةً طبيعيّةً. وأصبحت ستالينغراد إشارة للمستقبل.

خضعت المرأةُ العجوزُ، وهي تقترب من منزلها، من دون وعي لسيطرة تلكَ القوى التي تجلّت في ستالينغراد نفسها، حيث عملت وربّت حفيدها وكتبت رسائل إلى بناتها، وأصيبت بالأنفلونزا، واشترت أحذية لنفسها.

طلبت من السائق التوقف، وخرجت من السيارة. مشت بصعوبة في الشارع المهجور، غير المُنظّف من الأنقاض، نظرت إلى تلك البقايا، فعرفت وما عرفت بقايا المباني التي تقف بجوار منزلها.

بقي جدار مبناها، الذي كان يطلّ على الشارع، على حاله، ومن خلال النوافذ المتداعية، رأت ألكساندرا فلاديميروفنا جدران شقتها بعينينِ خفيتين، بعيدتي النظر، وتعرّفت دهانها الأزرق والأخضر الباهت. ولكن لم تكن ثمَّةَ أرضية في الغرف، ولا سقوف، ولا حتّى سُلَّم يمكن أن تصعَدَه. وطُبعت آثار الحريق على جدار الطوب، وكان الطوب في كثيرٍ من الأماكن منخوراً من جرّاء الشظايا.

بقوَّةِ الروح الثاقبة المذهلة، شعرت بحياتها، وبناتها، وابنها التَعِس، وحفيدها سيريوجا، وبخسائرها التي لا تُعوّض، وبرأسها

الرمادي المشرّد. نظرت إلى أنقاض المبنى، وهي المرأة الضعيفة، المريضة، التي ترتدي معطفاً قديماً، وتنتعلُ حذاءً مهترئاً.

ما الذي ينتظرُها؟ لم تعرف ابنة السبعين ذلك. فكرت ألكساندرا فلاديميروفنا: «الحياة ما زالت أمامنا». ماذا ينتظر من تحبّه؟ لم تكن تعلم. نظرت إليها سماء الربيع من نوافذ مبناها الفارغة.

كانت حياة أحبائها غير مستقرة، مُربكة وغير واضحة، طافحة بالشكوك، والحزن، والأخطاء. كيف ستعيش لودميلا؟ بماذا سينتهي الخلاف في أسرتها؟ ماذا حلّ بسيريوجا؟ هل هو حيّ؟ كم هو صعب العيش على فيكتور شتروم. ماذا سيحدث لفيرا وستيبان فيدوروفيتش؟ هل سيستطيعُ ستيبان أن يبنيَ حياته من جديد، هل سيجد الهدوء؟ ما الدربُ الذي ينتظرُ ناديا، ذكيٌّ، لطيفٌ أو غير لطيف؟ ماذا عن فيرا؟ هل ستنحني في الوحدة، وفي الحاجة، والمصاعب اليومية؟ ماذا سيحدث لجينيا، هل ستمضي إلى سيبيريا تابِعةً كريموف، وهل ستنتهي في معسكر الاعتقال، وتموت مثلما مات ديميتري؟ هل يغفر سيريوجا للحكومةِ حالة والدته وأبيه اللذين ماتا بريئينِ في المعسكر؟

لماذا مصيرهم غير واضح، ومعقّد إلى هذه الدرجة؟

وأولئك الذين ماتوا، وقتلوا، وأعدموا، واصلوا علاقتهم مع الأحياء. تذكّرت ابتساماتِهم، ونكاتهم، وضحكاتهم، وعيونهم الحزينة، وحيرتهم، ويأسهم، وأملهم.

قال ميتيا وهو يعانقها: «لا بأس يا أمي، المهمّ ألّا تقلقي عليّ، ثمَّةَ ناسٌ طيِّبون في معسكر الاعتقال». سونيا ليفينتون، ذات الشعر الأسود، والشاربِ فوق شفتها العليا، الصغيرة، الغاضبة والمرحة، تُنشِدُ الشعر. آنيا شتروم؛ الشاحبة، والحزينة دائماً، والذكية

والساخرة. توليا، يأكل المعكرونة مع الجبن المبشور، بطريقة غير لائقة، وبنهم، وقد أغضبها إصدارهُ ذلك الصوت في أثناء الأكل، لم يرغب في مساعدةِ لودميلا البتَّة: «لا تنتظري مني إحضار كوبٍ من الماء...» - «حسناً، حسناً، سأحضِرُه، لكن لماذا لا تحضره ناديا؟». ماروسينكا! سخرت جينيا دائماً من وعظك التعليمي، عَلَّمتِ، علّمت ستيبان الأرثوذكسية... غرقتِ في نهر الفولغا مع الطفل سلافا بيرزكين، والسيدة العجوز فارفارا ألكساندروفنا. اشرح لي ميخائيل سيدوروفيتش. يا إلهي، ماذا يشرح...

كُلُّهم غير مستقرين، تُرافقهم الأحزان، والألم السري، والشكوك، يأملون بالسعادة. جاءَ بعضهم إليها، وكتب آخرون الرسائل؛ وهي دائماً ما تشعر بشعور غريب: عائلة كبيرة ودودة، وفي مكان ما في الروح، إحساسٌ خاصٌّ بالوحدة.

وها هي ذي، امرأة عجوز، تعيش وتنتظر الخير، وتؤمن، وتخاف من الشر، وهي طافحة بالقلق على حياة أولئك الذين يعيشون، ولا تميز منهم من ماتوا، تقف وتطل على أنقاض منزلها، وتتمتَّعُ بسماء الربيع. ولا تعرف حتى ما الذي يُمتِعها، تقف وتسأل نفسها، لماذا مستقبلُ أحبائها غامضٌ، ولماذا ثمَّةَ كثير من الأخطاء في حياتهم، ولا تلحظ أنَّ في هذا الغموض، وفي هذا الضباب، والحزن والارتباك ثمَّة إجابة ووضوحاً وأملاً، وتعرف، وتتفهم بكل روحها معنى الحياة التي سقطت عليها وعلى أحبائها، وعلى الرغم من أنَّ أحداً منهم، بمن فيهم هي نفسها، لا يتوقع ما ينتظره، وعلى الرغم من أنهم يعلمون أنَّ الشخصَ في الأوقات العصيبة، لن يكونَ حدّادَ سعادته وأنَّ القدرَ الكوني يملك الحق في أن يعفو وأن يعدم،

أن يرفع إلى المجد وأن يُنزلَ إلى الحضيض، ويحوِّل الكائنَ إلى غبار معسكر اعتقال، لكن هذا القدرَ الكونيَّ، وقدرَ التاريخ هذا، وقدرَ غضب الدولة، وعارَ المعارك؛ ليس في إمكانِ هذهِ الأقدار مجتمعةً أن تغيّر أولئك الذين يُسمَّونَ: الناس، سواءٌ كان ينتظرهم المجدُ لقاء عملهم، أو الوحدة واليأس والحاجة والمعسكر والإعدام، سوف يعيشون أناساً ويموتون أناساً، وأولئكَ الذين ماتوا استطاعوا أن يموتوا أناساً - وفي ذلكَ انتصارهم الأبديّ الإنساني المرير على التجبّر كلّه وما هو غير إنساني، ما كان في العالم، ما يأتي وما يمضي.

62

كان هذا اليوم الأخير مُسكِراً ليسَ لستيفان فيدوروفيتش فحسب، وهو الذي كان يشرب منذ الصباح. فقد كانت ألكساندرا فلاديميروفنا وفيرا في حالة حمّى ما قبل المغادرة. جاءَ عمّالٌ عدّة مرات، وسألوا عن سبيريدونوف. بينما كان يُسلِّمُ شؤونه الأخيرة، وذهب إلى لجنة المقاطعة لإجراءِ الانفكاك، واتصل بأصدقائه بالهاتف، وفكّ حجزه في مكتب التجنيد العسكري، وتجوَّل في الورش، وتحدث مازحاً، حتى إذا أصبحَ وحيداً في غرفة التوربينات مدة دقيقة، أسند خدَّهُ إلى الحدَّافة[1] الباردة، وأغمض عينيه متعباً.

كانت فيرا تحزِم أمتعتها وتجفف «الحفَّاظات» فوق الموقد، وتحضِّرُ زجاجات من الحليب المغلي لميتيا زاداً في الطريق، وتحشو الخبز في كيس. في هذا اليوم انفصلت، إلى الأبد عن فيكتوروف، وعن والدتها. سَيُتركانِ وحدهما، لن يفكِّر فيهما أحدٌ هنا، ولن يسأل عنهما.

---

(1) الحدافة هي أداة ميكانيكية لها عزم قصور ذاتي معين تُخَزِّن الطاقة الدورانيّة. (المترجمان).

هدَّأتها فكرةُ أنها الآن الأقدم في الأسرة، والأكثر هدوءاً، والمتصالحة مع الحياة الصعبة.

قالت ألكساندرا فلاديميروفنا، وهي تنظر إلى عيني حفيدتها المريضتينِ، من جراءِ نقص النوم الدائم:

- هكذا الحياةُ مبنية يا فيرا. أصعب أمرٍ أن ينفصلَ الإنسان عن المنزل الذي عاشَ وعانى فيه كثيراً من المعاناة.

انشغلت ناتاشا بشَيِّ الفطائر لأسرة سبيريدونوف زوّادةً في الطريق. مضت في الصباح، محملةً بالحطب والمواد الغذائية، إلى قرية عمّالية، إلى امرأة تعرفها لديها موقد روسي، جهّزت الحشوة، ورقَّقت العجين. احمرّ وجهُها من جرَّاءَ عمل المطبخ، وغدت فتيّةً وجميلةً جداً. نظرت إلى نفسها في المرآة، وغطت أنفها وخديها بالدقيق، ضاحكة. وعندما خرجت المرأة من الغرفة، بكت ناتاشا، وسقطت الدموع على العجين.

لكن الصديقةَ لاحظت دموعها مع ذلك، وسألت:

- لماذا تبكين يا نتاليا؟

أجاب ناتاشا:

- لقد اعتدتُ وجودَهم. المرأة العجوز جيدة، وأشعرُ بالأسف لفيرا هذه، ويتيمها.

قالت المرأة الصديقة التي استمعت بعناية إلى التفسير:

- أنت تكذبين، ناتاشا، أنت لا تبكين لأجل المرأة العجوز.

أجابت ناتاليا.

- بلى، على المرأة العجوز.

وعد المدير الجديد بالتخلي عن أندرييف، لكنّه أمره بالبقاء في المحطة الكهربائية خمسة أيام أخرى. وأعلنت ناتاليا أنها ستعيش مع والد زوجها خلال هذهِ الأيام، ثم تسافر إلى ابنها في لينينسك.

قالت:

- وهناك، سيكون من الواضح إلى أين نذهب بعد ذلك.

- ما الذي سيكون واضحاً هناك؟ - سألها والد زوجها، لكنها لم تجب.

هذا هو السبب في أنها كانت تبكي، ما من شيء واضح. ما سَرَّ بافلَ أندرييفيتش، أن تعتني به زوجةُ ابنه - بدا لها أنه يتذكر شجاراتها مع فارفارا ألكساندروفنا، ويدينها، ولا يغفر لها.

عاد ستيبان فيدوروفيتش إلى المنزل، بحلول الغداء، وحدَّثَ كيف ودّعه العمال في ورشة العمل الميكانيكيّة.

قالت ألكساندرا فلاديميروفنا:

- نعم، وكان الحجُّ إليك الصباحَ كلّه. سأل عنك خمسة أو ستة أشخاص.

- إذاً كل شيء جاهز؟ سيُعطوننا شاحنة في الساعة الخامسة بالضبط - ابتسم ابتسامة عريضة، وقال:- شكراً بتروف، منحنا سيارة أيضاً.

انتهت الأعمال، والحوائجُ معبأة، وشعور حالة السكر والتوتر العصبي لم يترك سبيريدونوف. بدأ يعيدُ ترتيبَ حقائبه، وربط الصُّرر مرّة أخرى، يبدو أنه كان يستعجلُ المغادرة. سرعان ما جاء أندريه من المكتب، فسأله ستيبان فيدوروفيتش:

- ماذا عن البرقيات حول الكابلات من موسكو، لم تصل؟

- لا، لم يكن هناك أيّ برقيّة.

- أوه، القطط أولاد العاهرة،، يعطّلون كل شيء، فبحلول أيام أيار (مايو)، يمكن إطلاق الدور الأوّل.

قال أندرييف لألكساندرا فلاديميروفنا:

- وضعك الصحّي سيّئ تماماً، كيف تسمحين لنفسك بهذهِ الرحلة؟

- لا بأس، أنا بسبعة أرواح. ثمَّ ماذا عليّ أن أفعل، هل أعود إلى منزلي، أو شيء من هذا القبيل، إلى شارع غوغولوسكي؟ جاء معلمو الطلاء، ونظروا، سيقومون بإصلاحات للمدير الجديد.

قالت فيرا:

- كان في إمكانه أن ينتظر يوماً، إنّه نذل.

أجابت ألكساندرا فلاديميروفنا:

- لماذا هو نذل؟ الحياة مستمرة.

سأل ستيبان فيدوروفيتش:

- هل الغداء جاهز، ماذا ننتظر؟

- نحن هنا في انتظار ناتاليا مع الفطائر.

قال ستيفان فيدوروفيتش:

- أوه، مع الفطائر، سنتأخر عن القطار.

لم يكن يرغب في تناول الطعام، لكن الفودكا كانت مخزنة لغداء الوداع، وكان يريد حقاً أن يشرب.

لقد أراد أن يدخل مكتبه، ولو لبضع دقائق، لكن لم يكن ذلكَ مناسباً - فعندَ باغروف اجتماع لرؤساء الورش. وبسبب الشعور المرير ازدادت رغبته في الشُّرب، لكنّه كان يهزّ رأسه قائلاً: سنتأخّر، سنتأخّر.

كان هذا الخوف من التأخّر، وانتظار ناتاشا بفارغ الصبر أمراً مريحاً له بطريقة ما، لكنه لم يفهم السبب؛ لم يستطع تذكّر أنّه نظر أيضاً إلى ساعته، معرباً عن أسفه قائلاً: «سنتأخر»، عندما كان يهمُّ بالذهابِ إلى المسرح مع زوجته في مرحلةِ ما قبل الحرب.

أراد أن يسمع قولاً حَسناً عن نفسه في هذا اليوم، ما جعل الأمورَ أسوأ في روحه. وكرّر مرة أخرى:

- لماذا تشعرون بالأسف لأجلي، أنا الهارب والجبان؟ وما الجيّد في طلبي الوقحِ، أن يعطوني ميدالية لمشاركتي في الدفاع؟

- فلنتناول الغداء - قالت ألكساندرا فلاديميروفنا، وهي ترى أن ستيبان فيدوروفيتش لم يكن على ما يرام.

جلبت فيرا وعاء الحساء. واخرجَ سبيريدونوف زجاجة فودكا. ألكساندرا فلاديميروفنا وفيرا رفضتا الشرب.

قال ستيبان فيدوروفيتش:

- حسناً، دعونا نسكب للرجال - وأضاف: - ربما ننتظر ناتاليا؟

دخلت ناتاشا في هذه الأثناء بالتحديد مع محفظة، وبدأت بوضع الفطائر على الطاولة.

سكب ستيبان فيدوروفيتش كاساً كاملةً لأندرييف ولنفسه، ونصف كأس لناتاليا.

قال أندرييف:

- تناولنا في الصيف الماضي، فطائرَ كذلك عند ألكساندرا فلاديميروفنا في شارع غوغوليفسكي.

فقالت ألكساندرا فلاديميروفنا:

- هذه الفطائر لا تقلُّ عن تلكَ من العام الماضي أبداً.

قالت فيرا:

- كم من الناس كانوا حولَ الطاولة، والآن الجدة فقط، أنت وأنا وأبي.

قال أندرييف:

- لقد سحقوا الألمان في ستالينغراد.

وقالت ألكساندرا فلاديميروفنا:

- نصرٌ عظيم! كلفَّ الناسَ كثيراً - وأضافت:- تناولوا المزيد من الحساء، سنأكل الطعام الجاف فترةً طويلة على الطريق، ولن نرى طعاماً ساخناً.

قال أندرييف:

- نعم، الطريق صعب، والتحويلة صعبة، لا توجد محطة استراحة، تمرّ قطارات من القوقاز عابرة إلى بالاشوف، وفيها كثير من الناس، عسكريون، عسكريون. لكنهم يجلبون الخبز الأبيض من القوقاز!

قال ستيبان فيدوروفيتش:

- سحابة كانت تتجه نحونا، لكن ما هي تلكَ السحابة؟ لقد انتصرت روسيا السوفييتيّة.

453

فكّر أنه حتى وقتٍ قريبٍ كان يُسمَعُ في المحطة الكهربائيّة، هديرُ الدبابات الألمانيّة القوي، والآن طُردوا مئات الكيلومترات، والمعارك تدور بالقرب من بيلغورود، ومن تشوغويف، وفي كوبان.

ثم تحدث مرة أخرى عن حُرقتِهِ التي لا تطاق:

- حسناً، فلأكن من الهاربين، لكن من يوجّه لي إنذاراً؟ دع مقاتلي ستالينغراد يحاكمونني. وسوف أطيعهم جميعاً.

قالت فيرا:

- وبجانبك يومَها، بافل أندرييفيتش، كان موستوفسكي جالساً.

لكن ستيبان فيدوروفيتش قاطع الحديث، كان حزنه اليوم يكويه بقوّة. مخاطباً ابنته:

- اتصلتُ بالسكرتير الأول للجنة الإقليمية، أردت أن أودِّعه، وكيفما اتفق فقد كنت وقت الدفاع الوحيدَ من بين المدراء جميعاً على الضفة اليمنى، ولكنَّ مساعده بارولين لم يصلني به، وقال: «لا يستطيع الرفيق برايكن التحدث إليك. إنّه مشغول». حسناً، مشغول إذاً مشغول.

قالت فيرا، كما لو أنها لم تسمع والدها:

- جلس بجانب سيريوجا ملازمٌ، الرفيق تولين، أين هو الآن، ذلكَ الملازم؟

لقد أرادت أن يقول أحدهم: «أين يمكن أن يكون؟ لعله على قيد الحياة وبصحة جيدة، يحارب».

كان من شأن مثل هذه الكلمات أن تُهدّئَ ولو قليلاً كآبتها الحالية.

ولكن ستيبان فيدوروفيتش قاطعها مرة أخرى، وقال:

- قلتُ له: أخبِره، سأغادر اليوم، كما تعلم. فأجابني: حسناً، إذاً اكتب، خاطبنا كتابةً. حسناً، ليذهب إلى الجحيم. هيا اسكب قليلاً. آخر مرة نجلس فيها إلى هذه الطاولة.

رفع الكأس باتجاه أندرييف قائلاً:

- بافل أندرييفيتش، لا تتذكرني بكلمة سيئة.

قال أندرييف:

- ما بك، ستيبان فيدوروفيتش. الطبقة العاملة المحلية تقف معك.

شرب سبيريدونوف، وصمت عدّة لحظات، كما لو كان يخرج من الماء، ثم بدأ يتناول الحساء.

أصبح الجو هادئاً على الطاولة، كان يُسمع فقط، كيف مضغ ستيبان فيدوروفيتش الفطيرة وطرق بالملعقة.

صرخ في هذا الوقت، ميتيا الصغير. نهضت فيرا عن الطاولة، واقتربت منه، وأخذته بين يديها.

قالت ناتاليا بهدوء، كما لو كانت تطلب الحياة:

- كُلي الفطيرة، ألكساندرا فلاديميروفنا.

قالت ألكساندرا فلاديميروفنا:

- بالتأكيد.

قال ستيبان فيدوروفيتش باحتفاليّةٍ وبتصميمٍ سكران سعيد:

- ناتاشا، أقول لك أمام الجميع، لا يوجد لديك ما تفعلينه هنا،

سافري إلى لينينسك، خُذي ابنك وتعالي إلينا في الأورال. سنكون معاً، ومعاً أسهل.

أراد أن يرى عينيها، لكنها حنت رأسها، ورأى جبينها فقط، وحاجبيها الجميلين الغامقين.

- وأنت، بافل أندرييفيتش، تعال. معاً الحياة أسهل.

قال أندرييف:

- إلى أين أذهب، لن أنبعث من جديد!

والتفتَ ستيبان فيدوروفيتش سريعاً إلى فيرا، وقفت قربَ الطاولة حاملةً ميتيا بين ذراعيها وبكت.

ولأول مرة في هذا اليوم، رأى الجدران التي كان يغادرها، والألم الذي أحرقه، والأفكار حول طردهِ من عمله، وفقدان مرتبة الشرف والعمل المفضل، والغضب والخجل الذي أفقده عقله، وعدم السماح له بالفرح بالنصر، اختفى كلُّ شيء، وأصبحَ بلا معنى.

قَبَّلتِ المرأة العجوز التي كانت تجلس إلى جانبه، والدة زوجته، الزوجة التي أحبها وفقدها إلى الأبد، رأسَهُ وقالت:

- لا بأس، لا بأس، يا عزيزي، الحياة هي الحياة.

63

كان الجوّ طوال الليل في الكوخ خانقاً بسبب الموقد الذي أُشعِلَ في المساء.

لم تنم المستأجرة وزوجها العسكري، الذي أصيب بجروح وخرج من المستشفى عشية الزيارة، حتى الصباح. تحدثا همساً، كي لا يوقظا السيدة العجوز صاحبة الكوخ والفتاة النائمة على الصندوق.

حاولت المرأة العجوز النوم، لكنها لم تستطع. كانت غاضبة من أن المستأجرة تحدَّثت همساً إلى زوجها - لقد منعها ذلك، أنصتتْ من دون إرادةٍ، وحاولت ربطَ الكلمات المُتناثرة التي وصلت إلى مسامعها.

رُبّما لو تحدَّثا بصوت أعلى، لكانت المرأة العجوز اسمتعت قليلاً ثُمَّ غفت. حتى إنها أرادت أن تطرق الحائط وتقول: «لماذا تهمسان، وهل الاستماع إليكما مثيرٌ للاهتمام؟!».

التقطت المرأةُ العجوز عدّة مراتٍ عبارات منفصلة، ثم همسا من جديد، وأصبح الكلام مشوَّشاً.

قال العسكري:

- جئتُ من المستشفى، ولم أستطع أن أحضر لك الحلوى. هذهِ هي الحال على الجبهة.

أجابت المستأجرة:

- وأنا، ضيَّفتك البطاطا مع الزيت النباتي.

ثم همسا، فما كان في الإمكان فهم أي شيء، ثم بدا أنّ المستأجرة بكت.

سمعت المرأة العجوزُ المستأجرةَ تقول:

- إنه حبّي الذي حماك.

فكرت المرأة العجوز في العسكري: «آخ، شرّير».

غفت المرأةُ العجوزُ عدّة دقائق، وشخرت على ما يبدو، وأصبحت الأصوات أقوى.

استيقظت، وأنصتتْ، وسمعت:

- كتب إليّ بيفوفاروف في المستشفى، لقد منحوني مؤخراً رتبة مقدّم وأرسلوا من فورهم بطلب منحي رتبة عقيد. القائد نفسه متحمِّس. فهو من وضعني في الفرقة. ووسام لينين. وكل ذلك من أجل تلك المعركة، عندما كنت مدمولاً، من دون أي اتصال مع الكتائب، جالساً في الورشة؛ أغني الأغاني مثل الببغاء. يبدو لي أنني كاذب. لا يمكنكِ أن تتصوّري كم الأمر غير مريح بالنسبة إليّ.

ثم لاحظا على ما يبدو أن المرأة العجوز لم تعد تشخر، فتحدّثا همساً.

كانت العجوزُ وحيدةً، مات زوجها العجوز قبل الحرب، ولم تكن ابنتها الوحيدة تعيش معها، بل تعمل في سفيردلوفسك. لم يكن عندها أي شخصٍ في الحرب، ولم تستطع أن تفهم سبب غضبها من وصول العسكري يوم أمس.

ما أحبَّتِ العجوزُ المستأجرةَ؛ بدت لها امرأةً فارغةً وغيرَ مستقلة. استيقظت متأخرةً، كانت صغيرتُها تغدو وتروحُ في ثيابٍ ممزّقة، وتأكُلُ ما يتيسّر لها. كانت المُستأجرة تُمضي جُلَّ وقتها، صامتة، تجلس إلى الطاولة، وتنظر عبرَ النافذة. وأحياناً اعتمدت العجوزُ عليها، فأخذت تعمل، وتبيّن أنها كانت تجيدُ كل شيء: خاطت، وغسلت الأرض، وطهت حساءً جيداً، حتى إنها عرفت كيف تحلب البقرة، مع أنها مَدَنيّة. من الواضح أنَّها لم تكن على طبيعتها، وطفلتها كانت غرائبيّة السلوك (مالاخولنايا)؛ أحبت كثيراً التعامل مع الجنادب، والزيزان والصراصير بطريقة سيّئة، وليس كما يفعلُ الأطفال كلُّهم - تقبِّلُ الخنافس، وتتحدَّثُ إليها، ثم تطلقُ سراحها وتبكي، وتناديها وتُطلقُ عليها الأسماء. أحضرت العجوز لها قنفذاً من الغابة في الخريف، تبعته الفتاة بلا هوادة، حيثما يذهبُ تَذهب. يُصوِّتُ القنفذ، فتكادُ تموتُ من الفرح. يدخل القنفذ تحت خزانة الملابس، فتجلس على الأرض بالقرب من خزانة الملابس وتنتظره، تقول لأمها: «اصمتي، إنّه يستريح». وعندما يمضي القنفذ إلى الغابة، تكفُّ عن تناول الطعام يومين.

١٠ تراءى للمرأة العجوز أن المُستأجرة ستشنقُ نفسها، وقلقت: أين ستذهبُ بالفتاة؟ فهي لا تريد مشاكل جديدة في الشيخوخة.

- أنا لستُ مَدِينة لأحد - قالت، وعذّبتها في حقيقة الأمر فكرة: ستستيقظ ذات صباح، وتجد المرأة مُعلّقة. فماذا تصنع بالفتاةِ عندها؟

اعتقدت أن زوج المستأجرة قد هجرها، ووجد لنفسه امرأة أخرى على الجبهة، أصغر منها، ولذلك تظلُّ شاردة. نادراً ما جاءتها رسائل منه، وعندما فعل ذلك، لم تصبح أكثر مرحاً. كان من

المستحيل سَحبُ أي كلمةٍ منها - تظلُّ صامتة. وقد انتبهَ الجيران أن عندَ المرأة العجوز مستأجرة غريبة.

لقد تجرّعتِ العجوزُ الحزن في عيشِها مع زوجها. كان رجلاً يُعاقرُ الخمرةَ، ويختلقُ المشاكل. وحينَ يتشاجرُ مع أحدهم يتجاوز المألوف؛ فيستخدمُ مجرفة الموقد أو عصا تصلُ إليها يده. ويضرب ابنته. وكان قليلَ البهجة في حالِ الصحو - بخيلاً، يرميها بالأواني عندما تحشر أنفها: ليسَ الأمرُ هكذا ولا كذا. علّمها كيف تطبخ.

ما اشتريتِ المطلوب، ولا حلبتِ البقرةَ جيّداً، وما رتّبتِ السرير كما يجب. وبعد كل كلمة شتيمة. علّمها؛ وأصبحت الآن تشتم؛ حتى إنها تشتمُ بقرتها المحبوبة. عندما توفي زوجها، لم تسل دمعة واحدة من عينيها. ظلَّ ملازماً لها حتى الشيخوخة. ماذا يمكنك أن تفعل؛ سكّير. وليته كان يخجل من ابنته على الأقل، تخجل أن تتذكر. كان يشخر على نحوٍ غريب، ولاسيما حين يكون سكرانَ. والبقرة عندها عدّاءةٌ أيضاً، سريعة الركض، ما إن تحرن - حتى تحاول الخروجَ من الحضيرة؛ وهل يستطيع مطاردتها إنسانٌ مُسنٌّ؟!

استمعت العجوز إلى الهمس وراء الحاجز، ثم تذكرت حياتها غير المريحة مع زوجها، وشعرت بدل الاستياء، بالشفقة عليه. ومع ذلك، فقد عمل بجدّ، وحصل على القليل. لو لم تكن البقرة، لكانت معيشتهم سيئة جداً. وتوفي لأنه تنفَّس غبار المنجم بما فيه الكفاية. وها هي لم تَمُت، ما زالت حيّة. أحضر لها ذات يوم عِقداً من الأحجار الكريمة والخرز من يكاترينبورغ، ترتديه ابنتهما الآن...

ذهبا في الصباح الباكر، لم تكن الفتاة قد استيقظت بعد، إلى

قرية مجاورة بحثاً عن الخبز، حيث يمكن للمرء الحصول على الخبز الأبيض بإبراز بطاقة السفر العسكريّة.

سارا بصمت، يمسكُ أحدهما يد الآخر، وكان من الضروري السير مسافة كيلومتر ونصف عبر الغابة، والنزول إلى البحيرة، ومن هناك السير على طول الشاطئ.

الثلجُ لم يذب بعد وبدا مزرقّاً. ظهر لون ماء البحيرة وانسكب على بلوراته الخشنة الكبيرة. أما على سفحِ التلِّ المشمس فكان الثلج يذوب، واصطَخَبتِ المياه في قناةِ الطريق. بريق الثلج والماء والبرك المغطاة بالجليد أعمى العيون. كان ثمَّةَ كثير من الضياء حتّى إن على المرء أن يخوضَ فيه، كما لو كان في أجمّة نامية. أزعجَ المسيرَ وعاقَه، وعندما سارا على برك مجمدة وثلج مهروس، تغمره الشمس، بدا أن الضوءَ يتكسَّرُ تحت القدم، ويُسحقُ إلى أجزاء من الأشعة الحادة الشائكة. وهناك حيث يتدفق الضوء في القناةِ إلى جانب الطريق، وحيث سدَّ الحصى بعضَ المواضعِ، تضخَّمَ الضوءُ، ورغا، وصلصل وتذمّر. اقتربت شمس الربيع من الأرض. وكان الهواء مُعتدلاً ودافئاً في الآن نفسه.

بدا له أن بلعومه، المحترق من الصقيع والفودكا ودخان التبغ والغازات الرقيقة والغبار والشتائم، قد غُسِلَ، وشُطِف بالسماء الزرقاء الفاتحة. دخلا الغابة، تحت ظلالِ أول الصنوبر الحارس. هنا يكمن الثلج في حجاب مستمر فلا يذوب. عملت السناجب بجدٍّ على أشجار الصنوبر، في الدوائر الخُضْر للفروع، وفي الأسفل، على سطحِ الثلج الجليدي، انتشرت دائرة واسعة من الأقماع المخرَّمة، ونثار الخشب المنشور باستخدام القواطع.

كان سببُ الصمت في الغابة أن الضوء، الذي احتجزته الأوراقُ الإبريَّةُ متعددة الطوابق، لم يُصدر ضجيجاً، ولم يعزف.

سارا بصمت كما فعلا من قبل، كانا معاً، وبسبب ذلك فحسب، أصبح كل ما حولهما جيداً، وحلّ الربيع.

توقفا من دون اتفاقٍ. ربضَ اثنان من الدغناش الأوراسي[1] متخمين من الأكل، على غصن شجرة التنوب. كان صدرا طيري الدغناش السميكان أحمرين كأنهما ورودٌ تفتحت على الثلج المسحور. في تلكَ الساعة بدا الصمت غريباً ومدهِشاً.

في ذلكَ الصمت ذكرى جيلٍ من أوراقِ شجرِ العام الماضي، والأمطار الصاخبة، والأعشاش المشوَّهة المهجورة، والطفولة، والعمل البائس للنمل، وخيانة الثعالب والحدأات وسرقاتها، ذكرى عن الحرب العالمية: الجميع ضد الجميع، عن الشر والخير؛ المولودَين في قلب واحد، وماتا مع ذلك القلب، عن العواصف والرعود، التي تجعلُ أرواح الأرانب الصغيرة وجذوع الصنوبر ترتجف. في شبهِ عتمةٍ باردةٍ تحتَ الثلجِ نامت الحياة الماضية، - فرحة لقاء حب، ودردشةُ الطيورِ النيسانيّةُ غير الواثقة، التعارفُ الأولُ لغريبين، يصبحان جارين مألوفين أحدهما للآخر. نامَ الأقوياءُ والضُّعفاء، الجريئون والهيّابون، السعداءُ والتُّعساء. وفي المنزل المهجور والمُهملِ كان الوداعُ الأخير للموتى الذين تركوه إلى الأبد.

---

(1) دغناش أوراسي أو الدغناش الشائع، هو نوع من الطيور يتبع جنس الدغناش. يقطن قارتي أوروبا وآسيا، تضع الإناث بيضها في أشجار الأدغال. (المترجمان).

ولكن في برد الغابة، كانَ يُحَسُّ بالربيعِ مُتوتِّراً، أكثر منهُ في السهل المضاء بالشمس. كان في صمتِ هذهِ الغابة حزنٌ أكبرُ من صمت الخريف. سُمع في بكمها الأخرس صرخةُ نواحٍ على الموتى وفرحةُ الحياة الغاضبة..

لا يزال ثمَّةَ بردٌ وظلام، لكن قريباً جداً ستفتح الأبواب على مصراعيها، وسيعود البيتُ المهجور إلى الحياة، ويمتلئُ بضحك الأطفال وبكائهم، وستسمع خطوات الإناث اللطيفة المستعجلة، وسيتجوّل في البيت صاحبُه الواثق.

وقفا وهما يحملان محافظ الخبز وصمتا.

عام 1960